中国人在硅谷

硅谷中人·著

海峡出版发行集团 | 鹭江出版社
THE STRAITS PUBLISHING & DISTRIBUTING GROUP | LUJIANG PUBLISHING HOUSE
2016年·厦门

目录

| Contents

1 ❶ 宿舍兄弟
3 ❷ 出国
5 ❸ 夏岚
12 ❹ 胖子
14 ❺ 老吴和他的新媳妇
18 ❻ “搬运”
20 ❼ 丽丽
24 ❽ 休夫记
35 ❾ 我要去淘金
41 ❿ 抢房记
51 ⓫ 股疯
57 ⓬ 梦醒时分
63 ⓭ 出轨
76 ⓮ 离婚
91 ⓯ 卖屋记
100 ⓰ “同居”故事
114 ⓱ 逃离马克
118 ⓲ “鸠山”

124 ⓳ 老乔治
131 ⓴ 刀
134 ㉑ 初遇
144 ㉒ 爱
154 ㉓ 静瑶
158 ㉔ 卡梅尔
160 ㉕ 唇印
171 ㉖ 追爱
181 ㉗ 竞价大战
188 ㉘ 百万买个小板屋
191 ㉙ 风水大师
199 ㉚ 石棉，石棉
204 ㉛ 走出得克萨斯
209 ㉜ 冤家路窄
218 ㉝ 玩的就是心跳
226 ㉞ 翻房炒房
232 ㉟ 破产
238 ㊱ 居家好男
241 ㊲ 胖子发迹
247 ㊳ 回国试水
257 ㊴ 海归
264 ㊵ 开张大吉
267 ㊶ 茉莉卡
273 ㊷ 送美
280 ㊸ 入“瓮”
284 ㊹ 暗探

289 ㊺ 越洋捉奸
303 ㊻ 金融危机
310 ㊼ 协助调查
317 ㊽ 自首
323 ㊾ 归海

1

宿舍兄弟

健真不是个“凤凰男”，毕竟人家是国内大城市出生大城市长大的。只不过他爹妈都只是一家工厂的小职工，家里没什么门道倒是真的。所以，健从小就在“不好好读书，长大了扫马路”的悲壮式的教育下长大。好在健人不笨，虽然不是聪明过人，但也算中等偏上。所以，高三那年一使劲，竟然也考上了本市的一所名牌大学。

健到现在还记得大学报到第一天，走进被分配的宿舍的那一刹那，和六个陌生的同龄人大眼瞪小眼，肉眼瞪四眼的场面。那几个先进宿舍铺完床的，看着站在门口的新室友，有的腼腆地点下头，有的干脆扫一眼，只当他这个大活人是空气。

等到了晚上，一屋子七个人有生以来第一次，在一个陌生的屋子里，面对陌生的人开始交流时，谁也没有真正意识到，这七个来自五湖四海、不同家庭背景的同宿舍人，不仅要在未来的四年里同吃同住，同甘共苦，还要在彼此未来的人生里扮演重要角色。

都是十七八岁的大男孩，谁都没有城府，谁都不会遮掩，不到 24 小时，每个人的个性就展露无遗。而这些个性，决定了今后四年，每个人在这个小小宿舍里承担的角色。

锋是最高调的一个。锋的父母是本地另一所大学的教师，所以锋有着一个在优越环境里长大的男孩特有的个性：高调、自信、见多识广。健和锋相比，则低调得多，知道的东西也没那么多，所以，健在很多需要拿主意的事上，总偏向于先听听锋的想法。

因为，锋和健是宿舍里仅有的两个本地人，所以，从开学第一天起，两个人的关系就比别的室友亲近得多。再加上两人一个高调，一个低调，自然地就成了搭档和死党。

到了第二年，宿舍里又挤进一个本地人。这位绰号“胖子”。跟锋和健还不完全一样，胖子是个“走读生”。胖子当年高考分数比他们大学录取线低两分。幸亏胖子的爸妈是这所学校的老师，才通过关系把他招进来。本来胖子这样的走读生，系里是不给安排宿舍的，都是上完课自个儿回家。可到了大二，胖子觉得自己七尺男儿，不能老是待在家里受父母牵制，晚上出去干点儿偷鸡摸狗的事都不方便。于是就缠着系秘书给他在宿舍里搞张床。正好锋和健的宿舍有个空床位，就这么着，胖子跟锋、健就成了室友。胖子性格开朗，一进宿舍就和室友们打成了一片。因为都是本地生，胖子格外使劲儿地往锋和健的圈子里挤。

胖子读书实在不行，他自己也认了，就这智商，多用功也没用。所以，他自己的期望值也就是大学四年门门功课及格即可。但要及格也不容易，也得靠哥们帮。锋的英语牛，胖子的英语考试就靠锋了。健的专业课强，胖子的专业课就靠健拉一把。至于锋和健怎么帮他，您就不要多问了。当年胖子还是很给锋和健面子的。锋常在胖子面前自称老大，胖子也服。健也不太把胖子当回事。

一个宿舍里挤八条汉子，那是一点私人空间都没有的。其实，屋子本来就不大，还有胖子这样特散热的主儿，到了夏天，那宿舍就成了一个大蒸笼，再加上男青年从头到脚都散发着的“青春气息”，那宿舍的气味，非一般科学语言可以精确描述，也不是一般外人能消受得起的。问问那时候到过男生宿舍的女生，保准她们能用非常生活化的语言，更加形象生动地描述出来。

当然，当人的个人空间全无，被迫把自己的一切都与他人“共产”时，结成的革命同盟是牢不可破的。

2

出国

毕竟是大城市的大学，那时候学校里出国成风，几乎每个人都在忙着考托福、考 GRE，健不能不受影响。健是个老实孩子，论玩，花头不足，论胆子，小得不敢追女孩，论帅，又不够让女孩倒追，所以，读书的时间自然就多了起来。这样一来，健的各科成绩竟然还不赖。看到成绩还不如自己的同学都在忙着准备出国，健心里自然也蠢蠢欲动。可出国是耗钱的事，健只好跟老爹老妈商量。老爹老妈虽然文化水平不高，但毕竟是大城市人，一听儿子有这志向，立马说哪怕倾家荡产也会支持儿子，让儿子有个好前程。有了老爹老妈给的这颗定心丸，健从大三开始，也忙着考托福、考 GRE 了。等成绩出来，健就学着其他同学，向国外发信。

锋因为有亲戚在美国，所以一进大学门，老爸就给他定下了“出国大计”。可锋兴趣广泛，对什么都感兴趣，就是对自己的专业不感兴趣。你要问他风水占卜，他能说得头头是道，两眼放光；可你要跟他说专业功课，他立即呆若木鸡，两眼无神。所以大学期间，锋的成绩真是一般般。但锋是极聪明的人，虽然博览群书（当然专业书除外），兴趣广泛，读专业书的时间不多，但功课还能门门在 80 分以上。话说回来，锋还是有底线的，因为想出国，他的英语一点儿也不敢马虎。锋的英语口语水平当时在系里是赫赫有名的。

锋很早就悄悄地准备托福和 GRE 了。健的托福和 GRE 还是锋给领进门的。所以，后来锋常自诩为健的“出国导师”。锋大学一毕业就去了美国。

毕业后，健很轻松地在本地找了个民营企业，一边工作，一边继续跟美国的大学联系录取通知书和奖学金的事。那时，健没有电脑，发不了电子邮件，和美国的大学联系就全靠速度慢得像蜗牛一样的信件。忙了大半年，健才好不容易收到录取通知书和科研助学金证明。手里拿着这美国来信，健瘫在椅子上，长吁一口气：“我的妈呀，这出国可比考大学费劲多啦！想不到，我也能去美国了！”

为什么那个年月去美国留学那么难？因为国内大家都穷，如果拿不到奖、助学金，根本没可能拿到美国签证，再加上网络又不发达，出国留学真是件耗尽心力的事情。

3
夏岚

夏岚一直是老师和爸妈眼里的乖乖女。她不仅书读得一级棒，而且还不跟男孩子谈恋爱，从来不让老师和爸妈操心。其实夏岚不是不渴望谈恋爱，只是一直没遇到自己心目中的“白马王子”。中学时，夏岚心里暗暗地喜欢一个书读得一流的男生，却不敢主动表白。结果高中毕业后，人家去了北京读大学。

大学的第一个学期，夏岚鼓足了勇气给他写信，想先联络感情，等寒假见面后再看是否有进一步发展的可能。可是，寒假时同学聚会，那个男生向老同学们宣布他有女朋友了，害得夏岚白白单相思一场。

大学几年，夏岚的社交圈只有自己班上的同学和中学的老同学。可能是大家彼此都太了解了，夏岚竟然一个也没看中。夏岚是一个特有主见的女孩，永远不会因为自己同宿舍的女生都谈恋爱了，自己就凑合着谈一个，以示合群。结果到了大三，她成了宿舍里唯一一个没有恋爱经历的女生。

但室友们却不敢因此而笑话夏岚。夏岚是本市人，是在大城市里长大的，再加上父母都是知识分子，自己又年年都在系里或校里拿奖学金，平时就有一种让人不敢轻视的气质。人人都知道夏岚在等她命里的白马王子，所以都有点儿好奇，哪个男生有这本事能摘下这朵玫瑰?

夏岚有一个姐姐，她在夏岚读大二的时候出国留学了。从此，姐姐就鼓励夏岚也出国留学。有了姐姐在前面指路，夏岚在大三时也加入了考托福、考GRE 的大军。当时系里最有名的“出国迷”就是锋，所以，夏岚每当遇到关于出国的问题，第一个想到的就是锋。可惜锋跟自己虽然同系，但不同专业不同班，跟自己是泛泛之交，夏岚有点儿不好意思直接找锋问事。

不过可巧，两人在外语角碰上了。

夏岚和锋所在的大学旁边，有个很少有人光顾的小公园。有学校里的英语“好事者”就在这儿搞了个外语角，让对英语有兴趣的人每周末晚上在这儿练习口语。本来这外语角是在学校角落里的一个小树林里开始的，后来名声慢慢传出去，校外的英语爱好者也纷纷慕名而来。可校外的人来得多了，又是在天黑以后，校卫队以及看大门的老头儿不乐意了，警告说，他们再在这儿搞，就要告到校长室去。组织者一听，咳，那可不行，要是他们把咱说成非法集会的话，那哥几个说不定要到派出所去解释了。所以，他们就把外语角搬到校外这个小公园里来了。

锋很早就在这外语角混了。一来，这口语像练功，不练就生疏，得常练；二来，英语说得好了，总有小姑娘围在自己周围，瞪着崇拜的大眼睛仰慕自己，极大地满足了锋的虚荣心。但锋是有色心没色胆，不敢随便找个小姑娘谈恋爱，怕老爸知道了把自己的腿打断。锋的老爸一心要锋出国，与出国无关的事，全属不务正业。在本市上大学就这点不好，你的一举一动，老爸老妈仍然能遥控指挥。

夏岚一直对自己的口语有一点儿自卑，所以一直不敢去外语角。直到想要出国了，觉得这口语不练是不成了，就鼓足勇气去了一趟。到了一看，黑压压的一群人，一圈一圈地围着在耍洋嘴皮。夏岚一个圈一个圈地转过去，想看看有没有适合自己的圈子，结果没转两圈就看到了锋。夏岚乐了，悄悄地往边上一站，静静地听锋在用英语侃大山。

听着听着，夏岚对锋愈发敬佩起来。夏岚自己读书一流，所以对只是读书好的男生并没有特殊感觉。人嘛，对自己已经有的，总是不太稀罕。但夏岚在忙着为出国做准备，把口语看得很重，所以对讲一口流利英语的锋一下子刮目相看。

锋这时得意得像爆豆子似的说着，夏岚竟一时插不上嘴，只好老老实实地听着。不一会儿，一个好像是外校的男生，问锋系里的课程安排，锋对这些事一向不往心里去，所以回答得含含糊糊的。夏岚觉得糊弄别人不好，就忍不住开腔，做了点小纠正。

锋转头一看是夏岚，登时眼睛就一亮。锋对这个隔壁班的“学习尖子”一向仰慕有加。可是平时只是远观，从未近距离接触过。同学两年，基础课都在一个大教室里上，可彼此硬是没说过一句话。今天，夏岚竟然距离自己如此之近，而且是在自己最得意的场合，锋很意外，也很得意。

之后的几小时，锋的所有注意力都在夏岚身上。锋不再夸夸其谈，而是让夏岚慢慢开口说英语，自己自觉地当起了绿叶。锋既不能让这位大小姐觉得没趣，早早地走开，又不能让她对自己产生反感，下次不理自己了，所以，他全程都很小心地配合着夏岚。夏岚是多敏感的女孩子啊，一下子就体会出锋的周到心思，心里暗暗感激。

有锋帮衬着，夏岚突然发现自己的英语口语没那么糟糕，越说越流利，越说越有趣。就像看了老半天游泳书一直没敢下水的人，一旦有了个会水的人护着，慢慢下得水来，一下子觉得自己不仅能游，而且游得比自己想象的要好时，那种开心和兴奋真是没法用语言表达。

不知不觉，两个人说累了，周围也没什么人了。锋问夏岚："好玩不好玩？"夏岚兴奋地重重点点头。锋赶紧追问一句："下次你还来不来？"说完急迫地看着夏岚。夏岚开心地点点头回答："只要有时间，一定来。"

锋觉得，今天晚上最开心的，就是听到夏岚的这一句回答。

两人在月色下，慢慢往宿舍走。夏岚把心中一大堆关于考试及联系学校的问题，拿出来跟锋商量。锋恨不得把自己知道的一切，全告诉夏岚。这一晚，原本连话都没说过一句的两个人，一下子变成了无话不谈的好朋友。

像个绅士一样把夏岚送回女生宿舍后，锋一转身，兴奋得恨不得要大吼一声。从来没谈过恋爱的锋，竟然把今晚跟夏岚在一起的经历，当成了一次约会，情不自禁地暗恋上夏岚。可是，他不知道，夏岚只把他当作一个普通的好朋友而已。

锋兴奋得一晚没睡好，满脑子想的都是第二天怎么能找机会多碰上夏岚几次。可惜已经大三了，两人专业不一样，各自有各自的选修课，在一起合班上的基础课少了，所以，一天难得碰到一次。即使偶尔有基础课在一个大阶梯教室上，锋也只能远远地跟夏岚轻轻点头一笑。找个机会说话那可真叫难。

那时的锋还是一个害羞、没有恋爱经验的大男孩，压根不敢去女生宿舍找夏岚。他只好偷偷研究夏岚的上课时间，算准了她每天去食堂吃饭的时间，自己也熬到那个时间去吃饭，好不容易在食堂碰上夏岚，就当是巧遇。有时，夏岚身边没有女伴，锋压住狂跳的心，走过去装着随意地问："可不可以跟你一块儿吃饭？"夏岚当然不会拒绝了，这样锋总算找到机会和夏岚坐在一起说说话了。

好在锋跟夏岚之间总有话说。一开始是围绕着出国聊，后来话题就扯开去了。这时，锋的"博览群书"总算用上了，从天到地，从古到今，锋总能旁征博引，有时把夏岚逗得哈哈大笑，有时让夏岚觉得获益匪浅。夏岚是个好学生，但闲书只限于浪漫小说和散文之类，跟锋的"杂学"一交锋，登时有眼界大开的感觉。

锋这套嘴皮子功夫要是毕业后进入社会，骗社会上的小姑娘估计没用，人家不吃这套。但在校园里，对一个崇尚知识的女生来说，还是有点吸引力的。至少夏岚觉得跟锋在一起时很开心，每一分钟都很有意思。但夏岚还是觉得锋只是个难得的"好哥们"，至于"男朋友"，夏岚很犹豫。夏岚心目中的"男朋友"是有可能托付终身的那种，所以，很理想化。锋和夏岚心目中的"白马王子"还是有很大差距的。所以，夏岚决心只把跟锋的关系限制在"很好很好的朋友"这个范围内。

锋却一厢情愿地认为，人家女孩子愿意跟自己说话，而且特开心，那一定是愿意做自己的女朋友了。锋越这么想，就越积极地寻找跟夏岚见面说话的机会。除了周末外语角、食堂吃饭能碰到夏岚以外，锋还想着，晚自习的时候，能不能在大教学楼里遇见？但夏岚也不是经常去外语角，其他大多数时间里，身边总有同宿舍的女伴，能让锋逮住的机会并不多。锋最后竟然发展到摸清了夏岚打开水的规律，哪怕是在开水间里跟夏岚点个头、打个招呼，锋心里也觉得很满足。

每次锋逮到机会和夏岚说话，总是不自觉地特别卖力地炫耀自己的知识面，无非是想在夏岚的心里多得分。夏岚也是心细的女孩，体会出锋的苦心，有时忍不住半真心半恭维地说："锋，你真是本百科全书。"锋一听这个赞美，而且是从一个书读得那么好的女生嘴里说出来的，整个人都快飘到天上去了，更加认定夏岚想做自己女朋友了。

其实，夏岚早就看出锋是在寻找一切机会跟自己碰面，心里暗暗感激。哪个女孩子不喜欢被男生追啊？特别还是像锋这样挺不错的男生。但夏岚给自己定了个界限，所以，她刻意不让自己跟锋单独待着的时间太多，一怕给锋太多错误的信号，二怕被同学说闲话。只是她心里对锋还是有点软软的、暖暖的感觉。

但最终，夏岚和锋的频繁接触还是引起了夏岚的室友和锋宿舍的哥们的察觉。尽管夏岚和锋都极力辩解说他们只是普通朋友，只是为讨论出国的事才经常在一起。但越描越黑，这谣言越传越远，传得年级里人尽皆知，搞得两人都很尴尬，只好刻意地回避对方，至少夏岚是这样。

但同样的尴尬情形，在两人的心里，反应却不一样。

对于夏岚来说，她宁可跟锋疏远，也不想让大家有错觉。自己跟锋本来就是普通朋友，实在不好说什么，说了又怕锋会误解，所以最好的办法就是“冷处理”。两人疏远了，流言自然就没有了。

而锋却想，与其这么尴尬，不如和夏岚挑明了关系。既然自己认定夏岚愿意做自己的女朋友，为什么两个人就不能大大方方地正式公开地做男女朋友呢？所以，锋决定要找个机会向夏岚表白。想了半天，最好的机会是周末外语角的活动结束之后，两人一起走回宿舍的时候，没有闲人打扰，自己想说什么都可以。可是，夏岚并不是每次都去外语角，锋得想办法跟夏岚确认一下。

锋这两天根本没法找到一个好的机会跟夏岚单独说话，这傻小子还没意识到夏岚是在故意躲自己。锋只有试试打开水的时候了。开水间前有个小篮球场，锋把开水瓶往边上一搁，拿个篮球心不在焉地投篮，眼睛余光注意着夏岚什么时候来打开水。过来两个同学要一起玩，锋就不争不抢地跟他们应付着玩。突然，远远看见夏岚拎着两个开水瓶走过来，锋立马把球向那两个同学一传，说：“我打开水去了。”那两个同学还奇怪呢，这家伙怎么说不玩就不玩了？

锋提了开水瓶就跟着夏岚进了开水间，故意挤到夏岚身边，大声打招呼说：“嘿，夏岚，最近忙吗？怎么都没见到你啊？”说着，锋的脸不禁红了起来。锋暗骂自己没出息，装都不会，脸干吗红啊？可越不想让自己脸红，这脸就越红。

夏岚见到锋突然出现在自己身边，心跳一下子加快了，支吾着说：“嗯……是挺忙。”夏岚不敢看锋，没注意到锋的脸有没有红，但自己的脸倒有点发烫了。

锋赶紧问：“这个周末的外语角，你会来吗？”

夏岚紧张得只能点点头，以示答应。夏岚自己虽然刻意地躲锋，但又怕锋看出来生气，所以，不得不答应锋去外语角。

锋觉得奇怪，平时跟自己挺多话的夏岚，怎么现在不愿说话，好像还有点害羞的样子？但既然她点头了，就太好了，任务完成。锋确认了一句："那老时间见。"

夏岚一边打开水，一边使劲挤出个"好"字。

锋一得到确认，如释重负。

好不容易等到周末，锋早早地在外语角等夏岚。夏岚准时到了，但整个练习时间都有点心不在焉，话不多。锋因为准备表白，心里紧张得七上八下，只是应付别人的对话而已。过了一会儿，锋对夏岚说："既然你今天情绪不高，我们回去吧。"夏岚点点头。

两人并肩在昏暗的路灯下往回走，默默无话。夏岚不知道该说什么，有点奇怪平时话挺多的锋今天怎么也这么沉默。锋此时紧张得心都要跳出嗓子眼了，不知话怎么说出口。自己在过去几天练过无数次的开场白，竟然这么难说出口。

过了好久，锋心里狠骂一句自己没用，然后鼓足了勇气开口说："夏岚，你知道的，现在大家都在传我们俩的事。"

夏岚心说不好。夏岚最怕锋捅破这层窗户纸。可越怕，这事就越来。夏岚赶紧说："让他们说去好了，只要你不介意就行。"

锋豁出去了："我……介意。我……我……我喜欢你，我想做你男朋友。"话一说出口，锋的心跳又加快了，自己都能听到自己"咚咚"的心跳声。

夏岚一听，心说完了，这个莽撞小子终于把这话说出来了。夏岚一时急得不知怎么回答好。但锋像等着判决书似的等着自己的回应，要是不给个明确的回答，那跟锋就真的说不清了。

夏岚心一横，说："锋，我觉得我们俩还是当好朋友吧，我现在真的不想谈恋爱。我觉得自己的前途还未定，现在还不想谈恋爱……"

锋听到第一句，整个人就仿佛掉到了冰窟底，后面的解释都没听进去。其实后面说再多都不重要了，一切的一切全在第一句话里了。锋的心揪起来就放不下，头脑一片混沌，一句话都说不出来，只是默默地机械地陪着夏岚往前走。

夏岚结结巴巴地说了一大堆自己都觉得是废话的解释，后来也停住了，只是轻轻地说了一句"对不起"，然后，沉默地和锋一路往回走。两个人都觉得，今晚这回学校的路怎么这么长啊？

锋默默地把夏岚送回宿舍后，像没了魂似的回到自己的宿舍。屋子里，一屋子人在打牌，闹得震天动地。锋默默地爬上自己的床，头蒙上被子就睡。玩牌的室友叫他，锋烦躁地回了一句："我病了，让我一个人待会儿。"吓得室友都不敢再理他。锋就在这周末宿舍的吵闹中，沉沉地睡去。

从今晚起，锋就"失恋"了。可是，这真不是夏岚的错。人家根本就没跟你谈过恋爱，你这"恋"从何"失"起呢？反正，锋从此以后就一直躲着夏岚。夏岚很难过，但也没办法。自己是早就想好了跟锋的关系的，那天只不过是把自己的想法告诉他。怪只怪他太鲁莽，非要捅破这层窗户纸，害得自己不得不说出那番伤他心的话来。

夏岚的理想是，锋跟自己一直做以前那样的好朋友，把这份友谊一直延续到将来两人出国，等将来大家的前程都稳定了，再考虑两人的关系。可是，这个男孩子太心急，自己真的也没办法。

锋伤心了一段时间，后来好多了。他毕竟是个男生，天生有点大大咧咧的个性，很快这伤心就在心里结了个小疤，不揭它，慢慢地就忘了痛。但他仍然觉得自尊心受损，很没面子，所以，总是不自觉地回避夏岚。好在后来，大家各修各的选修课，各写各的毕业论文，碰面的机会真的很少。即使偶尔近距离碰到了，也会装作没事似的打个招呼，然后就各自快"闪"。

大学的最后一年就这么平淡而又忙碌地从每个人的身边滑了过去。等到毕业那天，大家准备好了毕业纪念册，让同窗互相留言、留照片、留地址。夏岚知道，一定不能把自己和锋之间的遗憾和隔阂带出这个校园。她要打破这隔膜，便下了决心去找锋。夏岚四年来第一次进锋的宿舍，在门口就看到锋正忙着在同学的纪念册上留言。

夏岚悄悄地走到锋身边，说："我的纪念册里，也不能少了好朋友的留言。"

听到这熟悉的声音，锋猛然抬起头，意外地发现夏岚竟然站在自己面前。锋一下子觉得好感动好开心好解脱。锋想，自己和夏岚其实本来就是很要好的朋友，是自己的鲁莽破坏了这份友谊，现在人家女孩子主动把久违了的友谊送到自己面前，自己当然要全身心地接受了。

可惜的是，这重拾的友谊来得有点儿迟。没几天，大家就各奔东西了。不久，锋就出了国。夏岚过了不久也出了国。虽然都在美国，也离得很远，但是彼此在美国的学习生活都很忙，所以，他们之间交往也很少。

4
胖子

读大学时，胖子知道自己书读得不好，英语也是考完试就都还给老师了，所以压根就没想过出国。胖子毕业后优哉游哉地让爹妈通过学校的门路留校了。留校干吗？当然不是搞学术了，是在行政部门混。

胖子在学校行政部门混是副业，交女朋友是正业。女朋友交多了，自己明白了什么样的女孩子可以当老婆。明白了这个道埋之后，就遇到了现在的老婆。当然，既不是“偶遇”也不是“艳遇”，是别人介绍的。女孩子相貌平平，文凭也平平，就是本地一个大专毕业的。可胖子为啥看中了她呢？是因为这女孩有个在市里物资部门当官的老爸。这个条件可不一般，没相处多久，胖子就决定要娶这个女孩了。

胖子“久经沙场”，知道怎么哄女孩，把这女孩糊弄得也是非胖子不嫁。更妙的是，这未来的岳父大人也特中意这个女婿。为啥呢？这位领导同志没读过什么书，内心特崇拜读书人。当年自己在工厂里当小工人，幸亏有机会攀上当时厂里的销售科长，销售科长升为副厂长，自己就被火速提拔为销售科长。那些不服自己的人，后来都被自己跟老上级收拾了。这一当上销售科长，从此人生一帆风顺。那位老上级后来调到市里，自己也就调到市里肥得流油的物资部门。

这物资部门，进去前就听说肥，可没想到有这么肥。可毕竟是政府官员，这肥水不能放开了往家里流，所以，只能在帮别人的基础上自己分一点。日子久了，见到自己帮过的人都大发特发了，胖子未来的岳父大人心里当然不平衡，他恨自己没儿子，不然让儿子出去做生意，自己为儿子大开方便之门，那自己不也成千万亿万富翁了吗？唉，可惜自己只有个女儿，而且这个女儿从小被自己跟老婆惯得饭来张口衣来伸手的，根本就不是做生意的料。

以前想，既然女儿做不了生意，那就一心要她读个大学吧，可女儿又没那能力。现在能让女儿嫁个大学毕业生，父母还是大学老师，那可是书香门第啊，不是挺好？自己有权，自然钱就不是个问题，可就是没多少文化，心里一直不舒坦。现在跟胖子家结亲家，那不是锦上添花吗？再跟这“未过门”的女婿一打交道，一看这小伙子不仅有文凭，还伶牙俐齿的，对自己又特尊重，心里大喜。

胖子怎么成了“未过门”的女婿呢？胖子的爸妈在大学里是普通教职工，把胖子送进大学，再后来留校，已经尽了全力了，再让胖子发财，那是万万办不到的。这年月，要发财，快发财，那得有背景。胖子攀上这门亲戚，那可是一个小老百姓攀上了权势之家啊。所以，那形势对胖子来说，是有点“倒插门”的味道。这一“倒插门”，胖子不就成了“未过门”的女婿了吗？

胖子这婚结得是真赚了，不仅婚礼排场超大，送亲的豪华车队排出一里地去，而且在市中心最好的地段有一套豪华装修的新房当婚房。那银子花得胖子看了都心跳，心想老丈人到底有多少钱啊？谁知，婚礼后一结算，这婚结得不仅不赔还倒赚了一笔巨款。为什么啊？那送礼的排队都排到两里地之外了。所有要拍胖子的老丈人马屁的，都赶着这次机会献上大笔的银子。人人都知道胖子这位老丈人，你送多少，他大概都看不上眼。但要是送少了，或胆敢不送，那他老人家是要记恨你一辈子的，你小子以后就等着吃不了兜着走吧。

胖子从这次结婚中深深地体会出权力的厉害，暗暗对自己的英明决策佩服得五体投地，对老丈人更是比自己爹妈都亲。唉，人要是有钱有势啊，生儿生女都一样，生个女儿，照“娶”女婿，“娶”的女婿比亲儿子都好。亲儿子都未必买自己的账，觉得你为他做什么都是应该的，而这女婿，对自己敬得快要抱着鞋子亲了。对有钱有势的人来说，不是“一个女婿半个儿”，是“一个女婿一个半儿”。

5

老吴和他的新媳妇

健来到美国，突然发现这日子真的不好混。全部生活就靠教授的那点儿科研助学金。平时除了读书上课，就是从早到晚地泡在实验室里。被学生背后俗称为“老板”的教授，是要用健发的paper（论文）数，来证明他给健的这点儿钱值得。健也认了，决定把这几年卖给老板换个学位，等有份工作，就解放了。想通了，健也就心无杂念得跟庙里的老和尚没两样了。可这心如止水的和尚生活，被同屋的“吴大郎”给搅了！

这“吴大郎”姓吴，但大名不是“大郎”。“吴大郎”的绰号是他娶了媳妇后得的。原来这“吴大郎”被尊称为老吴。因为他快30岁了，比这儿大多数的中国留学生年纪都大。这个中部大学实在不是什么名校，所有老中加起来也不过十几号人，平均年龄也就二十五六岁。各位看官，知道谁是老中吗？就是指我们中国人自己。谁让我们给人起昵称都爱加个“老”字呢？比如我们叫墨西哥人为“老墨”，叫印度人为“老印”，等等，以此类推。

好，题归正传。这快30岁的老吴自然属老大哥级的人物，可大多数人心里对老吴也没太多的尊敬。一来，老吴读的专业是物理，研究的项目是个很老旧的题目，连老吴自己都知道将来没出路。二来，老吴一胖二黑三五短，实在其貌不扬，这儿单身的女孩子没一个对他有性幻想的。三来，老吴是贵州乡下出来的，平时跟人交往的习惯不好，而且特抠，半分钱亏不吃，所以，大家对他有点儿敬而远之。

老吴原来跟另一个老中合租一个两卧室的apartment（公寓）。因为老吴的那些不讲卫生的坏毛病，那室友早就想换地方了，可又怕老吴敏感，一直没好意思换。好不容易等健一下飞机，趁他还人生地不熟、搞不清东南西北的当口，这位老吴的室友就“好心”地把健换进了自己这间房，自己趁机脱身。

健跟老吴相处久了，也慢慢地知道了老吴的种种毛病，心里有点儿不拿他当老大了。好在健是老实人，又从早到晚都在学校里泡着，跟老吴倒也相安无事。本来这种各自单飞的生活也挺好，大家都将就点，这日子也就得过且过。可这老吴竟出“幺蛾子”，搅了大家平静的生活。

突然有一天，老吴宣称暑假要回国。在20世纪90年代，老中留学生是很少回国的。一是机票太贵，二是怕拿不到返签签证。所以，当这位平时连一分钱都要抠的老吴说要回国，大家还是一惊。不过老吴说了，出国三年了，父母年纪大了，得回去看看。大家都觉得有理。老中嘛，“孝”字当头啰。谁知，一个月后，老吴一回来，宣布结婚了，大伙就嚷嚷着要看“嫂夫人”。老吴得意扬扬地拿出一沓照片。这一看不得了，让所有猥琐男女妒火中烧。

这照片上的嫂夫人只有二十出头，圆脸大眼，纤腰细腿，那个妩媚啊。看得猥琐男们直咽口水，恨这朵鲜花插在牛粪上。看得单身女们咬牙切齿，恨老吴让她们掉价。

看着这一个个平日里自命清高的男女老中们，都把打翻的醋瓶挂在脸上，老吴心里那个得意啊。活了30年，就此时最得意了。当年作为村里的状元，出省上大学时，看着全村老少的羡慕，也得意过。可那毕竟只是村里人啊，在他们面前显得意，这层次也低啊。第二次得意是前几年出国的时候，着实被同学们羡慕了一把。可那是个二流大学，出国人少，层次也有限。这回，这些哈喇子直流的，可都是自诩为“精英”的留学生啊。其中不少是北大、清华、复旦、交大的高才生啊。让他们嫉妒一把，那真是太爽了。

老吴一得意，吹起这新媳妇来就没边了。什么这是他母校的学妹啦，不是校花也是系花啦，对自己何等温柔啦之类，听众恨不得举起大棒，将这位“吴大嘴”狠砍一百“杀威棒”。

以后的若干日子里，老吴及新媳妇变成了大家闲聊时的唯一话题。有位嫉妒得不得了的猥琐男恨恨地讽刺道：“就老吴这样，娶这么个媳妇，就跟武大郎娶潘金莲如出一辙。”

一下子，这“吴大郎”的绰号就牢牢地戴在老吴的头上了。大家背后一说“吴大郎”这绰号，就像向自己心中的妒火上浇了一瓢清水，心中顿时舒服了许多。

“吴大郎”一回来就忙着给新媳妇办探亲签证，不久就有了眉目。“吴大郎”又急切地找了一间卧室的公寓，要和老婆单飞。终于有一天，“吴大郎”神秘兮兮地告诉健，下周末老婆就到。周一还请健帮忙搬家。健一口应允，心里早就想换个室友了。

大家知道“吴大郎”的新媳妇要来，都嚷着要闹洞房。“吴大郎”说，周日下午老婆到，请大家晚上7点来聚一聚。到了周日，“吴大郎”一早就开着他那辆屁股后冒烟的小破车，去机场接新媳妇。健则像以往一样，周末泡在实验室给老板赶paper。等到了晚上7点回家，屋里已聚满了老中，笑声、喧哗声响彻三公里之外。

健一进门，就看见了“吴大郎”的新媳妇白萱，像个大明星似的，被众星捧月般地围在中心。白萱圆圆的脸上，堆满了羞涩的红晕，大眼睛笑眯眯地扫过每一个起哄人的脸。仔细一看，健的心也怦怦地跳得加速起来。这白萱真人可比照片上要妩媚多了，难怪这一群过着和尚日子的猥琐男，此时此刻像丢了魂般地盯着“嫂夫人”，简直把我们正主“吴大哥”视若无物。我们这位现实版“嫂夫人”此刻体会着集万宠于一身的得意，说话声已经嗲得要滴奶油了。在场的女士，被这一声声嗲声搞得全身鸡皮疙瘩一片一片地出，一个个强忍着别让晚饭吐出来。

其实，主人也没准备什么晚饭，只是把新媳妇从国内带来的小吃铺了一桌子。这些小吃基本上被女士们一扫而光，猥琐男们所有的注意力全在这“嫂夫人”的身上，咽下的口水早把肚子填满，哪里还想到吃啊！而女士们则把怒气全撒在这小吃上，埋头狠吃。好像吃进去得越多，就可以把怨气多挤出来一点似的。

终于，“吴大郎”站出来解围说：“夫人今天刚下飞机，旅途疲劳，又有时差，需要早点儿休息。搬家之后，再请大家过来。”得此大赦，在场所有女士立即告辞。这样一来，各位男士连想再赖一赖，再看一看“嫂夫人”都不行了，只好一个个依依不舍地告辞。有一位还悄悄拉着健说，今晚健有艳福了，要他少睡多听，明天向大家汇报，说完偷笑着走人。健一时没意识到什么意思。再一思量，自己搞了个大红脸。

等人都走了，健跟老吴和白萱把客厅简单收拾一下，老吴就迫不及待地拉白萱回房。白萱还羞羞答答地跟健说声“明天见”，搞得健心里一颤。等两人关上门，健一看时间，10点都不到，也无睡意，就把那老掉牙的电视打开，把声音调小，漫无目的地瞎看。

美国的房子都是木板造的，不如国内的水泥钢筋房子隔音效果好。老吴和白萱在屋里细细碎碎的声音，就像蚊子一样直往健的耳朵里钻。突然，白萱娇羞地说了一声“你好坏”，然后就安静了下来。健一个激灵，忍不住想，这老吴到底做了什么让白萱说“坏”？这一想不要紧，健的下面敏感部位一下子硬了起来。健逃也似的冲回屋里，反锁上门，此刻满脑子都是白萱。

健躺在床上，决心立马就找个像白萱一样漂亮的女孩做老婆。什么“建国大计”，人不能自己把自己给憋死吧？总不能“业未成，人先亡”啊！

6
“搬运”

在海外的留学生，一般把回国娶个老婆带出来笑称为“搬运”。这个娶老婆的留学生自然就成了“搬运工”了。

原本看到“吴大郎”搬运成功，健也有点儿嫉妒，可没那么强烈。毕竟他比“吴大郎”年轻很多，又有点儿文人相轻。一来，他觉得自己比老吴帅——那是自然，这儿的老中猥琐男们，随便哪一个都比老吴高，比老吴帅。二来，他觉得自己的专业比老吴强，健毕竟读的是 Double“E”（Electronic Engineering 电子工程学），毕业后找份工作应该不是难事，再怎么也比老吴学的物理强吧。当然，如果老吴有本事搞点物理学领域里热门的玩意儿，像光电或是材料什么的，那还有点戏。可老吴的专业也太原始了吧？毕业后只有当教授的出路。可这所大学的综合排名实在不怎么样，而且即使有教授的空缺，也轮不到老吴啊。三来，健觉得自己的母校比老吴的强太多，就觉得自己的出身无形中高贵了很多。健安慰自己，等过两年毕业找到工作，也回母校找个校花、系花的，一定压过老吴！

本来有了这“先立业，后成家”的“建国大计”，健可以继续过他那如死水般机械的日子。但不幸的是，老吴和他的新媳妇极大地动摇了健的决心。

毕竟是学工程的，冷静下来的健开始考虑如何在母校找个校花或系花。首先，得有人介绍。脑子转一圈，只有胖子可以找。胖子是健的大学室友，父母是学校的教职员工，现在胖子又留校了，要找学妹，没胖子帮忙是绝对不行的。想定了，健腾地一下从床上跳起来，立马就给胖子发 e-mail 问好。当然了，开头得迂回点，总不能开门见山地说真实目的，说自己要找老婆吧。健说了说自己苦行僧般的生活，问问胖子过得怎么样，再问问其他老同学都好不好。

健这儿是半夜，胖子那儿可是大白天。大概是工作闲，胖子立马就有回音了。这样，过了几天，几封 e-mail 来去，健终于吞吞吐吐地请胖子介绍个漂亮学妹。胖子一看大笑，回信说：“你在美国做和尚也太苦了，我这就找个靓妞的照片给你发过去。”就这样，健的“相亲行动”正式启动。

但是，健的“相亲行动”实在不顺利。同人不同命，真是各人有各人的运气。健的母校在大城市，学妹见出国的见多了，所以，健一点不像老吴在他国内那个小学校那样吃香。确实，论学识，论家庭背景，论长相，健没一样出色的。胖子倒是介绍了几个漂亮学妹，但经过几个星期或几个月的长途电话，结果都不了了之。20 世纪 90 年代末还没有网络电话，越洋电话超贵。长长的电话，让健每个月看着电话账单，身心俱疲。后来，连胖子都疲了，只好说现在的小姑娘太狡猾，只能慢慢找，还问健能不能降低对女孩子长相的要求。

其实，要是没有白萱，健对长相也没那么高的要求。可这老吴这一出，把所有老中找老婆的标准都给提高了，谁也不想好不容易“搬运”个老婆来，被人家比下去，是不是？所以，健在长相方面不肯让步。这一来，健和胖子都知道，找学妹是没戏了。

健是个孝子，每个月总要给爹妈打一两次电话。以前，老爹老妈一提健的个人问题，健总是打哈哈绕过去。现在，爹妈一提，健就不回避了。老爹老妈一听儿子松口了，立马就要满世界给儿子介绍对象。问健的要求，健说，有学位最好，实在没有也行，但人长得一定要拿得出手。

其实，大城市的漂亮小姑娘要是有个好学位，拎得贼清。健这样的，就是一个“备份”。健现在经验丰富，没两通电话就能知道自己是不是对方的“备份”。所以，一般自己先主动划清界限，也省了很多电话费。

健折腾了整整一年，终于有了正果。

7
丽丽

女孩子叫丽丽，是健的爹妈厂子大院里同事的女儿，也算是对家庭背景知根知底了。女孩子中专毕业，因为长得好，在市里很大的百货店站化妆品柜台。健现在对有学位的女孩已经彻底失望了，所以对这个中专毕业生一点儿也不嫌弃。

照片寄来，着实把健给镇住了。跟白萱相比，丽丽更有一番别样的风韵。毕竟是大城市的女孩子，又在化妆品柜台工作，那做派那打扮比白萱更多了一份洋气。当然，看久了，健觉得丽丽缺少那么一点气质，比白萱感觉上要“浮”一点。大概因为白萱大学毕业，而丽丽才是中专水平。但这气质是说不清的东西。既然说不清，那就不去想了吧。至少，这个丽丽带出去能压住白萱，这是健心底里真正想要的。更重要的是，自从看了丽丽的照片，通了两次电话，健晚上睡梦里和自慰时想象的，都从白萱换成了丽丽。而且，人家女孩子对自己又中意，老爹老妈又喜欢，那还有什么挑的?

健认为，这个丽丽命里注定就是自己的了。健打电话告诉老爹老妈，就这个丽丽了，就这么定了。老爹老妈欢天喜地地拍胸脯保证，国内的事由他们搞定，健就等着暑假回国相亲加结婚吧。

从此，健和丽丽的电话都快把太平洋底的电话线给烧断了。这可是健这辈子第一次谈恋爱啊！健早早地跟老板请了假，订好机票，然后进入倒计时，每天都盼着放假。

和健相比，丽丽已经是历经沧海了。这么漂亮的小姑娘，又是上的中专，早在学校里就被男孩子追得昏天黑地，男孩子为她打架也不是一次两次了。丽丽正式非正式的男朋友加起来有多少个，连她自己都记不清楚。但丽丽是聪明人，知道自己将来不是嫁个有钱的就是嫁个有学问的，绝对不会跟中专里这些小混混长久。丽丽不爱读书，但对自己的未来很有主见。她知道，要嫁有钱的或有学问的，自己的名声很重要。所以，丽丽总是把她的恋爱搞成地下工作，在她住的职工大院里，一点儿风声都不透。

丽丽既然知道女孩的名声重要，那还老是谈恋爱干吗呢？一来，哪个女孩不怀春，谁不想被男孩宠着？谁让自己天生丽质，追求者不断呢？二来，有些男孩也真够帅的，手里又有两个钱，魅力实在没法挡，丽丽也是身不由己。三来，追自己的男孩多了，麻烦也多。有个正式的男朋友，可以挡一挡，让自己被保护一下。

经历多了，丽丽也算看明白了，自己看上的，只是和自己玩玩，腻了，他们又会找下一个。死心塌地追自己的，自己又看不上。因为看开了，丽丽反而能把周围的男孩搞得定定的。对自己腻了，说要分的，丽丽就会大度地和他“挥挥手，不带走一片云彩”。所以，这么多年来，职工大院里从来没有过丽丽的负面消息。所以，健的老爹老妈才会这么痛快地把丽丽介绍给健。

当丽丽知道自己被介绍给健，她意识到这是个千载难逢的机会。丽丽从小就知道健，知道他是她们大院里一个老实巴交的“才子”。可当年丽丽还是个小孩子。即使在路上遇见，健这个书呆子也不会多看她一眼。等自己长开长漂亮了，健也出去上大学了。没想到这两条不相干的轨迹竟能相交，丽丽竟有机会嫁个“才子”，还能去美国。丽丽知道她一定要把握这次机遇，只能成功，不能失败。

丽丽对自己的相貌还是有信心的，但健是个读书人，丽丽也知道光有外表怕是搞不定。好在丽丽有经验，自从上班站化妆品柜台后，丽丽的眼界也开阔了，见到了很多有钱人士。这些人来为老婆或女朋友买名牌化妆品，一掷千金，眼睛都不带眨的。当然，他们除了对化妆品感兴趣，对卖化妆品的人也同样有兴趣。丽丽在推销化妆品的同时，有时连自己也一并推销出去。

丽丽曾经把自己推销给一个做房地产的暴发户当地下情人。这位大老板当年也是某大学的毕业生，所以整天把自己往“儒商”的方向发展。大老板带着丽丽参加的聚会都是大学同学会。丽丽和这帮所谓的“文化人”混久了，也悟出了这些读了几年书的人对女人的要求。

带着这点儿悟性，丽丽在健的面前把自己成功地包装成一个涉世未深的天真少女，电话里总是嗲着声音装天真无知，一会儿一个“为什么啊”，又一会儿一个“我不知道耶，你告诉我嘛”，再来一个“我想知道嘛，快告诉我啊”，让健的骨头酥得像油炸麻花。长到这么大，还没一个美女对自己这么崇拜过，这么多年书真是没白读啊！

现在的健，睁开眼闭上眼，全是丽丽的倩影。只恨这该死的太平洋让他只能想虚拟的仙女而摸不到仙女的真身。至于月底那好几位数的电话账单，健早已不在乎。大丈夫能屈能伸，哪怕每天啃面包也不能少了那“精神食粮”。丽丽那嗲声嗲气的声音就是健每日不可缺的“大力神”营养水。健靠着这“大力神”精神食粮，一直撑到回国上飞机的那天。

下了飞机，拿了行李出来，老爹老妈早在那儿候着了。可真让健疲劳全无的，是老妈边上这位让健朝思暮想的“丽人”。老爹老妈笑盈盈地把丽丽推到健的身边，从健手上抢过行李车，让健和丽丽在前面走，老两口跟在后面。看着儿子对丽丽失魂落魄的傻样，老两口得意地互相挤眉弄眼。老两口自认这是这辈子为儿子做的第三件伟大功绩。前面两件当然是把儿子送入大学和送儿子出国啦。

接下来的几天，健忙得连轴转。见未来的岳父母，见亲朋好友老同学，吃不完的饭，说不完的话。当然还被两家老人催着去和丽丽领了结婚证。然后，就去拍婚纱照，准备婚宴。唉，谁让健只有一个月的假期呢。

可怜老爹老妈，把养老的积蓄都拿了出来。谁让健出国时自己没挣两个钱，把爹妈的钱倒是花了一大笔。这两年在美国，只靠着微薄的研究助学金生活，也没存下多少钱。这次给岳父岳母送的大礼，以及丽丽“钦点”的顶级化妆品，基本把健的银行账号给归了零。健想想也就豁出去了，一辈子就结一次婚（如果人生真的这么幸运或不幸的话），反正等自己毕业找到了工作，银子就会有的。

回国一个礼拜了，健和丽丽单独相处的时间几乎没有。好不容易等拿到结婚证，从法律上讲两人是夫妻了，才有了机会单独在一起。丽丽把全身都给了健，但死守着最后一道防线。丽丽坚持说，这最后防线要到婚宴后的那一晚才能完完全全地让健攻破，因为中国人普遍认为婚礼上喝了交杯酒后才算真正的结婚，健感动得快把丽丽当作“圣女”了。

到了婚宴那一天，两家的亲朋好友加上健的大学同学把健灌了个酩酊大醉。健本来就没酒量，这一醉，连睡了12个小时，不得不把对丽丽的“最后总攻”

推迟了一天。当健“结束总攻”，看到丽丽下身殷殷的血迹时，感动得把天上中外的众神都感谢了一遍，感谢上天赐他一个这么完美的“圣女”。

可他这一辈子都不会知道，丽丽是故意拖到例假后的第3天，在身子还没完全干净的时候，才把身子给了健这个可怜的处男。既然这些男人毫无道理地要“见红”，那就给他们点“红”让他们去膜拜吧。丽丽永远不会点破这个秘密，健永远都以为自己是得到丽丽的第一个人。其实，守住这个小秘密对两人都好。从这点来看，丽丽简直就是天才。

余下的短短数日，健还得跑居委会，跑公证，跑公安局，为丽丽的探亲签证准备材料。接下来健和丽丽的缠绵时间就不多了。当健再次上飞机的那一刻，健和丽丽依依不舍得就像被发配到银河两端的牛郎织女，搞得送行的两家老人都偷偷抹眼泪。

健回到美国，和丽丽又过上了天天煲电话粥的日子。等健火急火燎地把经济担保证明寄给丽丽，让她早日去办签证后，健又开始拜天上中外诸神保佑丽丽的签证顺利拿到。大概各神都被健感动了，签证官居然只用中文问了丽丽两句就给通过了。那两句也就是问“你丈夫的生日是哪天”“他在哪儿读书”之类的弱智问题。估计签证官也不好意思让美女当场难堪。

一个月后，当健终于在机场把新媳妇搂在怀里的时候，这场“搬运行动”才圆满落幕。

8

休夫记

健的“搬运行动”大获成功，但老吴的“搬运”却出了事。老吴和白萱的事又成了老中们闲聊时的热门话题。

自从把白萱“搬运”了过来，老吴表面上春风得意，可心底里却愈发焦虑起来。

白萱虽然毕业于一个国内二类小学校，可目光远大，不出国誓不罢休，早在毕业前就忙着考托福、考 GRE 了。可出国这事，运气占了很大成分。再加上 20 世纪 90 年代中国还不太富裕，拿不到奖学金、助学金，签证根本没戏。出国这事就如一根鱼刺卡在白萱喉咙里，前也不得进，退也不得出。

就在此时，朋友给她介绍了老吴，一位在美国的物理博士（尽管还是在读）。因为白萱出国的事正吊在半空，这位“美国的物理博士”的出现，还是带着很大的光环和吸引力的。尽管这位“博士”的“物理条件”差了点，可仔细一想，一来，人家是“博士”，智商应该还是高的。二来，可以带自己出国。三来，自己此刻又没有其他海外的“备份”。白萱考虑再三后，决定破釜沉舟，“从”了。但对老吴提出的条件之一，就是到美国以后，自己要继续攻读学位。老吴欣喜若狂，把白萱的所有条件都一口应承下来。

可真等白萱来了美国，立即要实施“学位计划”时，老吴觉得要赔本了。老婆这一读书，立马多了一大笔费用。本来，他的奖学金加助学金就只够他们吃饭的，再去掉老婆读书的学费，那可就赤贫到底了。当然，这还是表面的原因，心底深处，老吴知道这如花似玉的老婆一出去读书，眼界一开，自己怕是要被“清仓”了。

思前想后，锁定娇妻的办法就是尽快让她给自己生个娃。老吴估摸着，女人一有了娃，就是赶也赶不走了。而且女人要带孩子，读书的事自然就不用再提了。当然，女人生了娃后身材会变，可这是自己不被“清仓”的一点儿“保证金”，这点儿代价一定得付。

一旦想定，老吴就开始他的“生娃阴谋”了。

可是白萱毕竟是受过高等教育的，对自己在美国的前程心里清楚得跟明镜似的。结婚前她就跟老吴说好了，来了美国就要先读个学位。生小孩？门都没有！

既然人家的这个条件是老吴自己当初一口应承的，不能反悔啊。所以，老吴行动的第一步，就是给白萱洗脑：“老婆啊，咱们生个小美国公民吧？咱们能不能留在美国还不一定，可咱有个娃可以在这儿扎根啊。”

老婆一听，立马回绝得斩钉截铁：“我还年轻，急什么？等我拿了学位有了工作有了身份，再生孩子也不迟！况且，就我们这经济条件，现在生小孩，我们养得起吗？让我现在生小孩，不可能！”

老吴一看，让老婆进自己设的圈套没戏，就开始实施第二套行动方案，想来个既成事实，让老婆先怀上。可是，老婆在床上自始至终都保持着高度的警惕性。老吴被要求从做那事的一开始就得戴套套。

老吴心想，这下不完蛋了吗？听说美国这儿的套套上都有杀精剂，即使有万分之一的可能，有几个小精虫侥幸翻过监狱围墙，那也得中毒身亡啊！不行，得再想办法。

老吴一计不成又生一计，求老婆吃避孕药，这样他就不用戴套套了。老吴心想，只要老婆肯吃药，我到时候把药换成维生素不就成了？老吴大概是侦探电影看多了。

可是白萱对这个提议否决得非常有理论水平：“避孕药是靠改变女性荷尔蒙分泌来避孕的，对身体绝对有害。我绝对不会慢性自杀！”

现在老吴真的是黔驴技穷、极度郁闷了，连强奸老婆的心都有了。可是恼火归恼火，老吴的“生娃阴谋”不得不宣告彻底破产。

而白萱的“学位行动”却进展顺利。人只要到了美国，申请起学校来易如反掌。只要对学校档次要求不高，拿出说得过去的大学成绩单加上托福、GRE的成绩，录取通知书轻易就能到手，而且白萱还有一点点助学金，能抵学费。

白萱把自己从留学生配偶身份F4签证转成学生身份F1签证，跟老吴平起平坐了。

白萱这一件件事做得漂漂亮亮，让老吴干着急，一点办法也没有。白萱还逼着老吴教她学会了开车。现在白萱就是美利坚天空上的一只自由翱翔的小鸟，老吴连拿根绳子牵着的可能都没有。

但老吴心里有个小九九，死活不肯为白萱买车，先是说她开车没经验，上高速公路不安全，为她担心，然后又以没钱为理由，说家里没必要有两辆车。实际上老吴是心底里怕老婆有了车，行动自由了，自己没法控制。既然不肯买车，老吴只好早上送白萱去上课，晚上再接她回家。

白萱除了上好几门课，还得在学校打点工赚学费，所以每天也是从早忙到晚。白萱是积极上进的好学生，一心想多修几门课，早点毕业找工作。

这一上学，人见得多了，眼界也开了，在家里气势也壮了起来，老吴暗自叫苦不迭。首先白萱意识到老吴的所学，大概顶多就一个“博士”顶天了，将来怕是连个像样的工作都没有，搞不好得去做“破四刀”（Post-Doc. 博士后）。要是连“破四刀”都没得做，那可就得去餐馆打工了。在美国，在餐馆打工的老中博士还少吗?

在美国大学里的老中，是个人都是硕士、博士的，有个学位真不稀奇，稀奇的是有份好工作。一旦有份好工作，票子、房子、卡子（绿卡）就是水到渠成的事儿。很多人读博士其实是不得不读——找不到像样的工作，又不想丢身份，就只好耗着青春读博士，老吴就是这类人。

白萱很快悟出来，要是老吴倒霉到拿了博士学位还找不到像样的工作，那就只好去干“破四刀”。这“破四刀”白萱可是在校园里看多了，拿着可怜的只能填饱肚子的一点儿收入给老板做牛做马，就指望有一天，老板开恩，给自己推荐个大学教授当当，一步跨进共产主义。可大学教授的空缺毕竟少啊，走运的毕竟是少数。你得做的课题正合适，你的老板在这个领域足够牛，还有你要把老板马屁拍得足够好，三者俱全，那幸运之箭才会射向你。从老吴的身上，一点儿希望都看不出来，白萱内心深处很不想跟老吴这么一辈子“破四刀”下去。

白萱一方面识破了老公要她生小孩的阴谋诡计，另一方面反守为攻，让老吴放弃博士转学个好找工作的专业。这可难坏老吴了。一来，他已经耗了这么多年读这倒霉的博士了，现在放弃，舍不得啊！二来，这年月干什么都得要钱啊，不读这博士，那就意味着现在这点儿钱都没了，没钱怎么去读其他专业?

白萱说："那你可以像别的老中那样，一边读博，一边偷偷去学计算机之类的热门专业啊！"可这条路在老吴这儿又行不通。老吴的老板因为以前有老中学生偷学计算机学成后脚底抹油溜了，所以老板对老吴的师兄师弟们看得贼紧，老吴是心有余而力不足。尽管这委实不是他的错，但白萱已经对他绝望了。

在外面，不乏蜜蜂绕着白萱这朵花嗡嗡地转，其中有一个是上海来的小伙子，叫思远。思远的身高比老吴高，脸也比老吴白净，他跟白萱同修一门财务会计课，有了和白萱同进同出的便利。这点优势，恨得大多数猥琐男牙痒痒的。最重要的是，这个小伙子不仅嘴甜，而且家庭背景好。

小伙子的外婆当年跟他外公跑到台湾，后来又移民来美国。小伙子的妈当年已经嫁人，跟他爸留在了中国。一改革开放，外婆就急着回国找女儿，然后忙着办理女儿移民美国的手续。成人子女移民要等很多年。终于，小伙子的父母等到移民签证，从上海来美国跟外婆住在一起。这小伙子也自然来了美国。但是因为已经成年，还得等老妈入公民才能拿绿卡。可这不是个问题，老妈明年就入公民了，所以，这小伙子的绿卡也是指日可待。

唯一可惜的是，这地方是美国中部，中国人少，小伙子一直没找到合适的女朋友。谁知道来修这门会计课，竟遇上了白萱。小伙子一下子就喜欢上了这个姑娘。可是，白萱已嫁为人妇，小伙子也无可奈何，但他一逮住机会就和白萱聊天，而且总是顺着白萱的兴趣说，常常让白萱聊得意犹未尽。白萱刚来美国上课，总有点吃力，正好有这位能传道解疑的同学当"好友"，何乐而不为呢?

老中留学生们也都注意到白萱和这位上海小伙子的亲密关系，私下里都在等着看好戏。当所有老中都等着看白萱给老吴戴绿帽子的时候，老吴竟然还蒙在鼓里。话说回来，白萱和思远两个人就是同学关系，也实在没啥。而且白萱和思远还挺注意的，每次老吴来接白萱的时候，两个人都保持着远距离。思远遇到老吴还客气地跟老吴打招呼。老吴一点儿也没意识到这位是自己老婆的"蓝颜知己"。

老吴其实很防范白萱在外面的交际，但他重点防范的都是身边的"烂兄烂弟"，没把思远列上黑名单，直到有一天，老吴有事从老婆上课的教学楼经过，不知为什么鬼使神差地想去看看老婆上课的样子。这一看，老吴的天就塌下来了。

当时正是课间休息，白萱和思远亲热地坐在一起低声地说着什么，一边说一边笑，好像在说一个他们俩之间的小秘密。老吴的头嗡的一下，脑子一片空白，不顾后果地冲上去，低低地吼了一声白萱的大名。

白萱和思远吓得一下子从座位上跳了起来，看着背后突袭的老吴尴尬无比。可思远一想，我跟这女孩就一起说说话，有什么可心虚的？便恢复镇定，跟老吴打招呼。这老吴打翻了的醋坛子让他一时昏了头，竟然狠狠地白了思远一眼，拉着白萱就走。白萱急了，一会儿还有课呢。昏了头的老吴才不管，拉着老婆就回家了。

两人出了教学楼，老吴把老婆推进车子，一踩油门就往家赶。气头上的老吴质问白萱：“你跟那上海人什么关系？”

一直看着窗外一言不发的白萱，狠狠地回了一句：“什么关系？同学关系！”

老吴一下子被噎住了，又不甘心，继续盘问：“那有什么事，你们要在一起悄悄地说？还笑嘻嘻的？”

白萱狠瞪他一眼，呛他说：“我们在说那老师跟我们班上一女同学关系不正常，这种事当然要小声说了。说这种事，难道不好笑吗？你平时不也老是在网上看这种帖子吗？”

这下子，老吴真没辙了，像泄了气的皮球，后悔自己太冲动，做了这么件蠢事。一路上，两人无语，白萱开始委屈地抽泣起来。

回到家，白萱冲进卧室，关上门，倒在床上放声大哭。哭完了，禁不住开始想自己跟思远的关系了。以前，白萱知道思远喜欢自己，可从来不敢往深处想，毕竟自己是结了婚的人。今天老吴这一无理取闹，倒让白萱赌气地想起思远的种种好处了。这一想可了不得，思远各个方面都比老吴强太多了！可是，白萱还是有底线的，这么想想也就是解解气，白萱也不想真的要和思远有什么。

老吴自知理亏，低头进厨房做晚饭。老吴做饭的水平仅仅是能把饭菜烧熟。等做完饭，叫老婆吃饭。可白萱把门一反锁，就是不出来。老吴没办法，只好在门外，狠狠地进行自我批评，深挖自己丑恶的灵魂，又自抽自己几个耳光，最终才没被撂在客厅睡。

第二天，老吴乖乖地送白萱上学。到了教学楼前，放下老婆，他一溜烟地跑了，现在连他自己都不好意思见思远了。白萱在教室里坐下，思远走过来，把昨天白萱落下的课本放在她桌子上，然后关切地问：“怎么样，没事吧？”白萱摇摇头轻声说：“没事。”思远若有所思地点点头，找了个远远的位子坐下。

整堂课，白萱一个字都没听进去，盯着思远的背，一会儿想想自己的这桩婚姻，一会儿想想思远。想想自己爱老吴吗？扪心自问，自己从没爱过他。不可否认，自己的婚姻带有很大的功利性。可老吴是真爱自己，自己实在不忍心伤害他。可他这个人也太猥琐了，自己难道连个朋友都不能有吗？这班上就她和思远两个中国人，难道都不能和同胞做朋友？仅仅因为他是个男的？自己跟思远清清白白，凭什么不能当朋友？白萱越想越气，决定不仅要和思远当朋友，还要当很好的朋友。

下了课，思远竟然犹犹豫豫地不过来说话。白萱火了，走上前去问：“你是不是想躲我？”

思远一下子脸红起来，磕磕巴巴地说：“不是。我只是不想给你和你老公之间造成误会。我……”

白萱一听，这个气啊，问他：“你肯不肯出来跟我说话？”然后，转身就往外走，思远垂头丧气地跟在后面。走到楼梯拐角僻静处，白萱停下来。思远赶忙说：“昨天真是对不起。”

白萱一下子火就上来了：“你干吗道歉？他应该向你道歉才对。我们俩清清白白的，他凭什么怀疑我们？”

白萱一激动，说出来“清清白白”这个词，使她与面前的这个男人之间一下子有了很多暧昧的意味。

“可是，我不想伤害你。”思远轻轻地说。

白萱听了，心里柔柔地一颤。她是第一次听一个男人在她面前说这么温柔的话。一股不由自主的冲动让白萱抓住思远的手说：“我不怕，我就是要跟你好。你不是也喜欢我吗？你说啊！”

本来，白萱是想说“要跟你当好朋友”，谁知说出口的竟是“要跟你好”，大概是潜意识在作怪吧。话一出口，两个人都怔住了。

思远没有把手从白萱的手里抽出来，只是定定地说：“是的，我喜欢你很久了。”

这一刹那，两个人像处在真空之中，整个天地之间只有他们两人。

有时候看似永远捅不破的窗户纸，其实只要轻轻一触就破了……

思远和白萱虽然捅破了窗户纸，但从没做越轨的事。不要说接吻，连手都没牵过，大概他们心中都有一个小小的跨不过的坎吧。同班同学谁也没看出什么，表面上他们只是一对很好的同学而已。

老吴自上次一闹，再也没勇气突袭老婆上课的地方了。他自己也知道那次伤老婆伤得实在太深。可是老婆越是不拿那件事跟他闹，他心中就越发不踏实，晚上睡觉老是梦见老婆跟人跑了，搞得睡眠不足。白天在实验室里，一想起老婆和那个小白脸亲亲热热的，就难受得连科研都没法做。这不踏实的感觉让他快要发疯，连吃饭都不香。两个月下来，人瘦了一圈，脸色也苍白了。

老婆问他是不是不舒服，他谎称做科研忙，被老板逼的，过了这阵子就好了。老板看他最近不出活，人也恍恍惚惚的，也问他是不是病了，他就说家里有事。

最后，他难受得不行，忍不住偷偷跑到老婆上课的地方，远远地偷看。他不敢靠近，但他那近视眼连远处的人是男是女都看不清。老吴急了，就跑到 Wal-Mart 去买了个高倍望远镜。这下一切都解决了，远处的人就像在眼前似的。

看了半天，老婆和那小白脸下了课还是在一起有说有笑的，但他们连碰都不碰一下，百分之百是一对普通朋友，老吴想发作也无从发作，只好认了。回家偶尔装作不经意地问老婆跟她那同学的事，老婆的回答也无懈可击。越没法抓把柄，老吴就越担心，最后这担心简直让他开始抓狂。

终于，一个偶然事件让老吴积蓄已久的妒火，一举喷发。

期末来临，白萱的会计课要求做个大的 project，每个 project 小组最多只能有两个人，白萱和思远自然就在一组了。要论考试做选择题，白萱不在话下，哪个老中不是考场上的百战勇士？可这做 project 可难坏白萱了。可惜白萱只能在课间时才能跟思远商量一下。晚上回家，他们俩是无论如何也不敢打电话的。这样拖了几个星期，project 都快到期了，思远的部分都做完了，等着和白萱的部分整合，而白萱才做了一半。这天课间休息，两人一商量，一定得在课后一起把 project 做出来，不然就来不及了。

白萱就给老吴打电话，说得留在学校和同学赶 project，今晚让他 7 点再来接。老吴不敢问是和哪个同学，白萱也不想多事告诉他。但老吴不敢问，不代表不想知道。白萱又不说，就更让他心里惴惴不安。好不容易熬到快 6 点，老吴就再也熬不住了，开了车就往白萱上课的教学楼赶。

白萱和思远 4 点下课后，因为教室下面还有其他的课，两人就在三楼一个专供学生读书的角落坐下来。思远打开笔记本电脑，两个人就开始和财会数字较劲了。思远还说呢，最晚 6 点 45 他就走，省得遇见白萱的老公又多事。

可 6 点一刻，老吴就到了，这时整个教学楼里已经没什么人了。他蹑手蹑脚地找到白萱在一楼的教室，偷偷一看，里面空无一人。老吴一下子血液上涌。“做 project 不在教室做，还能在哪儿做？”他急吼吼地把一楼的每个教室及每个角落都搜了一遍，没有！

老吴这下更急了。他后悔自己抠门，不肯给自己和老婆买手机，现在只好一层楼一层楼地搜了。

冲上二楼，他把所有教室及每个角落都搜了一遍，还是没有！老吴这下快疯了。

冲上三楼，所有教室里也没有。老吴心里吼着：“这对狗男女躲到哪儿做苟且之事去了？！”他认定了老婆一定和那个上海小白脸在一起。

此时的白萱和思远还不知道危险的来临。两人强忍疲劳，眼睛几乎贴上了笔记本电脑的屏幕，艰难地处理着 Excel 上的数字。两人的头几乎靠在了一起，身子也不得不紧靠着。

老吴此时心中在喷火，血红的双眼扫射着每一个角落。突然，他听到楼道那一头有小声说话声，顺着声音过去，见两个黑头发的背影紧紧地靠在一起。再近一点儿，老吴看清楚了，其中一个正是自己的老婆，而另一个是那个上海小白脸。

老吴此时所有的怒火不可抑制地喷涌出来，他大吼一声冲了上去。白萱和思远就像听到一声惊雷，一下子惊得不知所措。老吴一面嘴里骂着“奸夫淫妇”，一面狠命地把白萱从座位上拖起来。思远在震惊中去拉老吴，想让他不要动粗。

老吴一看这“奸夫”竟敢扯自己，松开白萱，运作全身的力气，朝思远的脸上狠狠打了一拳，思远登时后仰着摔了出去。气急败坏的老吴一看比自己高一个头的死对头被打倒在地，立刻想冲上去，抓住机会狠揍他一顿。

白萱这时死命地抱住老吴，大喊着：“你疯啦？你给我住手！”

思远从地上慢慢爬起来，一边脸颊青紫着，鲜血从嘴角流下来。他两拳紧握，恶狠狠地盯着老吴，随时准备扑上去。

白萱这时仍死死地抱住老吴，哭着对两人喊：“求求你们都住手！求求你们了！”

看着绝望的白萱，思远恨恨地对老吴说：“我不打你，你给我滚。”

白萱赶紧拖着老吴离开这是非之地。老吴像只斗败的狮子，被白萱拖着，一步一步地离开战场。其实他心底深处也想离开，自己已经把仇人打了，占了上风。但那只算是偷袭，真要和对方一对一决斗，自己未必能占到便宜，所以能结束战斗就结束战斗吧。

回去的路上，老吴把车开得飞快。老婆跟那“奸夫”在一起的影像，像只白蚁似的在蛀他的心，让他心痛得喘不过气来。白萱恐惧地看着他，一句话也不敢说，心里暗暗祈祷千万别出车祸，不要把两个人的性命白白地送掉。

回到家，老吴像一头发了疯的野兽，把白萱狠命地拖进卧室，扔在床上，然后扑上来撕扯白萱的衣服，一边号着：“我强奸了你这个婊子！我要你知道，你是我的，只属于我！”

白萱看他这失去理智的样子，哭喊着：“你住手！”

白萱一边拼命护住自己的衣裤，一边尽量让自己蜷曲起来，用腿护住自己身体。发了狂的老吴扑上来，拼命扯白萱的裤子，白萱只好用腿拼命抵住他。人在自我防卫的情况下，力气比往常都大。白萱竟一脚把老吴踹了出去，老吴倒退着摔倒在墙角。

老吴气急败坏地一跃而起，骂着：“婊子，你敢踢我！”整个人冲到白萱面前，抡圆了胳膊，一个耳光打过去，把白萱打翻到床另一边的地上。

白萱觉得一阵耳鸣，她知道老吴这时候怕是连杀人的心都有了。白萱用足全身的力气，爬起来就往外屋跑，可没到大门边就被老吴从身后抱住。这时，外面突然传来邻居的说话和走路声。白萱像遇到了救星，警告老吴说：“你要是再动一动我，我就喊救命。”

这一招真灵，老吴一下子放了手，白萱趁机夺门而出。

一个人孤零零地走在街上，白萱知道这世上现在只有一个人可以救她。如果找附近其他老中同学，人家看老吴的面子，肯定也是留她睡一晚，第二天送她回老吴的家，可是这个“家”现在她还敢回吗?

白萱走到街拐角的加油站，想给思远打电话，可身上连一个铜板都没有，只好跟加油站的人借电话。人家看她头发凌乱，衣服都被扯破了，关切地问她要不要报警。白萱只是摇摇头。

电话刚响了一声，思远就跳起来接了，开口就问："是不是白萱？"一听思远的声音，白萱刚收住的泪又止不住地涌了出来。思远问了白萱的位置，说以最快的速度过来接她。

白萱如释重负，瘫坐在旁边的椅子上。加油站的人赶紧送来一杯热咖啡，轻轻地安慰她。不到 20 分钟，思远冲了进来，看见白萱的样子，心痛地把白萱一把抱在了怀里。白萱觉得这时的思远是自己在这世上最亲的人了。白萱"哇"的一声，在思远的怀里哭了出来。

回去的路上，白萱把家里发生的一切告诉思远，气得思远直骂老吴是浑蛋，不是人。到了思远的家，思远扶着白萱进了屋，白萱好奇地看着这屋里的一切。这是白萱认识思远这么久以来，第一次来思远的家。但白萱觉得，这陌生的家现在亲切得像自己的家一样。

在镜子前，两个人看着各自红肿着的半边脸，思远把自己红肿的一边凑向白萱红肿的那边，说："看，是不是很般配，很有夫妻相啊？"

白萱一下子破涕为笑，说："我才不要这样的夫妻相呢。我要我们不红也不肿的夫妻相。"

这一声开玩笑的"夫妻相"，把两人之间最后的一点细如发丝的距离也全部融化了。

第二天清晨，思远给老吴打电话。老吴一听是思远，刚要开口大骂，思远一句话就镇住了他："你要是再敢骂，我立即让你坐牢。"

老吴惊得一身冷汗，一下子闭了嘴。

思远看第一招奏效，立马乘胜追击："你听着，你昨天对白萱的所作所为，是婚内强奸和家庭暴力，只要我带白萱去警察局报案，你就等着跟法官商量坐几年牢吧。"

老吴此时已吓得血液凝固了，他恨不得给自己一耳光，都怪自己昨天太冲动，被人家抓住了把柄。要是他们真打算整自己，让自己坐牢，多年的努力，还有未来，就全毁了。他还有什么脸面见家乡父老？

思远一听老吴无语，知道对方大概被自己这番话吓住了，便话锋一转，说白萱不想毁了他的前程，只是有一个条件。老吴一听，如蒙大赦，赶紧问什么条件，思远轻轻地说：“无条件离婚。”

老吴知道，这个老婆现在身心都不是自己的了，况且自己还有把柄被人家捏着，还有什么可说的？所以痛快地回答：“可以。”

思远问他，自己半小时后带白萱回来取东西，可以不可以？老吴当然说没问题。

半小时后，思远和白萱出现在老吴家的门前。此时的老吴像只斗败的公鸡，头发凌乱，带着黑眼圈，明显一夜未眠。思远把白萱送到卧室，轻轻地说：“只要证件和换洗衣服，越简单越好。”白萱点点头。

思远关上门，回头对老吴说：“我们可不可以谈一谈？”

老吴无奈地点点头，颓废地瘫在客厅的沙发里。思远重申了一遍，白萱不想毁了他，只想离婚。怕老吴刁难，又申明白萱什么都不要，所以也希望老吴同意无条件离婚。

老吴原本还怕他们威胁他，要这要那还要赡养费，现在一听什么都不要，如释重负，立即保证会完全配合。

这时，白萱已经提着个小手提旅行箱站在客厅里。思远对她微笑着点点头，意思是一切按计划搞定。思远起身接过白萱的手提箱，挽着白萱，昂首走出了这间小黑屋，把老吴一人留在了后面。

因为没有财产分割和小孩抚养权的问题，白萱和老吴的离婚手续办得又快又简单。等尘埃落定，思远和白萱就结了婚，然后搬去了号称“硅谷”的北加州的湾区，开始了他们的新生活。

过了两年，老吴想回国再“搬运”一个老婆过来。不过这次，听说他再也不提学位和长相的要求了，只求人老实就好。

9 我要去淘金

老吴那边闹得天翻地覆，而健自从把丽丽接来美国，日子却过得太太平平。因为在越洋电话上省了大笔的时间和银子，健就有了时间和在美国的大学同班同学联络了。联系比较多的是在加州的锋。更确切地说，锋住在北加州的旧金山湾区。“湾区”是个地理称呼，湾区外的人很少知道，但它有个绰号，却名闻天下——硅谷。

以锋的个性，在学校里读博士那是浪费青春，锋的未来不是一般的梦，而是“美国梦”。锋只用了一年半就拿到一个工程硕士学位，然后就开始到处找工作。

当时是20世纪90年代中后期，经济还没那么热，只有东西两岸有一些工作机会。锋只身来到加州，好不容易在硅谷一家台湾人开的小公司找了个差事。那个台湾老板小气，给了锋一个“抄底价”的工资，但承诺给锋办绿卡，还给了锋一大笔股票，说这股票将来能值若千万美金。锋捧着这些股票哭笑不得，这没上市的小公司股票，卖都没人要，值几个钱？能当饭吃？不过，看在公司给办绿卡的份儿上，锋只好从了，谁让自己没本事进惠普、IBM那样的大公司呢？

锋刚做这份差事时，跟健说过，健心里很不以为意。健自认为，等自己熬到博士毕业，一定能在大公司找份工作，挣比锋多很多的工资。自己是不会像锋那样，猴子屁股坐不住的。健在个人前程上还是有耐心的。

可时代变了，而且是一夜间变的。

网络热从1995年的Netscape（美国网景公司）上市，掀起第一波网络股热潮起，一波大过一波，越来越热。1996年，Yahoo（雅虎）上市，再次推动网络股狂潮。随后，凡是和网络沾边的技术公司股票，全部发光发热。Yahoo、Netscape、AOL 这类网络公司就不用说了，就说架构网络得要设备吧？ Cisco、Nortel 这类设备公司就红得发紫。网络要通到用户那儿去吧？通信公司，像那后来臭名昭著的 WorldCom，股价就翻几番。网页总得放在伺服器（Server）上吧？Sun Microsystem 的股价就一指冲天。网页上的数据总得存在哪儿吧？做数据库的 Oracle 就成了“当红炸仔鸡”。

到 1999 年，网络股票已不是狂潮了，简直是浪有 4 层楼那么高的海啸了，就成了后来的“dot-com 泡沫”。股市把大公司炒完了，开始炒小蚂蚁公司。所有跟网络沾点儿边的，全拿去上市，才不管你盈利不盈利，赔钱不赔钱呢，全都打着“对未来的盈利投资”的旗号，糊弄小股民。反正有人闭着眼买你的股票，你就卖吧，谁爱当傻子那就当吧。

锋所在的那家小公司，就靠风险投资的那点底子，因为跟网络打了个擦边球，竟然也上市了。这还是在泡沫最大时的 1999 年上市，锋真是幸运，这就发财了！

锋在公司 IPO（Initial Public Offerings）上市那天早晨一上班，就看到全公司人人热血沸腾。公司一边搬出几台大电视，滚动播放着股价新闻，一边发啤酒庆祝。同事都说锋来迟了，公司股票已经从 15 美元涨到 50 美元了。这天，没人干活。每个人的眼睛都盯着股价，脑子里都不停地在做算术，用股价乘以自己手上的股票数，一个个只恨当年心算学得不够好，算得不够快！

锋因为进公司早，老板又舍不得发工资，所以给了一大堆不值钱的股票。锋一做这算数，把自己都吓着了，这几年净想着要涨几万工资，没想到，这几个小时里，自己都有一百万了。

“我的妈呀，我的神啊，我的列祖列宗啊，我是百万富翁啦！”

这股价一天动荡剧烈，上下有几十美元之多。人们手里的股票，一会儿涨几十万，一会儿跌几十万，自己的血压也跟着上几十下几十。幸亏股市在加州的下午一点闭市（因为加州和东部纽约差 3 个小时），不然，公司里真得有几个血压过高或心脏病突发的，要送医院急救。

股市一闭市，锋坐在那儿动不了了，这辈子自己的血压从来没经过这么剧烈的波动！拿最后闭市的股价跟自己持有的股票数一乘，自己现在有一百多万美元了。锋傻坐了一个多时辰，还是觉得有点晕。锋甚至捏了自己一下，怕自己在做梦。哟，好痛，是真的，自己真的是百万富翁了！

锋跳起来，要向天下人报喜。除了爹妈，还有自己在美国中部大农村的哥们，健也是一个。

健在电话那头一听，锋现在是百万富翁了，有点儿发愣。心想，这小子是不是想发财想疯了？不是得臆想症了吧？

锋一听健不信，觉得自己现在该给这位兄弟当“发财导师”了。锋开始给健上起“新淘金热”的课来，他要给健洗洗脑，要把健从农民意识一步拉到现代社会的思想上来。锋是有水平的，讲起课来说得头头是道，以自己的经历为例，力劝健要抓住这次机会。

放下电话，健可真晕了。这世道咋成这样子了呢？一看健发呆，一旁的丽丽可急了。丽丽是一定要开导开导老公了，等不了了啊。多等一天，金子就少捡一块啊！

丽丽说：“老公啊，你读博士是为了什么啊？你这一辈子就是为了拿博士学位吗？”

健无语了。健心想，是啊，这么多年，自己只想着考大学、出国、读博士，自己这一辈子的人生目标还真没想过。

丽丽一看老公没话了，一下子得意了。以前，因为自己没学位，每每一开口就被老公一顿教训，最后自己只有受教育的份儿。今天，老公竟然没话回，嘿，有戏。她接着开始循循诱导：

“读博士不就是为了找个好工作嘛！找好工作不就是为了多挣钱嘛！我知道你觉得我俗，可这是现实啊。你辛辛苦苦地工作省钱，你说你哪天能存到一百万啊？人家锋挣了一百万，还给我们指了一条捡金子的路，多不简单啊！人家都说了，机不可失，时不再来。老公，你可要想好啊。这百万富翁难道不比博士牛吗？”

这要是在平时，健一定会跳起来骂丽丽：“你懂什么，没文化，没水平！”可这时，锋的一百万就放在那儿，丽丽的话听起来句句在理。

健一拍大腿说：“说得对，咱们也要淘金去，不要什么狗屁博士学位了！”

丽丽乐得抱住老公就亲了一大口。

第二天，健就去了研究生咨询办公室，问自己现在能不能拿到硕士文凭。工作人员一查健的学分记录，说没问题。健把硕士要求的学分都已修完了，只差毕业论文。健说自己已在国际会议上发了两篇论文，能不能算毕业论文？工作人员说，只要他的教授同意，他把那两篇研究成果合起来写进毕业论文，就行了。

看来，就剩教授这一关了。健想，自己得先找到一份工作，才能跟教授摊牌。健回去就给锋打电话，问怎么在硅谷找工作。锋是找工作的老手了，让健先寄一份简历给他，他帮着参谋参谋，然后问："你有没有做过动态网页什么的？"

健倒是做过。对健来说，那是业余拍教授马屁的小 case。为了讨好教授，健给教授做了个动态网页，上面不仅有教授的个人介绍，还有给教授留言、检索教授的课堂笔记和研究工作等其他功能。教授曾经得意地在同事面前显摆，别的同事只有一个简单的介绍性网页，而他的网页有这么多功能，这在 20 世纪 90 年代末已经是蛮酷的了。

锋一听健说做过，这下来劲了，说："你得大写特写这个网页应用的技术。"健想，其实也就是用了点 HTML、Java Applet 和 Perl CGI 之类的玩意儿，后面连了个小数据库供检索而已。锋一听，大叫一声："你小子有戏了！把这些都作为重点列出来。"

健不明白，自己辛辛苦苦做的研究成果锋不当回事，这业余的玩意儿能成大事？

锋说："你不明白了吧？人家 Yahoo 也是当年那个 Jerry 杨业余玩出来的。你别担心了，市场要什么，你就给什么，听'导师'的没错。"

健一听，得，您成功人士了，您说什么，我就做什么。当晚就把简历给锋寄过去。锋做了点修改，就把它贴在了 CareerBuilder、Monster 和 Dicedot 之类的网站上。这一贴可不得了了，接下来两天里，健的 e-mail 和电话留言都"爆棚"了。健一晚没睡，就是听留言，读电邮，然后留心好的工作机会回音，其中有一个还是 Yahoo 的工作机会。

没几天，等和猎头（Head Hunter）来回几个电话，就开始电话面试了。最后，Yahoo 还要健去湾区参加最后的面试，飞机票跟住宿费全报销。健这个激动啊，如果能搭上 Yahoo 这只大船，自己离"百万富翁"也不远了。

跟教授请了周一这天的假，健周日飞往旧金山，周一在 Yahoo 面试，晚上飞回来。第二天，猎头就来电话说："Yahoo录用你了。"然后给出了工资跟股权数。健问能不能商量一下，猎头说："Yahoo傲得很，不可以讨价还价的。你如果不想来，后面的人排着长队等着呢。我只想问你接受不接受？"健说："那还用问吗？当然接受了。"猎头效率也高，很快就把录用合同传真过来让健签字。

健签完字，把合同传真回去，就带丽丽去了当地唯一的一家中国自助餐馆庆祝。晚上回来，说要感谢锋这位"导师"。锋乐了："好小子，行啊，恭喜啊！"

那天晚上，健失眠了。一来是为了Yahoo的事而兴奋，二来有点儿不知道怎么去跟教授说。一方面怕教授气疯了，为难自己，另一方面觉得有点儿对不起教授——把教授的科研项目搞一半撂摊了，太说不过去。但事到如今，不说不行了。迟了，恐怕就赶不上今年夏天的毕业了，公司还等着自己上班呢。

辗转反侧一夜后，健横下一条心，豁出去了。第二天，健诚惶诚恐地走进教授办公室。教授看他脸色难看，问他怎么了。健吞吞吐吐地说，想赶在夏天拿硕士学位毕业。教授问为什么不读博士了，健只好说自己接受了Yahoo的录用。健的心怦怦直跳，做好准备等教授大骂自己一通。而自己也准备好一句都不顶，只苦求教授开恩，放自己一条生路。

就当健等着教授电闪雷鸣时，谁知教授竟哈哈大笑着站起来，拍拍健的肩膀说："小子，是去Yahoo吗？干得好！恭喜啊！"

健做梦都没料到教授是这样的反应，竟愣在那儿，有点儿不相信自己的耳朵。教授回身关上办公室的门，推心置腹地对健小声说："我也告诉你一个秘密，你可得保密啊！我也不准备做教授了，我也准备去硅谷了。"

健一听，惊得合不拢嘴。这什么世道啊，连教授都疯狂了？

教授得意地说："你知道Netscape的创建人Jim Clark吧？他以前也是大学计算机系的教授。当年开学术会的时候，跟我还坐一块呢。现在，人家是亿万富翁了。最近他给我打电话，让我去Netscape，给我一大笔股权啊。所以，我也决定去硅谷了。"

健一听，这个乐啊，平时一本正经的教授原来跟自己是一路人，也是一个"淘金"的。健忍不住大笑起来，把从昨晚到一分钟前所有的担心和忧虑一股脑儿地笑了出去。

毕业论文答辩一结束，等不到毕业典礼，健就把破家具能扔的扔，能送人的送人，再把自己和丽丽的全部家当塞在两个大箱子里，开着他那辆又老又旧的丰田 Corolla，载着丽丽，载着梦想，一直向西，向发财的圣地一路驶去。

健的小破车还真不简单，这一路穿城过市，连沙漠都走了，竟然没趴下。健也是一路不敢稍有懈怠地伺候着，一有机会就加油喂水，给车胎打气。干吗要喂水呢？咳，这小破车虽然发动机不漏油，但冷却管却有点儿漏。所以，一看发动机温度上来，就得停下来，加冷却剂。

开了三天，终于从号称“硅谷走廊”的 101 高速公路，开进圣何塞（San José），开进硅谷。

看着 101 公路两旁招牌上那一个个如雷贯耳的高科技公司的名字，健在心中大吼一声：“硅谷，我来了！”

10

抢房记

到了湾区，锋给健和丽丽接风洗尘，然后安排他们住进准备好的公寓。这时的锋，跟几年前的锋简直判若两人。锋现在脸圆肚鼓，红光满面，两眼闪闪发光。健悄悄对丽丽打趣道：“现在的锋一看就是富翁的样儿，跟我这个灰头土脸的打工仔就是不一样啊！”

锋现在说起话来三句不离股市、投资、风险投资、创建公司——给健的感觉那就是“美金满天飞，黄金遍地捡”。确实，锋现在白天黑夜地挂念的，就是怎样更有效率更快更多地挖金子。

因为一夜之间有了钱，各式“理财专家”蜂拥而至，提出来的发财之道也是花样百出。锋登时觉得当有钱人牛啊，可以“以钱生钱”了。现在锋跟他那些都是“富翁”的同事，每天想的都是旁人不敢想的“宏伟计划”。因为有了这么多选择，锋有决心有信心要在最短的时间里，让自己的资产再翻几番，让自己的财富更上一层楼。想好了，就要去做，锋的发财计划正在高速运行中。

经过深思熟虑，锋的第一步是下手房地产。自己总得先有房子住，是不是啊？此乃其一。其二是因为硅谷的房子在过去一年多里，简直就是涨疯了。硅谷湾区的房市在20世纪80年代末和整个加州一样，暴跌过一次。之后的若干年就一直半死不活的。从1994年起开始慢慢地回升，但回升的速度很慢，很长一段时间里都没能涨到当年高峰时的价格。当年在顶峰上入手的房主，要等很多年才能让自己的房子从水下冒出水面，吐个泡。

但从1998年起，纳斯达克（NASDAQ）指数暴涨，湾区高科技公司的股价飙升。硅谷的特色是很多大小高科技公司都发股权或股票给员工。手里的股票涨了，人突然就觉得有钱了。特别是那些小的初创公司（Startup），在纳斯达克一上市，员工手里原本不值两个钱的一大堆股票，一下子可以交易变现，而且价值竟然在一夜之间升到百万、千万之上。从 1998 年 10 月到 2000 年 4 月，纳斯达克简直就是富翁制造机器，硅谷成了一夜致富的天堂。

人们手里有钱了，干吗啊？买房子啊！这硅谷的房地产就像一个大下水道，不管你的钱来源如何，不管你是开初创公司赚的，还是自己做生意赚的，还是就像锋一样的打工仔靠手里股票发的，所有的钱都在第一时间滚进房地产。从 1998 年开始，只要你所在的区还不错，那房价就是成倍地涨。

那时，湾区的工程师们可是豪气万丈啊！他们有句自豪的话就是：“我现在不管眼睛睁着还是眼睛闭着，都在挣钱。白天是股价涨着挣钱，晚上睡觉时是房价涨着挣钱。”

工程师没什么文学底子，说话直白，但一语中的是不是？还有一句名言：“在湾区，没什么不能没房子。”所以，锋决定先买房。另外，锋现在事业有成，年纪也不小了，面临着讨老婆的问题。可湾区他这年龄层次上的年轻人，男女比例严重失调。所以，有栋像样的房子提高自己在女孩子眼里的分量是非常重要的。

但当锋开始找房子，才意识到自己这一百万，在硅谷真不算什么钱。在学区好点儿的地方，房子大一点儿，他这点钱还真不够。

这一发现让锋有点儿泄气。所以，锋决定要挣到一千万，这样才能在硅谷过得像有钱人的样子。但迈向千万富翁的第一步是有套房子，这样房子一涨，自己的资产不就也涨了？

锋还留了个心眼。自己要把这一百多万的股票全卖了，是要交一大笔税的，税后自己能有个 60 多万就算不错了。所以，锋也不想把股票全卖了，一来不想立即交一大笔税，二来毕竟这股票本身还在不停地涨。

但如果不把股票全卖了，用手上的这点钱去买大房子，锋还得借款，还得继续打工。在房子面前，锋当初的豪气泄了不少。

锋没买过房，不知道湾区买房的疯狂。现在这年月，湾区的房子不是买的，是“抢”的。

锋开始在交通方便的地区看老房子。因为这些区都是老区，很少有新房，有两栋新房也在锋的承受能力之外。在硅谷看老房子是很锻炼人的忍受力的。

慢慢地，锋的期望值一降再降。对老房的各种毛病，越来越能忍受。好不容易，最后看上一套老房子，锋决定出价。

房地产经纪人提醒他，要出价的人很多，他的出价要比要价高才有可能拿得到。锋想，这卖主已经出了个高价了，自己再多出 2 万总够了吧。结果，没过两天房地产经纪人就告诉他，他的出价没戏了。一共有十几个出价递进去，结果最后成交价竟比当初要价高出了 8 万。锋愣住了，这是什么世道啊？房子有没有市场价的啊？人们是不是都疯了？

得，继续看房子吧。又看了两星期，好不容易又看上一套。这次锋想，我一咬牙，比要价高出 8 万，看谁还跟我玩！谁知，结果还是没戏。房地产经纪人回来说，递进去的出价有二三十个，最后的成交价比要价高了 15 万。锋一听，惊得嘴都合不上了，现在的人是不是都丧失理智了？ 15 万不是钱啊？

上班时，锋就跟同事抱怨开了。他一个同事一听，乐了，说自己有一个亲戚，跟锋一样，被折腾了几次，眼睛都红了，看到一个屋子，竟给了比要价高出 20 万的出价。你猜怎么着？卖主竟然接受了。这一下，他不是欣喜若狂，而是倒吸一口凉气，整天想："我是不是当了'冤大头'啊？"一这么想，天天看着房子就窝火。

锋就跟着骂，现在的人都疯了。他同事就说："你认了吧。现在 Palo Alto 一个车库改的小破屋，卖到 50 万啊，这都上全国新闻了。"

锋决定去偏远一点儿的地方买新房算了。新房跟 Wal-Mart 的电器似的，都是一口价，不还价。而且新房一没白蚁，二没臭气，三屋子里没死过人，多好！缺点是，湾区中心地带都没多少地方给建筑商建大片新房的，很多新房都建在稍偏的地方。锋想，我年轻，又没小孩，远点儿就远点儿，最重要的是住得舒服。

锋说看新房就看新房。当时，在圣何塞市（San José）东面的一个叫 Evergreen 的区，被作为样板区，重点开发，预计要建上千栋新屋。锋过去一看，着实被震撼了。看着那一大片规划整齐的新区，新房，新环境，新公园，新人工湖，新学校，锋觉得这才是 Quality of Life 啊！

可再一了解，新房虽然不用拼出价，但卖起来更绝！新房建筑商很狡猾，为了慢慢抬高价格，控制房源，一般都是五栋、十栋作为一批，一批一批地卖。每一批都比前一批贵几万。而来抢这五栋、十栋的却有一两百户之多。

那咋办？两个办法，要么是按先来后到的顺序排队，要么就是靠抽签。如果是按先来后到的顺序排队买房，要保证自己在这几百个竞争对手里抢到一栋房，你得在销售日前三天就在销售办公室门口排队。如果想保证拿到你想要的房子，你得提前一星期就排队。可这排三天、一周的队，怎么排啊？搭帐篷啊！在销售办公室前，搭个帐篷，风餐露宿呗。

锋回办公室一说要在 Evergreen 买新房，立即引起一阵热议。唉，买房永远是办公室的首选话题。这儿一不好谈收入，二不兴谈政治，买房就成了最安全最热门的话题之一，连刚成了千万富翁的老板都跑出来加入这个话题。

老板一听锋想在 Evergreen 买房，立即问那儿是不是靠近叫 Alum Rock 的地方。锋说，是啊。老板一听，哇的一声，说你敢在靠近 Alum Rock 的地方买房？众人都奇怪了，问为什么。老板就讲了他自己的一个好玩的故事。

老板说，20 年前 Alum Rock 是圣何塞最烂的地方，那儿的治安赶上了湾区北边那个有“谋杀之都”之称的奥克兰（Oakland）。当年他也是一个刚毕业的台湾穷留学生。20 世纪 70 年代的台湾留学生和八九十年代的大陆留学生一样穷，也都是得偷偷打黑工才能把书读完的主儿。他刚工作不久，想开源多赚点儿钱，就想着买个房子出租收租金。可没钱啊。他就花了两万元在 Alum Rock 买了个破烂房，自己动手，换了块简陋的地毯，墙上刷上一层漆，就租给一户墨西哥的非法移民。

大家问：“你不怕非法移民的老墨不付租金？”老板说，其实这非法移民比合法的烂人要守规矩。他怕你告到移民局去，一般都按时缴租。可有一样，他们就是要省邮票钱。你不去上门讨，他们是不会给你寄来的。有一次，他下班去上门收租金，一进门，刚拿到租金，“啪”的一声，一颗子弹从窗外射进来，打在头顶的天花板上。吓得他抱住头，一下子趴在地上，半天没敢起来。过了一会儿，没动静了，他悄悄抬起头，见那老墨一家大小，像看马戏似的看着他乐呢。

老墨看他抬起头，哈哈大笑说：“这儿经常打枪。那一枪不知道是谁玩枪走火了，没事的，我们都习惯了，你起来吧。”

他想站起来，可不知怎的，两腿没力，膝盖发软，就是站不起来。他只好拿着钱，爬着出门去，也顾不得老墨在后面笑得直不起腰。老板一出门，使出吃奶的劲，站起来，猫着腰，“嗖”的一下钻进车里，没命地跑了。从此，他再也不敢去 Alum Rock 一步了。估计，他当时的动作和《色戒》里的梁朝伟冲向汽车的方式有得一比。他后来在一堆信封上贴上邮票，写上自己的地址，寄给老墨房客，让他们每月把房租塞到那些信封里给他寄回来。

老板说到他爬出去时，还自己比画着，所有人都笑得前仰后合。

其实，今天的 Alum Rock 已今非昔比了。圣何塞市在把轻轨通到那个区的时候，顺便也投资把沿线的街道和商店修整一新。现在那儿的治安不知道要比 20 年前好多少倍了。

好了，这个故事扯远了，继续说锋买房子的事。锋怕苦，就先去买通过抽签买的新房。锋先后多次去看了样品房，研究了房型，定下自己喜欢的几套备选。锋也知道，抽签那日，会有上百户人来抽签，抽这十套房子。锋跟健说了这件事，健自告奋勇：“我帮你一起抽。两人抽中的概率比你一人大，是吧？”

等到抽签那日，场面甚是壮观，来抽签的真有一百多户。每户至少两口子，有的还带了一个或两个娃，还有很多像健和丽丽一样来助阵兼看热闹的。这一加起来，售楼办公室前挤了至少五百号人，大人笑小孩叫的，好不热闹。

售房的人为了防止像健那样的抽签作弊，做了很多规定。例如，夫妻不得同时领签，领签的人必须用证件记下真实姓名。一旦抽中，签销售合同必须是与同一人签订，而且贷款的也必须是同一人。任何一条不符，取消资格，机会让给其他人。健一看，这忙是难帮锋了。自己若是抽中，自己也不可能贷到款，再转给锋啊。所以，所有老中、老印这些第一代移民就没法找朋友帮忙了。

但也有厉害的。有些越南移民，子女三四个，都长大成人了，和爹妈一起来抽签。他们每个成年的子女和爹妈都各能领到一个签。这样，每户就多了四五个机会。他们当中无论谁抽到，就挑个最大的户型。然后，全家支持这个抽中的付首付款和借贷款。拿下房子后，全家人人有份，四五户人，包括老爹老妈、儿子儿媳、女儿女婿、孙子孙女，一起挤在这一套大房子里。

怎么样？一般子女少的老中家庭，听了是不是很服气啊？多生两个娃，人多力量大啊！当然，这种住房子的方式，人人都不要个人空间的劲头，不要说老美，恐怕连老中都玩不动。

等开始抽签，锋走了“狗屎运”。怎么了呢？他竟然抽到了，算是运气比较好，但那是最后一个签。这剩下的唯一一套房子，不仅户型很不好，锋非常不喜欢，而且门还朝一条大路开着。按风水学的说法，叫“犯冲”，不适合老中住。所以这运气很“狗屎”。

锋犯愁了，是要还是不要呢？要吧，这房子不便宜，而且买房不是租房，买了就得一住好几年，如果不喜欢这房子，天天住着就是自找罪受。不要吧，又不能保证下次自己还能抽中，而且下次很可能建造商又要加价几万，无形中损失了好几万。

锋有一个印度同事，也跟锋一样，第一次抽签，抽到最后一签，那剩下的房子是自己不喜欢的，他就放弃了。结果，后面几次都抽不中，没过几个月，建筑商把房价提高了10万。最后，他终于又抽中了，可还是最后一签，剩下的户型还是和他第一次抽中的一样。唉，天意啊。他只好认栽，拿下了。结果，同样的房子，他多花了10万，自己还不喜欢那房子的房型，整天想起来就跟自己怄气。

有了这前车之鉴，锋真的拿不定主意了，就问旁边的健怎么办。这事太严重，健真不敢瞎出主意。谁知道丽丽心无城府，快人快语，开腔说：“让我说说我们女人的想法吧。对我们女人来说，房子首先是用来住的。不像你们男人，首先是用来赚钱的。所以，对我们来说，住得舒服不舒服是头等大事。这房子，房型不好，又犯冲，你不喜欢，我也不喜欢，你将来的老婆大概也不会喜欢。你将来卖房，看房的人大概也不会喜欢。换了我，我就不要。”

健心里急了，直怨老婆嘴太快，可这一席话说到锋心坎上了。锋是不打算要的，但要借一个小小的外力，让他过那个坎，下这个决心。此时，售房的人正急着等他表态呢。锋说：“我放弃。”结果，下一个抽中的是个菲律宾人。那一家人激动地欢呼起来，他们才不管风水不风水呢。

锋放弃了这个抽签房，就决定去排队买房。他一转身直奔另一处按排队顺序的售房办公室。人家告诉他，下周六早上9点开始售屋，先来先买。然后售房经纪人又提醒一句，说已经有意向的客人很多，而他们这次只有十几套出售，所以排队要趁早。

今天是星期天，锋一盘算，决定下周三就来安营扎寨。决心一下，锋就又开始看样品房，研究户型，选定自己的最爱。晚上他又冲到Wal-Mart去买帐篷和睡袋。锋估计，这年月湾区的帐篷有一半不是被买去露营用的，是排队抢房子用的。

到了星期一，锋心里不踏实，下了班忍不住到那售屋地点去“踩点”。这一去不要紧，一看吓一跳，已经有两个帐篷在那儿支着了。我的天，锋心想，我道是我疯狂，谁知别人比我更疯狂。锋冲回去，拿了睡袋和帐篷就冲回来。还好还好，自己占了个第三。

支完帐篷一看，锋乐了。这前面两位也是中国人。一位从台湾来，一位从香港来。哎呀，为什么说中国人都流着一样的血呢？原来都流着“做地主”的血，都有一颗“房奴心”啊。在这美利坚买房的战线上，全中国就这么统一了。

入夜，这三个未来的邻居开始接触探底了。最得意的是第一位，自己的中意房非己莫属了。这第二位开始讨好第一位，试探第一位相中的是哪一套。这边的锋也凑过去，探听前面两位的中意房，结果皆大欢喜，他们三位互不冲突。接下来，这三位未来的邻居就亲热地开始了他们“天当房，地当床”的邻里情了。

锋没露过营，没经验，他以为睡在这睡袋里睡地上没事。结果第二天，当第一缕朝阳照进锋的帐篷时，锋的身上都快散了架。一坐起来，从颈椎到屁股根全都酸痛无比。再加上昨晚一没洗二没漱的，锋浑身难受。锋苦着脸，打电话给老板，请了一个星期的假，然后跟两位邻居打了招呼，请他们帮着看帐篷，自己回去一会儿。

锋回到家，冲了个澡，总算缓过劲来，立即出门去店里买了充气床。锋没敢买水床，怕漏了，自己给自己闹水灾。晚上，健和丽丽带了晚餐来看他。健说，可以顶锋睡几个晚上，反正自己没睡过帐篷，就当体验生活了。锋还客气，说自己能顶，不行了再让健来替换。

气垫床这玩意儿虽好，可不能连着几个晚上都睡，那样腰吃不消。锋连着睡了两个晚上，吃不消了，给健打电话求救。健当然乐意来睡一晚上了。锋这才有机会回家睡在自己床上，忽然领悟到了床的好处。不风餐露宿地睡气垫床睡几个晚上，就是不知道家里床的好。锋下决心了，买下房子后，就去买个国王（King Size）大床，当一把“床上国王”。

锋过去两晚完全没睡好，这在自己的家里自己的床上，睡得那个香啊。夜里狂风大作，电闪雷鸣，暴雨倾盆，愣是没把锋吵醒。但是，这可苦了健了。

健刚来加州，不知道湾区白天虽热，但夜里很冷，所以，本来就没多带过夜的衣服。天一黑下来，乌云就飘过来，把星星全遮起来，健还纳闷儿：加州的夜怎么这么黑啊?

过了午夜就吹起了大风。健紧紧地压住帐篷角，觉得大风要把帐篷吹得离地了。再过一会儿，豆大的雨点就密集地砸下来。雨越下越大，越下越密。大概是锋初次搭帐篷没搭好，帐篷里开始漏雨了，把健的全身、睡袋和帐篷底全部浸湿，健就浸在水里，冻得缩成一团，哆嗦个不停。健这个叫苦啊，所谓“四季如春”的加州在这一刻，怎么跟红军过的草地一样啊?

老婆不会开车，自己又不好意思打电话给锋，就指望锋能醒过来，给自己来个电话，然后来接自己或送个棉衣什么的。可这该死的锋，睡得跟死猪似的，一个电话都没有。健有时实在难熬，想撤了，可后面已有好多人在排队了。自己这一走，怕被人趁雨夜占了地方，只好咬紧牙关挺着。

等天亮了，锋醒过来，一看外面地上是湿的，才知道夜里下雨了，赶紧往健的地方跑。到了那儿，一瞧健，那个惨啊：一夜未眠，两眼发直，嘴唇发紫，裹着湿透了的睡袋，全身直哆嗦。锋大叫一声：“糟糕，兄弟，对不起你啊。我昨晚竟睡死过去了。”说完，拉着健就回家。

那天晚上是最后一晚了。锋裹着新买的睡袋，躺在湿冷的帐篷里，觉得一阵阵寒气从地底下穿过气垫床，透过睡袋，渗进皮肤里，全身像浸在冰水里似的冷。到了下半夜，竟然又下起小雨。虽然帐篷被重新调整过，不再漏水，但雨夜刺骨的凉还是让锋止不住地哆嗦。

锋知道，这时候，更不能离开战场。排队的人已有好几十个，就等着前面有“阵亡”的后面可以顶上。自己中意的房子，也是后面人中意的，人家正盼着自己临阵脱逃呢。不行，无论如何都要坚持！锋顶着寒冷，熬着每一分钟。锋恨啊，这时间怎么这么慢啊?不知不觉，锋睡了过去。

等早上的阳光照进帐篷，周围的人声把锋吵醒时，锋突然有点爬不起来了。他头痛欲裂，打着寒战，四肢软弱无力，整个人昏昏沉沉的。锋心想，糟了，自己发烧了。巧的是，健和丽丽一早赶来了。健也得了重感冒，但锋的情况更糟。锋烧得满脸通红，全身不停地颤抖。可马上就要开始售屋了，锋得坚持住。健去给锋拿了药力较强的 morin，先给锋降热止痛。

这时候，排队的人开始有点乱，后面的人有点想不守规矩了，有几个亚裔开始制造混乱，想向前面挤。锋一看，跟他们拼命的心都有了。锋突然不知哪来的力气，跳起来大喝一声:“我们在这已排了一个星期了，你们要是不守规矩，我们就跟你们干了！”此时的锋，声音撕裂，怒目圆睁，杀气腾腾。健跟其他排在前面的人，自然地站在锋的身后，同声喝道:“对，你们不能不讲理！”

这时的锋和他身后的后援队，悲壮得就像当年准备和反动派做最后决斗的罢工工人。这气势把那些想捣乱的人一下子给镇住了。就在此时，那些有经验的售房人员请来维持秩序的警察也到了，场面一下子被控制住。

可一波未平，一波又起。等到了 9 点，售屋开始，可恶的售屋人竟然发出新的售价单，上面每套房子的价格都比上周末列出来的涨了 10%。所有买房人一看这“新”售价单，差点集体晕倒。锋一口血气上涌，差点吐血，腿一软，一屁股坐在折叠椅上。吃了这么多苦，受了这么多罪，想不到最后又被宰了一刀。

此时，群情已经开始激愤起来。本来，大家都是按照上周发布的价格，勒紧裤腰带，咬紧牙关来买房的。这一坐地起价，不就是当面敲诈吗? 所有的买房人这时一下子站在了一条战线上，所有人都大喊:“简直荒谬！”“太不公平了！”锋一下子从椅子上站起来，拼尽全力，大吼一声:“这简直就是抢劫！”

售屋人一看场面又要失控，吓得躲进了办公室，关上门。警察这时候不得不出面了。警察大声说:“请大家安静。这确实太不像话，太荒谬。但是，你们得通过其他方式抗议。现在请你们必须遵守秩序，不然，我不得不执法了。请你们赶快做个决定。决定买的，请按顺序进办公室。”

众人一下子安静下来。是啊，这么辛苦地等到今天，难道就不买了? 咬咬牙吧，不就是再多借点款嘛，现在就指望将来房子涨上去能都赚回来。锋前面的两位“邻居”，这时只好一边心里数落着这些敲诈勒索的建筑商的列祖列宗，一边乖乖地按顺序进办公室挑房签合同了。锋一看他们“从”了，自己也不得不认栽，乖乖地跨进售房办公室。

就这样，锋历经了千辛万苦，终于“抢”到了自己心爱的房子。这房子可有三千多平方英尺，上下两层，5 个卧室，5 个卫生间。这要是在国内，这三千多平方英尺可是纯粹的居住面积啊，不算那厚厚的墙和前面、后面大大的草坪和后院。这是个独立房，整个地盘加起来有一万多平方英尺。您要是住在东岸，这大概不算什么，但在旧金山湾区，这可是“豪宅”了。当然，每个朋友，包括健，当时都在心里嘀咕：“锋一没老婆二没娃的，要这么大房子干吗？开旅馆赚钱啊？”

这一般人就不知道了吧？当初锋看房子的时候，就有“高人”鼓励锋要尽量往大买。现在这滚油般热的硅谷，越是大屋涨得越凶。大房子本来就基价贵，再加上涨的比例大，那赚得可比小房子狠得多啊。

其实，不是大房子涨得多，才该买大房子，是因为人人都觉得自己是“高人”，都这么想这么做，所以大房子才涨得凶。等轮到锋的时候，这个道理里面哪个是鸡哪个是蛋，就已搞不清了。当然，油温在180摄氏度时，是这样的。但等油温降到30摄氏度的时候，上面的“高论”就只好倒过来说了。今天的小学生都知道，并不是任何地方任何时候的大房子都涨得那么疯的。可是，当时的人都认为油温会升到800摄氏度，而永远不会降到30摄氏度，所以这个“理论”就被信奉成“公理”了。

11 股疯

您要是觉得，锋就凭这个“理论”买这么个大房子，有点儿疯狂，那您就小看锋了。您要是知道锋是怎么用钱买下这房子的，才会叹为观止呢。

美国政府的证监会（SEC）有规定，IPO 新上市公司的员工，在 6 个月内不能出售股票。所以，锋的资产全是“纸”上的，自己的银行账上没几万块钱。他工资本来就低，这几年再怎么辛苦存钱，也有限，拿出来全付首付，也只能付 5%。那就是说，锋得贷 95% 的款。凭锋的那点儿工资，贷不了那么多，那拿什么做抵押来贷款呢？当然是拿锋的股票啦。

没想到吧？那时的银行竟然是允许拿股票的市值作为抵押给贷款的。不过，这和几年后银行连首付款都不要求，甚至连收入都不查就肯贷款相比，还不算最疯狂的。当然，那是后话。2008 年和 2009 年的次贷危机的故事我们以后再说。我们硅谷群英们是从来不甘落后的，在后来的次贷危机中，也是绝对不会少一份的。

锋拿他很大一部分股票做抵押，贷到了款。此后，锋常吹嘘，自己只拿出几万块钱就拿下一栋豪宅。说这话时，锋感觉自己简直就是能四两拨千斤的“独孤求败”。

那剩下的股票呢？锋是不会让它们睡觉的，锋要让它们发挥更大的作用。此时的锋已经把杠杆原理运用到了极致。

当时湾区有一位操着南方普通话的胖律师作为“投资专家”，满世界地要帮手上有股票的“硅工”们最大限度地用他们的股票挣钱。您可能要问了，他一个律师不帮人打官司，怎么成了“投资专家”了？人家不是搞投资方面的法律嘛，当然可以教这些呆头呆脑的工程师“投资”啰!

这位胖律师的“杠杆法”就是让人把手上的股票做抵押去贷款借钱，然后用这借来的钱去炒股票。用胖律师的广告语来说就是：你不用卖股票，让它躺在那儿为你挣钱，而用贷出来的钱再为你挣钱。这简直就是“以钱生钱，以股票炒股票”的绝活啊。

锋一听这胖律师的“杠杆绝活”，觉得太有道理了。锋找到胖律师，把自己剩下的股票全抵押进去，贷了一大笔银子。而且锋还不用把银子拿回家，就直接把这银子放在胖律师的“资产管理”下，大买特买各类股票。

当然，胖律师也不能白忙活啊，是不是？你们发大财，咱也得捡点面包屑吧？我帮你贷到这种贷款，得收点银子吧？我帮你管理你的投资组合，你也得给我点管理费吧？这些管理费、手续费什么的，不能太少吧？对了，当你的股票赚钱了，我也应该分一部分利润吧？还有，你要是赔了钱，唉，那就跟我无关哦。不要怪我没告诉你哦，都在合同里写着呢。

这些都白纸黑字地写在合同里，你不是都签字了吗？什么？你没看全合同？那谁让你傻乎乎地就签字了呢？不服？想告我？呵呵，我怕谁？我是谁？我是律师啊!

当然了，锋当时才不会计较上面提到的那些事呢。那些都是怕赔钱的想法，现在的股市是只涨不跌的，有什么好叽叽歪歪的？锋现在一门心思地研究自己的投资组合。

哦，对了，要研究买股票就不得不和锋的同事，号称“炒股专家”的“死驴”商量了。

这“死驴”是个印度人，搞测试的，就坐在锋的旁边。为什么叫“死驴”呢？都怪他们老印的姓和名太长。一个姓一个名，那字母加起来有 30 个的不少见。他们在电话里要是把名字和姓一个字母一个字母地拼给人家的话，再加上他们口音重，得不时地重复，花十分钟说个名字一点儿都不稀奇。

要是想把他们的名字念完整的话，得有“绕口令”的功夫。所以，他们就简化自己名字的叫法，一般只取名字的前面几个字母。这位呢，就一简到底，只取名字的前 3 个字母，Sri，叫起来就是“斯瑞”。可老中发“瑞”的音比较绕口，一位说英语带北方口音的老中同事叫他名字，听起来像“死驴”。这样，“死驴”

的称呼就人前人后地被老中叫惯了。这位“死驴”一开始还想纠正发音，日子久了，也就习惯把自己当“死驴”了。

“死驴”早几年一边做测试，一边炒股票。开始只是小几千玩玩。也算他走运，90年代后半期，股市进入牛市，“死驴”这小几千很快过了5000。“死驴”尝到甜头，就再往里加钱到一万。结果，股市越来越牛，你买股票，不赚钱都不让你走。这“死驴”的账户里一下子有好几万了。

“死驴”觉得自己是“投资天才”。进入1999年，股市里有几个不是“投资天才”的？那年月，沃伦·巴菲特（Warren Buffet）白天都不敢出门，怕见到满街的“投资天才”被人笑话。慢慢地，“死驴”觉得光简单地买股票和卖股票，赚钱太慢了。他开始“买空”。什么是“买空”？就是从股票商那儿借钱买股票。比如你账户里的现金只有一万，你能借到两万，去买三万的股票。这样，三万的股票涨三分之一，你就赚了一万，相当于你用你自己的一万赚了一万，100%的利润啊！

当然，你要问，这三万的股票要是跌了三分之一呢？在那个年月，你都不敢问这种“跌”的问题。你都不好意思张嘴。你要总是想到跌，你就跟那沃伦·巴菲特一样，落后于时代了。

你要是还问，你借钱，那人家股票商收你多少利息啊？这问题，又问得多没水平啊！利息是不少，但赚的钱远远多于那点利息，所以有什么好担心的？

“死驴”就是这样想这样干的，他很快把账户从几万翻到好几十万。今天早上在CNBC里听到一只股票的利好消息，立马就“买空”它，结果当天就赚了个饱。明天，听朋友说他工作的那家公司盈利不错，“死驴”立马就“买空”这家公司。结果，又饱赚一把。

“死驴”现在都不想上班了，要不是靠公司办“绿卡”，还有公司给的股票，“死驴”就真的要回家专业炒股了。有了钱，“死驴”的生活质量也大大提高。有一天，大家看到他没开他那辆要散架的马自达，而是鸟枪换炮，开了辆敞篷宝马（BMW）来上班。那时，公司还没上市呢，大家都还穷着呢。所以，他把这敞篷宝马一开来，可把大家都镇住了。

一问才知，这车是租赁（Lease）的。“死驴”说了，这BMW要是修起来，贼贵，特麻烦。租一个，虽然贵点，但省事。有问题，送车行，人家还给你换辆车开回家。等修好了，你去取就行了。再说了，租车三年一换新，老是开新款车，多爽，多酷。要是买辆宝马，你得开好多年吧？车还没坏，人就先闷坏了。

大家一看这小穷光蛋现在成了有钱人，说起话来都有有钱人的味道了，对他的炒股水平佩服得五体投地。从此，“死驴”就成了大家的业余免费“投资顾问”。

现在锋用自己公司的股票贷出了钱准备买股票，当然要请教“死驴”啦。“死驴”也不含糊，给锋推荐了一整套以网络为核心的股票组合。

“死驴”说了，咱先从最前端的浏览器（Web Browser）说起，你得有Netscape吧？当然，微软跟Netscape打得你死我活的，你微软也得有点儿。

这浏览器里总得显示点内容吧？那你就不能少了Yahoo这样的股票。其他什么eBay啦，Ariba什么的，你就看着买点儿。

再想想谁给你提供网络服务啊？所以你得买点儿WorldCom之类的通信公司的股票。那这些通信公司用什么设备呢？你得买做光纤通信的公司的股票。对了，还有Cisco千万不能少。

还有，那时开网络小公司的都得有Sun Microsystem的伺服器和Oracle的数据库。所以，这两家的股票你也得有。其他的，要是还有钱，你就看到什么买点什么吧。广撒网，说不定能逮条放卫星的大鱼，你就发了。

最后，“死驴”总结道，现在不都是要讲究股票组合的“多样化”（Diversification）吗？看看这是多么的“多样化”啊！各个行业的都包括了。

锋听了觉得太有道理了。这种像到菜市场买萝卜大白菜的买股方式，跟自己研究的心得是不谋而合啊。“死驴”不愧为“大师”啊。这时，锋突然想起曾听到中文广播里请的一个老中“投资专家”说到刚上市的Juniper Network。那位“专家”说，这只股票短期里要翻几番，所以，要随时买，随地买，随便买。

这“随时买，随地买，随便买”可真乃牛人之“牛言牛语”啊。这真要把那些靠分析股票图线吃饭的人给气死了。看图线过时了，现在到了闭着眼睛买股票的时代了。

锋把他听来的拿来请教“死驴”。“死驴”一听，非常赞同这“随时买，随地买，随便买”的高论。所以，锋立即把Juniper加进自己的采购清单。当天晚上，锋把所有的股票名称和要买的股数列在一个Excel表格里，连夜给胖律师发过去，让他一开市，就按这采购单“随时买，随地买，随便买”。

除了买股票，锋现在又多了个爱好，就是组织同学聚会。其实，锋本不是好事之人。当年在学校，锋是不屑于去学生会混的人。锋当年有自己的“远大理想”，觉得学生会那组织活动的事，对自己这一不想升官，二不想入党的人来说，简直是浪费时间。但他现在为什么突然有了这爱好呢？是锋的虚荣心在作祟。他觉得在谁面前显摆，都不如在老同学面前显摆来得爽。

当健初来湾区，锋立即以健的名义召集聚餐。虽然班上没几个同学在湾区，但他们这个系在湾区的不少。老中聚会都离不了吃啊，所以，聚会的地点当然是在餐馆了。锋就定了这天中午在 Palo Alto 的“明苑”聚会。“明苑”可是当年湾区挺有名的一个聚会餐馆。Palo Alto 的位置离中半岛和南湾都较近，又靠近 101 高速公路，而且这个餐馆装潢、菜单都不错，所以，老中聚会搞活动都爱在那儿。

老同学坐在一起，就数锋在股市最得意。最近又买了大房子，运气红得发紫，所以大家自觉不自觉地都要拿锋的“成就”说说事。看着老同学眼中的羡慕，脸上的嫉妒，嘴里的恭维，锋虽未饮酒，但人已自醉。

其实，锋最想听到的恭维话是出自在座一个女同学——夏岚——的嘴。但夏岚只是淡淡地说了两句，就安静地听人说话，安静地自己吃菜。锋真的有点失落。

锋对夏岚的感觉很复杂。当年在学校，夏岚是第一个让锋动过心的女孩，也是锋唯一表白过的女孩。但当时的夏岚把锋拒绝得清清爽爽干干净净明明白白，这让锋的自尊心受到很大的打击，让锋痛苦了很长一段时间。好在锋是不停地追求理想的人，他很快从“失恋”的痛苦中恢复过来。不过，这恐怕连“失恋”都不算，因为人家根本就没跟他谈过恋爱。

等锋的心理创伤结了个小疤后，他就慢慢地把这事淡忘了。人生总有很多挫折，每次挫折都会留下一个小疤痕。夏岚给锋留下的小小疤痕，是锋心里许许多多的小疤痕中的一个，所以，确切地说实在没什么大不了的。哪个男生从小到大，全身上下不留一大堆伤疤？

夏岚来美留学，毕业后到湾区，只比健早一点儿。过了这么多年，锋再一次见到夏岚，心里的那块小伤疤有种被轻轻一揭的刺痛。锋想不到过了这么多年，自己竟然还能感觉到痛，有点儿不可思议。但两人都是大人了，同学聚会时见了，还是大大方方的。锋因为来硅谷早，自然尽地主之谊，帮了夏岚很多忙。但就像帮任何一个老同学一样，没什么多余的想法。

锋对夏岚的免疫力，其实是因为他当时面临更多其他的诱惑。自从“事业有成”后，周围一下子多了很多热心人做“媒人”，介绍了很多女孩子给锋。以前，锋也相过亲，但因为自己当时什么也没有，所以，都是见一两面就闪人。现在不一样了，见面的女孩子都很愿意同锋交往下去，而且其中几个女孩子长得还真不错。湾区中国人特多，美女的比例即使再低，也还是有几个的。锋瞧瞧这个长得有点台湾某女歌星的味道，那个眉目间有些大陆某女明星的神情，真是左也爱右也不舍。

现在夜里，锋经常做的都是很美的梦。公司的股票冲过 100 美元大关，新房房价翻了一番，在胖律师那儿的股票也翻了好几番，身边还多了个美人儿。可怎么都看不清美人的脸……锋在梦里想，这是不是在做梦啊？可他实在不忍心掐自己一下。如果是梦，就让这梦一直做下去，最好永远别醒。

12

梦醒时分

但是，只要是梦，都有醒的一天。

世界的疯狂到了 2000 年 3 月上旬达到顶峰，纳斯达克指数冲到了历史性的 5000 点。尽管很多“落伍的人”不停地警告股顶在即，崩盘不远，但硅谷很少有人会在意，特别是在高科技行业的“硅工”们。那些“被时代抛弃的悲观主义者”已经一次又一次地被历史证明他们的错误和落伍。他们从 1998 年就开始唱衰，但是，你看整个 1999 年以及新世纪的股市表现，都一而再再而三地证明，他们是多么愚昧。现在连 1998 年年底的“亚洲金融危机”和刚刚虚惊一场的“千年虫”都尚且奈我股市不得，还有什么能螳臂当车，挡我狂涨的势头?

在高科技心脏的硅谷人，认为自己才真正代表未来。纳斯达克指数不仅不会到顶，而且会攀上一万点的高峰。不仅硅谷的人这样认为，连华尔街的分析师也都众口一词地这么认为。难道他们都错了吗？他们可都是“专业”人士啊。

可惜，当纳斯达克指数在触及 5000 点后，掉过头滑落到 4500 点。那时，从华尔街的“专业人士”到各个广播电视上的“投资专家”都众口一词地说，这是买进的绝好机会，这次调整是为冲向一万点做最后的准备。此时不买，等纳斯达克指数涨到一万点，你会追悔莫及。

此时此刻，锋会卖股票吗？不会。“死驴”会卖股票吗？不会。硅谷的“硅工”们会卖股票吗？不会。相反，他们在筹集更多的钱，无论是从工资里省，还是年终奖金，还是借贷，都把更多的钱投向股市。果然，纳斯达克指数从 4500 点又冲向 5000 点了。这不，刚放进去的钱立即就赚钱了。让那些说“跌”的人哭去吧，他们永远地失去了机会，他们被时代抛弃了。

但是，这次纳斯达克指数一触到5000点，就再次下滑，在股票图形上建了个“双顶”。这次下滑，一下子破了4500点的支撑点，一直栽到3500点。回顾历史，这正是dot-com泡沫最后破灭之时。这一历史，在2007年年末的中国股市重新演绎了一遍。那些经历过2000年股票暴跌的美国投资人，如果2007年也投资了中国股市，却还没有全身而退的话，真应该好好反省一下。当然，这是后话，扯远了。

从2000年4月起，锋、“死驴”和千千万万的“硅工”们，都经历了从火山到冰窟的历程。

卖，还是不卖，这是一个大问题。

此时的媒体上，那些曾经的“乐观主义者”仍然在坚持自己的“乐观”。人们还期望这只是一个大的“调整”，而不是熊市的开始。锋也坚持着。锋和所有人一样，很难接受熊市的现实。

但此时的“死驴”却等不及了，真的要“死”了。

“死驴”的世界里只剩下了股票，睁开眼就看股价，闭上眼就梦股票。像“死驴”这样有远大理想的人跟我们俗人是不一样的。俗人成天盼着周末，而“死驴”最怕周末。为什么呢？因为周末股市不开门啊！

“死驴”不急着买房子。听到锋跟同事谈买房子的苦恼，“死驴”总是在心里暗笑。“死驴”在股票上赚钱的速度比房子涨价快多了。靠买房子赚钱的事，都是不会玩股票的人干的。当然，“死驴”也不是不要房子，他有他的远大理想——“死驴”要等到赚够一千万后，去和Oracle的Larry Ellison，Cisco的John Chamber，或者Sun Micro的Scott McNealy做邻居。

但是“死驴”的末日终于来临了。

由于前一年（1999年）他在交易上的巨大盈利，再加上都是短线交易，“死驴”欠了一笔巨额的税。更可怕的是，“死驴”因为把所有赚到的钱又投回股市，手上根本没有交税的现金。他申请推迟到10月份交税，但“死驴”知道，从4月到10月，要是不能把钱都赚回来，他就死定了。他欠的税太多了，如果交不上，他就得去坐牢了。

“死驴”是借高利贷“买空”的。所以，股价一跌，股票商就会强行要求“补仓”(Margin Call)。股票商借给你钱后，你的账户就上了黑名单，被严格监控。

一旦股价下跌，你借钱买的股票市值还没有你借的钱那么多，股票商会在第一时间要求你把缺的钱补上（当然是带利息），这就是所谓的“补仓”，根本不给你时间。

4月的暴跌，把“死驴”仅有的一点儿现金就这样“吸”了进去。

虽然股市在7月份又回魂般地回到4500点，但“死驴”已经等不到那一天了。更糟的是，“死驴”在过去的这么多年里，养成了个死脑筋，死认股市只升不降，疯狂地继续“买空”。

因为丧失了理智，急疯了的“死驴”又从别的渠道，如用他的公司股票做抵押，又借了钱，在股市下跌时，继续“买空”，企图最后一搏。这就是股市里常说的典型的“接下落的刀子”。仅仅一个月，到4月下旬，股市一“死”再“死”，让“死驴”倾家荡产。“死驴”不仅股票账户归零，还欠了一大笔债。更糟的是，他欠了税务局一大笔税，而自己现在连一块钱的税都交不起了。

“死驴”不怕破产，但“死驴”怕坐牢。

4月底的一天深夜，“死驴”把他的那辆敞篷宝马停在公司停车场，然后让他朋友送他去机场。随后，“死驴”踏上了回印度的飞机，悄悄地从美利坚的土地上消失了。

第二天，“死驴”没来上班。让同事奇怪的是，他的宝马车竟然停在停车场。到了第三天一早，老板冲到锋的桌前，问锋，你跟“死驴”坐得这么近，你知道不知道“死驴”出什么事了？

锋茫然地摇摇头。老板苦笑一声说：“刚收到他的电邮，说他辞职了，现在人已经在印度了。他还请我给车行打个电话，让他们把车拖走。”

当车行的拖车把“死驴”的宝马拖走时，锋、老板，以及所有同事都隔着窗户看着，哭笑不得。

锋没疯狂到“买空”股票，但情形也一天天地变坏。虽然纳斯达克指数刚跌了30%，但大多数没有盈利一直赔钱的蚂蚁公司已经跌得一塌糊涂了。锋所在公司的股票价格，早从最高峰的80美元跌到了发行价15美元，而且还在跌。

问题首先出在他在胖律师那儿的账户里。那账户的钱是用公司股票当抵押借的。现在，股价跌得这么狠，所买的股票的市值远远不及借贷的钱数，银行要求立即还款。锋刚买了房子，仅有的一点儿钱都当首付给交掉了，哪儿还有余钱啊？所以，借贷的银行毫不客气，强行把他账户里的股票全部卖掉，拿回钱来还贷款。但是因为这时账户里的股票全是赔钱的，所以，卖回来的钱还不够还借款和利息。银行又立即把锋做抵押的公司股票全卖掉来抵债。结果，锋的这部分股票市值，一下子蒸发掉，连点水迹都没留下。

锋的公司这时也被两记重拳击倒。一拳来自公司的运营方面。公司本来就不挣钱，现在市场又在萎缩，公司只能靠 IPO 时卖原始股赚到的钱填亏损，指望着能熬到 2001 年，希望那时市场能起死回生。另一拳则来自股市。公司股票跌破发行价后，竟一直跌到 1 美元以下。

1 美元对于股价来说是个生死坎。一旦跌破 1 美元，股价就加速向几分美元跌下去。证监会（SEC）很快给出警告，如果不能在规定时间内让股价爬回 1 美元以上，那公司股票就会从纳斯达克上被除名。除名的结果就是，锋、锋的老板、所有同事的股票价值全部归零。

公司开始了连续几次的大规模裁人，留下的人的工资也被大幅度削减。

锋现在的心情沮丧到极点。那“百万富翁”就像一场梦，锋倒是盼望现在的自己真在一场噩梦里。可掐自己一下，好痛，这不是梦，是现实。自己再也不是“百万富翁”了。锋没法接受，这才多长时间啊，自己就从百万富翁变成不名一文的穷光蛋了？

更让锋揪心的是，他恐怕连自己新买的房子都很难保住。锋恨自己太贪，没在公司股票价格还好的时候卖掉股票，把房子贷款的大部分还掉。现在股票价值几乎归零，这笔巨大的贷款又超过自己工资的支付能力，更何况工资刚刚又被减掉很多，现在是万万还不起贷款月供了。

为了防止自己破产，锋只有两条路：要么尽快卖掉房子，要么找到一份高工资的工作，还每月的房贷。第二条，基本行不通。如今到处在裁人，不要说高工资的工作，就是有份工作都难。锋早就到处发简历了，可一夜之间，所有的公司都在裁人，而不是招人。锋连个像样的面试机会都没有。剩下的路就只有卖房。

但锋是在房价处于顶峰时买的这个大房子。现在的市场是，中小型的房子还好卖，但大房子市场太糟糕。锋出了个自己一分钱都不赚的价格出售房子，可是，两个星期过去了，没有一个人出价。锋有点儿绝望了。

看着自己拼了命抢来的房子，现在竟然无人问津，锋欲哭无泪。自从锋搬进来后，房子基本和刚建好的时候是一样的。当时，建筑商只是给前院铺了草坪，大大的后院都是泥地。要是把后院好好修整一下，至少要花费一万多。锋那时没现金，就没有修整后院。

另外，新房是没有窗帘的。但是，要是好好地装修的话，一个房子也要上万。锋只好量了尺寸，让爹妈从国内寄了简易的窗帘来，自己把它们装上。家具也是能省则省，只是给自己圆梦，买了个国王（King Size）大床。

锋后悔地想，要是当时不贪的话，卖了股票，今天就不剩多少贷款，后院、窗帘、家具也都可以弄得漂漂亮亮的。锋想着想着，就给了自己一巴掌。但现在打自己十巴掌都已经晚了。

房子是不能再降价了，再降连还贷款都不够，自己还得倒贴钱给银行。可是一个月过去，无人出价。锋不得不停了下个月的月供。因为要是付了，自己就吃饭的钱都不够了。锋知道，再拖一个月，房子卖不出去，自己又付不起月供，房子就归银行了，而自己的信用也就毁了。据说得至少 7 年才能把信用重新建起来，但锋现在管不了信用了。

公司里现在也是人心惶惶，大家无心工作，有点本事或门道的早就开始想办法跳槽了。现在是谣言满天飞，甚至传说公司的财务已经要崩盘。星期五下午，老板召集大家开了个动员会。老板说不要听信谣言，公司正在跟一个世界 500 强的大客户谈，希望很大。一旦谈成，公司就会成为这个大客户的专门供应商。这意味着，公司将会扭亏为盈，而股票会重回当初的高价。

这无疑成了一剂强心针。只要公司能撑下去，股票重回当初的高价位，一切问题就都解决了。老板话音刚落，所有员工不约而同地鼓掌欢呼起来。可是，谁也没注意到，老板笑得很辛苦。

这是充满希望的一个周末，是锋过去几个月来，心情最轻松的一个周末。锋下定了决心，只要股票价格一涨上去，就把自己的股票全部卖掉还贷款。

星期一，锋兴致勃勃地开车去公司。到公司一看，门口正围着一群同事。锋的心一紧，撒腿就冲了过去，赫然见到公司门上贴着封条和通知。锋感到两腿发软，两眼也有点发花，强迫自己一个字一个字地把通知读下去。

通知上说，就在刚过去的这个周末，因与债权人谈判破裂，公司破产。法院已经查封了公司，等待对公司的资产进行清算拍卖。锋知道这下彻底完了，这是破产，不是破产保护。不要说自己这个月工资没了，就连遣散费都没有一个子儿，自己工作了这么多年的公司就这么完了吗?

旁边的同事说，上周五老板不是说还有希望吗？锋听了，心里冷笑一声，那不就是烟幕弹吗？你现在还提这个茬，你是不是弱智啊?

锋像没了魂似的，在外面游荡了一天。天黑了，才一个人回到他即将属于银行的房子里。过去几个月的一切，就完全是一场梦，有种“一夜回到解放前”的感觉。现在的自己，没有了房子，没有了股票，没有一点儿资产，完全和若干年前初来硅谷时一样，一穷二白。

但锋不甘心。虽然没有了金钱，但自己还有这几年积累的知识和经验，也许还会再有点儿运气，也许还会东山再起。这一次，锋不再像若干年前初来硅谷时那样，两眼一抹黑，纯靠运气瞎撞。现在的锋，自认为羽毛丰满，决心要把失去的全部再赚回来。

入夜，锋躺在国王大床上，冲着黑夜，大喊一声：“Tomorrow is another day.（明天我要重新来过！）”

13
出轨

健和丽丽终于在硅谷慢慢地安定下来。健天天去 Yahoo 上班，早出晚归，丽丽则在家做全职太太。无聊的丽丽一句英语都不会说，就到处找老中朋友玩。好在湾区这地方缺什么都不缺老中，不久丽丽就在他们公寓区（Apartments Community）碰到几个赋闲在家的老中太太。老中碰到一块能谈什么？不就是吃和住嘛。所以没几天，这些全职主妇们就开始聊买房子的事了。

美国这儿有个好处，买房贷款的利息是不用交税的。也就是说，你交利息的那部分钱，是不用拿出来算税的，这也就是老中常说的“打税”。如此一来，老中对买房就有了老三篇：“第一，租房子是把钱白付给别人，等于打水漂。第二，买房子的钱可以用来打税。第三，房子还会增值。”

这话乍一听，好像很有道理，但要是仅仅因为这话就买房，那就太弱智了。这一家人该不该买房，什么时候买，以及在什么地方买，学问可就大了。可是，我们中国人血液里就是有要当“房奴”的基因，再加上有了这老三篇的伟大号召，那就是刀山火海也要奋不顾身地往下跳啊！

丽丽也不能免俗。晚上，她就开始用这老三篇给健吹“床头风”，大讲“房事”（房事者，房子的事也）。健忙了一天，回来头昏脑涨的，也没精神细想，就说那就找个房地产经纪人看看吧。其实，健在公司里，老中凑一块，也扯这“房事”，所以，也不是没思想准备。

丽丽一听，乐了。说找房地产经纪人没问题，我就找我朋友介绍的吧。

在老中聚居的地方就是方便。所有服务行业，什么餐饮业啦，房地产业啦，保险业啦，甚至包括殡葬业，反正从活着到死了的买卖，全能找到老中。在这里，即便一句英语都不会说，也能比洋人过得还方便。

不知怎么这么巧，丽丽朋友给她介绍的房地产经纪人竟然是白萱。白萱和思远比丽丽两口子早两年来湾区，开始全靠思远的老外婆资助，可老是“啃老”不行啊，所以，两人一商量，还是让思远继续读财会，尽快去考会计师执照 CPA（Certified Public Accountant）。一来，思远来美国几年了，英语要好得多。二来，思远已经修了好多财会课，把学分一转，没多久就可以考 CPA 了。而白萱则去考了个房地产经纪人执照，和很多老中一样，去当房地产经纪人了，这样一下子就有了收入。好在两人都借着亲属移民有了绿卡，想干什么都成。

房地产经纪人的基本收入很低，全靠买卖房提成。恰好白萱性格外向，又长得好，这一入行，还真顺风顺水的，竟是家里的主要收入来源了。

白萱一看新客户竟是丽丽和健，特高兴，真是他乡遇故人啊！白萱不仅拉着老公请健和丽丽吃饭，还一定要上门和健好好谈谈。为什么一定得和健谈呢？因为健赚钱管钱啊。钱的事，健可是管得严严的。一来，谁让丽丽英语一句不通呢？二来，丽丽有花钱买高档香水和化妆品的嗜好。要是让丽丽管钱，一家的饭钱那就等于捐给了那些大牌化妆品公司了。

白萱和健一盘算，健眼下顶多只能买 20 万的房子。一来，这小两口的存款，顶多付 1 万多的首付。二来，健的工资也没那么多，很难贷到太多的款。三来，健的股权（Stock Options）不到一定的年份不能动。您要问了，那健干吗不等几年，攒点钱再买？唉，都是因为丽丽，她一心要住美国洋房，这样就可以向周围的朋友、国内的小姐妹，还有爹妈炫“富”了。丽丽赚钱的本事没有，但虚荣心可大着呢。

可在硅谷湾区，20 万的房子很难买到啊。健的同事都说，要买房一定要考虑学区。这买房不是租房，不是说换就换的。可湾区老中嘴上挂的“四大名学区”——Palo Alto、Cupertino、Saratoga，还有湾区东边俗称“东湾”的好学区 Mission San Jose——都不是 20 万就能买进的。健觉得同事都是“老湾区”，“老人言”还是要听的，就拜托白萱试着找找那些好学区的房子。

但是，丽丽心中对房子另有期许，对“学区房”不以为然。丽丽一来美国，就住进了美国中部大农村，心中早已不爽。丽丽从来都觉得自己是“大城市人”，来美国也得住“大都市”。好不容易跟着老公来到这个叫“硅谷”的地方，来了一看，怎么还是像个国内小县城？那些所谓大公司的房子都没三层楼高，太失望了。丽丽要住大城市的市中心，要靠近大百货公司、大 Shopping Mall。

湾区有三个主要城市，也就是丽丽眼里的“省级市”。丽丽喜欢什么都跟国内的比一比，找到可以类比的，就觉得好理解了。这三个“省级市”分别是旧金山市、奥克兰，还有圣何塞。另外又有很多像 Palo Alto、Mountain View、Sunnyvale 之类的“小县城”。

健带丽丽去过旧金山。金融区（Financial District）一座座高耸入云的摩天楼，还有不远处的联合广场（Union Square）那些比肩而立的名牌店，把丽丽的眼睛都看花了，跟乡下人进城似的，丽丽觉得这才有点儿像美国，这才是自己想住的地方。可是，只能心里想想，谁让老公在“南湾”上班呢？离这旧金山市中心也太远了点儿。

退而求其次，丽丽想住在圣何塞市的市中心。圣何塞在南湾，离老公上班的地方又不远，而且市中心附近有个大 Shopping Mall。这个 Mall 不仅有赫赫有名的梅西百货（Macy's），还有很多名牌店，比如 Nordstrom 什么的。这些可都是真名牌店啊，一件没几条布料的基本全透的裙子，标价就是 2000 美元啊！丽丽在这种地方走走都是享受啊！特别是走在那名牌化妆品柜台之间，丽丽又找回了当年的感觉。

那里的柜台小姐可比丽丽当年强多了，从来不凭人的肤色、衣着看人。丽丽一来，就热情地介绍这介绍那的。如果换成当年的丽丽，定要先看来人的衣着，再看来人的气色，看不上眼的，理都不理人家。现在人家不管自己会不会说英语，有没有钱，都不厌其烦地说得那么热情。尽管丽丽一句都没听懂，但仍然热情洋溢地听着。听听人家嘴里说出的化妆品牌子，就觉得洋气。这下回国和小姐妹们谈化妆品时，可以很洋派地“露一口”了。人家不仅跟你说，还拉你坐下，给你上妆，丽丽这个爽啊。每次和老公一进这店，老公就紧张无比，想要求老公在这店买化妆品，那老公怕是要当场犯心脏病。这倒好，人家免费给咱上顶级化妆品的妆，丽丽觉得这就像天上掉大元宝啊！

当然，丽丽也是有理想的人。在这儿蹭免费的妆，也只能一两次。时间久了，不用人家说出来，自己都没脸了。丽丽的理想是有一天有足够的银子，像别人一样，买一大袋一大袋的化妆品拎出店。人总得有点儿理想，才能活得有方向，不是吗?

丽丽恨不得吃喝都在这儿。丽丽逛名牌店的嗜好，和很多人爱逛博物馆是一样的，都是逛了大半天，看了大半天，什么都只能看不能碰，结果还觉得特值，特有意思。丽丽觉得逛名牌店简直比逛博物馆还值，因为丽丽不仅可以上化妆品的妆，还能拿着2000美元的衣服进试衣室穿上身，在镜子前左转右看的。你在博物馆，你能拿起个艺术品在手上赏玩吗?

所以丽丽梦想住在圣何塞市中心这名牌店边上。这和健的想法有很大差异。虽然表面上，买房的决定权在健，但很快，天平就向丽丽这边倾斜了。

在稍微像样点儿的学区，20万的房子很可怕。白萱带他们看过两个20万的“小黑屋”。一进那小区就让人沮丧，房子破破烂烂，草坪也跟蒙古草原上的草有一拼。再一进那小黑屋，一股霉味加上咖喱一样的怪味扑鼻而来。健和丽丽一憋气，差点把昨天的晚饭都吐出来。但白萱是久经“恶臭之屋”而不觉臭，湾区又黑又臭的小黑屋比比皆是，怕臭怕味道可当不了房产经纪人。

白萱宽慰道，这小屋买下来以后，可以做Remodeling，譬如把墙重新刷漆啦，把厨房整个换掉啦，等等，做完了大概怪味就没有了。健一听就头大，自己在城里长大，这动手修房可是自己的弱项，再加上这么大动作的工程，又要上万的银子吧，哪有那么多钱啊?丽丽更绝，声言除非扒了重建，否则她是打死也不住的。白萱心想，唉，拜托，20万也就能在这样的学区买这样的房了。

丽丽趁机问，圣何塞市中心有没有好点儿的20万的房子?白萱一下子来劲了，说有啊有啊！还是新房呢！丽丽乐了，那还不去看看?我们是没命住好学区了。

这一看不得了，丽丽对圣何塞市中心的房子喜欢得不得了。这是在圣何塞Downtown建的一片Town Home Community（用国内的话说，就是“连排别墅”小区)。Town Home两卧室，有厨房有客厅有车库，还有个小后院，只是墙和别人家共用。这对从国内来的人来说就是“别墅”啦！小区还有健身房，丽丽特别喜欢。住别墅，在健身房运动，那可是丽丽在外国电影电视剧里才能看到的“美国生活”啊!

这么好的房子，怎么只要20多万呢?原来这圣何塞市中心并不是什么好地段，所以建筑商只能要价低一些了。从来都是一分价钱一分货啊！白萱也好心提醒他们这里环境不太好，可丽丽铁了心了，就这儿了。健也没辙。好学区的房子没法住，这儿虽然没学区，可住得舒服，况且老婆这么爱，还有什么说的？得，买吧！健哪里知道，丽丽铁了心在这买房的另一个原因是这儿离那个大 Mall 特别近。她虽然不会开车，但搭个公车，5 到 10 分钟就到。

接下来就是签合同，办理贷款，搬家。

谁知，搬家后的第一天晚上，他们就遇上件倒霉事。搬家搬了一整天，两人都累了，就留了两件要搬上楼的家具在车库里，车就只好停在外边。谁知丽丽把自己的小挎包忘在车上了，第二天早上起来一看，车窗被砸了，小挎包没了。尽管包里没什么值钱的东西，可两人还是觉得太晦气。现在明白了什么叫好区，什么叫不好的区了。不过，他们也只好认了，既来之，则安之吧，以后得格外小心了。

搬定了家，生活归于平静。健每天上他的班，至于丽丽呢，被健逼着到附近的 San Jose State University 修了门 ESL（English as Second Language）课程。学位，健是不指望丽丽拿到了。但人在美国，一句英语也不会说，总不成吧。这样，丽丽开始了学英语、健身、逛 Mall 的新生活。

但不久，这“新生活”就“新事”不断了。

丽丽长得本来就漂亮，再一健身，更是该凸的地方凸，该凹的地方凹，在健身房里自然很抓人眼球。被男人们贪婪地盯着，丽丽心里很有成就感，所以每天在健身房待的时间越来越长。别人也就偷看两眼罢了，一个叫马克的洋人竟然上来跟丽丽搭讪。

马克是个大块头，看起来 30 岁上下，但一般老中看洋人都比实际年龄大，而洋人看老中都比实际年龄小，所以这马克二十出头也未可知。每次丽丽在健身房看到他，都见他赤着上身，在跑步机上狂奔，浓浓的胸毛上挂满了汗珠。丽丽每次一看到那浓浓的胸毛就觉得有点儿怪异，赶紧把目光移开。但想到他孔武有力的样子，又忍不住多看了两眼。从没这么近距离地观察过洋人，丽丽实在有点好奇。

马克早就注意到这个刚搬进来不久的亚洲女孩。他余光瞥见这女孩不好意思地不停偷瞟自己，就知道有戏。等到丽丽的运动间隙，马克就走过来笑嘻嘻地打招呼。丽丽因为英语不好，一下子紧张起来，脸一下红了。马克大大方方地介绍自己，又问丽丽叫什么，是不是刚搬来的，害得丽丽不得不羞羞答答结结巴巴地应付。话说得多了，丽丽慢慢就放松了，觉得眼前这个美国人的话不难懂。聊多了，马克知道了丽丽的大概情况，而丽丽也知道马克是在湾区很有名的通信器材公司Cisco做销售，一个星期大多数时间在天上飞来飞去，只有少数几天在家。马克给了丽丽一张名片，上面赫然印着“销售经理”(Sales Manager)。丽丽觉得这是个牛人。

马克是个江湖老手，一看和女孩搭上了，也不再进一步，挥挥手就走了。丽丽也挺高兴的，一个身为“成功人士”的老美，肯慢慢地陪自己说说话，还是邻居，这多好！第一回合，马克给丽丽留下了一个极好的印象。

晚上，丽丽挺得意地跟健说认识了一个老美邻居，人特好，自己的烂英语竟然能跟人家聊上天，这下可以练口语了。健也没往心里去。他心想，这儿的老美哪个不是见人热情的？真要浪费时间陪你练英语，哼，等着吧。

第二天，丽丽在同样的时间去健身房，指望能再碰上马克。可健身房里空无一人，丽丽有点儿失望。她心不在焉地在跑步机上跑了一会儿，就忍不住往马克家走去，但他家明显没人。晚上吃完晚饭，丽丽拉着健出来散步，故意走过马克的家。丽丽偷偷观察，结果屋里还是没人，她又有点儿失望。

第三天，丽丽又在同样的时间去健身房，只有一个邻居老头儿在跑步机上“走路”。她走过马克的家，仍然没人。晚上，借出来倒垃圾的机会，丽丽又悄悄去马克家望了一下，那屋里连一丝灯光都没有。丽丽有点儿生气，怎么刚认识就人间蒸发了？

之后两天是周末，丽丽慢慢把马克淡忘了。

周一，丽丽再去健身房时，远远地从窗子里看到一个高大的身影在跑步机上狂奔。丽丽一下子心跳加快，开心地冲进健身房。马克其实是在等丽丽，一看丽丽冲进来，也一下子从跑步机上跳下来，像久别重逢的老朋友，开心地叫起来：“丽丽，看见你好高兴！”

马克此刻要不是一身是汗，一定会给丽丽一个大大的拥抱。丽丽也被他的热情感染了，问他过去几天都去哪儿了。马克一看这个刚认识的女孩这么在乎自己，心里有些得意，自觉魅力非凡。马克摆出万分自责的样子说：“我没跟你说吗？嘿，我真该死，我怎么忘跟你说了呢？对不起，对不起！我的工作需要经常出差，上周我被派到东岸见客户，正巧我们公司上个周末在纽约有个产品展示会，而我同事都有家庭有孩子，想周五回家，所以，我就留下来为会议做准备，直到今天早上才回湾区。”

这个小小的解释把丽丽心中的一丝丝怨气全给化掉了。马克突然拉住丽丽的手，说：“去我家，我从纽约给你带了个小礼物。”

被马克牵着手，丽丽脸一下子红了起来，身不由己地跟着马克走出去。

进了马克的屋子，丽丽好奇地把马克的家上上下下左左右右地打量了一番。这是丽丽第一次进一个洋人的家。马克买下房子后是花了一大笔钱装修内部的，家具都是买的特别设计的高档货，墙壁也重新粉刷上和家具颜色相匹配的色彩。乍一看，丽丽觉得自己好像进了居家杂志上的样板间。

但丽丽不知道的是，马克的银行存款也归了零。马克一向是等着发工资才有钱买米的那种人，是典型的月月光，银行里存个几千就是大数额了。要干点什么事，不是刷信用卡就是想办法贷款，每月那点儿工资全拿去还债了。

其实，老美敢花钱，动不动就让银行存款归零，是他们内心深处知道，没钱了可以跟老爹老妈要。老美中也有挺能省钱的，那多半是爹妈没油水可挤的。老中很少有为了屋内装修，把存款花得精光的。说到底，不是我们有多好，是因为我们没老爹老妈可以“啃老”。如果我们有有钱的老爹老妈，那我们花钱也是不含糊的。

丽丽由衷地赞叹道：“你的屋子好漂亮！”

“你喜欢这种风格？太好了。全是我自己设计的。”自己设计的房间，只要别人一夸，马克就开心得不得了。

马克递给丽丽一个小礼品袋，说：“来自纽约的小礼物，打开看看喜欢不喜欢？”

里面是一小瓶香水。丽丽忍不住拿起来一看，哇，名牌啊。她赶紧把袋子推给马克：“这太贵了，我不能要。”

“这小东西贵吗？一点儿都不贵。你就当是来自纽约的纪念品吧。真贵的东西，我可买不起。连个旅游纪念品都不收，我们还是朋友吗？”马克把小袋子塞回到丽丽的手里。

马克这么一说，丽丽倒不好意思不收下了。丽丽心想，这个马克挺有钱，这香水虽小，但肯定不便宜。马克拉着丽丽说：“来，给你看样东西。”说着就领着丽丽来到厨房。马克把厨房整个改造了一番，做成了一个酒吧台。他还把一边的厨房柜子换成了直顶到屋顶的巨大储酒柜。丽丽第一次见到这种装潢。

马克得意地拉开储酒柜的门，更是把丽丽惊得张大了嘴。柜里储存着上百瓶各式各样的酒。丽丽想，这哪里是酒吧，简直是酒窖啊！看到丽丽惊讶的表情，马克得意地问她：“想不想尝尝我收藏的好酒？”

丽丽是能喝酒的，只是怕这个老美太能喝，自己应付不了，所以推说自己不太会喝酒。马克笑起来：“酒，人人都会喝的。”他抽出一瓶白葡萄酒，给丽丽看了看酒精度，只有 12%。“看看，跟啤酒差不多，你总能喝啤酒吧！”

丽丽一看这度数，放心了。马克从吧台上取来两个高脚杯，给丽丽和自己各倒了一杯。丽丽一边慢慢喝，一边听马克介绍怎么品酒，以及各式葡萄酒酿制方法的不同。讲到什么酒，马克就从酒柜里拿出相应的酒来让丽丽品。

整个下午，不知不觉中，就在马克的品酒讲座中度过了。直到马克对丽丽说，再品下去，丽丽就要留在这儿过夜了。丽丽才惊醒，该回家做饭了。马克把礼品袋往丽丽手中一塞，把丽丽送出了门。

丽丽酒量还是不错的，喝了这么多，还很清醒。回去的路上，丽丽思虑着要不要把今天的事情告诉健。丽丽最后决定不说，因为说不清，弄不好让老公无端猜疑，那又何必呢？这瓶香水放在自己一大堆廉价化妆品中，健才看不出来呢。丽丽知道，化妆品香水什么的是永远进不了健的脑子的。

看着丽丽远去的背影，马克慢慢关上门，一丝得意的笑浮现在他的嘴角上。

马克乃得克萨斯人氏，从高中起就是学校美式足球队的队员。这老美跟老中对教育的看法不一样。老美男女老少皆崇尚运动，在学校里，一个运动员比一个书读得一流的书呆子要吃香 100 倍，特别受女孩的喜欢。在老美学校，男孩子最重要的是受女孩子喜欢，这比受老师喜欢要紧 100 倍。

马克凭休育奖学金进了大学，入了校队。马克的至高理想是进入 NFL（National Football League）职业赛。可那不是一般人能进的圈子。既然进不了 NFL，所以，到了大学毕业，马克就不得不找工作了。马克学的是商业，他唯一想做，也是唯一能做的，就只有销售。要让马克坐下来看文件或看程序，你杀了他他都干不了。而做销售呢，一来满世界跑，符合马克那不停追求新鲜的“悸动的心”。二来，整天西装革履，看起来比较像个成功人士。三来，因工作需要，做销售的都有个好头衔，再烂也是个销售经理。再上面，什么 VP（Vice President）/SVP（Senior Vice President）也是一大堆。你想啊，你跑到客户那儿，你要没头衔，谁理你啊？所以，像马克这样初出茅庐的愣头青，从底层做起，也有个“销售经理”之类的头衔，这不就把丽丽给糊弄了？

马克运气也好。他毕业时，硅谷的 dot-com 泡沫势头正强，所有公司都拼命地招人。马克轻而易举地在 Cisco 谋了份美差。一来加州，马克乐坏了，不仅是这儿的天气和各种风味食品吸引了马克，更让马克欣喜若狂的是这儿有来自世界各地的女孩。

马克这种销售人员，底薪很低，收入全靠成交提成。可马克走运啊，因为网络热潮持续发烧，绝大多数公司都要装 Cisco 的 Router。马克只要一到客户那儿，不用费太多嘴皮子，客户就下订单，而且数额巨大，马克的提成拿得都烫手了。马克工作没多久就在这片 Townhome Community 买了间房，把自己包装成有产有业的“成功人士”。对马克来说，学区是扯淡，他还不到 30 岁，是不想安定下来的。现在还年轻，住在这 Downtown，晚上去酒吧，去哪儿都方便。

湾区这儿很多亚洲女孩都是从亚洲移民过来或遵从纯亚洲家庭式教育长大的，和马克以前交往的女孩不太一样，让马克觉得很有挑战性。马克的突破点是个越南女孩。这女孩很害羞很内向，马克刚开始接触时，觉得她对自己没兴趣。马克牛劲上来，一阵狠追，竟发现这女孩的害羞冷淡，不过是一层自我保护膜，一旦突破这层膜，女孩就死心塌地地任由自己摆布。女孩给马克解释了在亚洲教育里，是如何教女孩处世的。这种教育让很多亚洲女孩表面上是一盆冰水，可是心里又渴望热情。

马克醍醐灌顶，登时对征服亚洲女孩有了极大的兴趣。这正是马克最爱的游戏，有一点点难度，有一点挑战性，但一旦知道了窍门，得手又易如反掌。对马克这样既没耐心，又不愿多用脑的人来说，这真是再完美不过的游戏了。只是这种游戏有一个烦人之处，就是一旦跟这些亚洲姑娘有了性关系，甚至在有之前，她们就会要求结婚。马克怎么会和她们结婚呢？马克就先瞎应付。女孩再逼得紧了，马克就只好忍痛踹之。

丽丽是从中国大陆来的，马克的“集邮册”上还没有中国大陆的女孩。尽管丽丽是结了婚的，但如果能发展为地下情人，大概就没有被逼着结婚的烦恼了。于是马克决定把这枚“邮票”收了。但马克知道，得慢慢来，急不得。

丽丽人从马克家出来，可心却留在了马克那里。丽丽喜欢玩，可健太死板，玩起来一点儿花头都没有。所以，自结婚以来，丽丽除了闷还是觉得闷。现在遇到这么个会玩又大方的朋友，丽丽当然心就留在人家那儿了。

第二天，丽丽不自觉地定时去了健身房，马克已经在那儿等她了。可这次，马克穿戴整齐，根本没打算锻炼的样子。丽丽还正奇怪呢，马克过来，像老朋友那样一把挽住丽丽说：“我们继续昨天的品酒，我还有好多好酒没给你品过呢。难得有个你这样的朋友肯跟我一起品酒，我可不能错过。”

丽丽都不知怎的，如此自愿地跟着马克走了。这次，马克拿出了各种度数高的酒，像威士忌和伏特加之类的。丽丽吓了一跳，连忙说自己喝不了这么高度数的酒。马克大笑起来：“我的天，你以为我们就这么直接喝？不，不。当然要和可乐、果汁和 Cream 混着一起喝啦。你没听说过鸡尾酒吗？”

丽丽从小就听说过鸡尾酒，不过一直以为是五颜六色的酒上插公鸡尾巴。

马克得意地露了一手。他把酒、果汁、可乐和雪碧加冰块，一起加进混酒容器，然后极专业地表演酒吧里调酒师的那一手，看得丽丽目瞪口呆。马克把调好的酒倒进杯子里，有时加上橄榄或柠檬什么的，最后在杯子边插上个小伞或樱桃，一杯又好喝又好看的鸡尾酒就做成了。每调好一种酒，都有一个很酷的名字，背后都有一个好玩的故事。丽丽尝着每一种酒，听着好听的故事，连自己都不知道喝了多少。这种把烈酒冲稀了喝，而且味道甜甜酸酸的酒，会让人不知不觉中喝很多。慢慢地丽丽觉得头有点晕了，但人却越来越兴奋。

丽丽从吧台的高脚椅转移到沙发上。再有一两杯下去，丽丽觉得自己好像变得轻飘飘的，通体特别舒服。丽丽想，人在天堂是不是就是这样啊？突然，她感觉到马克在解自己的衣服。丽丽一惊，想推开他，但手脚无力。另一方面，丽丽又有一种强烈的欲望，想要马克脱光自己的衣服，跟自己做爱。渐渐地，丽丽从抗拒，到顺从，最后是配合。丽丽感到马克慢慢地把自己带到了云层之上，体验着从未有过的快感。

不知过了多久，丽丽被马克摇醒。丽丽眼睛一睁，惊得有半分钟大脑一片空白：自己正一丝不挂地跟同样赤裸着的马克躺在一张大床上。马克慢慢压过来，把嘴唇往自己脸上靠。丽丽从混沌中惊醒过来，一下子推开马克，扯条被单遮住自己，跳下床去，对马克大喊一声：“你在干什么？”

话音刚落，丽丽感到一阵剧烈的头痛，差点站立不稳。

马克得意地说：“小甜心，我们不是做爱了吗？你不是很享受吗？”

丽丽急得眼泪一下子涌了出来，叫道：“你这个坏蛋！我要回家！”

马克摆出又不解又委屈的样子，嘟囔着说：“你这么生气干吗？”一边配合地把丽丽的衣服一件一件地递过去。

丽丽头痛欲裂，脑子里一片空白，急得不知跟眼前的这个人说什么好。丽丽以最快的速度穿上衣服，跑出门去。此时，天已快黑了。丽丽跑进家门，健还没回家。她一下子瘫在客厅沙发上，哭了个够。

丽丽的头还是莫名其妙地痛。丽丽以前喝醉过酒，酒醒了都有点儿头痛，可这次好像醉得特别厉害，头也痛得特别厉害。丽丽无力地躺上了床，一边忍住头痛，一边回想在马克家发生的一切。丽丽知道，以前的事，因为说不清，不能跟老公说。今天的事，因为没法说，更不能跟老公说，打死都不能说。但丽丽决定明天找马克，向他要个说法。

其实马克在丽丽酒里下了药，那是一种新药。这新药据说不像别的药，一吃就上瘾，甚至还损伤记忆。目前来看，这个新药好像没什么太大的副作用。但他不知道，剧烈头痛就是一大副作用。

马克本来是不想下药的，可自己没耐心，越想得到丽丽，就越急。本来想玩欲擒故纵的，结果自己熬不住了，忍不住出此下策。马克也知道，下次不能再下药了。丽丽吃多了，要是真上瘾，那就要出事了。搞不好，自己得去坐牢。但这药对人体的作用有一段时间，所以，丽丽再生气也会忍不住回来找他。到时候，真的就不用再用药了。只是，丽丽现在在气头上，明天说不定回来找自己算账，所以，最好的办法是先避开几天，“冷处理”一下。

丽丽躺在床上，头痛让她瘫软无力。电话突然响了，是健打来的。健说最近项目赶进度，天天加班。今天，组里买了 pizza，他不回来吃了，让丽丽自己吃，不用等他。放下电话，丽丽也无力起来弄吃的，况且自己头痛得厉害，浑身无力，再加上因为酒喝多了的缘故，胃里面很难受，没胃口。丽丽就这么昏昏沉沉地睡了过去。

不知过了多久，丽丽觉得有人在摸自己额头，睁眼一看，是健。健看着脸色苍白一脸病容的丽丽，关切地问:“是不是病了? ”

丽丽摇了摇头，说:“就是觉得头疼。”看到健的一脸倦容，问:“几点了? 怎么才回来? 吃过饭了吗? ”

健回身找了温度计过来，一边给丽丽量体温，一边回答说:“吃过 pizza 了，就是太累了。”

健看丽丽没有发烧，松了口气，拿来止痛片让丽丽吃下两片，埋怨道:“怎么不自己吃止痛药啊? ”

健的头一碰枕头就睡着了，而丽丽因为吃了药，头痛渐渐好了，却怎么也睡不着。

第二天，等健去上班了，丽丽直接去了马克家，她要当面质问他。可是，没人应门。马克又出差去了。丽丽心里直骂这个浑蛋，得了便宜，就玩人间蒸发了，自己连他的手机号都不知道，这算什么?

第三天，马克仍然没回来，丽丽只好跟自己生闷气。健这个月都在赶项目，没日没夜的，根本没注意到老婆的变化。

丽丽一个人的时候，总是忍不住想那天跟马克的事。越回忆，自己的身体就越想和马克再来一次。丽丽暗骂自己贱，却管不住身体的欲望。就像要戒烟的人，心里知道再去吸烟不对，可身体却极度渴望着烟，哪怕只吸一口也好。

时间一久，丽丽的怨恨渐渐地被身体的欲望所取代。健最近除了每天和丽丽最基本的几句交流之外，就是吃饭、睡觉、上班。丽丽被欲望折磨得要发疯，她忍不住每天去看马克回没回来。她现在盼马克回来，不是要骂他，而是要和他在一起。

马克这一走就走了四五天，他一点儿也没跟丽丽联系，尽管白天会不时地想到她。但一到晚上，马克一“忙”起来，脑子里就连一丝丽丽的影像都没有了。终于，在回湾区的飞机上，马克又开始想丽丽了。

这天丽丽又来找马克。看到马克的车停在门口，明显是刚回来，丽丽的泪水一下子涌了出来，不顾一切地冲过去。马克一拉开门，就把丽丽像小鸟一样抱进去。丽丽刚要骂一骂这狠心的混账男人，马克就吻上了丽丽还带着泪水的唇。

马克对于丽丽来说，就是顶级毒品。马克给了丽丽来美国以后想要的但健给不了的所有东西。丽丽尽管自责万分，却像上瘾一样跟马克在一起。马克满足了丽丽的所有愿望。有马克陪着，丽丽现在可以大大方方地让化妆品柜台的女孩子给自己化妆了。因为她知道，只要她喜欢，那件化妆品或香水就是自己的了。丽丽也不用拿着上千美元的衣服在试衣镜前纠结了，因为她知道，只要她喜欢，这件衣服就永远地属于她了。丽丽现在可以拎着大包小包，被马克挽着，像胜利者一样从 Nordstrom 的大门昂首挺胸地走出去。

马克这么肯为丽丽花钱，并不是因为他对丽丽有真感情，但马克还是挺喜欢丽丽的。特别是把邻居的老婆骗到手，让马克觉得很冒险、很刺激。马克本来就是有多少花多少，没钱就刷信用卡消费的玩主。况且，这是 2000 年，dot-com 泡沫还没全破，Cisco 还是“当红炸仔鸡”，马克的提成还是大把大把的，股权又赚得一塌糊涂。马克卖卖股票股权也能往腰包里塞一大笔。马克现在“不差钱”，在女朋友面前装装“成功人士”，自己心里舒坦啊。男人有点钱，不是很多都砸在自己的虚荣心上吗？中外同理。

丽丽知道自己在堕落，但这不是她当年在国内很享受的生活方式吗？只不过从当年的中国老头儿换成了现在的洋人小伙。丽丽知道，健即使再有钱，也不会让她这么过日子。况且，健会不会有钱，还是个大大的问号呢！丽丽横下心来，让自己做一回“堕落天使”，要越堕落，越快乐。

买来的衣服，丽丽只敢把自己最喜欢的带回家，挂在自己的衣橱里，其他的只好留在马克那里。丽丽好心痛，觉得没有完全占有。但香水化妆品之类，丽丽实在忍不住不往回拿。丽丽把以前的廉价货一点一点地扔进垃圾箱，把这些高档品一点一点地摆出来。丽丽知道，健就是注意到了，也不知道这是名牌还是 Wal-Mart 的便宜货。

14

离婚

健确实没注意，健和同事最近都累到了极点。他们的项目是“大跃进”式的，结果越接近截止期，程序的bug越多。项目组的所有人都是疲劳作战，人越累，“杀虫”杀得越慢，在公司就待得越久，形成了恶性循环。公司为了让他们加班，中餐晚餐都换着花样给他们订菜，中国菜、墨西哥菜、意大利菜、越南菜，他们想到的，公司都订过，只要他们加班就好。

终于，熬到“大限之日”（Deadline），质量测试竟然过关，可以上正式系统，所谓的“Go Live”了。举组欢呼，本来是要庆祝一下的，但大家都喊睡觉第一，于是纷纷回家，庆祝活动下周再搞。健回到家，也不管老婆在哪儿，倒头便睡，这一睡就是14个小时。

接下来的整整两个星期，除了处理紧急情况外，并没有新的任务。公司也知道前段时间逼人逼狠了，有意让大家放松一下。健毕竟年轻，元气很快就恢复过来了。

健注意到丽丽最近新换了一批化妆品，不经意地问丽丽，丽丽谎称Wal-Mart、Target和JC Penny大甩卖，她趁机买的。丽丽不管账，不知道信用卡账单上是有购物明细的。一开始，健没放在心上，毕竟自己对化妆品一窍不通。等银行账单和信用卡账单一来，健大致一看，奇怪了，过去一个月，因为自己忙，没买什么东西，单子很简单。丽丽说的这些，在单子上都没有显示出来。也就是说，丽丽一没用信用卡买，二没从银行取钱用现金买。健很奇怪，她是怎么买这些化妆品的？难道是有人替她买的？

健没声张。这种事，如果误会了，夫妻就免不了一顿大吵。健怕跟老婆吵架，多一事不如少一事。但健留了个心眼，他仔细看了这些化妆品，然后去衣橱里看了看，看是不是老婆也买了好多衣服。确实，老婆多了几件看起来挺高级的衣服。可美国这地方，价钱是跟着设计走，不是跟衣服料子走。料子好的，在Wal-Mart 也卖不了两个钱。相反，名家设计的，没几根布条，要价吓死人。健不懂设计，也没看出这衣服值多少钱，但这衣服看着眼熟，好像老婆在哪儿试穿过。健心里一怔。

健趁中午吃饭的时候，去了趟 Nordstrom。这一去，差点让健犯心脏病。刚进店，一眼就看见老婆的那件同款的衣服展示在模特身上。拿起价格牌一看，我的妈呀，1500 美元啊！健全身的血液一下子就凝固了。他深吸了一口气，让自己镇定下来，慢慢走到化妆品柜台，一排排看过去，老婆桌上的化妆品这儿全有。此时，健的世界开始“下雪”了，而且是暴风雪！

健不知道自己是怎么走出 Nordstrom 的，他看到咖啡店门口有把空椅子，就一屁股坐下。此时的健很想冲回去，抓住丽丽问个究竟。可老吴的事，给他和每一个知道那个故事的人都上了一课：“人不能冲动。”

健跟自己说了一百遍“冷静”。终于，健过了这“心肌梗死”的第一冲击波，开始思考问题了。

第一件事，健要确认的是丽丽到底和谁在一起？先弄清楚这个问题，然后才能想事情能不能挽回。健想了一圈，但丽丽自由活动已久，自己又忙于工作，一时很难找到“第一嫌疑犯”。丽丽不会开车，活动范围有限，所以健决定先从家门口开始排查。

健给家里打了个电话，没人接，心里便暗暗骂了一句。健开车回家，快到小区时，他多了个心眼，把车停在小区外，走回家。家里果真没人。健知道，丽丽的英语课只在上午。下午，她如果不在健身房，就不知道在哪儿了，健决定去健身房看看。

下午的小区一片寂静。健悄悄来到健身房，空无一人。健忍不住拨了丽丽的手机，看看能不能从背景声里判断出她在哪儿。丽丽接起手机，健尽力让自己平静地说话：“我刚给家里打了电话，你不在家。你在哪儿？”

“噢，我在健身房呢。你在公司吗？”丽丽回答。

健狠狠地在心里骂了一句，差点把手机摔到地上。他深吸一口气，让自己平静下来。既然说在健身房，那她估计在这小区里。健急中生智，想到个说法让丽丽快速现身：“我晚上要参加一个商业聚餐，急着回家穿西装。你能赶紧回家给我熨一下吗？我这就回来。”

丽丽回答说：“好，我这就回去。”

健藏到一个角落，看这寂静的小区哪里会出现丽丽的身影。让健骇然的是，丽丽竟从不远处的一个门里现身，后面跟着的是个高大的洋人。更让健发疯的是，这洋人竟然从背后拉过丽丽，狠狠地吻了一下才放她走。丽丽离开了马克，就急匆匆地往家跑。

健这时恨不得冲进马克家，狠狠教训这个王八蛋，万万没想到老吴的悲剧竟然发生在自己身上。想到老吴，健反倒冷静下来。健知道，像老吴那样冲动，不利的是自己，健要好好想想接下来该怎么办。

健悄悄地回到车里，决定暂时不向丽丽摊牌。健是个工程师，知道得有个好的计划才能行动。可现在的健，心乱如麻，什么计划都想不出来。几个小时里，连续两次“心肌梗死”，而且一次比一次严重，健的心脏还虚脱着呢。

健估计时间到了，就不得不开车回家。进了家门，丽丽还在熨健的西装和衬衫。健无力地倒在沙发上。过了一会儿丽丽把熨好的衣服拿过来，看健脸色很难看，问健是不是不舒服。健只摇摇头，说是累了，就草草穿上西装逃也似的出了家门。

健在街上漫无目的地瞎开，看到路边有个 Starbucks 咖啡店，就停了车进去，随便要了杯咖啡，就开始发呆。过了大约一个小时，健终于慢慢清醒。健知道，自己不会再和丽丽有任何关系了。一旦决定离婚，健突然感到一阵轻松，接下来就是处理如何离婚的问题了。明天，健就会找律师。健还想拿到丽丽和马克偷情的证据。健猜想，有了证据，离婚会对自己有利很多。至于如何拿到证据，健倒是有办法。只要自己不声张，有的是机会。想通了，健觉得自己饿了，在 Starbucks 吃了些糕点，填饱了肚子就回家去了。

第二天，健悄悄把摄像机装在提包里。出门时，他问丽丽今天有什么计划。丽丽说上午去上课，下午回来休息一会儿，要么去锻炼，要么去逛逛 Mall。

到了公司，健翻开黄页，开始一个一个地给离婚律师打电话，问能不能做个免费的咨询。其中的一个律师说现在就可以去面谈。健见的律师是个头都秃了的老头儿。健简单地说，发现自己老婆和别人有私情，准备离婚。律师问，是不是需要经过婚姻咨询师再挽救一下？健很坚决地摇摇头。老头儿耸耸肩，表示自己说过了，就尽了责任了。

然后，老头儿开门见山地说："离婚说白了，就是分财产。不介意的话，能不能说一下你大概的财产状况？"

一买了这房子，健的银行账户里的钱所剩无几，每月挣来的钱都交了贷款和税。房子的净值也很少，因为所在的区不好，买下来以后，涨得很少。还有就是那些公司给的股权（Stock Options）了。

老头儿又问："你们有孩子吗？"健摇摇头。老头儿神情轻松起来："你们的净资产不多，所以纠纷不会太大。加州婚姻法是Community Marriage，也就是说，你们的财产要平分。如果你太太不工作，你还要付赡养费直到她结婚。"

健一听差点跳起来："她背着我跟人偷情，我还得跟她平分财产，还要付赡养费？"

老头儿这种场面看得多了，笑着拍拍健的肩说："年轻人，别激动。我只是跟你解释离婚法律。你要离婚，一些最基本的知识你要知道。对了，你太太也同意离婚吗？"

"我不管她，我是一定要离婚的！"健激愤地说。

老头儿轻轻摇了摇头："年轻人，如果她不同意，离婚过程会很麻烦、很费时、很费钱的。对了，你说你太太跟人偷情，你有证据吗？如果有，她不想离也没办法，因为如果一方有过失，法庭会批准离婚的。"

健问怎么拿证据。老头儿叹口气说："年轻人，我只能向你提供法律帮助，除此之外，我不能告诉你该怎么做。不过，我有个朋友是做私人侦探的，你不妨给他打个电话。他在这方面非常有经验，他会帮你的。"

老头儿找出一张名片递给健，然后递过来一大堆文件说："这是合同文本。你如果决定要我做你的律师，我们需要签这个合同，你有空看一看。"然后，递过来一张纸说："这是我们的价格单。你的案子很简单，如果你跟你太太能对财产分配及赡养费有共识，不用上法庭，费用也只有几千元。"

健接过材料，道了声谢，默默地向外走。老头儿有点儿不忍心，看着健的背影说："小伙子，千万别冲动。什么事都要冷静，要和对方协商，这会给你省很多时间、金钱和麻烦。”

健感激地点点头。这一刻，健决定就找他了。

健一出门就给那个私家侦探打电话。一听吓一跳，价钱贵得离谱，没办事之前先得押好几千。然后，办起事来那每小时的收费把健吓得一哆嗦。难怪说找私家侦探是富婆们的“专利”，咱穷苦老百姓可真玩不起。健想，与其给你一大把银子，还不如我自己干呢。

健决定，下午就按原计划自己去“取证”。

下午，健悄悄回到自己的小区，他先给家里打了个电话，果真没人。健从健身房经过，那儿除了一个老头儿外，没有其他人。健把车停在离马克家稍远的角落。那是一辆老旧的丰田 Corolla，浅灰色。在湾区，遍地的丰田车，健的这辆车往哪儿一停，都像一滴水落进了大海，没人会多看一眼。

车的后窗上了遮阳，是深色的，摇上来，从外面看不清里面的人。健躲在后座上，将车窗开了一个小缝，把摄像机镜头伸出，再把取景拉近，这样，尽管车子离马克的门很远，但取景框里，画面都放得很大。

健这时紧张得身体都有点儿抖，这可是他第一次当侦探啊。健深呼吸一下，拨通了丽丽的手机。好一会儿，丽丽才接起电话。健问:“家里没人，你在哪儿? ”

丽丽不敢再说在健身房了，怕天天都去健身房会让健起疑心，丽丽说她在 Mall 里。

健一听僻静无声的背景，怎么会在吵吵嚷嚷的 Mall 里? 骗人都不会。健说:“既然在 Mall 里，太好了。同事要生小孩，明天组里要给她办个 party，你能不能买个小 baby 的毛毯之类的当礼物? 还有，今天我不忙，要早点儿回家，要不要我到 Mall 里接你? ”

丽丽一听，急了，连声说不用。健说:“那我到 Mall 里来找你，顺便我们在 Mall 里吃完了饭再回家吧。”

丽丽这下没辙了，只好让健等会儿再过来接自己，说自己要多点儿时间挑礼物。

健放下手机，就把摄像机准备好。

没一会儿，马克的车库门就开了。马克将车倒出车库，然后，车一转边，坐在副驾驶位上的丽丽完全出现在摄像机里。马克一踩油门，急吼吼地往 Mall

里赶。本该愤怒的健，此时竟有一种作弄这一对奸夫淫妇的得意。

健知道光有这录像还不够，冲进去捉奸也不行，最好是要丽丽亲口承认。可以用这录像诈一下丽丽，但要出其不意。

健想好了，就去了那个 Mall 附近的 BestBuy 电器店买了个笔式录音机。到了 Mall 里找到丽丽，他尽量像没事人似的，一边吃饭，一边听丽丽闲扯。健现在特佩服自己，觉得将来可以当私家侦探，那多挣钱啊!

回到家后，健悄悄打开录音笔，突然严肃地对丽丽说:“我有话问你。”

丽丽看健一下子变了脸，吓得惴惴不安地在健面前坐下。

健一下子发动突然袭击:“你和马克的事我全知道了。”

丽丽吓得脸一下子白了:“健，我们只是……”

健打断她:“不要辩解了，我有证据。”

健拿出录像带晃了晃:“你是不是要逼我放你们在一起的录像?”

丽丽像个石头人一样，呆呆地坐着，丽丽甚至以为健连她和马克上床的镜头都有。

健一击而中，二击续上:“我只是要让你亲口承认。说，你和马克是不是有私情?”

丽丽仰起脸，泪水像泉涌一样顺着脸庞流下来，绝望地摇摇头。

健压低声音，狠狠地逼近过去，再问:“说啊，你是不是和马克有私情?说，是不是?你到现在还想否认吗?”

丽丽受不了这份重压，一下子崩溃，她哭着大喊:“是，是，我是和马克好上了。”然后，疯了似的冲出门去。

健想要的，现在都有了，但健怕丽丽做傻事，追了出去。前面的丽丽，发疯似的向马克家跑去。健恨恨地一跺脚，转身回家，拿起录音笔，关上灯，躺在床上，但愿一夜无梦，明天有好多事要做呢。

第二天一早，健给公司打电话请了几天假。然后，给律师老头儿打电话，说要签约。老头儿一听，新客户上门，立即说马上就可以过来。

健在去律师办公室的路上，在马克家门口停了一下，留了一个小包，里面装着丽丽的手机、家门钥匙和一张纸条，说自己一天都不在家，她可以随时回家拿东西。然后，他按了几下马克家的门铃，转身开车而去。

到了律师事务所，那老头儿热情地把健让进办公室，拿出合同，一条条解释给健听，问健有没有问题，没有的话，让健签字。签完字，老头儿请健回去把最近的银行账单、信用卡账单、房契、去年的税单等证明财产的文件都复印一份带给他。他则在第二天把离婚协议书草稿给健过目。

然后，老头儿问健有没有联系上那个私家侦探，健说自己都把证据搞定了。老头儿眉头一扬，倾过身来问健是怎么搞的。健一五一十地把自己如何录像如何让老婆承认以及自己如何录音的经过说了一遍。老头儿听完，仰天大笑，眼泪都快笑出来了，笑完了，拍着健的肩说："小伙子，你好聪明啊！我就是爱跟聪明人合作。"

"谢了。不过录音是中文的，行吗？"健问。

"中文没关系，如果需要，法庭会翻译的。不过，加州实行的是无过错离婚法。你的证据在法庭上不会对你们的财产分配有任何帮助。但有了它，对方不想离婚都不行了。不过，我们尽量不上法庭。不然，我有钱挣了，你要破产了。"这老头儿说到这儿自己又笑起来。

健暗暗感激这老头儿能替自己着想。

"至于你们的房子，你打算怎么办？"老头儿接着问。

"卖！"健坚定地说。

从律师事务所出来，已经快到中午了。健给白萱打了个电话，只说请白萱帮忙卖房子。白萱一听，一惊，忙问："你们刚买没多久，怎么就要卖？出什么事了？"

健不想在电话里多扯这事，只是淡淡地说："我跟丽丽之间出了点问题。你有没有空出来，我们见面详谈？"

白萱一听朋友有事，立即问健在哪儿见面。健就约了离白萱近的 Sunnyvale Downtown 的岳阳楼餐馆见。两人见了面，健简单地把丽丽的事说了一遍，然后说已找律师办离婚，现在想要卖房子。

白萱急着问："事情可不可以挽回？我可以去和丽丽谈谈，估计她是一时昏了头。"健很坚决地说，他绝对不会再和丽丽在一起了。白萱因为自己和老吴的经历，不好再说什么，只是说，卖房要丽丽签字，因为她的名字也在房契上。健说："那拜托你去和她谈吧。"

这顿饭吃得很沉闷。匆匆吃完，白萱就说要回去准备卖房文件，让健多保重。

下午，健怕回家碰到丽丽尴尬，一个人闷闷地去看了场电影，到了天黑才回家。

家里，丽丽的东西都没有了。那么多东西，大概是马克陪着一块来拿的。健看着空空的衣橱，空空的梳妆台，突然感到一阵心痛。两年的婚姻就这么结束了，健觉得自己的生活突然被砍去了一大块，无力地倒在床上沉沉睡去。

梦里，健梦见把丽丽从机场接回学校，车窗外不知怎的下起鹅毛大雪，健只好停了车，和丽丽待在被大雪封住的车里。睡梦中，一行泪水从健的眼角流下来。

第二天，白萱打来电话说，她跟丽丽谈过了，丽丽对离婚卖房没意见，怎么卖由健做主，她会签字。白萱要约个时间跟健签卖房文件，谈卖房细节，健就跟白萱约了下午见面。

不一会儿，律师也给健打来电话，说离婚协议书拟好了，让健过去一下。健赶过去，律师把协议书上的内容一条条地解释给健听。基本上就是现有财产平分，但没有赡养费，也不包括健的股权（Stock Options）。老头儿知道这条款有点儿说不过去，不过律师常常因客户要求，干这种打“擦边球”的事，就赌对方不懂法律或不找律师。

健的财产也就是房子、一点儿可怜的存款，加上那辆不值钱的烂车。所以健一看条款，一点儿意见也没有，请律师联系丽丽。老头儿一耸肩：“别担心，这是你付我钱让我做的工作。你有问题任何时间都可以给我打电话，我也会随时跟你联络。”

下午白萱告诉健，他的房子大概能卖多少钱，问健想标多少价。健现在只想尽快把这房子卖掉，这房子当年是为了丽丽买的，现在再拥有它已经没有任何意义，只是一个伤心的回忆罢了。健把白萱建议的价格又降了 1 万，问是不是这样房子会很快卖掉。

白萱吃惊地提醒健：“你这房子本来就没涨多少，再降这么多，最后拿到手里的可没多少了。”

健才不指望把房卖多贵呢。卖贵了，丽丽就多得了。现在的健恨丽丽背叛了自己，却还要和自己分财产。健宁可自己少得，也不愿丽丽多得。人在怨恨的时候，往往有不合理的想法。那也是人们都喜欢买离婚房的原因，你可以占离婚卖房人当时不理智决定的便宜。当然，这很不公平，但是谁让你做了错误的决定？你只好承担后果。

白萱看健心意已决，也不好多说，便在卖房协议上填上卖价，然后把协议推给健，让他签字。

当健忙着离婚卖房的时候，让我们回来再说丽丽。

那天晚上，丽丽哭着敲马克的门时，马克就知道事情败露了，但马克也没当成大事。丽丽在他怀里哭着问：“以后怎么办？”马克轻描淡写地说：“那就离婚吧。”对马克来说，不就是离婚吗？离婚不是件很普通的事吗？

丽丽追问：“那我们什么时候结婚？”马克头一下子大了，心说：“又来了。”他只好推诿着说：“现在先把离婚办好。结不结婚，以后再说。”

丽丽一听，急了：“不结婚，我的身份怎么办？我怎么留在美国？”

这一点，马克实在不明白。马克对身份、签证之类的事情一无所知。在他眼里，不管是墨西哥人、古巴人，还是中国偷渡客，只要踏上美国的土地，都过得挺好的。丽丽连房子都买了，留在美国还是个问题吗？但丽丽现在无处可去，自然是住在自己这儿了。马克不想太费神思考这些复杂的事情，只是一味安慰丽丽：“别担心，有我呢，一切都会好的。”

丽丽也没办法，她知道健很可能不会原谅自己了。这个马克对移民身份、签证一窍不通，又不想结婚，只能走一步看一步了。好在马克还愿意帮自己，现在就只好先在马克这儿住下去。

几天后，健的律师把离婚协议书发给丽丽，丽丽知道，健跟她彻底完了。在内心深处，丽丽知道自己对不起健。但她还有幻想，能不能让健原谅自己？因为这个马克实在靠不住。但事到如今，很多事都身不由己。

马克看了一下离婚协议书，到底是做销售的，立马觉得条款不对：“怎么没有赡养费？”马克路子广，立即给一个擅长打离婚官司的律师朋友打电话。这位律师朋友也是跟马克年龄差不多大的玩主，但办事认真。他一看协议书，立即觉得有戏，便接下了案子。随后就联络健的律师，要求会面。

会面是在健的律师的办公室进行的。这两个律师还是熟人，湾区本来就不是个多大的地方，何况两人还都是专攻离婚案件的。健的老头儿律师一边把有关文件往桌上放，一边跟马克的朋友闲扯。这个年轻律师问老头儿，儿子是不是要去读大学了？老头儿笑着说，大学一年级都快读完了。年轻律师拍拍头笑着说，日子过得好快，上次烧烤时见到他，他还是高中生呢。老头儿就问这年轻律师："新买的房子住得怎么样？"年轻人立马就邀请老头儿跟全家找个时间过来烧烤。

等老头儿律师的文件一摆放妥当，两人脸上的轻松笑容立即消失。健的律师开门见山地说："我手里有你当事人不忠的证据。你的当事人已经承认不忠的事实，我的当事人是受害者，所以提出离婚。但是，从人道立场，我的当事人愿意和你的当事人平分财产。"

丽丽的律师一愣，想不到还有个证据不证据的事，看来这事比预想的复杂。他立刻直起身，要求对方出示证据。老头儿说证据是中文，正在请人翻译。如果需要上法庭，这证据自然会交给他。

这年轻律师也不是吃素的，反守为攻："你的当事人要离婚，没问题，就不用出示这证据了。但是，我的当事人没有工作，离婚后生活没有保障。从法律角度和人道立场来讲，她理应得到赡养费。难道你让她睡大街吗？对了，我能不能看一下你的当事人的所有资产证明？"

老头儿把文件向他面前一推，说："这是所有复印件，你可以带回去看。"

丽丽的律师点头谢了一声，就低头看文件。老头儿把每份复印文件说明了一下，丽丽的律师随即提出另一条反击点："你的当事人有股权（Stock Options），为什么没有和我的当事人平分？"

老头儿说，现在这些股权全在水下（Under Water），不值一分钱，没什么可分的。

此时已是 2000 年 6 月，纳斯达克（NASDAQ）指数这个以高科技公司为主导的、当年号称"硅谷指数"的股票指数，从 4 月的高峰上像自由落体一样落了下来。硅谷一片风云惨淡，但房市还没受直接影响，大规模裁人也还没有启动。但健在 1999 年年底得到的股权，都已在水下。意思是今天的股价已比当时发给他股权的价格还要低。股价只有在股权价格之上，股权才值钱。如果股价和股权同价，甚至比股权价还低的话，这些股权不值一文。

但丽丽的律师是在硅谷混饭吃的主，这糊弄不了他。他哈哈一笑说："如果明年股票涨到一千美元一股，这些股权好像就会值很多钱了吧？不管怎样，我的当事人有权得到一半的股权。”

老头儿反击道：“你的当事人最多只能有八分之一。”老头儿的根据是，因为股权并不是一次性发给员工的。一般四五年才给全。如果是四年，员工干满一年才得四分之一。健上班还不到一年，如果现在丢了工作，就一股股权都没有。干满一年，才有四分之一。所以，老头儿说，丽丽最多能分到八分之一。

尽管有以上条件，但股权全数已作为福利算给员工，所以，对方当然有理由要求以全部股数来平分。但丽丽的律师不想在第一回合纠缠这么复杂的问题，便结束战斗说：“这样吧，我和我的当事人商量一下。稍后，我会把我们的要求提出来。”

老头儿松了口气，身子向后一仰，摸摸自己的秃顶，说：“好吧，随时给我打电话。”

丽丽的律师拿了文件站起来，脸上又换上轻松的笑容，闲扯道：“对了，这个周末，湾区律师协会的聚会你去吗？”

老头儿边站起来送客边说：“当然去。好多老朋友都好久没见了。”

送走丽丽的律师，老头儿便给健打了电话，给健做了个汇报，然后问健能不能来他办公室一下。

等健坐稳了，老头儿说，可能健要出一些赡养费，不然对方不会善罢甘休。健想，丽丽也许不久后就会和马克结婚，这赡养费应该不用付很久。但又一想，这洋人跟老中想法不一样。他有一个女同事都跟男朋友同居十年了，也没想结婚。马克说不定也属于这类。

健想了想，说每月一千。老头儿问有没有上限，这样他在谈判的时候有点余地。健说，最多一千五，多一分钱也不干。健此时心里恨不得给丽丽一巴掌。她跟人跑了，给自己戴了一顶大绿帽，自己还得每月出钱养着她，这也太冤了吧？美国的离婚法简直欺负人。可想归想，气归气，自己又能怎么样呢？

老头儿听了点点头，话题一转说：“我把你的证据拿出来一说，对方还真吓了一跳。你真该看看他紧张的样子。”说完，老头儿哈哈大笑。健也被这老头儿感染了，竟也忍不住咧开嘴跟着老头儿一起笑起来。这是这么多天来，健脸上第一次有了笑容。

丽丽的律师回来就给丽丽打电话，请她到他办公室去一趟。马克陪着丽丽去了。律师开口就问，丽丽是不是有证据落在对方手里。丽丽惶恐地点点头。律师又追问是什么样的证据，丽丽猜可能是偷录的录像带。律师问有没有录音什么的，上面有她承认的画面或声音。丽丽只好承认自己被健逼问时，承认了。至于有没有录像或录音，她不知道。律师一听，只好实话实说："有了这'证据'，说明你有过失，你现在不想离婚都不行了。"

丽丽的心一下子掉进了冰窟，她知道自己永远地失去了健。

律师接着跟丽丽说，除了赡养费，他还在为丽丽争取健的股权。他问丽丽知道不知道股权是怎么回事，丽丽茫然地摇摇头。律师和马克就慢慢地给丽丽解释。可这股权的概念，用中文解释都是大学商学院的课程，何况两个人用英语说？说了半天，丽丽愣是没弄懂。

其实，丽丽也曾经似懂非懂地听健说过股权的事，有个大概的印象，这股价得比股权高的时候才有钱赚，低了或者持平都赚不到钱。而且，现在律师也说了，股权是有期限的，到了期限得决定买或卖，然后还要交税，丽丽听得头都大了。总之，对她来说这玩意儿过于复杂了，丽丽现在只想要现钱。

那年月，提到股权人人都像打了鸡血般地说个不停。这个律师也不例外，也不管丽丽那已经望着自己发直了的双眼，还在喋喋不休地说股权的细节。丽丽实在忍不下去了，打断律师，非常坚决地说："这些股权，我一股都不要，我们不要再讲这个了。我要健把它换成钱给我！"

律师和马克一听，急得差点没从椅子上跳起来。什么？我的天！你不要股权？这玩意儿在过去两年里创造了多少一夜暴富的奇迹啊！多少人，因为有了这股权，一夜间成为"百万新富翁"啊！丽丽竟然不要？丽丽看着这两个要跳到天花板的男人，固执地摇摇头："我不想再谈这个了。我不要股权，我就是要钱！"

律师和马克像两个泄了气的皮球，瘫回椅子里。人家只要现钱不要股权，外人还能说什么？律师问丽丽赡养费想要多少——其实，赡养费才是丽丽最想要的。她不知道马克会不会娶自己，而自己要留在美国，这笔钱可以帮自己渡过难关。丽丽说，只要健肯给，当然是越多越好，她自己只想让这一切快点结束。

律师叹了口气，无奈地说："如果是这样，一切就很简单了。我明天就给对方打电话，尽最大努力为你争取最多的赡养费。”

傍晚，健回到家，房前已有“For Sale”的牌子立在那儿。白萱打电话告诉他，明天 Open House，让人来看房。她还说，因为标出的价格低，会有不少人来看。健晚上待在屋子里，心里一片孤独，一片不舍。毕竟，这房子里装满了他的人生记忆。但很快，这房子就是别人的了。健知道，将来他还会来看望这房子的，毕竟这是他一生中的第一栋房子，而且是在美国的房子啊。

孤独的健突然想起来，好久好久没给爹妈打电话了。突然，健好想念自己的爹妈。健这儿是晚上，爸妈那儿已是早上。老妈一接起电话，就问健怎么这么久不来电话。健只好说最近太忙。老爸接过电话抢着说，你一定要注意身体。健听着，眼睛开始潮湿起来。

老爹老妈又问丽丽好不好，健一下子没忍住，说：“我要跟丽丽离婚。”

爹妈一听，吓了一大跳，叫起来：“你们小孩子家不可以拿离婚当儿戏的。刚结婚离什么婚啊？健，你不要昏了头。”

健一听爹妈责怪自己，急了，脱口说：“丽丽跟一个洋人跑了，我不离怎么办啊？”

话一说出口，健立即就后悔了，赶紧叮嘱爹妈：“你们不要去跟丽丽家说啊，让丽丽自己跟他们说，更不要传到邻居那儿去。”健不想因自己的事，把太平洋对岸的人折腾得鸡犬不宁。

可是，不管健怎么叮嘱，他老妈放下电话就往亲家家冲去。健的老爸听到这消息，惊得半晌没回过神来，在那儿发了好一阵愣。儿子让我们不声张，老伴儿一下子冲出去干什么？他突然醒悟过来，便赶忙追出去。

健的老妈是直性子，从来都是心里有事藏不住的，现在这么大一口气哪能咽得下？出了门，邻居见她一脸怒气，问她出了什么事。老人家倒好，把儿子的叮嘱全忘了，把所有的事情用一句话概括道：“丽丽跟洋人跑了，要跟我儿子离婚。”

这言简意赅的一句话新闻，威力就如同“微博”，立即以电波般的速度传遍全大院。

健的老妈跨进丽丽家时，丽丽的爸妈正在吃早饭，一看亲家母气势汹汹地进门，吓了一跳。丽丽自从出事后，还没给他们打过电话呢，所以，他们一点儿思想准备都没有。

一见亲家母，健的老妈开口就骂，一边骂，一边哭：“你们教出的好女儿啊，把我儿子害得好苦啊。我儿子待她那么好，她竟然跟洋人跑了，要和我儿子离婚，你们是怎么教女儿的？”

丽丽的爹妈一听，吓得往椅子里一倒，直辩解：“亲家啊，你这是从何说起啊？怎么会这样？谁造的谣啊？”

健的老妈气得又骂：“造谣？我们家健亲口跟我说的！你们家丽丽不要脸，竟然不要我们这么好的儿子，跟洋人跑了。”

丽丽的爸一听亲家骂自己女儿“不要脸”，一下子火了：“我的女儿我自己管教，请你不要瞎骂人，我们不乐意听！”

健的老妈刚要开口再骂，被身后追来的老公一把拉住。

健他爸追出门时，邻居见了就说：“我们都知道啦。唉，怎么这样？对了，你快去你亲家家吧，你们家那口子像是去闹了，你快去看看！”

健的老爸又羞又气，恨老婆嘴快，把家丑外扬，又怕老伴儿再闹出事来，一路小跑着赶到丽丽家。健的老爸远远地就听到老伴儿跟丽丽爸妈的对骂，邻居都伸着头在听好戏呢，进门正赶上老伴儿要开口再骂，赶紧制止了她，拉着她就往自家走。

健的老妈不解气，还骂着：“是他们女儿做了见不得人的事，凭什么我们要不好意思啊？”

健的老爸又气又急，大吼一声：“你不准再说了！”健的老妈吓了一跳，看老公气得通红的脸，才安静下来。

丽丽家像着了火。丽丽她爸一气，血压上来，就躺在了床上，一时起不来。丽丽妈一边照应老公，一边哭着骂丽丽，怎么这么不懂事，让爹妈丢人。

在美国的健放下电话，想想不妥，他知道自己的老妈一向嘴快，藏不住事，这事得赶紧通知丽丽，让丽丽给家里通个气。但他又不愿跟丽丽说话，就发了一条短信给她，说自己已把离婚的事告诉家里，请丽丽也最好给家里打个电话。

丽丽过了好一会儿才收到短信，看完立刻给家里打电话，电话那边已经乱成一团了。听着爹妈一声声的指责，丽丽无话可说，泣不成声。她知道，这个中国的家一时半会儿是回不去了。

健和丽丽各自的律师第二天通了话，丽丽的律师只要求赡养费。闹到这个田地，健也有点儿精疲力竭，想尽快把这件事处理完。既然丽丽不要股权，健也就在赡养费上松了口。为了早点儿结束这没油水的案子，丽丽的律师私下里给丽丽增加压力，诱使她尽快答应对方的条件。丽丽哪里知道里面的名堂，和大多数没有法律常识的人一样，以为律师就是自己的保护神，律师的话都是金口玉言，所以，律师既然说赡养费的数目不错，自己也就点头了。这样一来，既然双方的当事人都说没有问题，两边的律师就开始准备最后的文件让他们签字了。

健和丽丽的房子，没几天就卖掉了。因为健出的是低价，很快就有人不还价买下。除去乱七八糟的费用，最后到健手上的，只有可怜的几千美元。健把资产的一半，开了张支票带去律师所，去签了离婚文件。

丽丽和健的“离婚战”就这么落幕了。丽丽和健成了两只各飞东西的雁，但他们的故事却没有结束。

15

卖屋记

健和锋的心情都坏到了极点。一个老婆跟人跑了，一个“一夜回到了解放前”，所以，有一阵子没联系了。锋压抑得不行，才拿起电话找健，把一肚子苦水往健那儿倒。健虽然在电话里没完全弄明白锋是怎么被这股市害得倾家荡产的，但对锋“冰火两重天”的转折，还是觉得很震惊，一时竟不知道怎么安慰锋。

苦水倒到最后，锋骂了一句：“我怎么这么倒霉！”

健心想，你的命够好的了，是你自己把财产折腾没了。但又不好这么对锋说，只是问锋一句关键的话：“你现在生活上有没有问题？要是有问题，搬到我这儿来。有我锅里的，就有你碗里的。”

锋一听，心里特感动，到头来，还是朋友最关心自己啊！锋说：“还好，有了绿卡，可以拿失业救济金，吃喝是没问题。”

健自从离了婚，心里就像有一只小蚂蚁在爬，时不时地感到难受。他曾经跟锋诉过苦，当时锋正在为自己的股票账户愁得吃不下饭呢，听完竟然没心没肺地说：“离了就离了呗，大丈夫何患无妻啊？”

健听了，气得好久没理这小子。心想，你是没老婆，等哪天你也有了老婆，哪天她也跟人跑了，我也来一句何患无妻，看你小子的笑话。

现在听到这小子也从天上跌回人间，自己心里不禁觉得平衡了许多，开始有点儿同情这位哥们了。健说：“这样吧，晚上我过来找你。”

下班后，健去中国超市“大华 99”买了啤酒和熟食就往锋住的 Evergreen 赶。

硅谷的交通可不是一般的坏。整个湾区是狭长形的，中间还夹个海湾，而把湾区南北连在一起的，只有 101 和 280 等几条主要高速公路。如果遇上堵车，连换条道都没办法。有人戏称，在上班高峰期，要是旧金山那边出个车祸，这80千米开外的圣何塞也会堵得没法开车。

健要赶到锋那儿，得从101高速公路在Evergreen的那个出口下。上下班时，这个小小的出口那个堵啊！健从开始下101高速，到开到锋的门前，开了40多分钟。在不堵的时候，这点路程要不了10分钟。

可能有人要问了，市里在这建那么多房子，这高速公路出入口干吗不能扩建一下呢？原因在于，这批地建房子是归圣何塞市管，但101高速公路是州际高速公路，归联邦政府管，要拓建改造得由联邦政府批准和拨款。既然联邦政府该拨钱，那市里当然一毛不拔啦。所以，这就造成了几千户的居民，天天挤着几条羊肠小道上下高速的惨况。美国政府官僚系统的弊端在这儿体现无疑。

等健按响锋的门铃时，天都黑了。锋开门一看，健一只手提着一箱啤酒，另一只手提着几盒熟食，乐了。锋一边拉着健往外走，一边说："这屋子我待得气闷，我们到湖边去边喝边聊。"

健一听，心说，这新区真牛啊，不仅有山色，还有湖光啊。

Evergreen的新区是沿着山坡建上去的。背靠的山除了冬天下雨那几天是绿的外，一年中有大半年都是枯黄枯黄的。当年起这个地名的人那脸皮，简直跟中国起什么"天下第一泉"的老祖先一样厚。

锋开着车没几分钟就到了一个人工湖。说是"湖"有点儿勉强，只是比池塘大一点。但绿树环绕，环境幽静，最绝的是竟还有一对天鹅在池塘里漫游。锋提着那箱酒在前面开路。健看路灯下的牌子上说，这地方不能喝酒，就叫住锋，指指那牌子。锋却满不在乎："就这点儿啤酒，咱们俩又喝不醉，更不会发酒疯砸酒瓶。喝几瓶酒，咱们就带回几个空瓶，怕啥？这天都黑了，谁管啊？"说完，径自往前走。

健在后面直摇头，对这位老兄满不在乎的样子实在没辙。两人在一个远离路灯、隐在树影里的长椅上坐下。锋打开一瓶啤酒递给健，眨眨眼睛说："其实这湖边，不仅要标有不得喝酒、不得钓鱼、不得喂天鹅、不得喂野鸭外，还应该标上不得打野战。"

"什么打野战？"健没明白锋的意思。

锋坏笑着说："你这结过婚的人，是真傻还是装傻？打野战就是在野外做爱啦。”

健奇怪了：“有人会在这小池塘边干那事？又不是没车，难道不能向南开出几里地去，过了 Morgan Hill，那儿野地多了去了，只要不怕狼，想怎么折腾就怎么折腾。”

锋坏笑着说：“你跟我这样的，当然不会在这儿干那事啦。是下面那新建的高中的小孩子，天黑跑到这来，往黑暗里一钻，不就开始……这些小王八羔子完了事，竟然把用过的套套扔得满地都是。附近的居民早上出来散步，看到这些扔得到处都是的套套，恶心得差点没吐出来。这不，前段时间，区长召集大家开居民大会，有人就把这事提出来了，我才知道这恶心事。”

健听了，乐得差点没把嘴里的酒给喷出来：“我当哥们你够疯狂，原来这帮小王八蛋比你更疯狂。”话一出口，健有点儿后悔，不该这么说锋的，有点儿幸灾乐祸的样子。

锋一听，一下子沉默了，闷头喝酒。健对不住地拍拍锋：“兄弟，别介意啊。”

锋摇摇头说：“没事的。是我玩得过火了，结果把自己给烧了进去。”

接着锋就像祥林嫂似的，开始毫无逻辑、絮絮叨叨、懊恼不已地反复说他的那些事后想想都觉得疯狂的事。健一句话也不说，默默地听着。虽然听得似懂非懂的，但还是暗暗吃惊，想不到股票玩疯起来能这样，这哪是投资，简直就是赌博啊！

一想到赌博，健觉得整个硅谷就是世界上最大的赌场。千千万万的锋们，当然也包括自己这个放弃读博士的，都是赌徒。只不过像锋这样把全部家产都放上赌台的是大赌徒，自己这样的是小赌徒罢了。赌赢的，如 Yahoo 和 eBay 的创办人这样的，就成了大家的楷模。而赌输的，如锋这样的，就赔得倾家荡产，靠失业救济金过日子。

健本来想让锋一次说个够，把心中的郁闷全说出来，人大概会好受点儿。可是，锋却越说越沮丧，越说越懊恼，说得没完没了。最后，健不得不打断他：“兄弟，钱财乃身外之物，想开点儿吧。我老婆跟人跑了，都没你这么难过。”

锋一听，回嘴道：“不一样。老婆跑了，你可以再找一个。我这可是一百万啊，能不能再挣回来就难说了。话说回来，人都说，情场失意，赌场得意嘛。兄弟你大概最近要发财了。”

健一听锋说起话来，还是这么没心没肺的，只好反唇相讥了：“那你现在赌输了，是不是情场要得意啦？你的老婆是不是快有眉目了？”

锋一听哭笑不得：“你没听说过 No Money，No Honey？我老婆现在肯定是彻底没戏了。”

锋没好意思告诉健的是，他交往的那些漂亮美眉，早都已经随他的那些股票一起“人间蒸发”了。锋叹了口气说：“不谈老婆了，现在我要是能把这房子处理好，就谢天谢地了。”

健一听他提房子，觉得这才是正经事，就跟锋提议：“你这房子卖了这么久都没动静，是不是你的经纪人水平不行？我有个朋友是房地产经纪人，要不请她给你参谋参谋？”

锋一听，觉得有理：“你说得不错。我的经纪人其实是我一个邻居。孩子上高中了，没事了，就考了执照做起了房地产经纪人。我当时用她，一是急着要卖房子，旁边有这么个人，图个方便。二是她住这儿，总觉得她应该对这儿的房子更熟悉。三是她要的提成特低。唉，现在看来，她卖我这房子真的没什么办法，就像在钓鱼。她是姜太公，一点儿也不急，我倒是要火烧屁股了。能不能麻烦你明天就请你朋友过来？”

第二天一早，健就给白萱打电话，把锋的情况简要地讲了一下，请白萱帮忙。白萱早从健那儿听说过健的这位行事疯狂的哥们，只是一直无缘相见。今儿个一听说他要请自己帮忙，立马就说可以马上过来见锋。

到了锋的房子前，还没下车呢，白萱一看就皱眉。房前的草坪一边杂草丛生，另一边连土皮都露了出来，像个“癞痢头”。锋自从没了工作，就没钱再请老墨来护理草坪了。自己的心情坏到极点，也没心思自己弄，再加上没意识到湾区气候干旱，浇水量不足，结果好好的草坪就成了这副样子。

白萱按门铃好半天了，锋才来开门。一开门，锋就看到一个穿职业套装的美女站在门前，觉得眼睛有点儿花，脑子有点发怔，动作有点发呆。这感觉，就像一头冬眠了一冬的熊，开春时醒过来，一出洞口，被那初春的阳光晃得睁不开眼。

白萱看着眼前这个两眼发直、反应麻木、从头到脚都很窝囊的男人，真不敢想象这位半年前还是所谓的“成功人士”呢。唉，现在这模样简直就是一个“失败人士”的典型嘛。不过白萱现在是在工作，不能以貌取人。白萱看锋发着愣，就主动自我介绍了一番。这下锋才回过神来，把白萱请进房子里。跟在白萱后面，锋暗骂健是“傻人有艳福”，娶个老婆有几分模样，这交的朋友又有几分姿色。

白萱进了屋，觉得屋子里暗暗的。锋买的几件便宜家具，楼上楼下稀稀拉拉地放着，给人一看整体感觉就不好。白萱心里直嘀咕，房子不是这么卖的。

白萱给锋提了几条建议。第一，这房子里里外外一定要“扮靓”一下。锋一听，叹口气说：“我现在的经纪人也这么说，可我手上现在是真的一点儿余钱都没有了。”

白萱说：“我们会免费为客人做这些。”锋听了，眼睛一亮。

白萱又建议说：“第二，这房价还要再降一点儿。”

锋的头摇得跟拨浪鼓似的：“不行，绝对不行！现在这价已经是我的底线了。再降的话，连还贷款都不够了。这倒赔银行的事，我是坚决不能干的。我宁可让银行把房子收去。”

白萱说：“你不能轻易让银行收你的房子，那叫 foreclosure，不但你的信用分数一撸到底，让你在今后 7 年内都没法贷款，而且银行仍然有可能追着你讨债。”

锋差点儿没跳起来：“什么？我的房子都被他们收走了，他们还要向我讨债？还有没有天理啊？”

白萱只好耐心地解释：“银行收你的房子，不是要拿你的房子发给他们员工自己住，是要拿去卖了，拿钱回来抵借给你的贷款。要是卖得价格太低，拿回来的钱远远不够抵你的贷款，银行可能还会向你追讨不足的那部分损失。”

锋听了，头皮都发麻了：“这银行也忒狠了吧？那怎么办啊？”

白萱说：“这就是我想提的第三条建议，你要向银行要求允许 short sale。”

锋问：“我只知道可以 short 股票，难道房子也能 short？”

白萱笑着摇了摇头说：“这和卖空股票不同。所谓 short sale，就是让银行同意你以低于贷款额的价格卖房。卖房得的钱还银行，不足的部分，银行不再追究。这样，你是正常卖房，你的信用分数虽然会降，但基本能保住，你今后的生活仍能照常进行。而且，既然银行点头了，欠的钱也不会追着你要。”

锋一听，知道遇到能人了，心里恨恨地想，自己现在的经纪人怎么不早跟自己说这事？是不是压根就不明白这事啊？锋当即对白萱说：“没什么可说的了，这房子就是你的了，我这就炒了我那个经纪人。”

等跟锋一签好合约，白萱立马就打电话叫人。不一会儿，一小队老墨就到了锋的房子前，三下五除二，草坪上的草就全被铲掉了。然后，犁过地，铺上肥土。

第二天，一辆运家具的大货车停在锋的房子前，几个彪形大汉下了车，进了锋的屋子，跟锋打了个招呼，就把锋的破家具往车库的角落里搬。等屋子被搬空了，白萱也到了，就指挥这些彪形大汉把楼上楼下换上复古的高档家具，墙上还挂了装饰画。

最后，白萱让锋把那些国内运来的廉价窗帘全拿掉。锋一看白萱这阵势，不敢怠慢，立马照办。屋子外面，那老墨小分队也以迅雷不及掩耳之势铺上了新草坪。

等“扮靓”工程结束，锋里外一瞧，彻底服了。刚一天，这外面糟糕的草坪就成了绿油油的青青绿草地。进了屋，没了那些破窗帘，整个屋子洒满了阳光，每个角落都亮堂堂的，本来就不小的房子，又显得更加宽敞了。再加上那些复古的高档家具，这屋子一夜之间，好像成了贵族的豪宅了。

这个白萱怎么这么牛呢？其实，白萱是在湾区一家很牛的老中地产公司工作。这换草坪的老墨小分队，跟那一屋子的高档家具，都是这家地产公司的全套服务的一部分。开这地产公司的老中，可是一个牛人。据说，这位地产牛人当年是餐馆打工的出身。当然了，英雄不问出处。

这位地产牛人在餐馆打工的时候就想：我堂堂七尺男儿，要是一辈子在餐馆里这样打工，那可真不是个办法啊！所以，他就去考了房地产行业从业证书。这位地产牛人做起生意来真是头脑灵活，各种销售手段，不管是老中的还是老外的，本地的还是外地的，只要他觉得好，就拿来发扬光大。不久，生意就蒸蒸日上。

这位地产牛人曾有一个推销房源的绝活，那就是组织“周末巴士看房团”，那时真是闻名硅谷。这“巴士看房团”的主意是不是这位地产牛人首创的，咱不敢说。但人家在硅谷的中文电台、电视台铺天盖地地打广告，把这一手段发挥到了极致，却是我们不能不服的。

硅谷的“硅工”“硅婆”们都特忙，要看房就得靠周末那点儿时间。跟着房地产经纪人一个房子一个房子地看，既费时又费力。地产牛人搞来一辆大巴士，把一大堆“硅工”“硅婆”往车里一塞，拉着他们满硅谷看房，对“硅工”“硅婆”来说既省力又高效。

对地产牛人来说，好处就更大了。你想，你让手下经纪人一个一个地带客人看房，这效率多低？一次把几十号潜在买家塞到一辆大车里，走一趟搞定几十个客人，那效率高吧？

更绝的是，这位地产牛人可是个心理专家，把人性，特别是“硅工”“硅婆”的人性，摸得那个透彻啊！把这一堆“硅工”“硅婆”塞在一起，让他们互相攀比，那房子卖得特别快！

比如去看一个房子，如果你单独去看，可能看完了兴趣不大，看完了就走人。但一群人一起看，人气就不一样了。人又分左中右，你对这房子兴趣不大，但别人可能会感兴趣吧？这别人一感兴趣，自己立刻就觉得，是不是有什么好处自己没看到啊？别人不会都错吧？就忍不住要去打听。

问题就出在这好打听上。有些“硅工”“硅婆”的所有自信心，全都建立在自己读的课本和工作上。一碰到别的事情，特别是办点事、买个房之类的，突然自信全无，做什么都要先打听打听，看看别人是怎么样的，看别人是不是跟自己一样。一样了，就安心了；不一样了，就会抓狂。

同样，自己喜欢的东西，也要跟别人核实一下。要是别人不喜欢，要么自己寝食难安，要么就跟别人急，跟别人争辩，非要别人认同自己，非要别人认错才行。所以你看硅谷的“硅工”“硅婆”，全是买同样的学区，买一种颜色的车子，逼小孩子学同样的东西。

这不，看房子的时候，就老有人喜欢向其他“团员”打听。这一打听，突然就觉得别人的想法也不错啊。自己也觉得这房子有点儿可买之处，也就有了要买的心思。这一车的人，如果有好几户都这么想，都要压过别人，那不就要开“抢”了吗？结果，一出价，为了压住别人，就多加好几万。

当然了，这个结果是皆大欢喜的。买房的人虽然多出了点儿血，但跟巴士走一趟就把房子搞定了，多有效率、多省时间啊！而卖房的人，不仅把房子出手了，还多收好几万，多划算啊！地产牛人周末出趟车就做成好几笔生意，更是偷着乐了。

当然，这位地产牛人免费为客人的房子做全套“扮靓”服务，也是他生意的一大特色。自己多花两个钱，把客人的房子打扮一新，这房子很快就能出手，提成很快就进腰包啊。不仅房子卖得快，钱来得快，客人还开心得到处为自己做免费宣传，拉来一大堆新客人，这钱花得多值啊！

其实，这“扮靓”的钱，地产牛人也没花多少。如果卖房的人自己去做，又找老墨，又买草坪，又租家具，还不知道租什么样的家具跟房子配，真是又费钱又操心。可地产牛人做这生意，是批量的，便宜！

地产牛人跟那老墨小分队有长期合同，一叫就到。老墨跟着大主顾做生意，开的当然是超低优惠价，你如果自己直接找老墨，人家未必给你那么好的价格。

地产公司跟租家具的店也有长期合作关系。等到需要时，家具店出设计、出家具，很快就搞定，又省钱又省事。你自己去找家具店，人家知道你是做一榔头买卖的，估计没那么多优惠给你。

白萱在这地产牛人的公司工作，有这现成的全套“扮靓”的服务，所以一出手就搞定。到了周末 Open House，来看房的人的眼神都不一样了。以前来的人都像逛博物馆似的，进来晃一圈，一分钟都不多待，转身走人。现在来的人，一进这屋子就有种要安营扎寨的感觉。

白萱也知道，这市场不好，要让来的这些人尽快出价，得再给点儿动力。

白萱几天前就帮锋把“Short Sale”申请递给银行了，还帮锋写了封“诉苦信”(Hardship Letter)，跟那申请信一起递进去。信上一是哭穷，向银行哭诉现在这种一穷二白，连份工作都没有的惨状；二是对银行晓之以理、动之以情地要求允许 Short Sale。白萱跟锋给了银行一个比贷款额低不少的售价，请求准许能以这个价格卖房子。理由是，现在这个市场还能以这个价格卖掉房子，所欠的款还不多，如果时间拖久了，恐怕房价还要再度下滑，那银行会亏得更多。

现在，白萱看到有客人心动了，觉得事不宜迟，便开始催银行，要求快点审批锋的“Short Sale”申请。那时候，做“Short Sale”的还不多，不像后来 2008 年闹次贷危机的时候，“Short Sale”都成时尚了。次贷危机的时候，“Short Sale”申请像潮水似的往银行涌，害得银行不花好几个月给不出答复。

锋卖房子的时候，银行收到的“Short Sale”申请少，还比较有效率。被白萱这一催，银行一琢磨，如果把房子收回来，再想办法拍卖出去，这样一来，自己的账面太难看，既费时又费钱，而且，市场怕是会越来越糟，等自己拿出去拍卖的时候，收回来的钱可能会更少。还不如让锋去“Short Sale”卖房，银行又省事又省力，还赔得少些。

这时，既然白萱来电话催问，就顺水推舟地批准了。白萱一听到银行这么快就批准了，高兴得跳了起来。立马降到银行批准的售价，然后通知各位感兴趣的买家，特意说，这房子现在降价，是“Short Sale”。

来看房的人当中，还真有很多是有实力的。他们过去几年一直在看房，但在价格高峰上，不愿像锋那样出手做“冤大头”。说实话，锋和那些在顶峰上抢房子的，都属于“无知而无畏”的主儿。现在，这些有经验的看房人看到房子大幅度地降价，这个还是个“Short Sale”屋，有人立即觉得是个好机会，一分钱不减地就拿下了。

若干天后，看着挂在房前的“Sold”牌子，锋感慨万千。这个房子，曾经是自己历尽了千辛万苦才抢来的，后来竟成了自己的心头之患。今天，它终于和自己缘尽，即将拥有新的主人。

卖不出去时，锋看着这房子就心烦，天天看着它就来气。现在它不再属于自己，锋又觉得万分的不舍。看着呆呆地望着房子不愿离开的锋，健拍了拍他肩膀说:“哥们，先到我那儿去住两天，睡两天好觉，再图东山再起的大计吧。”

16

“同居”故事

虽然夏岚在锋的心里慢慢地淡了，但锋在夏岚的心里却一点点地特殊起来。

锋是夏岚在大学里走得最近的一个男生，也是最要好的男生。锋的鲁莽表白让两人的关系瞬间转冷，夏岚非常遗憾。夏岚不明白，像锋这样的男生，为什么就不肯长期地和女孩子保持一种纯友谊的关系呢？为什么一定要成为男女朋友？

夏岚是个传统的女孩子，总觉得如果正式谈恋爱就要认真地考虑婚姻的问题。当时，夏岚年纪还小，不想过早地卷入一种太过正式的关系里。但内心深处，夏岚一直在等自己梦里的“白马王子”。

到了美国，因为是单身女生，从下飞机的那一刻起她就开始被男生追。夏岚心里暗笑，怎么来美国留学的男生追起女生来，比国内的男生还急啊？唉，夏岚是不知道，这儿不像国内，有满大街的女孩子可以追，又有父母、朋友、同事、邻居帮忙介绍，还有那婚恋介绍所的推销。只要男生自身条件好点儿，跟女孩子约会的机会有的是，不稀罕。

可这儿是美国，中国姑娘本来就没几个，还大多数是“名花有主”的。再加上没有三姑四姨的介绍，找个女朋友不容易啊！突然来了个单身女生，那还不是稀罕宝物？另外，还有重要的一条，那就是女留学生将来都是办绿卡挣美元的生力军，那可都是“潜力股”啊，还不是下了飞机就得快速锁定？

所以，为什么在美国的男生这么急吼吼的？全是因为“狼”太多“羊”太少的缘故！在留学生会里混的，都是想抢接飞机的机会，能第一个见美女。不然，一挣不了美元，二不能入党提干，谁会浪费那时间？

到美国之后，夏岚一个人住在人生地不熟的地方，过着又寂寞又辛苦的日子，她突然不排斥恋爱了，总不能等到博士毕业成了“大龄剩女”再找对象吧？当时追夏岚的人有好几个，可夏岚心里有个结，那就是不自觉地把他们都跟锋比。这一比，有点儿坏事，这几个里竟然没有比锋好的。

夏岚是个读书一流的人，所以对书读得好的男生没有一点儿仰慕，对男生的学位也看得很轻。在美国的中国男生，不是博士就是硕士，有个学位不稀罕。夏岚也知道，有些人之所以读博士，其实是有了硕士学位的时候没找到工作，为了维持身份，不得不继续读博士的。所以，如果一个男生在夏岚面前说自己是博士，一点儿也加不了分。

现在，夏岚对自己的男朋友只有两个要求。第一是要上进，可这儿的男生都很上进，都很聪明，所以，这个条件是不能筛选出什么人的；第二是要和自己聊得来，两人在一起要开心。这第二条，看起来要求很低，谁知道到了美国，这要求竟高得离谱。夏岚约会了不少男生，可没一个跟自己聊得来，没一个能让她有和锋在一起时那种感觉的。

夏岚有点儿慌了，觉得自己的命不好，遇到的人都不对路子。例如，有的男生是典型的自恋，除了刚开始假装关心地问夏岚两句，接着就长篇大论地说他自己那点儿事，给夏岚一种半是自吹，半是自恋的感觉。夏岚实在受不了，简直想建议他去找个树洞倾诉，不要把自己当“垃圾箱”。

可要不是遇到自恋的，就是遇到像木鱼一样的男生。跟“木鱼”在一起，夏岚得费尽心机地找话题。可是这“木鱼”除了他自己的专业和小圈子里的那点事儿，其他一问三不知，也通通没兴趣。夏岚心想，你跟你的专业结婚得了，干吗找女朋友啊？

夏岚对身边的这些男生都失望透顶，觉得命运这东西不能强求，就不再和身边的男生约会了，开始安安心心做自己的学问，希望尽快拿到学位。可是单身的女孩就是事多。不久，一个刚毕业的师姐非要给夏岚介绍一个“条件好”的男生。所谓“条件好”就是有工作，有绿卡，为人老实，但有一个致命伤——这是一个“离婚男”。

本来夏岚不感兴趣，但这个师姐热情无比，一边拼命夸这位的“硬件条件”好，一边拼命解释说他人有多老实，是被老婆抛弃的之类，一定要夏岚见一面。

估计这位老兄托这位师姐托得狠了，师姐一定得把他推销出去，不然以后没安静日子过。磨不过师姐的面子，最后夏岚认了，答应去见面。

夏岚心说，只要离婚不是你的错，又没小孩，我就给你也给自己一个机会吧。可是，见了没几次面，夏岚就要崩溃了。这位老兄简直就是个“祥林嫂”，一遍又一遍地“哭诉”那些夏岚最怕听到的事。他是如何被他前妻踹掉的，他是多么的委屈，如何的可怜，等等。这种事，做大男人的只能说一遍，权当解释。这一遍又一遍地“反刍”，哪个女人碰到都要晕倒。

让夏岚下决心不再见这位“祥林嫂”的原因，就是这个不知好歹的主儿，竟然还一遍遍地说，他以前跟前妻在一起是多么的开心多么的幸福之类的话。话说到这份儿上，夏岚再也奉陪不起了。夏岚心说，你如果觉得跟前妻在一起那么好，你就把她从现在的男人手里抢回来啊。这“一日夫妻百日恩”的，你跟她过去，别找我啊！

等夏岚对所有见过面的男生都绝望了的时候，突然感到恐怖起来。她发现自己内心深处的那个“白马王子”竟然是锋！

可怜的是，夏岚出于女孩子的矜持，又不敢主动追锋。当年把人家回绝得干干脆脆，人家心里一定会记恨自己。如果自己再倒过来追他，他说不定会在背后嘲笑自己，然后当作报复的机会，狠狠地回绝自己一次。所以，夏岚只有在逢年过节时，跟锋联系一下。

每次跟锋聊天，夏岚就仿佛又回到当年两人在校园里时一样。锋还是像以前那样，大大咧咧地从天说到地，现在又加上美国这儿的新闻、电影、流行歌，等等，常常逗得夏岚笑个不停。夏岚拿着电话，觉得自己又变回了当年那个傻傻地当听众的小女孩。放下电话，她是那么的不舍，恨不得再找个由头给锋打过去，再跟锋说上几小时。有时想锋想得狠了，夏岚就恨不得要去倒追锋。可是，刚要拿起电话夏岚就犹豫了，她的自尊和矜持就是没法让自己先跨出这一步。

夏岚每天从早到晚忙自己的学位，想尽早毕业。锋早早地去了加州工作，夏岚也想去加州，到锋的身边去。所幸的是，夏岚所在的系里，教授没有逼学生读五六年才允许毕业的传统，再加上夏岚是个乖巧用功的女孩子，比自己的师兄师弟们更得教授喜欢。教授心里也没有非要逼这个女弟子变成个中年妇女才给博士学位的恶念。所以，在夏岚读到第四年末的时候，教授就让夏岚拿了博士学位毕了业。这把夏岚的那些没顺利毕业的师兄们嫉妒得酸水横流，暗骂教授对女学生偏心。

夏岚本来是可以被教授推荐到中部一个小地方的大学去当教授的，可夏岚不想去。夏岚要去的只有一个地方——锋在的地方。好强的夏岚找工作时没寻求锋的帮助，自己在硅谷的一家大公司找到了工作，然后就只身来到硅谷，再然后，就见到了朝思暮想的锋。

可是见到锋时，矜持的夏岚把自己对锋的感觉掩饰得滴水不漏，跟锋还是像普通朋友一样。让夏岚放心的是，锋还没结婚，也没有准备结婚的对象。让夏岚担心的是，此时的锋在股票上发了，跟他约会的女孩有一大把。夏岚没有办法，知道自己有可能错过锋，只能暗暗怪自己当年年轻，没给锋一次机会，现在只能认命了。

但命运对夏岚也不是那么坏。锋在一夜之间，股票、资产、房子，连工作都烟消云散。夏岚真的替锋惋惜，但让夏岚松口气的是，与锋约会的女友们也都随股票、资产、房子、工作全部烟消云散。夏岚觉得老天又给了自己一次机会。夏岚现在已经是快 30 岁的“大龄姑娘”了，知道不能再因为矜持、自尊、面子，而与自己爱的人再次错过。

不久，夏岚和锋在一起的机会就来了。

夏岚是个聪明的女孩子，又有姐姐的指点，所以来硅谷不久就租了一个两卧室的小房子，然后征得房主的许可，自己做起“二房东”来。招来的房客是以市场价租一个房间，夏岚自己只需要出很少一部分的房租。夏岚从健和其他老同学那里听到，锋要失去房子，要找住处。而自己这个房客已经期满搬出，一间房间空出来。夏岚留了个心眼，没有登广告出租，而是给老同学，特别是健，打招呼说自己在找同屋，而且要找知道背景的比较安全的同屋。为了不伤锋的自尊心，夏岚没敢直接跟锋说，而是跟健说了。夏岚知道健是锋的好友，跟健说就等于是跟锋说了。

没多久，锋这边的房子卖掉，在健那儿住了两天。健提到夏岚的空房间，锋说自己现在一穷二白，怕租不起。健立即传话给夏岚，夏岚这才拿起电话直接找锋：“锋，你住过来我放心。至于房租，你只付点水电费什么的就成了。”

锋说：“那怎么行，那样你付得太多了。”

夏岚急了，问：“我们还是不是好朋友？你连一个帮自己好朋友的机会都不给我？还有，我现在一个女孩子住这么大的房子害怕。你是男生，住进来帮我壮壮胆，那是帮我。你给我一次雇保镖的机会好不好？”

锋一听，乐了，说：“那好，我就当你保镖。等我找到工作，就把欠的房租还给你。”

夏岚一听，高兴得差点没跳起来：“什么还不还钱的？你现在是我的保镖了，我现在就害怕，你快搬过来！”

就这样，这对昔日校园里的好友，一个是让锋曾经伤心的初恋对象，一个是让夏岚暗恋了许久的“白马王子”，就这么住到了一个屋檐下，开始了“同居生活”。

可是现在的锋像变了个人似的。那个意气风发，有时甚至气吞山河的锋一下子成了一个懊丧郁闷的人。刚搬进夏岚房子的时候，有时竟把自己关在屋子里一天不出来。夏岚下了班总是多烧两个菜，然后敲敲锋的门问他吃饭了没有，出来开门的锋，脸色苍白，头发乱糟糟的，胡子也不刮，穿一件皱皱的 T 恤，没精打采地摇摇头。夏岚从厨房里的整洁程度就看出，锋白天在家就没进过厨房。他要么随便吃了点不用烧煮的东西，要不然就什么都没吃。

看着这样的锋，夏岚急得心痛。拉着锋去餐桌，逼他吃饭。锋客气地夸了两句菜不错，然后就像应付夏岚一样，吃一点点。看着锋这种连吃饭都没胃口的样子，夏岚心里直叹气。夏岚就开始找话题跟锋闲聊，希望把那个开起口来如滔滔江水的神气活现的锋再次变回来。可是，现在的锋消沉得根本没有说话的兴趣。

夏岚不得不小心翼翼地提起那令人不愉快的话题，问锋找工作找得怎么样了。锋低下头，无力地摇摇头说：“没戏。发了上百份的简历，一个面试的机会都没有。我都对自己的能力产生怀疑了，我真的没想到我是这么不行。”

夏岚一听，心里暗暗吃惊。夏岚真的有点儿担心锋了，甚至怀疑，锋是不是患忧郁症了。如果不能尽快帮锋打开一条出路，这样下去，怕是他的整个思维都要钻进死胡同了。人的思维一旦钻进死胡同，什么傻事都可能做得出来。

夏岚小心翼翼地问：“那你有没有试过做合同形式的 Consultant（技术咨询顾问）？还有，你有没有想过试试其他行业？你就一定要做技术方面的工作？”

锋慢慢抬起头，若有所思地问：“对啊，我现在太郁闷了，很多事都没有去想，可怎么做技术咨询顾问？至于其他行业，转行不容易吧？”

夏岚趁机给锋打气：“你这么聪明的人，什么都比别人想得快，转到什么行业不行？只不过是你现在心情太坏，没心思好好想罢了。你肯不肯把你的简历给我，让我想想办法？”

夏岚怕伤锋的自尊心，没锋的许可不敢擅自帮锋的忙。毕竟，自己以前伤过他的自尊一次，再加上现在他的心理这么脆弱，夏岚有点儿如履薄冰。

锋听到这个自己心目中的才女，这么诚恳地说自己是“这么聪明的人，什么都比别人想得快”，一下子振作了很多。像锋这样自负的人，被夸聪明得看被谁夸了。一般人夸了，他不会放在心上，但被夏岚这样自己真佩服的人夸，那是夸一句顶十句啊！当年夏岚夸了自己一句“像百科全书”，自己就奋不顾身地去表白。今天在自己人生低谷时，又被才女夸一句，立即像被打了一针强心剂。

但锋现在的自信心就像落水的人，突然看到一根救命稻草，怕是幻觉，还有点儿不放心，要伸出手抓住才放心。锋实在忍不住，傻傻地补问一句：“我真的行？我真的有你说的那么行？”问完了，自己都觉得有点儿傻，脸都红了。

夏岚很认真地回答：“锋，你真的行。我们都这么多年的朋友了，我对你还不了解？我心里一直都很佩服你。你比我聪明。我只是读书好，而你的聪明比我这样只知道读书的要强。你这只是一时失利，有什么大不了的？你有的是时间，可以再打一个天下。我相信你。现在最重要的是，你不能自己打败你自己，要对自己有信心。你一定能成。我相信你。请你能不能相信我一次？”

这些话，特别是前半段，是夏岚这么多年来对锋的真实感受，是她藏在心里想对锋说可一直没机会说的话，今天终于借这个机会说出来了，夏岚觉得一阵轻松。夏岚要的就是锋振作起来。夏岚相信锋，只要他振作起来，凭他的聪明，一定能有自己的一片天。

锋听了夏岚的话，整个人像被一种巨大的力量从深渊谷底托上了地平线。锋定定地看着夏岚，诚恳地说：“夏岚，谢谢你的话。我一辈子都不会忘记。为了你的信任，我不会自暴自弃的，我不会让你失望。”

夏岚看着锋，眼睛都有点儿湿润了，开心地用力点点头，一句话也说不出来。能让锋重新振作起来，这比自己拿到学位、找到工作都更有成就感。自己终于可以走进锋的生活，走进锋的世界，走进锋的内心，和锋一起抵抗风雨。

为了锋的事，夏岚第一个想请教的就是她的老美同事——皮特。这个皮特年纪不大，只是30岁刚出头，可在职场上，已是个“老江湖”了。皮特在90年代初，大学毕业进了惠普。过了几年，年轻气盛的皮特不仅对自己天天干的活有点儿厌倦了，而且对职场上各种“政治斗争”深恶痛绝。但是，只要是有人的地方，这个“办公室政治”就存在，中国美国都一样。只不过是各个民族，各个地方，因为文化的不同而斗争的表现形式不一样罢了。

皮特刚进公司那会儿，还是一个刚出校门的愣头青，办公室政治也轮不到他。皮特年轻肯干，过了几年慢慢从入门级别升到资深级别。再往上，上升的空间就慢慢少了。这不奇怪，金字塔越往上越窄嘛。机会越少，明争暗斗自然就越多。皮特再不情愿，也不得不卷入其中。你不想踩别人，别人还想踩着你往上爬，不是吗？皮特对这份工作越来越烦。

好在这时候是20世纪90年代末，硅谷因为高科技行业初创公司（Startups）的风起云涌，到处都在招人。猎头公司（Head Hunter）找上了皮特，问他愿不愿意出来做所谓“技术咨询顾问”的合同工，开价是一小时70美元。这价码意味着什么？假如你一年工作2000个小时，那你的年收入就是14万美元。90年代初开始工作的人，起薪并不高。后来即使慢慢地涨，也有限，所以14万美元对皮特来说，诱惑实在是不小。

各位读者可能会纳闷，怎么一年只按2000工作小时算啊？人家老美不是工作狂，工作努力归努力，但一年有两个星期休假那是少不了的，所以，一年用2000小时算工作时间蛮合理的。为什么合同工收入这么高呢？一来，因为当时市场热，二来，合同工工作没保障，合同结束就等于工作结束，所以需要高一点儿的收入为短期的“失业”做保障。而且，合同工的医疗保险也不好，如果想要个好点的保险，需要自己掏好多钱去买。

那时，皮特刚结婚不久，想买房。可硅谷的房子一直都贵，在老一代人的记忆里就从没便宜过。买房的首付对皮特来说还是有点吃力，所以，急着要做合同工挣笔钱。至于保险，皮特和太太倒不太在意。两个人都年轻，而且没小孩，不太把保险的好坏放在心上，只要有个基本的保险应个急就行了。再加上自己在公司里，为人斗人的事正搞得火大，所以，皮特立马就辞职“下海”了。

皮特的第一份合同工作是通过一家技术咨询公司被派到客户那儿工作的形式做的。皮特是个聪明人，没多久就明白了这合同工市场的门路，于是有心自己出来单干，做所谓的“独立咨询顾问”（Independent Consultant）。当时市场也有这条件，不是你找工作，是工作追着找你。皮特雄心勃勃，要开技术顾问公司，自己当老板，让自己在几年之内也成个百万富翁。

为了拓展市场，手上有更多的客户，皮特头一两年还是通过各家大的技术顾问公司介绍生意。随着皮特的技术顾问经验越来越老到，对时薪的谈判也越来越得心应手。市场越来越热，对皮特这样的有经验的咨询顾问的需求越来越大，皮特的“小时价”也一步步地涨上去，最高时冲到过200美元一小时。如果能按这价码做一年，那一年就是40万美元啊！

90年代末，皮特也有过心理矛盾的时候，看到千千万万像锋这样的“幸运儿”，在芝麻大的初创公司做，突然哪天股票上市，一夜变成百万富翁，皮特也想，是不是该找家热门的初创公司做，来个快速致富。自己当技术顾问，要挣到一百万得要好久呢。那年月，人都没耐心，都追求一夜暴富。

可皮特的老婆舍不得这每个星期拿到手里的肥水直流的支票（以小时记工的合同工，一般是每周拿支票）。皮特老婆可是聪明人，自有一番高论。在初创公司做，真能上市（IPO）的，一百家中能有几家？找一家能保证快速上市的初创公司，就像赌博中彩票一样，概率很低。你皮特就保证一定能挑得那么准？你现在每周拿着这肥得流油的支票，还怕挣不上一百万？慢点儿就慢点儿，但赚得稳当，进了口袋的钱才真是自己的钱啊！

皮特一听，觉得老婆大人太有理了，从此就死了去初创公司赌博的心，安安心心地当他的合同工。自从皮特做上合同工，银行存款数目就不停地往上跳。没两年，买房首付的银子就绰绰有余了。尽管当时房地产市场已经热得滚烫，但皮特和老婆还是在一个不错的区，买了栋大小适中的房子。因为首付付了一大笔，所以也没贷太多款。

皮特这种慢慢赚钱的主儿和锋那样一夜暴富的主儿，花钱心理是不一样的。皮特的钱来得慢，知道不能一下子花得太狠，自己得随时留点儿钱防“下雨天”，以防有段时间找不到工作，在家坐冷板凳吃老本。而锋因为钱来得太快，所以花起来就比火箭还快。不一样的挣钱方式决定了不一样的花钱方式，最后导致了不一样的结果。

到了2000年年中，dot-com泡沫破灭，市场转冷。皮特是在当地土生土长的，父母和周围的朋友都告诉他，这一波泡沫算是彻底破灭了，让他早做打算。这时皮特和太太都年过三十了，两人很想要个娃，安定下来，所以，皮特决定金盆洗手，回去当“全日制打工仔”。

当时，皮特在夏岚的组里，和夏岚他们一班人搞一个系统。皮特因为经验丰富，当技术咨询顾问时见识过各类系统，自然是主力。90年代末，很多公司喜欢宁可多花一点儿钱雇合同工。

一来，如果要马上上马开发一个项目，自己的员工不一定都有所需要的技术。所以需要招有这方面技术和经验的咨询顾问，迅速进来，不用浪费时间培训，很快就可以让项目上马。

二来，自己现有员工人手不够，雇这些能立即上手的咨询顾问，公司就不用额外招人了。招正式员工，不仅人事过程极度麻烦，而且又不敢保证日后不会多余。如果多余了，解雇员工可就不容易了。而用合同工，项目做完，他自动走人，多省事。而且，合同里也写明，如果这个咨询顾问水平没有自己吹的那么牛，或者工作中出了纰漏，公司可以立刻让他走人，一丁点的麻烦都没有。

三来，从表面上看雇个资深咨询顾问不便宜，其实不然。公司一不用付政府规定的社会、安全税、医疗税，等等，二不用管他的退休金账户、医疗保险、伤残保险等。这些可是一笔不小的开支。据统计，这些福利开支少则占员工工资的30%，多则50%以上。如此一来，资深技术顾问也就没那么贵了。

皮特想安定下来，于是去找公司领导问有没有机会留下来当正式员工。这领导正在为项目结束后，皮特这样的骨干走人，以后这项目的后续开发怎么办而担心呢，一听皮特想留下来，正中下怀，不过还是笑嘻嘻地问皮特：“正式员工可没你这咨询顾问收入高哦，你能接受？”

皮特回答：“我知道，可我喜欢这儿的工作环境。”这有点儿拍马屁的味道，可是马屁该拍时还得拍啊。这不，那领导同志听了挺受用的。

皮特又实话实说：“我和老婆想安定下来，有小孩，过上家庭生活。我不想再做合同工了。”

那领导一听，立即说，这就去跟上面核实有没有预算。这年月，各公司已经把招人给冻结住了（Hire Freeze）。不过，像皮特这样的牛人，公司是想要得很的。年景好的时候，经常有公司问皮特愿意不愿意留下来，他都坚决不干。只有市场转坏了，皮特这种牛人才肯考虑。如果反应慢点儿，他恐怕要被另一家公司给拉去了。

没多久，上级开绿灯，皮特就成了夏岚的正式同事。皮特工龄还不到十年，工作过的大公司就有六七家。为了让自己的简历看着漂亮些，皮特当年可是非Fortune500的公司就不干的主儿啊。现在，夏岚要替锋找出路，当然首先要请教皮特这样有经验、有门路的“老江湖”了。

皮特一听，夏岚这么急着帮锋找工作，就嬉皮笑脸地问：“夏岚，他是不是你男朋友啊？”

夏岚赶紧澄清：“不是。他是我最好的朋友，不是男朋友。”

皮特哈哈笑起来：“跟你开个玩笑啦！不管是谁，只要能帮上忙，我都会很高兴的。对了，如果你朋友想做合同工，现在的每小时付费可不高，他有思想准备吗？”

夏岚连忙解释说：“最重要的是帮他把职业延续下去，收入并不是最重要的。”

皮特点点头说：“请把他的简历给我，我来想办法。我去找我认识的咨询公司问问。”

夏岚知道，皮特要肯出手，锋就有希望了。

夏岚开心地想把这消息打电话告诉锋，可转念一想，事还没成呢，等回到家再给他一个惊喜吧。下了班，夏岚急匆匆地往家赶，一打开门，一阵扑鼻的菜香迎面而来。只见锋有点儿腼腆地站在摆满了一桌菜的桌子旁说：“前段日子总是你做饭给我吃，今天让我回报一次。只是这菜的口味没你做得好。”

夏岚感动得简直不敢相信自己的眼睛，这不就是自己梦里盼望的家的感觉吗？心爱的人做好了一桌菜，等着自己归来，这不是在做梦吧？夏岚恨不得一下子扑到锋的怀里，狠狠地抱住锋，亲一口。可转念一想，现在自己跟锋只是普通好朋友而已，自己得镇定，如果被锋看出自己的心思，多不好意思。夏岚是个传统女孩，在她的观念里，这爱是一定要等男生主动来“求”的。

锋不知道现在的夏岚百感交集，见夏岚站着发愣，走过来一把拉住夏岚就向桌边走，一边说：“快来看看我炒的菜，合不合你的口味？如果不合口味，告诉我，我下次换菜单。”这时的锋，像个做完题目的小学生，急着等老师表态，根本没去体会夏岚此时此刻的各种感受。

感动得要晕过去的夏岚，这时只能不停地点头说：“好，太好了，全是我最爱吃的。你怎么这么会做菜啊？你怎么知道我爱吃什么？”

其实，锋的做菜水平只能算是勉强会做，那不敢恭维的味道，等夏岚下筷子就知道了。夏岚说全是自己最爱吃的菜，那是激动时候的夸张说法。锋和夏岚是在一个城市里长大的，这口味能差得远吗？事实上，不管锋的菜做得多糟糕，吃到夏岚的嘴里，都是美味佳肴。一个被突如其来的幸福所浸泡的女孩子，吃着心上人为自己做的菜，即使那个菜的口味再烂，对这个在蜜缸里的女孩子来说，也是连人民大会堂的国宴都比不上的。

没过两天，皮特为锋联系的一家技术咨询公司正好有个符合锋技术背景的机会，可以给锋一个面试的机会。只不过这个合同项目在科罗拉多州。但对于锋这个单身人士来说，那根本不是问题。皮特通过夏岚，给了锋很多建议，毕竟做咨询顾问和做正式员工是不大一样的。而锋也全天在家把面试可能会问到的问题都准备了个遍，把需要知道的技术细节都牢记在心，比当年准备毕业答辩都更加小心翼翼。

有了自己的充分准备加上皮特的帮忙，锋顺利地得到了这份工作。虽然每小时只有35美元，但对锋来说，可以把自己的职业完美地延续下去，也是个不错的收入。此时的硅谷，无数失业在家的工程师们，都像几天前的锋一样，没有工作，找工作无望，对自己的能力充满了怀疑，整天处在忧郁之中。并不是每个人都像锋这么幸运，身边有个夏岚，支持着自己向前走。

签合同的那天，兴高采烈的锋一定要拉着夏岚出去吃饭庆祝。夏岚也叫上了健，为锋的重新出发而庆祝。看着完全走出心理阴影的锋，夏岚为自己自豪，觉得自己完成了一件艰巨无比的任务。是啊，工作上，再难的项目都有办法完成。可是，把一个人从忧郁的处境中拯救出来，谁也没有绝对的把握。况且，还要在这么糟糕的就业环境里为他找到一份好工作，就更没把握了。谁知道自己竟做到了，夏岚今天也要在心里为自己好好庆祝一下。

三个好朋友在餐馆里坐下，锋叫了红葡萄酒，拿起酒杯，诚恳地敬夏岚和健，感激夏岚在自己最黑暗的时候，点了一盏明灯；谢谢健这个好哥们儿，在自己最困难的时候两肋插刀，他永远忘不了健说的“有我锅里的，就有你碗里的”那句话。

健真诚地说：“我只是做了一个哥们儿该做的。真要好好谢的人，是夏岚。她不仅帮你振作起来，还帮你找到这份工作。你可要用一辈子谢人家哦！”

健当年是锋的室友，当然知道锋跟夏岚曾经是很好很好的朋友。后来，两人突然谁也不理谁了，而且锋的沮丧全写在脸上。问起来，锋又一句实话也不说。所以，健就和所有人一样，有了很多猜测。大家猜来猜去，猜的结果都八九不离十。大家都猜，锋是不是对夏岚有了超过朋友的想法，结果夏岚没接受，所以锋被气个半死。

后来，也就是前段时间，夏岚总是跟健打听锋的事，自己却不好意思直接去找锋。特别是租房的事，好像夏岚是特意空着房在等锋。健就猜到，是不是夏岚喜欢上锋了？现在这就越来越明显了。

健觉得，夏岚和锋是极般配的一对，各方面的背景都相配。大学四年一个系里出来的战友情是其他友情都难以取代的。健有心促成这一对。健的最后一句话，是话里有话。

夏岚和锋都是聪明人，听了健的那句话，两人的脸都有点儿红了，幸好有酒色掩盖着。锋感激地看看夏岚的眼睛，夏岚不好意思，就把眼睛转开。健看在眼里，心里暗笑，心想，以后就让他们俩单独行动吧，我没事就别当灯泡了。

其实，锋现在的心里也全是夏岚。可是，锋现在即使再喜欢夏岚也不敢表白了。而夏岚又是个对方不主动“求爱”，她就永远都不会主动的人。此后，两人心里就像一对恋人一样，可那层窗户纸就是不捅破。

锋因为在外地上班，总是周日晚上由夏岚送他去机场上飞机。他每天工作10个小时，到了周五一大早再飞回来。好在是公司出机票，只是锋飞来飞去的路上辛苦些。在锋的心里，自己已经不是单身男人了，自己是和夏岚住在一起的，夏岚住的地方就是自己的家。尽管夏岚从来没有承认过自己是她的男朋友，他连夏岚的手都没碰过一下，可在锋的心里，自己一辈子的爱人就是夏岚了。所以，锋是绝对不会搬到外州租房子住的。

这事在湾区所有同学跟朋友的眼里，都很好玩。锋是一个单身男，又在外地工作，竟然还像个有家有口的人那样，每个周末都回“家”。既然夏岚的家就是你的家，你怎么就不求婚呢？偶尔同学聚会，这两人还装模作样地坐得远远的。老同学一开玩笑，两个人就异口同声地撇清。现在搞得人人都替锋着急，急这小子怎么老是不肯去捅破那层窗户纸。唉，真是皇帝不急，太监急啊！

锋是被若干年前的那次“表白失败”给搞怕了，决定用水磨的功夫感动夏岚。每次周五回家，总是按夏岚的口味，做一桌菜等夏岚下班，每次都把夏岚感动得要哭。夏岚也在心里问，锋什么时候才会向自己表白啊？可夏岚越急，锋越不开口。

夏岚知道自己若干年前那次拒绝，给锋造成了心理阴影，自己现在真得有耐心了。夏岚后来也想明白了，现在明摆着就是，自己喜欢他，他也喜欢自己，这种感觉这么好，没必要急啊。锋如果搬到外州，自己大概还会担心，他在那儿会不会遇上别的女孩子。可人家认定了自己，再辛苦也要每周回自己的这个小窝，那有什么急的？顺其自然吧。

锋现在烧菜的手艺可是见长，把夏岚的口味也摸得一清二楚。到了周末，锋和夏岚就像小夫妻似的，一起去买菜，一起烧菜，一起出去玩，一起看电影，一起听音乐会，一起去海边，日子过得平静而幸福。所有的朋友都自觉回避，包括健，不请是坚决不登三宝殿的。

等把湾区周边的地方都玩遍了，锋就提议说去露营吧，然后给夏岚看他当年为了抢房子而买的帐篷、气垫床和两个睡袋。夏岚问他，怎么买两个睡袋啊？锋就把抢房子的故事绘声绘色地说给夏岚听。夜里是怎么下大雨的，帐篷是怎么漏雨的，自己怎么睡死过去却把健冻得半死，以及睡袋湿透了，不得不再买一个，等等，把夏岚笑得差点儿没岔过气去。

锋说，这帐篷和露营的东西都齐了，可自己却没有一次真正的在野外露营的经验，太可惜了。夏岚兴奋地说：“这你不用操心了，我同事去太浩湖（Lake Tahoe）露营，说棒极了。我们第一次就去太浩湖吧。如果我们从此喜欢上露营，湾区周围露营的地方多了去了。”

说去就去。有了上次抢房子的经验，锋这次把御寒的和吃的东西带了个够。

在太浩湖边的露营营地，安营扎寨完毕，夏岚逗锋说：“你这次是不是把帐篷搭好了？晚上下雨，保证不漏雨？”

锋眨眨眼睛说：“第一，保证不漏。第二，要是漏了，我就趴在你身上，给你当雨伞挡雨。”

夏岚大笑着，一边捶锋，一边叫道：“好啊，你想占我便宜！”

锋一边躲，一边笑着向湖边跑去。

天色慢慢暗下来，夏岚和锋并肩坐在湖边的大石头上，看着头顶上的灿烂星河，听着脚下湖水的拍岸声，默默无语。尽管是夏天，位于高山上的太浩湖晚上仍然很冷。一阵凉风吹来，夏岚不禁打了个寒战。锋感觉到了，就把自己的外衣脱下来，给夏岚披上，然后拥住夏岚，让夏岚紧紧地靠着自己。

夏岚幸福地把头顺势靠上了锋的肩。锋低头看着此时此刻在月光照耀下的夏岚的脸庞、眼睛、鼻子和唇，情不自禁地低下头去吻这个自己在心里已经爱了千万次，在梦里已经吻了千万次的女孩。夏岚闭上眼睛，迎上了这等待了太久的吻。

当两人稍稍离开彼此的唇的时候，锋说出了自己已经想了千万次的话：“夏岚，我们结婚吧。”

17

逃离马克

丽丽和健离婚后就跟马克住在一起，丽丽的内心深处把马克当成了一根救命的稻草。从法律上讲，丽丽的身份已经“黑”掉了，想要合法地留在美国只能让马克娶她，但马克是绝对不愿意娶丽丽的。

离婚后的丽丽实在温顺，几乎满足马克的一切要求。马克从没有遇到过这么温顺的女子，也实在舍不得让丽丽走。丽丽也没处可去，只好接受（有时甚至是忍受）马克很多怪异的要求。慢慢地习惯了，丽丽把这种生活方式当作未来生活的一部分来接受。

丽丽可以忍受和马克单独在一起时，马克的一切行为，但绝对接受不了自己和其他女人分享马克。但马克永远都不是一个只和一个女人在一起的人，至少现在不是。终于，让丽丽无法再忍受的事发生了。

马克又要出差，丽丽觉得自己当然就该像一个妻子一样给马克收拾行李。马克这种整天满世界跑的人，都有一个固定的小旅行箱，里面的旅行必需品从来不拿出来。每次要走，把换洗衣服往里一放，提了包就走。每次，马克只让丽丽熨好了衬衫，然后自己收拾行李箱，不让丽丽代劳，说自己收拾行李自己知道东西都放在哪里。

丽丽在旁边看了几次，知道马克每次都习惯性地那样放，所以这次，丽丽给马克熨好了衬衫，折叠好，拿上换洗衣服，就直接往马克的行李箱里放。箱子夹层口袋里有什么东西鼓鼓囊囊的，衬衫没法放平整，丽丽伸手进去掏出来，竟然是马克和她在床上用的各种所谓的“玩具”。

他出差带这些东西干什么？难道他出差时也和别的女人用这些东西找乐

子？丽丽一下子把憋了很久的怨气都忍不住喷了出来。丽丽一把抓起这些“玩具”冲到外屋，对正在看电视的马克逼问道：“你要带这些东西干什么？”

马克一看到丽丽竟然把这些东西从自己的箱子里翻出来，不禁勃然大怒，一下子跳起来，抢过丽丽手中的东西，怒吼道：“你为什么不经我同意，翻我的箱子？你难道没有隐私的概念？”

丽丽从没见马克这么发怒过，再加上自己的英语水平差，在这种情况下一时不知道怎么说，竟呆站在那儿，一句话也说不出来。

马克气势汹汹地冲进卧室，用力关上门。丽丽瘫坐在沙发上，气得头疼。过了好一会儿，她突然越想越害怕。马克在外面有各色各样的女人，而且玩起来很疯狂。他要对自己干的很多事，自己能忍的就忍了，但有的要求实在太变态，自己坚决没法接受。他可能会在外面跟别的女人做那种事。那都是什么女人啊？然后，回来再跟自己……

丽丽不敢再想下去了。一来，觉得太脏，二来，觉得太危险。然后，性病艾滋病什么的就占据了丽丽的脑海，丽丽突然极度地恐惧起来。丽丽觉得再跟马克住下去会有生命危险，得尽快离开马克，越快越好。自己比较亲近的朋友只有白萱，丽丽想给白萱打电话，但觉得现在很晚了，不方便。反正明天一大早马克就得赶飞机，等他走了，再慢慢收拾东西走人也不迟。

心里慢慢有了个计划，丽丽终于放松了，不知不觉中，在沙发上就睡着了。突然，丽丽听到马克在轻轻叫自己，脑子一下子惊醒过来，但还是装着半梦半醒地“咳”了一声。马克看着睡着了的丽丽，轻轻把她抱起来，放在卧室里的床上。丽丽的身子禁不住僵硬起来，蜷曲着，尽量不接触或少接触马克的身体。

马克看着熟睡的丽丽，想把她翻过来，再跟她好一次。但丽丽把身子蜷曲得紧紧的，坚决地说：“我很累了，我要睡觉。”马克也没办法，明天一早还得赶飞机，自己也得早点儿睡。

丽丽很长时间里根本无法睡着，一直想离开马克后怎么生活的问题。自己有健的赡养费，生活是有保障的。丽丽也知道，健再恨自己，也不会对自己做得太绝。丽丽突然很想健，泪水不住地流了下来。

然后丽丽就想到要去中国人开的超市或餐馆打工，养活自己，但这事还是明天找到白萱再商量吧。到了后半夜，丽丽沉沉睡去。等早上醒来，马克早就走了。床边的台子上留着马克的一张纸条，上面说昨晚很对不起，可是没机会等丽丽醒来当面道歉，回来时一定会给丽丽带一样让她惊喜的礼物。

丽丽看着马克的纸条，心里知道，马克不是一个恶人。只是不管他是好是坏，自己一定不能再跟他住下去了。再住在一起，这个马克总有一天要毁了自己，恐怕也会毁了他自己。丽丽一边收拾自己的衣物，一边打电话向白萱求救。白萱正忙着带客人看房，说中午过来接丽丽。

中午，丽丽告诉白萱自己发现马克在外面瞎胡闹，决定离开他。白萱早就觉得丽丽跟着马克不是长久之计，只是一直不知怎么说好。现在丽丽自己醒悟过来，那就太好了。

白萱开车载着丽丽驶出这个小区时，经过丽丽和健以前的房子，丽丽脸贴在车窗上，牢牢地盯着这个以前属于自己的“家”，泪珠直往下掉。这个自己曾经的“家”，现在既不是自己的，也不是健的了。

这是丽丽最后一次看这个“家”。丽丽离开这个小区，就再也没有回来过。

其实，就算没有这个“偶发事件”，丽丽和马克也快到头了。2000 年底，dot-com 泡沫破灭后，硅谷各家大小高科技公司竞相裁人，Cisco 也不例外。每次高科技公司裁人，销售和市场推广部门往往首当其冲。马克这样没太多经验的新人，自然就在首轮裁人中，中弹落马。万幸的是，Cisco 的遣散费很仁慈，够马克衣食无忧好几个月。

刚开始，马克确实是在硅谷打了几个月持久战的，希望能再找一份跟以前类似的工作。可不久马克就绝望了，这次高科技“寒冬”不是一年半年就能过去的。他这样的人，在硅谷一点儿指望都没有。更让马克绝望的是，他当年 20 多万买的房子，因为不是好学区房，现在已掉到 10 多万，比他的贷款还要低得多。看着剩下的遣散费也不多了，又没多少存款，马克只好把房子还给银行，扛着两个箱子跑回老家得克萨斯去了。

像马克这样因绝望而离开硅谷的人，从 2000 年年底到 2002 年，有千千万万。这几年是硅谷近几十年来第一次迁出人口大于迁入人口。而在这次寒冬里，老中显示出巨大的“耐寒”性。2003 年慢慢走出寒冬之后，老中在湾区的地位又上一台阶。后来 2008 年和 2009 年的金融危机里，老中的“韧”性再次展示威力。今天，你要是走在硅谷各顶级高中所在学区，你都要怀疑你是不是在美国。

马克回到老家，情形一样不好，都说“硅谷打一个喷嚏，世界高科技行业都得感冒”。在得克萨斯，当年借着网络通信欣欣向荣的两个高科技重镇达拉斯和奥斯汀，现在也在严冬里。马克很快就把遣散费花光了。据说，他后来不得不搬进老爹老妈的房子里，过着“非独立”的生活。

像马克这样被迫离开高科技行业的人，很多后来都永远地跟这个行业绝缘了。等市场回暖后，从学校里新鲜出炉的“小马克”们，纷纷坐上了当年“老马克”们的销售或市场推广的位子。而“老马克”们因为数年脱离这个行业，当年的经验已经变得没什么用处了，再要回来就很不容易。

马克后来在一个二手车行卖旧车，硅谷这几年的疯狂经历，大概成了他一辈子的回忆。

18
“鸠山”

白萱把丽丽先安置在自己家里。白萱和思远的家是一个两卧室的公寓。两人还没小孩，所以一间卧室就做了办公室。因为白萱是房地产经纪人，所以，这间屋里堆得高高的都是文件盒子。丽丽来了，白萱和思远把办公桌靠墙，把文件盒搬到自己的卧室，给丽丽打了个地铺，让她暂时住下。

在自己卧室里，白萱和思远就开始商量怎么帮丽丽安排今后的生活。白萱和思远其实很替丽丽搬出来高兴。一看马克，是个人都知道他是个靠不住的主儿。当然了，除非你有本事跟他玩。而且白萱和思远都认为丽丽要学会自己独立在美国生活，总是靠着人真不是回事儿。好在丽丽有一点点存款可以救急，再加上健每月的赡养费，丽丽的处境比很多人都要好得多。

白萱和思远的工作都挺忙，但仍然尽力帮丽丽找公寓，还帮她买了辆旧的本田小市民（Civic）。好在健以前教过丽丽开车，还帮她拿了驾照。只是后来他们因为买了房，就没钱给丽丽再买辆车，所以她很少有机会开车，但练练还是没问题的。在帮丽丽练习开车这件事上，思远的兴致很高，不厌其烦地陪着丽丽练车技。可丽丽是个聪明人，她看出白萱脸上泛出隐隐的绿光，知道以后都得靠自己了。

因为有车，丽丽可以去餐馆找工作。丽丽是个没干过粗活的人，那些阅人无数的餐馆老板一眼就看出丽丽是个端不动盘子的主儿。可是丽丽长得好，所以还能得到份前台领位的工作。这领位的活，虽然轻松，但挣得也少。不过，这让丽丽开始了真正意义上的独立生活。

日子一天天平静地过着，但丽丽心里一直有两件事放不下。

一件就是心里还想着健，她有个愿望，希望健能原谅自己，还能跟自己再在一起。当丽丽开始独立生活后，才意识到健以前在自己的生活中是多么重要。现在，仅仅用有限的英语来处理日常琐事，就已经让丽丽觉得辛苦异常，而且每天心理压力特别大。丽丽现在真的很希望健在自己身边，为自己挡风遮雨。由于这个缘故，丽丽一直没有找新男朋友。

丽丽总是有意无意地在白萱那儿问健的情况。她想，只要健不结婚，自己总有希望。每次丽丽一提到健，白萱心里就难受。白萱曾经和健谈过不止一次，看他有没有可能再接受丽丽，但最后意识到健是不会再回头了。健在很长一段时间里是恨丽丽的。但慢慢地，这份气愤引起的恨随着气愤的消失而消失了。健静下心来想一想自己的那段婚姻，也意识到这本来就是个错误。

其实，健当时回国“搬运”就是一时冲动。为什么冲动？还不是都怪老吴和白萱嘛。自己一个人在中部大农村里读博，又辛苦又寂寞。你老吴倒好，搬了这么个如花似玉的媳妇来，你这不是往和尚庙里送尼姑吗？人家和尚又没净身当太监，何况带进来的还是漂亮尼姑，你不是故意害和尚犯错误吗？

自己要不是急着找老婆，怎么会娶丽丽呢？丽丽是有几分姿色，但日子久了，居家过日子，姿色不能当饭吃啊。人家不是还说什么“审美疲劳”吗？这“疲劳”后，就得靠共同语言维持了。可是，健跟丽丽压根就没什么共同语言。其实，这婚本来是不该结的。现在既然离了，健就不再想回去了。

健对丽丽的恨是真的没有了，但健知道，丽丽在自己的心里，只是一个“特殊的朋友”。她要自己帮忙，自己一定会出手。但再在一起生活，健是不会同意了。

白萱跟健提到几次这话题，健躲了几次，最后躲不过，就干脆把自己的想法跟白萱说了，让白萱不要再提这件事。健心里还有点儿生白萱的气：不就是因为你跟老吴吗？害得我现在成“离婚男”“二手男”了，你劝我，那你怎么不回去找老吴呢？当然，这话是说不出口的。不过，白萱是聪明人，理解健说的理由，知道健不可能再和丽丽在一起了。

但白萱有点儿为难怎么跟丽丽说这事，只好谎称健又恋爱了，劝丽丽为自己打算，不要再傻等了。丽丽意识到健再也不会回到自己身边，一下子有了绝望的感觉，哭得昏天黑地的。白萱知道怎么劝都没用，只好让丽丽哭个够，然后希望她尽快放弃幻想，好好安排自己的生活。

丽丽心里的另一件事，就是和爹妈的关系。丽丽每次给家里打电话都特别难受。爹妈大概是由于邻居的压力，总是抱怨丽丽做得不对，让父母太丢脸了，还建议丽丽主动找健认错，求健原谅，说得丽丽想砸电话。丽丽赌气，有段时间不打了。再一打，爹妈就急得不得了地问丽丽出了什么事，为什么不打电话，不知道丽丽过得好不好，千叮咛万嘱咐地要丽丽经常打电话回家。害得丽丽又不得不硬着头皮经常给家里打电话，听爹妈数落。

丽丽是回不了国了。她的身份黑了很久，如果回国就再也别想回美国了。况且她让父母在家里丢了那么大脸，不挣足了面子，怎么有脸回去？最重要的是，自己现在一点儿余钱也没有，回去靠什么吃饭？再去站化妆品柜台？比自己小得多的年轻姑娘早把位子占了。自己又没学位，这年月连大学生都没工作，何况自己呢？

丽丽给自己想了一条路，一定要再嫁个好男人，让自己既有身份又有钱，这样才能衣锦还乡，让爹妈重新挣足面子。对丽丽和丽丽家来说，“面子”是天大的事。当然啦，“面子”对全中国人民来说，不都是天大的事吗？这跟有没有学位没关系。只要你是中国人，哪怕拿了博士学位，再读几年博士后，你还得要面子，是不是？

白萱认识的人多，给丽丽介绍了不少有绿卡、有点经济基础的中国人，可对方都是只因为丽丽的外貌愿意和丽丽约会，却因为丽丽的“历史”而不愿跟她结婚。丽丽现在很现实，一旦看出对方不愿意娶自己，立马“踹”之。丽丽在情场上太有经验了，知道中国人都怎么想的，也不抱什么希望了。白萱也能理解这现实，只能一声叹息。

白萱主要是做中国人生意的，所以，认识的老中那是成把地抓，可是老外她认识得不多，能介绍给丽丽的更少。碰巧有个老中客人，提起来有个跟自己一起工作的日本人是单身，曾经表示对中国姑娘有好感。白萱赶紧拜托这个老中，把这日本人介绍给丽丽。

这日本人找不到老婆也是有原因的。这位长得实在是有点儿问题，跟《红灯记》里的鸠山一个档次，又矮又胖，只是没那一小撮胡子，也更年轻一点儿。本来湾区适合他的姑娘就少，再加上这形象，所以一直没女朋友。但对于丽丽来说，最重要的身份及经济基础等硬件配置，他都有，这正是丽丽想要的。丽丽现在已到了对人的长相淡而化之的境界，所以，对跟“鸠山”谈恋爱一点儿意见都没有。

“鸠山”见到丽丽，就像久旱逢甘雨，竟然对丽丽一见钟情，真的有娶丽丽的心。这不，两人一拍即合，迅速好上了。白萱松了口气，觉得如果将来开婚姻介绍所什么的，自己可有经验了。

丽丽坦白地对这个日本人说了自己的过去，难得的是他一点儿也不在乎。丽丽好感动，觉得自己终于找对人了。丽丽想，大概自己的命就是嫁老外了。

但是，两人好归好，交流起来却不方便得很。丽丽的英语本来就不好，这个日本人说起英语来更可怕，是“日式英语”，搞得丽丽常常听得云里雾里。丽丽不明白，跟这个日本人交流怎么比跟美国人马克还难啊？其实她不知道，英语是马克的母语，丽丽的英语虽然真的很烂，但马克能从她一句话里面的几个关键词，立即猜出一二。而日本人这英语水平，听丽丽讲的英语，是猜都猜不出来的。同样，凭丽丽这英语水平，听那“日式英语”也是异常费劲。最后，两人急了，丽丽在纸上写中文，让那日本人猜。

所以，两个人除了在床上的无声交流没问题外，一下床就开始费劲。这日本人当初跟丽丽交往，是因为对中国人有新鲜感。情到浓处时，丽丽一问“marry me？”这小日本就 Yes Yes，Ok Ok 个不停。刚开始，这小日本的 Yes 和 OK 都是真心的，他是准备要娶丽丽的。可日子一久，他也慢慢意识到，娶老婆最好还是娶个日本姑娘，至少每天让老婆做什么饭做什么菜，不用费了好大的劲说十分钟对方都不明白。所以，后来再被问到“marry me？”的时候，这小日本回答 Yes 的语气就弱很多了，但不敢说 No，怕被一脚踹下床。

但很快，事情就拖不下去了。

丽丽还是定期给家里打电话。她爸爸有高血压和心脏病，近来越来越严重，最近犯了一次心脏病，虽然抢救过来了，但不能再下床行走了。而且，医生说要做心脏搭桥手术，不然病情发展下去很危险。在国内，做这种手术很费钱。不仅手术费本身贵，医生的红包更是吓人。人又瘫痪在床，护理费也是一大笔开销。

丽丽父母的单位是老旧的制造业，效益很差，不断有人下岗，这医疗费根本报销不了多少。丽丽的父母都是普通职工，前两年被要求提前退休，手里也没什么钱。好在丽丽有个姐姐，可以照顾他们，但姐姐、姐夫都是厂里的职工，姐姐已经下岗，姐夫的工作也岌岌可危。所以，家里把钱的希望全寄托在丽丽身上，谁让她在美国呢？

丽丽简直要崩溃了，她的第一反应是要急着回国看父母，可再一想，自己带不了多少钱回去，除了让全家人失望，还能有什么用？唯一的办法是跟“鸠山”结婚，不仅自己的身份解决了，“鸠山”的钱也可以拿来救急。

丽丽只好跟“鸠山”摊牌。费了好大的劲儿，“鸠山”终于明白为什么丽丽要急着结婚。“鸠山”当然推托，说得想想。丽丽更急了，对“鸠山”说：“你不是一直说要娶我吗？你能不能先借我五万美元，让我去救我爸？然后，我们就结婚。”

“鸠山”吓得直摇头，连连说No。“鸠山”最终搞明白了，发现自己不但要被逼进婚姻的圈套，还要破财而且破得还不止这眼前的五万美元，今后还会源源不断。丽丽再逼，“鸠山”急了，立即说，第一，不会和丽丽结婚；第二，不能借钱，丽丽可以到银行或信用卡上借钱；第三，要和丽丽分手。

等丽丽把“鸠山”的意思搞明白了，气得差点儿背过气去。好你个日本鬼子，你这么长时间说要跟我结婚，原来全是骗人的啊，原来全是想骗我上床！你浪费我那么多时间，现在我家里出这么大的事，你不仅不管，还让我到银行借钱！你这个浑蛋，你这个骗子，你这个良心让狗吃了的王八蛋！丽丽气不过了，举起手就给了“鸠山”狠狠一耳光。

“鸠山”想不到丽丽出这招，一时愣住了。丽丽不解气，又要一巴掌打过去，这“鸠山”一下子回过神来，赶紧抓住丽丽的手。“鸠山”的力气也不比丽丽大多少，两人厮打在一起。丽丽此时气极了，力气又大了一分，而“鸠山”怕吃官司，不大敢还手，所以竟然处于下风，只有招架之力。

两人这一打，打得是杯子也砸了，家具也倒了，动静特大，搞得邻居来敲门，说再闹下去，他们要叫警察了。其实，邻居认识他们，也知道他俩是男女朋友，所以只是这么说说让他们住手，是绝对不会叫警察的。但这警告还真有效果，两人总算停了手，丽丽哭着就冲了出去。

丽丽把自己存下来的所有钱都寄给了爸妈，让他们放心，自己想办法再挣。丽丽知道靠自己打工存钱很有限，找朋友借也只能解一时之急，而非长久之计。

爹妈将来的养老需要钱，自己下半辈子的生活也需要钱。所以，最能解决问题的办法还是嫁个有钱人。现在家里需要钱的压力越来越大，自己要快点嫁出去才行。

丽丽这辈子从来没有过这种一个人承担所有压力的经历。丽丽小时候书读得不好，就上了个中专，中专那两年什么书都没读，纯粹玩过来了。毕业了，爹妈托人，加上自己年轻漂亮，就有了那份很适合自己的站化妆品柜台的工作。后来命运把她和健连在一起，健遇到自己之前是个百分之百如假包换的“大处男”，自己略施小计，就嫁给了健，跟着健来了美国。后来不知怎么地惹上了马克，但整个离婚过程也都是马克帮着搞定的。现在是人生中第一次，要自己面对生活上的以及国内家里面的所有压力，丽丽有点儿吃不消了，真的急着要嫁人了。

19
老乔治

丽丽在亚洲人这边受到挫折，就决定把希望放在洋人身上。所以，丽丽决定到洋人堆里面去打工，给自己增加机会。可是，丽丽英语不好，再加上是“黑身份”，也只能选择在洋人聚居的地方的中餐馆找活，这就不太容易了。丽丽还想嫁一个有点经济实力的洋人，所以，一般的洋人区还不行，还得富裕点的。综合这些条件，工作就真的不好找了。

功夫不负有心人，有一天丽丽听说靠近 Saratoga Downtown 的一家中餐馆突然缺人，急着要找一位服务生。Saratoga 是比较富裕的一个小镇，遇见有钱人的机会真不少。丽丽一听到这消息，立马上门应聘。这小店和大多数中餐馆夫妻店差不多，老公整天待在后厨，从进原料到油锅，再到出菜，样样都管，一忙起来，还要自己上阵当大厨。而前面店面，从领位到上菜再到收钱，全由老板娘一手经管。

这是个小店，急着要找的是个端盘子、点菜的服务生。老板娘看着应聘的丽丽，听她说只做过领位，没端过盘子，不由得一脸犹豫。老板娘板着脸说，这儿的前台服务生不仅负责点菜、上菜，还要收拾桌子，打扫卫生，包括洗厕所。最后，她一脸不信任地看着丽丽，问:“这些事，你做得来吗？”

丽丽有点儿急了，求老板娘给她一个机会，她愿意好好做。所幸的是，老板娘现在是火烧眉毛地急着找人，这店里前两天走掉的服务生，跟老板娘闹别扭很久了。那服务生前两天一找到下家，人都不来，打个电话就辞职了，害得老板娘把上高中的女儿喊来当服务生才应付了这两天。现在，尽管对丽丽一百个不放心，但眼下急缺人手，丽丽态度又这么好，老板娘终于答应让丽丽试试。

这家中餐馆是专做洋人生意的。中午大家很忙，招待的都是上班族。但到了晚上，生意就很清淡，只有一些 Saratoga 本地的老客人。这些住在 Saratoga 的客人中，很多是很有经济实力的。丽丽从来没有做过端盘子这么辛苦的工作，刚开始的那两天，尽管有老板娘帮着，还是累得腰酸背痛，两条胳膊软得像面条。但看在来的客人的层次上，丽丽跟自己说，一定要咬咬牙撑下去，这里的机会比别处都多得多。

丽丽想得没错，这儿确实机会很多。很多老客人晚上来吃饭，常常边吃边和老板娘、丽丽她们聊天。其中有个老头儿，很明显地特别喜欢丽丽，一有机会就找丽丽说话。但丽丽对他没什么感觉，因为这位年纪也太大了点，看起来有 60 多岁了。

老板娘曾背后八卦过这老头儿。这老头儿叫乔治，犹太人，专做房地产投资。听说他名下有好几栋公寓楼和商业楼宇，净资产大概有上千万。老头儿自己住在 Saratoga Spring 山里的一个大豪宅里，几年前跟老婆离了婚，现在跟各种各样的女人约会。如果是以前，丽丽是不想再惹这种“花花老公子”的。但现在，丽丽实在不想再过这辛苦得要死的生活，所以慢慢地也觉得这个老乔治还是个不错的选择，而且好像是眼下唯一可能性比较大的选择。

这天晚上，老乔治来得挺晚，一个人寂寞地吃饭。丽丽主动过去跟他聊天，老头儿情绪一下子好起来。以前，丽丽只是客气地应付自己，老头儿感觉得出来。今天，丽丽的态度是 180 度大转弯，老头儿觉得有戏了。老头儿不紧不慢地吃着，等餐馆里只有他一个客人时，就请丽丽坐下来聊天。老板娘不好得罪老客人，只好背后对丽丽翻白眼，自己收拾台子，准备关门。

丽丽和老头儿聊得挺投机。两个人都刻意地讨好对方，这还能聊得不好？等丽丽发觉老板娘板着个脸，一个人在收拾台子，意识到不好，赶紧跟老乔治说得去干活了。老乔治连忙给丽丽留了张名片，还要了丽丽的电话，说找个时间要约丽丽出去继续聊。

不一会儿，老头儿吃完走人，丽丽和老板娘收拾完店面就匆匆下班。这时已近晚上十点，丽丽刚出店门，手机就响起来。接起来一听，竟是老乔治。老乔治问能不能约她出去。丽丽说，现在很晚了吧。老头儿锲而不舍，问丽丽是不是跟人有约会。丽丽笑起来了，说，跟谁约会啊，自己就一个人。那老头儿就不由分说地说："那你等着，原地不动，我来接你去个好玩的地方。"丽丽还愣着呢，一辆 Jaguar 车已徐徐地停在身边。车窗慢慢摇下来，露出老乔治的脸，对着手机说："亲爱的女士，上车吧。"

这老头儿出了餐馆门，就在自己车里等丽丽，一看丽丽走出餐馆就拨通了她的手机。这个老狐狸等猎物是很有耐心的。从这个晚上起，丽丽就成了老乔治的情人。

老乔治虽然有钱，但在丽丽身上花得并不多。虽然各式各样的小礼物不断，大的奢侈品却很少。老乔治跟马克是完全不一样的人。当时马克初出茅庐，年轻气盛，本来就是有一分钱花一分钱，没钱就四处借钱花的主儿，再加上毕业时运气好，赶上 dot-com 的大潮，找份好工作，提成拿得多多的，还有股票可以卖钱，所以，在女朋友身上花起钱来没数。

老乔治可是苦孩子出身。老乔治的父母在二战后从东欧逃到美国，一无所有。当年这些在东欧的犹太人也是倒尽了霉。纳粹来了，把他们一生的积蓄全抢了，还把人弄去集中营，能活下来就是万幸。等苏联人来了，还是一样受歧视，当二等公民。所以，像老乔治父母这样能逃到美国的，虽然口袋里一分钱都没有，但真是幸运儿了。他们在当地犹太人组织的照应下，艰苦打工度日。

尽管家里很穷，可老乔治不愧是犹太人的孩子，肯读书上进。大学毕业后，他一边工作，一边做生意，直到赚出如今的千万身家。所以，老乔治花钱是很省的。

老乔治在丽丽身上花钱少，丽丽不在乎，丽丽是要老乔治娶自己。可老乔治心里跟明镜似的，知道跟自己这么大岁数的人约会的女人，十有八九都是冲着自己的钱来的，老乔治才不会这么轻易地娶个老婆进门分自己的家产呢。况且，老乔治有好几个儿女，孙子、外孙子一大堆，财产早就妥善安排好了，轻易不能节外生枝。老乔治说到底是生意人，再怎么玩，底线是不会破的。

可丽丽却真着急了。家里要钱的压力越来越大，自己跟"鸠山"又浪费了好多时间，丽丽快失去耐性了。丽丽在中部的时候就知道，不少中国女孩，先跟当地老美怀上个孩子，老美因为信教不能堕胎，就不得不娶了那女孩。丽丽决定想办法跟老乔治生个孩子。

和老乔治在床上好的时候，丽丽说自己一直在吃避孕药，可以不用避孕套。

再聪明的男人，在一些特定场合下，大脑也是受下身支配的。不然，就不会有那么多“成功人士”不停地犯“天下男人都会犯的错”了。那一刻老乔治一听可以不用套套，真是求之不得呢，哪里还会有警惕性啊？自然欣然“入瓮”。

没两个月，丽丽感觉自己怀孕了，去医生那儿一检查，果然。丽丽拿着医生证明就去了老乔治的家。老乔治一看，急了，说：“你不是一直在吃药吗？”丽丽回答：“我也不知道怎么会这样。”老乔治惊得一身冷汗，知道自己着了丽丽的道儿了。他既不想娶这个女人，也不想再要个孩子。

老乔治要丽丽把孩子打掉。丽丽万万没想到老乔治竟然要自己把孩子打掉，千算万算，没算到加州的老美跟别处的老美是不一样的。要不然，为什么外地的老美提到加州人都说加州人“怪异”呢？别处的人谨遵教义，不代表加州的人也谨遵教义。别处不准堕胎，不代表加州不准堕胎啊。

丽丽真急了，哭着说自己要把这个孩子生下来，老乔治要对他们娘俩负责。老乔治又急又气，竟然脱口说，谁知道这孩子是不是自己的。这句话像把刀子一样刺进丽丽的心，丽丽气得直骂老乔治，还忍不住给了老乔治一个耳光。老乔治到底老奸巨猾，知道自己如果还手，上了法庭有理说不清。他只是一把把丽丽抱住，一边往外推，一边说：“你简直疯了，你回去冷静一下！”

丽丽拼命挣扎，叫着“放开我”。老乔治有点儿招架不住了，大喊：“基娜，快来帮忙。”话音刚落，一个五大三粗的墨西哥女人就冲了过来。这个基娜是老乔治请来的保姆，帮老头儿做饭收拾屋子什么的。她早就听到丽丽和老乔治的争执，一直竖着耳朵偷听，但不敢过来。一听老乔治向自己求救，得了令的她三步并作两步冲了过来。老乔治把丽丽向她那里一推，这粗壮的女人一下子挽住丽丽。看着是基娜挽住丽丽，其实基娜暗地使劲，制得丽丽动弹不得。

老乔治对基娜命令道：“把这个女士送出门。”

基娜裹着丽丽出了门，带她到车前，然后像塞包裹一样把丽丽塞进去，然后低声警告说：“不要再来惹麻烦，不然你不会有好结果的。”丽丽气得没办法，只好哭着回去。

回到家里，丽丽越想越咽不下这口气。可是，丽丽一点儿办法也没有。自己的英语真的很糟糕，对法律一窍不通，这么大的事不知道怎么跟老乔治这种地头蛇斗。唯一可以商量的朋友只有白萱一个人，别的朋友都是泛泛之交，这种太私密的事是不好说的。可自己这自以为聪明做的傻事，实在跟白萱说不出口。事到如今只有逼老乔治认账，哪怕他不娶自己，但他只要肯对自己跟孩子负责，以他的经济实力，自己、孩子和国内的父母遇到的麻烦就都解决了。

对，这事外人真帮不了，只有自己逼老乔治认账。丽丽下了决心，就要去找老乔治。丽丽先拿起电话给老乔治打过去，可对方死活不接。丽丽猜到会这样，心想，逃得了和尚逃不了庙，我去你家，看你怎么躲！出门就往老乔治那儿冲去。

到了那儿，才是下午，明显没人在家。丽丽只好决定晚上再来找他。熬到快晚上10点，丽丽又去了。丽丽知道，老乔治可能是上了年纪的关系，晚上不太在外面有夜生活，大多数时间都在自己的家里。果然，到了一看，屋里亮着灯。丽丽冲上去按门铃。

想不到里面传出基娜的声音，问是谁。丽丽一愣，这个保姆怎么这么晚了还在这儿？她不就是个钟点工，一天来几个小时做事吗？又不是住家保姆。

丽丽不知道，老乔治自从先前发生了那件事，知道丽丽还会回来闹，他怕自己一人在家，有什么事身边没证人，或丽丽动起手，自己不好处理，便央求基娜在自己屋子里住几天，报酬优厚。基娜当然乐意了，只要在这豪宅里睡几个晚上觉，就挣一笔外快，何乐而不为啊？反正老乔治一个人住这么大的房子，空的客房有好几间呢。

老乔治知道，丽丽即使把孩子生下来，而且能证明是自己的，跟自己打官司，也不怕，自己有的是钱和人脉。他决定先抢监护权，不行的话，宁肯给小孩赡养费，也不能就这样莫名其妙地娶丽丽。老乔治现在的策略，首先是想把丽丽彻彻底底地赶出自己的生活。

丽丽一听是基娜的声音，只好硬着头皮回答："我是丽丽，我要跟乔治商量点事。"基娜一听是丽丽，一下子没了动静。丽丽就看见楼上老乔治的卧房灯灭了，心里骂了一句，这老浑蛋还想躲我。过一会儿，基娜一下子打开门，像个黑塔似的站在丽丽面前，说："乔治还没回来。"

丽丽这个气啊，指着楼上就质问："他分明在楼上！"

基娜看瞒不过，只好说："他现在不想见你，请你明天再给他打电话。"

丽丽气得把基娜往旁边一推，就一边往里闯，一边喊着："乔治，你出来！"

那粗壮的基娜一看丽丽要往屋里闯，赶紧从后面一把抱住丽丽，把丽丽往外拉。等到了台阶下，再把丽丽用力往后一搡，威胁道：“你要是再想惹麻烦，我就报警。你强闯私宅，我保证你今天晚上在警察局里过夜。”

丽丽一下子愣住了，不知道此刻是该进还是该退。基娜看丽丽愣在那儿，赶紧一回身进了屋，锁上门。丽丽这才回过神来，看自己孤零零地站在黑暗里，心想这算什么啊？自己就这样被那浑蛋给撵出来了？一股气冲上脑子，丽丽心想，你这个浑蛋不给我个说法，我就跟你拼了。她不顾一切地冲上去砸门，大声哭喊着：“乔治，你给我出来。你不出来，我就死在这儿。”

无论丽丽怎么砸门怎么喊怎么骂，里面一丝动静都没有。突然，一道光柱照向丽丽的后背，紧接着响起一声刺耳的警笛。丽丽吓得一下子呆住了，慢慢转过身。那强烈的灯柱直射向自己，自己连眼睛都很难睁开。灯影中，两个身影向自己走过来。丽丽看不清是谁，吓得心都提上了嗓子眼。

只听一声命令：“我们是警察。不准动。脸冲墙，两手放墙上。”

等两人慢慢走近，丽丽模模糊糊地辨清那是一男一女两个警察，虽然他们没用枪对着自己，但手都按在枪套上，摆出一副随时拔枪的姿态。丽丽吓得赶紧照办，转身两手抵墙。

男警察迅速一只手按住丽丽的肩，让她动弹不得，另一只手始终按住枪。女警察则开始从上到下地给丽丽搜身。丽丽只有在电影电视剧里，看到警察对毒贩黑帮才这样，顿时一股屈辱涌上心头，泪水像泉涌似的往外流，止都止不住。

确认丽丽身上没有武器后，女警察便抓住丽丽的胳膊，把她带到警车边，叫她两手放在车顶上，不许动。男警察去按门铃。门一下子打开，露出老乔治的身影。男警察说了两句就进了门。过了好一会儿，男警察出来，跟女警察又小声地嘀咕了好一会儿。丽丽这时又委屈又屈辱，脑子里已经一片空白。

女警察对丽丽说：“你可以放松了。本来我们是可以因你的行为拘捕你的，但这家主人说你只是一时情绪激动，求我们让你走。他相信你不会再来骚扰，是不是？”

丽丽只是面无表情地点点头。男警察补充说：“我希望你48小时内不要回来。你能不能做到？你如能遵守，我们的日子都会好过一点。女士，我真的不想给你戴上手铐。你如果以后能冷静点，我们都会省很多麻烦。”

丽丽还是面无表情地点点头。两个警察跟着丽丽回到她车旁，要去她的证件，查了她的车牌和车辆保险，不知道做了什么记录，好半天才把证件还给丽丽，让她离开。丽丽脑子里仍然一片空白，只是机械地依照他们的命令，开车走人。

20
刀

回到家，丽丽筋疲力尽，什么都不想，一头倒在床上，昏昏沉沉地睡了过去。她做了无数噩梦，这一觉一直睡到第二天下午，直到一阵很重的敲门声把她惊醒。丽丽勉强从床上起来，把门一开，竟然又是一个警察，丽丽一下子就吓醒了。

那警察很客气，自我介绍说是当地治安办公室的警员，丽丽茫然地点点头。警察要了她的驾照，确定了她的身份，就把一个信封交给她，请她签字收下，并解释说这是给她的法庭命令。

警察一走，丽丽便瘫坐在床上，一个字一个字地看这封信，最后终于明白了，老乔治拿着昨晚的警察记录去法庭，申请了法庭令，要丽丽今后不得靠近乔治本人、他的住宅和他的办公室。

丽丽气得发抖，觉得自己已经被逼到了末路。她眼睛里晃动着的全是乔治得意的笑，好像听到乔治在耳边得意地说："我看你现在怎么办！"

没有亲戚没有朋友在身边的丽丽，再也无法接受这一切了。她就认一个理儿，不管在中国还是在美国，这个浑蛋老乔治都不能不管自己跟肚子里的孩子，哪怕坐牢也要当面跟老乔治讨个说法。丽丽突然有了豁出去要跟老乔治拼命的念头。

丽丽不顾一切地跑出去，开了车就往老乔治家冲。这时丽丽的脑海里只有一个念头："我一定要当面跟老乔治要个说法。"快到老乔治家时，丽丽不想让老乔治再次有准备地躲过自己，于是她把车停在离老乔治的房子还有点儿距离的地方，然后慢慢走过去。

远远地，从厨房的大窗户里，丽丽竟然看到了老乔治。走近一些，看得就更清楚了，老乔治轻松地待在厨房里，好像在弄什么好吃的。看到他这轻松得意样，丽丽心中的怒火烧得更旺了。但丽丽知道，如果直接去敲门，昨晚的情形会重演一次，不仅见不到他本人，而且自己肯定要去坐牢。

于是她悄悄地绕到房子的一边，轻轻拉开后花园的侧门溜了进去。她路过窗户时偷偷往里看了一眼，没看到基娜，心里便松了口气，但愿这女人现在不在屋里。走进房子，丽丽轻轻试了一下那扇面向花园的玻璃拉门，竟然没锁。乔治听到拉门声，以为是基娜，头也不回地说："基娜，能不能再帮我拿点蒜瓣来？"

丽丽站在他背后，冷冷地说："乔治，是我。"

乔治一回头，见是丽丽，吓得大叫一声，手中的锅"咣当"一声掉在地上。没等丽丽再开口，老乔治一下子躲到丽丽对面的桌子后面，大声叫："基娜，快打 911！"

丽丽急了，没想到老乔治是这种反应。她什么都不管了，这次不能让他再跑了。她冲上去一把抓住老乔治，大喊："孩子是你的，你不能不管！"

老乔治像见了鬼似的，拼了命地要挣脱丽丽。他越挣，丽丽就抓得越紧。这时候，基娜从楼上冲了下来，大吼一声："你住手！"

每次都是这个女人坏了自己的计划。急昏了头的丽丽，见手边放着一排整齐的厨房刀具，就不顾一切地抽出一把。美国的高级厨房刀具很厉害，又长又尖，锋利无比，有的连猪骨头都能轻松切断，丽丽无意中抽到的正是这种锋利大刀。

丽丽用刀对乔治比画着，对基娜大喊："你走开，我要跟乔治说话！"

丽丽只想吓唬一下老乔治和基娜，好让自己说想说的话。可她一动刀，基娜吓得一声尖叫，竟然不顾一切地冲去打电话。丽丽急得用刀指着基娜喊："你不准打电话。你如果打了，我就杀了乔治。"

老乔治一看丽丽手中的刀远离了自己，还听她喊着要杀了自己，保命的本能让他一把抓住丽丽拿刀的手，想把刀夺走。丽丽死命地往后抽手，一看抽不动，就本能地反过来推老乔治，想把他推开。可那一刹那她没意识到，自己手里攥着的是一把能切猪骨头的大刀。

她往前一推，那刀就"噗"的一下深深扎进了老乔治的胸膛。

老乔治整个人一下子凝固住，拼命抓着丽丽的手也一下子松开了。丽丽定睛一看，吓得一松手，发出一声歇斯底里的尖叫。

基娜已经拨通了911，回头一看，老乔治胸前插着刀，正慢慢地往地上倒，基娜对着电话嘶吼："她杀了乔治！"

丽丽全身的血一下子凝固了，禁不住颤抖起来。突然，丽丽感到被压倒一切的巨大恐惧狠狠地击中，再也无法面对眼前的惨状，疯了一般地向外跑去。

几分钟后，警察和急救人员赶到，老乔治已无力回天。

丽丽面临的是包括谋杀在内的多项指控，准备接受审判。法庭为她指定的公共辩护律师，把辩护重点放在过失性杀人，而非谋杀。律师努力想办法为丽丽证明，当时她是在巨大的心理压力下导致了精神失常。

21
初遇

健自从离婚后，人就消沉起来。

但老天对健还是比较公平的，丢了老婆以后，他很快就拿到了绿卡。距他申请绿卡不到一年半，这可是前无古人后无来者的速度啊！以前在加州，耗个四五年时间办绿卡都不稀奇。健幸亏听了锋和前任老婆的劝告，在 1999 年来到硅谷工作。刚开始办身份时，正赶上了当年克林顿政府因为 dot-com 狂潮，对技术移民大开绿灯，健等人才以乘火箭的速度拿到了绿卡。害得哥们锋听到了，羡慕不已。锋办绿卡的时候，可费了好多年啊。可是没办法，各有各的运道。锋的绿卡虽然拿得慢，可也赶上所在的小公司上市，一夜之间成了百万富翁。

当然，后来因为 dot-com 泡沫破灭，硅谷进入衰退，技术移民需要少了，绿卡办起来又像蜗牛爬。

健虽然没在股票上发到财，但绿卡上算撞大运了。所以说嘛，情场失意，那什么场得意来着？有时头上闪点“绿光”，也未必是坏事。

当然，健再也不会回国“搬运”了。从一开始在学妹那儿的碰壁，到后来丽丽这儿的悲剧，自己全是个 loser。

而在硅谷湾区这儿，在健这个年龄段上，男女比例严重失调。看到身边同事朋友在当地追女孩求而不得的惨况，健是怕了。再加上过去的失败婚史，自己已成了“离婚男”“二手男”，所以对种种相亲活动很排斥。

白萱和思远两口子挺同情健，见他不肯相亲，就拉着他参加一些集体活动，希望健跟哪个女孩能看对眼。白萱是个房地产经纪人，交友广泛，经常这儿那儿有个什么聚会，都让健去。健去了两次，一看，仅有的几个女孩，简直被一群人当国宝大熊猫般地保护着，而那些女孩也自认为是大熊猫。健连搭上话的机会都没有，况且自己也对大熊猫没兴趣，以后的活动就懒得再去了。

这一年快到十月，斯坦福大学中国留学生会要在周六搞个国庆聚会，白萱就又想着让健去。健刚要回绝，白萱就说："斯坦福的校园很美，参观一下人家的校园总行吧？"

健想，也是啊，来湾区这么久，从来没参观过赫赫有名的斯坦福大学，那就当去看看风景吧。

到了周六傍晚，健到了斯坦福大学开 party 的地点，那是校园里的一个大会议室。房间中间一排桌上放了好多菜，边上挂了个大银幕，好像还要放国内的电影。一个高个眼镜男，像是组织者，笑着跟健打招呼，让健签到，再写个名牌贴在胸前。

健茫然了，不知道怎么入这个伙。扫视这一大屋子的人，都已搞成小圈子在聊天，自己倒像个"外星人"。几个年轻的女孩子大声地说笑着，身边围着一群附和的男生，围得就像一道城墙。健想，要是自己不知趣，硬往里钻，保证飞箭长矛地把自己扎成刺猬。

边上还有一群大妈，狠着劲地说那些永远说不腻的孩子的事。上什么好学校啦，学琴怎么样啦，又得什么奖啦，借助孩子自吹自擂。

只有稍远处的一圈人看起来可以加入。健走过去，静静地站在外围。等到他们说起一部正在上映的热门电影时，健才加入了讨论。一时间，他们对健这张新面孔产生了兴趣。先问健是工作人士还是学生，有没有绿卡，股票上发没发赔没赔，等等。健只能勉强应付，含糊回答。等"审问"完，新鲜劲儿一过，大家又不约而同地把健晾在一边，继续谈他们的话题。健只好瘪瘪地站在一边无聊地听他们扯。

这时，一个女孩一下子进入健的视线中。她其实一直站在圈里，只是默默地不说话，高谈阔论的人怕是都没意识到她的存在。她二十七八的模样，一头黑发刚好齐肩。眉毛修过，细细的。眼睛不能算很大，但配上小巧的鼻子和嘴，整体上非常可人。穿一套浅蓝色的连衣裙，浅蓝色的皮凉鞋，给人很知性的感觉。脚上没有涂指甲油，但像是修过。看她的气质和身材像是南方人，特别是长江流域的女孩子。大概因为她特别安静，没引起别人太多注意。

健不敢太色狼一样地盯住人家看，只好注视着一张张侃得来劲儿的大嘴，然后用余光偷偷地看着她。健暗暗地想找个机会和这个女孩搭上话，可不一会儿，组织者就喊开饭了。那女孩身边突然出现几个殷勤的男士，端着饭碟跟她套近乎。健也不知道怎么凑上去跟她打招呼，就只是默默地跟大家一起吃饭。吃完了，开始放电影，健看了一半就睡着了。

等电影一完，大家呼啦啦地就撤。整个屋子一片狼藉。健和那几个组织者一起收拾椅子，清理残羹剩饭。旁边一个组织者一边收拾，嘴里一边嘟囔："唉，有乐子都来。乐完了，都屁股一拍走人。这屋子要是收拾不干净，下次再办活动，跟学校借地方就难了。"

健听了，苦笑着摇摇头。其实，在哪儿都是这么回事。当年自己在中部大学读书那会儿，每次留学生会搞活动，也都这样。

这时，健突然注意到刚才那女孩还没走，还挺急的样子，正央求人让她搭个车。她住的那地方在 East Palo Alto。带她来的人，没看电影就有事走了。现在剩下的几个人，都觉得 East Palo Alto 黑灯瞎火，很怕送她回去。健心想，刚才那几个殷勤男士，现在怎么不挺身而出啊？

East Palo Alto 在硅谷是个很奇特的地方。它位于硅谷心脏，仅和 Palo Alto 隔一条号称"硅谷走廊"的 101 高速公路。Palo Alto 是斯坦福大学的大学城，富人居住地，很多硅谷传奇人物，比如苹果的乔布斯和谷歌的两位创办人，都住在那儿。可那毗邻的 East Palo Alto 却是湾区治安最坏的地方。它的治安快赶上北湾的奥克兰（Oakland）了。奥克兰是什么地方？全美"谋杀之都"啊！

可惜斯坦福和 Palo Alto 的房租都太贵，很多中国留学生及访问学者不得不住在 East Palo Alto。从斯坦福骑车到 East Palo Alto，也就是穿过 Palo Alto 小城，一过 101 高速公路就到。一路顺利的话，也就二十几分钟的路程。可怕的是，几年前，一个老中访问学者在学校做研究到深夜，骑车回 East Palo Alto 时，竟在离家不远的地方被人打劫杀害了，凶手至今下落不明。所以，一般老中要是不熟悉那地方的，深更半夜都不敢往那地方去。

健第一眼就有点儿喜欢这女孩，他一想，这不是天赐的英雄救美的机会吗？从前在学校里那会儿，健想主动送女孩，都是有贼心没贼胆。可现在经过婚姻这一培训，对女孩子因为陌生而引起的紧张感没有了。现在的健在女孩子面前，胆子大了许多，也就自然显得大方了许多。

既然机会送到眼前，健也不管 East Palo Alto 可怕不可怕了，直接走过去对那女孩说：“我送你吧。我反正回家的路远，不在乎绕个几分钟。另外，我车上有 GPS，不会迷路的。”

那女孩脸上滑过一丝犹豫。

健想，也难怪，跟不认识的人搭夜车，是不让人放心。健就把驾照掏出来，往她手里一递，笑着说：“不用担心，我要是坏人，你打 911，我今晚就在局子里过了。”

这女孩子更加不知所措了。边上那个高个眼镜男组织者，正在为找人送这位女孩回家犯愁呢，一听健提出要送人，大大地松了口气。他一把接过健的驾照，仔细看了一阵，估计把健的名字和号码都印在他脑子里了，才把驾照还给健，转头对那女孩说：“安妍，健是好人。他正好有 GPS，送你正合适。到家给我打个电话吧，让我们知道你平安到家。”

健笑着把驾照往女孩手里一塞说：“放心好了，我们走吧。”

女孩脸一下子红了，她把驾照很快扫了一眼，估计是记了一下健的号码，然后还给健说：“真的太麻烦你了。”

健和组织者道过别，就跟女孩离开了会议室。

上车后，健打开 GPS，问女孩详细地址。女孩说，她可以指路。健想，只要她认识路就行了，伸出手说：“正式认识一下吧，我叫健。”

女孩一笑，说：“我叫安妍。我知道你了。他们对你像审犯人似的，我都旁听到了。”

健跟着笑起来：“是啊，白白被审问了一把，结果，没有一个肯跟我交朋友。”

这一笑，两人间的隔阂一下子就消失了。

女孩一边指路，一边跟健闲聊。不知道她本来就是很健谈的人呢，还是来美国这两个月太寂寞了，现在总算找到人说说话，或者是她觉得跟健聊天舒服，反正，她说了好多。慢慢地，健了解了她的基本情况。

安妍原本在武汉的一所大学里教书，好不容易争取到这个访问学者的机会来斯坦福，结果到校晚了，学校宿舍及附近的出租屋都没了。她在硅谷没熟人，只找到个拐了三四个弯的朋友，那朋友就给她找了现在这地方。原本说暂时住两个月，等学校附近有房子了就搬。结果，签租赁合同时，对方要求至少签满六个月，提前退租得罚一个月的租金。一个月的租金对安妍来说是笔不小的金额，所以她只好待在这儿等六个月后“刑满释放”。

安妍租的是两卧室的房子，住另一间的房客是个黑人女人，人很好，很照应她。刚开始的几天，每天早上上课，黑人女人总是顺道把安妍送到学校附近。但晚上，安妍只能求人送她回家。过了几天，她买了辆旧自行车，上下学问题就自己解决了。用她的话说：“骑这点路，跟在国内比，真的不算什么。”

健问她：“你的三餐怎么解决？”

她叹了口气。因为没车，买菜不方便，再加上和黑人女人共用厨房，人家比较怕油烟，她也懒得自己烧。一般三顿变两顿，忙起来就变一顿半。

健突然有点儿怜惜这个女孩子。一个人到这没亲没故的地方，真的不容易。健提了个建议，问她想不想明天去中餐馆一起打个牙祭，顺便买点菜。

安妍眼睛一亮，连说：“好啊好啊，只是怕耽误你的时间。”

健一看，女孩子不仅答应了，而且还挺高兴的，心里狠狠地“Yes”了一下，赶忙笑着说：“我反正一个人没事，有个新朋友，求之不得。”

他趁热打铁地问：“那我明天11点来接你，行吗？”

安妍说没问题，反正周日整天无事。

再转了个弯，就到了安妍的屋子前。下车前，她很诚恳地说，真高兴能认识个这么好的“哥们”。

一声“哥们”，一下子让健觉得，他们好像是认识多年的老朋友了。健厚脸皮地说：“送人送到底，送你到屋门口吧。”然后，没等她客气，健就下了车陪她走到房门口。

“能不能告诉我手机号？明天我可以给你打电话。”健趁机问。

不一会儿，安妍的包里就有手机铃声响起。

健和安妍相视一笑，道了晚安。健回到车里，赶紧在GPS里把地址存了下来。再抬头看安妍，她已打开门灯，也站在门口看着健。

健向她挥挥手，一踩油门，驰进夜色里，心里暖暖的。

夜里在床上，健的脑子里都是安妍的影子，翻来覆去很久才沉沉睡去。这么久以来，安妍是第一个很认真很诚恳地跟健说话的女孩子。这也是自离婚以来，健第一次有机会和一个女孩约会，更是离婚以后第一次对一个女孩动心。

早上一睁眼，都快10点了。健跳起来，冲了个澡，总算精神起来。刷完牙，竟然还下意识地用漱口液漱漱口。健自己乐了:“我这是想干吗呢？”转念一想，一口清香，总比一口口臭强吧。等弄完，都快10点半了，他喝了一杯橙汁，冲出门去。第一天约人家，可不能迟到了。

上路后，健给安妍打了个电话，确认一下11点接她是否可以。电话另一头，安妍很开心地说，她早就准备好了，任何时间都行，让健不用着急。

健想，看来她心情很好，这是有个开心一天的好兆头。

GPS领着健一路顺畅地到了安妍的屋前。健下了车，还没走到她门前，她已开了门来迎接健。

安妍今天穿一身浅黄的连衣裙，白凉鞋，站在那儿，楚楚动人。健都快愣住了，她选色彩的品位怎么和自己一样啊?

健禁不住夸道:“你今天好漂亮啊！”

安妍脸微微一红，浅浅地道了声谢。

健不是个油嘴滑舌的人。以前在大学，一见漂亮一点儿的女孩脸就红，说话都有点结巴。所以，他大学时一个女朋友都没谈过。但有过一段婚姻生活后，健也学会了在女孩面前说话。所以，“离婚男”还是有一点长处的，至少经过婚姻被培训了一下。

上了车，健就问安妍想吃什么口味。安妍说，这两个月，她最想念家乡菜。可健还真不知道湾区哪儿有湖北菜馆。对健来说，湖南湖北是一家，就像北方人把浙江江苏都当一个地方，南方人把北京天津都当一个地方一样。

湾区有一家不错的湖南馆子，就是Sunnyvale Downtown的岳阳楼。等两人在岳阳楼坐定，安妍说她要请健这一顿，谢谢健昨天那么晚还送她回家，不准健和她抢单。

健想，如果我现在一定说我付账，她大概就不好意思点菜了。所以，含糊地说:“行啊，我们快点菜吧。我早饭没吃，肚子饿得不行了。”

结果，她一下子点了四五个菜，都是湖南小炒、辣子鸡丁之类的湖南菜。她大概是馋的，而健是饿的，两人一边聊一边吃，结果盘盘见底。

安妍今天心情真的很好，露出了她快人快语的天性。健心想，难怪，在学校当老师的，嘴上太拙，怎么混啊？

安妍一段一段说着她在武汉的学校里还有在斯坦福遇到的事。健大概是在美国待得太久了，被这些教师与教师之间、教师和学生之间的段子逗得前仰后合。安妍一看健是这么好的听众，段子也一个接一个。

现在，轮到健感慨了。健告诉她，能有她这么个“哥们”，健昨晚也真没白去斯坦福一场。

等到两人笑也笑不动了，吃也吃不下的时候，健突然严肃起来，说：“安妍，你知道我们这有个规矩，你得守这个规矩。”

她很狐疑地看着健，点点头。

健接着说：“已经工作的人和学生一起吃饭，工作的人付账。你现在是学生，所以，我来付账。这是规矩，你不能破。”

安妍愣愣地点点头，健顺理成章地付完账。

出来后，她小心地问健，是不是真有这规矩。健“扑哧”一下笑了：“我不这么说，你还不是要跟我抢单啊？哈哈……”

安妍娇滴滴地轻打了健一下，说：“不许这么骗人的。”

健的心，突然柔柔地一跳。

接下来，健带安妍去了个中国超市，各自买了点菜。看到健也买了海鲜、肉、蔬菜之类，安妍好奇地问健：“你是不是会自己烧菜啊？”

健老实地说：“会一点儿。总在外面吃，太不健康，所以常常给自己改善一下生活。外面吃多了，也自然学会点配菜作料之类的诀窍，自己做的时候，运用一下，结果味道还真不错。不信，哪天我做一桌家常菜，让你尝尝。”

这么一说，激起了安妍的斗志：“好啊，哪天我也做一桌给你尝尝，看谁手艺高。”

健一听，乐了：“好啊，我们的战书就这么下了啊。”

他看了一下表，才两点多，下午才刚刚开始。健可不能让这难得的约会就这么结束了。他试探性地问安妍：“这两个月都去哪儿玩了？”

安妍苦笑一下说：“哪儿也没去。这两个月有点儿焦头烂额，先是房子不如意，然后课程因为语言的原因很吃力，还想跟导师开始做一些项目。再加上没有亲近的朋友，所以，根本没去哪儿玩。”

健一听，心里暗暗得意，这不有戏了吗？他赶紧提建议道：“我猜你去看过金门桥了，但有没有去过渔人码头？”

健不怕她说去过。湾区这儿去处多了，她要是说去过这儿，健就立马再说另一个去处。这会子，让健开去洛杉矶，健都没二话说的。

谁料安妍遗憾地摇了摇头：“没有啊。”

健一听，这得意的啊，有戏了。他忙介绍说：“那儿还有个水族馆，很酷。对了，码头上还待着上百只海狮、海豹，它们可都是野生的。想不想去看看？”

安妍一下睁大了眼睛：“现在？那我们快去啊！”

健乐了：“去旧金山可有点远，你肯跟我去？”

安妍开心地撒起娇来：“肯啊，我跟定你了。你去哪儿玩不准不带上我！”

“行，只要你乐意，我求之不得。”

女孩子在特定的时候，偶尔撒次娇，真的很让人心动。这不，健的心现在都快化成一摊奶油了。

在渔人码头，安妍像孩子一样开心。健突然想到，好像哪个牛人说过“给别人带来快乐，自己也会快乐”之类的话，果然是真理啊。反正，安妍的快乐真的感染了健。那时，他们就是两个 Happy Bugs。

等天慢慢暗下来，健问安妍晚餐想吃什么，是不是还要湖南菜。

安妍说，她想试试四川菜。健说他也喜欢四川菜，以前不行，后来慢慢适应辣了。她说，那得她请客，不然她就回家了。

健想，她是那种挺自立，不大想沾男生光的女孩子。和这种女孩做朋友，真是自己的福气。

健不想让她觉得不自在，就很爽快地说：“那就先谢过啦。”

健知道在中国城里有一家小四川馆子不错，安妍也跃跃欲试，两人便往中国城方向开去。

到那家小四川馆子坐下后，两人才发现自己根本不饿，中午那顿吃得太狠了。但晚饭还得吃啊，安妍说：“看不出来你还是一吃客，你推荐菜吧。”

健建议先来个夫妻肺片的头台。根据自己的经验，一个四川馆子正不正宗，要先从头台小菜试起。健说：“我觉得他们做的水煮鱼不错。第一次来，老板就推荐这道菜。他还亲自给我上了一大杯冰水加一大沓餐巾纸，说，小伙子，看你不是四川人，悠着点吃。结果，吃得我眼泪鼻涕一起下，餐巾纸全部用完，冰水喝了两大杯，也没吃完一半，最后打包走人。”

健又建议安妍：“你给自己点个不辣的吧，做备份。既然两人都不饿，就点这么多吧。吃得好，我们下次再来，怎么样？”

安妍摆出悉听尊便的样子，很享受地被健安排。健说什么，她都点头说好。来美国这么久，什么都要亲力亲为，她觉得好累。今天有个男生给自己把什么都安排好，安妍真的很享受这份轻松。

两人边吃边瞎扯。健使了个心眼，极力渲染北加州的景点，什么在金门大桥北边的酒乡纳帕谷品酒啦，红木公园的大树多么壮观啦，南边的蒙特雷高尔夫球场世界闻名啦，让安妍听得特神往。健这就悄悄地把今后的约会地点全埋下了伏笔。

送安妍回家的路上，天已完全黑了下来。转进 East Palo Alto，四处破破旧旧，给人很不安全的感觉。健说：“安妍，以后的白天会越来越短，傍晚你骑车回家不太安全，建议你尽快在学校附近找房搬家吧。”

健这一说，一下子把安妍从一天的快乐中拉回到现实里，一层阴云罩上她的脸：“可那罚金太贵了，我得熬到租期满才行啊！”

“没关系，你找到房子后，让我跟你的房东打交道，不用担心。”

“真的？这样可以吗？”健的回答一下子点燃了安妍的希望，她睁大了眼睛看着健。

“让我试试。”健轻轻笑了笑。

“真的不知道怎么谢你！”安妍感激地说。

“我们是哥们，是不是？不过，我现在也不能保证。但是，不去试一试，你怎么就知道不行呢，是不是？”

安妍没说话，很认真地点点头。

健停好车，帮安妍提着她买的菜，送她回屋。

从车子到房门这短短的路，突然变得很长。安妍没有说话，默默地走在前面。健不知道她在想什么，跟在她身后，突然有种想从背后抱抱她的冲动。

安妍打开门，回过身，轻轻地说：“今天是我来美国后最开心的一天，真的谢谢你。”

“今天也是我很长时间以来最开心的一天。”

健这句话真不是瞎说，是发自心底最深处的实在话。

他放下菜袋，站着没动，想看安妍有什么表示，能不能让自己到她屋里坐一下，哪怕只有 5 分钟都是好的。但安妍柔柔地说：“很晚了，赶快回去休息吧，你明天还要上班呢。”

健心中升起一阵莫名的失望，只好向她笑笑：“那你也早点休息吧，下周再见。”

回到车上，健忍不住又转头向安妍的屋子看去，她仍然站在那儿看着健。一身浅黄色连衣裙的她，映在门灯昏黄的灯光下，远远看去，轮廓有点儿模糊，像极了一幅莫奈式的印象派油画。健真的很想就这么久久地看着。

安妍也看到健在注视着自己，向他挥了挥手。健知道，不能再这么待下去发傻了。他咬咬牙，挥挥手，一踩油门，人和车都飘进了夜色里。

22
爱

周一，一上班就很忙。中午的时候，健有种冲动，想给安妍打个电话，可又怕显得太一厢情愿的殷勤，人家要是没那意思，最后还是自己尴尬，恐怕连朋友都不好意思做了。所以，就忍住了没打。

好不容易熬到晚上，健把安妍在渔人码头的照片给她电邮过去，顺便敦促她有时间尽快在校园里及校园周边找房子。开学两个月了，大概有不少房子空出来了。另外，他还让安妍把房东的姓名及电话、电邮发给自己。一晚上，安妍都没回信。健在网上找了几个他觉得还行的出租屋，把链接给安妍发去，等了一会儿，还是没回音。健只好怅然地去睡了。

第二天上午，健正在开会，手机突然震动起来。他悄悄一看，是安妍的电话。健心里松了口气，但他正在跟人吵项目的事，也不方便接。等到这啰啰唆唆的会终于结束，出来一查，果然有安妍的留言。

她解释说，今天有个考试，所以昨晚没上网，就忙着准备这个考试了。今天一早她才看到健的电邮，赶紧回个电话。她还把房东的姓名和电话都电邮给健了。

健看看时间，怕她还在上课，就盼着中午快点来。

好不容易到了中午，健赶紧给安妍打了个电话，她很快就接了起来。听到她的声音，健心里暖暖的，突然有种想开车冲过去见她的想法。可是，只敢这么想想而已，健还是不太好意思真的冲过去。

两人很开心地聊了好一会儿。其实，大多数时候，都是安妍在电话那头说，健在这头乖乖地听着。其实跟安妍聊天很简单，只要做个好听众，不时地配合她，就可从长江头一直聊到长江入海口。

到了下班时间，健想接安妍出来吃饭。可他还是担心，自己这样是不是太单相思，显得很傻，就只好作罢。晚上健借了盘电影 DVD 分神，免得自己总是想她。但他还是忍不住给安妍发了一封电邮，提醒她在网上再搜一下房子。

健已经很久没有对哪个女孩子这么动心了。健问自己，是不是爱上这女孩了？其实这么一自问，潜意识里就已经有了答案。

第二天中午，安妍在网上看到校园周边有个房子刚空出来，房子状况、地点、租金都挺合适，而且又干净又安全。于是健立刻接到了她兴奋的电话。

其实，这房子是斯坦福给本校教授的“福利房”。斯坦福周围的房子都特别贵，所以学校就把校园里的房子廉价租给教授作为福利。可是，当年斯坦福没想到，这房子租出去容易，收回来就难了。教授只要在世一天，总不能因为人家退休了，就赶人家走吧，影响多不好。可教授过世了，也收不回去，人家遗孀还住那儿呢。人家在这儿住了一辈子，都四五十年了，你让老太太搬出去以后住哪儿?

据说当年学校曾想法收回，但许多老太太组织起来进行抗议，还得到广大教职工的同情和支持。都是给学校打工的，谁不想为自己留条后路啊？学校觉得闹大了，太丢面子，这收回房子的事就不了了之了。后来的教授没那么多的福利房可以分了，学校就给他们补贴啦、低息贷款啦之类的福利，让后来的人自己买房住。

安妍找到的就是一位过世教授的遗孀住的福利房。老太太打算把其中一间房租出去，赚点儿外快，也有个人在家做伴。老太太一看是安妍这样的文静单身亚洲女孩，立马就喜欢上了，一口应下来，让安妍快点搬过来，好给自己做个伴。

健真替她高兴。健说：“既然你这么喜欢，赶快定下来。如果你信用不够，需要有保人一同签字，就把我的名字给她。要是还要什么其他东西，让她直接跟我来要。另外，你现在住的房子的事，我去跟你的房东打交道。”

健一放下电话，就从安妍的邮件里找到她房东的电话号码，一个电话打了过去。

对方对安妍的情况表示理解，不出所料，房东提出，按合同要罚一个月房租。

健于是按老一套先软后硬的办法，说自己意识到了这个条款，但能不能请房东考虑一下安妍的经济状况，减免了这条。

房东一听，絮叨了一大堆，他要提前登广告，找房客，还要做背景调查……反正有一大堆的额外费用由他支出，所以这个罚金是合理的。

健说可以理解，但房东有保证房客基本安全的责任。既然房客已经提出不安全的担忧，房东就有责任。这么高的罚金，有房东故意阻挠房客寻求安全住所的嫌疑。如果房客真的因为住房地点的原因，遭到人身伤害，而且房客已在事前告知房东有关安全隐忧，那房东就有不可推卸的责任。

健的这一大套说辞已经在脑子里演练了半天，现在听对方在自己一口气说了一大堆的情况下正发着愣，赶紧不等对方喘口气便继续出击："以我的经验，如果上了法庭，我不认为您作为房东有优势。"

健哪里上过美国的法庭啊，这么说也就是耍个小聪明，诈对方一下，赌他对法律知识也不清楚。看来这招管用了，房东在电话那头沉默了半天，估计也知道 East Palo Alto 这儿的治安对一个单身女孩意味着什么。过了一会儿，他口气软下来："如果房客一点儿赔偿也没有，那对房东太不公平了，找新房客确实是需要费用的。"

最后，他开了价，他需要 150 美元的罚金。健一听他开价，心里一块石头落了地。最艰难的部分过去了，下面就是一个数字游戏，然后就可以结束战斗了。

"对安妍来说，50 美元已是很大的数目了。"

房东沉默了一会儿，说："100 美元是我的底线。这对双方都公平。"

健同意。100 美元对双方确实都合适，再为几十美元纠缠就没意思了。"行，那就 100 美元吧，非常感谢你的理解，你这是给安妍帮了个很大的忙，真的很谢谢你。"

房东一听健这么客气，也说了些希望安妍早点儿找到安全的住处之类的客气话。

挂了房东的电话，健又立马给安妍打过去，告诉她，房东搞定了，赶紧去签新家的合同吧。

安妍高兴得要跳到天上去。健想，我该当面告诉她的，说不定，她会抱住我，亲我一下。

第二天中午，健和安妍一起签了斯坦福租房的合同，又打电话给之前的房东，约在几天后的周六上午签字终止合同。

周六，健来到安妍的住处时，房东已经等候在此。房东是一个高高大大、50岁上下的白人老头儿，身材略微臃肿，显得还挺忠厚。健想想之前在电话里还跟人家吵了一架，自己都有点儿不好意思。安妍的全部家当只有两个箱子。她早上借同屋黑人女人的吸尘器，把房间清洁了一下。这房间现在恢复成两个月前刚租时候的模样了。

把所有文件签完后，健写了张100美元的支票交给房东。安妍狐疑地看着健，健只假装没看见，把安妍的新地址写给房东，请他把押金寄给安妍。

等万事妥帖后，房东转过头，对安妍意味深长地说："你朋友真的对你很好啊！"

安妍不解其意地点点头。健暗笑这老白，话里有话。

健带了根绳子，把安妍不知哪儿弄来的破床垫绑在车顶上，又把她的两个箱子装上车，安妍就这么搬了家。

安妍一定要请健吃饭。她的房子不远处有个pizza店，两人就在pizza店里找了个僻静的角落坐下。

安妍很久都没说话，健也不知道她在想什么，就默默地陪她坐着。安妍突然抬起头，看着健的眼睛说："健，真不知道怎么谢你。我觉得你简直就是老天送到我身边来的。"说完，她眼睛就有点儿红了。

健心里一颤，禁不住握住她的手，柔声说："别这么说，一切都会好起来的。"

安妍摇摇头，又埋下头，眼泪簌簌地流了下来："要不是你出现在我的世界里，我想我是撑不下去了。"

健一时不知道说什么好，只好轻轻地紧握一下她的手，安慰说："我不是在你身边了吗？别怕，没有过不去的坎。"

安妍叹了口气，哭着说："我有一次在学校待得晚了点儿，骑车回去的时候，天都暗了。路上遇到一群黑人和老墨小流氓，向我又是吹口哨，又是乱七八糟地胡说，还朝着我走过来。我当时吓得手脚冰凉，拼了命地往家骑。那时，要是他们追上来或我摔下来……我都不敢想。回到家，我哭了一晚上，冲动到打了电话订机票回国。可等订了票，我冷静下来，想想我现在其实也回不去了。当时为了让系里批这个名额，费了好大劲。因为我资历太浅，很多比我资历深的人也想要这个机会。后来系里觉得我的英语要比那些资历深的人好很多，出来收获会更大，才勉强把机会给了我。但出来前，系里下了死命令，要求我回国后，要在什么样的杂志上发表多少篇论文。我这要是回去，那我在学校可就再也待不下去了。哭到天亮以后，我还是退了机票，决定留下来。但从此以后放学我绝对要早回来，还换了条路。其实，过去两个月，我晚上蒙着被子，不知哭过多少次。可那次，是最伤心的一次。真不想待在这鬼地方了。”安妍说到这，哭得都哽住了。

健心痛得又怜又爱，禁不住坐了过去，把她揽到怀里，尽量温柔地说：“安妍，没事了。有我在，一切都会好起来。”

安妍抽泣着把头靠在健的肩上，低声说：“那你以后可不许不理我。”这一句话，把健心里最后的一点儿残冰全融化了。

健轻轻捧起她的脸颊，说：“瞎说，怎么会呢？”

安妍抬眼望着健的眼睛，向健笑了笑，脸上还留着泪痕。两人此时此刻，彼此的眼睛，彼此的唇，是那么近，都能感受到彼此的呼吸。

健突然有股无法抑制的冲动，忍不住把自己的唇贴上了安妍的唇。安妍闭上眼睛，迎合着健的吻。这一刹那，两个人像被置于时空之外，时间都停滞了一般。

不知过了多久，突然，安妍推开健，轻轻地说：“我们走吧，在这儿怕会被我同学看到。”

健一下子被拉回现实中，心想，安妍说得对啊，当然得走了。老在这儿，算什么啊。

健起身，不由自主地拉住安妍的手。安妍却轻轻地挣脱健的手，脸上羞羞的红晕还未褪去。往外走时，健几次试着牵她的手，她总是轻轻地甩开。其实，有她脸上掩不住的羞涩，明白人一看便知这两个人是怎么回事。

两个人默默地径直向健的车子走去，谁也没说话，只是臂膀互相有意无意地触碰一下。

健开车时，一只手伸过去握住安妍的手。安妍也轻轻地握住健的手，像是无言的回应。

健紧紧握一下，安妍也紧紧地回握一下。健想，我们是在用手说情话呢！

到了屋前，下了车，健一把揽住安妍的腰，搂着她。健不想让她离开自己的身体一分一秒。进屋后，反锁上门，两个人就紧紧地抱在一起。

拥着安妍，健的意识乱飞起来。让健不可思议的是，就是在健第一次和安妍出去玩的时候，已不知不觉地迷上了她。她不是一等一的标准美女，可她的知性和感性让健着迷。

安妍不是那种时刻自我感觉良好的女孩，但是健始终体会到她的那份自信，那份为人处世的努力，健不敢不尊重这样的女孩。健跟安妍在一起的感觉，和当年与前妻在一起的感觉完全不同，有一点点像别人说的 Soul Mate 的感觉。

起初，自己真的想做她一辈子的“哥们”。可问题是，健不仅喜欢这个女孩子，而且很快就爱上了她，怎么可能一直做“哥们”呢？

扪心自问，健是不会容忍自己这么喜欢的女孩，当着自己的面，被别人拥在怀里当女朋友的。到时候，如果健需要自欺欺人地对别人说“她是我哥们，我祝她幸福”，那是绝对办不到的。

安妍从内到外都那么可人，至少对健来说是这样。两个人都是成年人，如果彼此想，那就互相拥有对方吧。现在拥有她，至少比让她只做自己的“哥们”强一万倍。能走到今天这一步，健真的觉得很幸福了。

对了，健都不知道她结婚了没有，有没有男朋友。健竟然一直没去问她，其实，潜意识里，健不敢问，也并不太想知道。健之前受过那么大的打击，又消沉了那么久，今天像天上掉馅饼似的得到了这爱情，这幸福，健要不惜一切代价地保住它。健从来就不是情场上的幸运儿，今天这份爱情，这份幸福，太来之不易了，健是无论如何也不会放弃的。

等两个人平静下来，健一边用手梳着安妍的头发，一边假装若无其事地问：“安妍，你结婚了吗？”

她默默地摇了摇头，又反问健：“你呢？”

健也摇了摇头。

她追着问：“为什么啊？你各方面条件这么好。”

健苦笑着反问：“我条件好？我是离过婚的人。”

看着安妍略带惊讶的眼神，健淡淡地叹了口气：“你想听我离婚的故事？”

安妍渴望地点点头。

健只好把回国“搬运”，丽丽出轨，然后离婚的故事简要地讲给安妍听。

说完，健托起安妍的脸，轻轻地亲了她一下，说：“然后，老天就把你送到我身边了。但是，如果你觉得我离过婚，不太好，我理解。我就永远只做你的哥们。”

安妍撒娇地捶了健一下，然后很幸福地把头倚在健肩上，说：“我才不嫌弃你呢，又不是你的错。”

健突然觉得好感动，一把把这个可人的女孩紧紧抱在怀里。

过了许久，健轻轻地问：“对了，安妍，该说说你的故事了。”

安妍的脸色一下子黯淡下来：“能不能让我以后慢慢讲给你听？”

其实，健知道，这样的女孩，身边不会没人，不会没故事的。她现在不想说，可能是因为今天的一切发生得太快，太突然，她没有思想准备。健自己都觉得有点乘人之危的意思，比较猥琐。

健想过了，安妍是个成年人，她有一万个理由决定自己的生活怎么过。自己有什么资格替她做决定？等她觉得合适的时候，她自然会把想告诉健的告诉健。不管她做出什么样的决定，健都会完全尊重她。

从她的脸上，健看到的全是幸福，全是爱。健自己也沉浸在幸福里。为什么要去破坏现在的幸福呢？现在，对健来说，Life is beautiful.

健轻轻地抚摸着安妍的脸，说：“你想什么时候说就什么时候说，我只要你从现在起开心就行。”

安妍幸福地把健抱得紧紧的：“我怎么这么好命能碰到你？”

“我也觉得我怎么这么好命。”

安妍这空荡荡的房间里，除了那个破床垫，什么都没有。

“安妍，明天我们去买点儿简单的家具，把这屋子布置布置。现在我是真饿了，刚才订的 pizza 都撂在店里了，咱们得先出去填饱肚子。”

安妍捶了健一下：“人家本来是要请你吃 pizza 的，谁让你后来使坏，活该你饿肚子。”

健忍不住大笑起来，拉着安妍就出了门。他们俩就这么依偎着往外走。路过的邻居都笑呵呵地跟他们打招呼，健就这么一路招呼下去。安妍不好意思地想摆脱健的拥抱，健却故意把她的腰搂得更紧了。

恋爱中的人，大概自己开心，也感染了周围环境。健觉得周围的人都那么和善，空气都那么香，花都那么艳，天是那么蓝，地上的草是那么绿。

开车上路后，安妍突然问健："我看你写了张支票给房东，怎么回事啊？"

健只好招了："唉，我没谈好价，谈到最后还得付人家100美元，他才让你搬。"

安妍说："那已经很不简单了。这钱，我得还你。"

健笑着回答："我不要你的钱，我只要你的人。"

安妍笑着打了健一下："哇，你好色。"

车子就像个充满快乐气体的大气球，浮在空气中向前滑行。

第二天，健的最大任务是给安妍买齐过日子的东西。健带安妍去 Wal-Mart 买了一大堆日用品，又去 Ikea 挑了几件简单的书桌、书架、床架、椅子和床垫。

付账的时候，健按住安妍，刷了自己的卡。健的车没法装下这些家具大盒子，只好让 Ikea 送货上门。

内心深处，健真的很爱这个女孩子，不管将来跟她有没有结果，健都希望能亲手把她的生活安置好。不管他们将来能不能在一起，如果今天不能帮她把家安好，健的心里会很不安。

安妍悄悄捅了健一下说："你知不知道你很傻？"

健憨笑一下："我傻人有傻福，嘿嘿。"

等把一切都置办齐了，天还大亮着，但是要再去哪儿玩，又晚了点。安妍提议说："今天我下厨，犒劳你一下。来美国两个多月了，总是一个人，从来没心思好好做顿饭。今天好好做两个菜，让你尝尝我的手艺。"

健一听乐了："好主意，我还真的馋了呢。"

安妍那儿不方便炒菜，两人就去了健的住处。

健的公寓在 Santa Clara，离自己上班的公司很近，但安妍的学校在 Palo Alto，两者之间有段距离。把安妍让进自己的"狗窝"后，健后悔早上出门前没收拾一下。安妍好奇地跨进门，上上下下地打量起来。健赶紧冲进卧室，把散落的袜子什么的扔进洗衣筐里，用盖子一盖。安妍随后跟进来，健赶紧打哈哈："不好意思，乱了点儿。不过，真实哦，嘿嘿。"

安妍摆出很公正的样子说："是比女生的房间乱点儿，但比我想象的强多了。"

健心想，那是，哪能跟大学宿舍比啊。要是我整天邋邋遢遢地去公司，再不换内衣袜子，身上还不臭得跟老印一样了？

安妍说：“我帮你收拾一下。”

健急了，怕安妍从床底下或沙发里找出漏网的臭袜子内裤什么的，那就糗大了，便赶紧拉住安妍说：“别急，别急，来日方长，先赶紧做东西吃吧。”

于是安妍一卷袖子去了厨房。健跟了进去。安妍回头说，你坐会儿，一会儿就好。“我帮你打个下手，一起说说话。一个人待着，比坐牢好不了多少。”

“对啊，嘻嘻……好吧，那给我当助手吧。”

安妍烧了几个菜，还真有模有样。

健离婚后总是在餐馆吃，吃多了又腻又油的菜，尝到安妍做的这几个清清爽爽的菜，健胃口一下子大开，用句台湾人的广告词——“食指大动”起来。

安妍笑吟吟地看着健狼吞虎咽的样子，说：“想不到你这么喜欢我烧的菜，那我以后天天烧给你吃。”

健嘴里塞满饭菜，只知道点头。

健和安妍接下来的恋爱生活又幸福又紧张。他们不能经常见面，健的工作也挺忙，一般时候下班都挺晚。后来天黑得早了，等从车河里慢慢游到安妍那儿，往往已经很晚了。安妍在斯坦福的学业压力也大，隔行如隔山，健想帮也帮不上，平时只好少打扰安妍读书做科研，健觉得自己倒有点儿像安妍的“影子情人”了。

但是，健还是很享受这种生活。到了周末，两个人在一起，把当时健埋下的“约会伏笔”都一一游览到。晚上回来，再一起烧两三个热腾腾的菜。闻着和安妍一起做的一桌子饭菜的扑鼻香味，健有一种梦寐以求的家的感觉。

俗话怎么说来着？要搞定男人的心，就要先搞定男人的胃。在美国似乎特别重要，这儿中餐没那么好，是个老中都有点儿嘴馋中餐。你要是烧得一手好中国菜，对很多老中还是相当有吸引力的。反正，安妍把健是从里到外都搞得定定的。

又到了一个周五，安妍给健打了个电话，说学校的朋友圈子里，她跟健的事传得沸沸扬扬。她的一个朋友，周末想见见健。是谁啊，非得见？

安妍来美国之前，到处找硅谷的朋友，结果通过同事，认识了那位同事的同学在斯坦福的妹妹，就是这位健不能不见的大小姐。这个女孩子叫静瑶，是静瑶联系学生会，安排接安妍的飞机，帮安妍入学注册，然后又帮安妍租了那间 East Palo Alto 的房子……静瑶是安妍在湾区唯一的朋友。所以，要是她要见健这个“影子情人”，健就得曝光。

安妍说，静瑶来过她的屋子，看到家具一应俱全，就大呼小叫，一定要见健的庐山真面目。安妍没办法，就和静瑶约好了星期六 11 点，去斯坦福接她。

其实，安妍心里实在不愿意带这个朋友来见健，可没办法，自己欠人家人情，碍于面子，没法不答应。健当然说没问题。

可是，健没料到，这个静瑶的介入，竟给他和安妍的生活带来了很大的变化。

23

静瑶

周六，健和安妍开车去接静瑶。安妍指路，在一片公寓小区里停车后，安妍给静瑶打了个电话，健则茫然地站在车边等待着。

不一会儿，一个二十四五岁的女孩子对安妍远远地招招手，走了过来。静瑶戴了一副大大的墨镜，身穿浅色低胸短袖上衣，下面是紧腰深色裙裤，穿一双黑色高跟鞋，把自己打扮得凹凸有致。一路走过来，很有点性感的味道，回头率还挺高的。

走近后，她摘下大墨镜，露出一张既不能算太漂亮，但绝对不难看的脸。静瑶有点儿瘦，但她淡淡地上了点妆，还是挺耐看的。健心里说，这女孩子不简单，至少是个知道怎么打扮自己的主儿。

她大方地跟健招呼了一声，然后转向安妍大大咧咧地说："安妍，这就是传说中的那位吧？介绍一下啊。"

安妍跟健的脸都有点儿发烧。安妍局促地介绍说："静瑶，这是健。健，这是我的好朋友，静瑶。"

健赶紧伸出手打招呼。

静瑶礼节性地握了握健的手，上下打量了他一番，半开玩笑地说："果真是位有经济基础的帅哥。"

健不知道"帅哥"是这年月女生对男生的普通称呼，还忙不迭谦虚地说："什么帅哥啊！身高没一米八，长相不是前十名，今天只是穿得整齐点儿罢了。经济基础没有，只有份糊口的工作而已。"

说完了，健一想，咳，自己多年不回国了，说话太落伍。人家就那么随口一说，自己说那么多废话干吗？用“美女”的称呼回应过去不就得了。这才第一回合，就不是人家的对手。

健还在这儿暗暗自责，静瑶又发话了：“对了，两位怎么谢我这个大媒人啊？”说完，静瑶得意地看着他们。

健跟安妍一脸愕然地看着她。健心说：“媒人？有没有搞错啊？我第一次见你，跟你有什么关系？”

静瑶一看健跟安妍发愣，更加得意。“国庆聚会那天是我送安妍过去的，后来我跟朋友在放电影之前离开了，这不就给你那么大的一个英雄‘送’美的机会吗？如果我那天送安妍回家，你们岂不是永远遇不上了？看，这不都是我这个大媒人做得好？哈哈……”

“哦，原来如此啊！”健心说，原来是你这个小祖宗做的有头没尾的事。但他不得不说：“说的也是啊。说吧，想让我们怎么谢？”

静瑶就不客气了：“先请吃饭吧，别的以后慢慢再说。”

嘿，看来这债还挺难还的。“行啊。说吧，想吃什么？”

“那我就不客气了啊。来美国一年多了，没真正吃过一次好洋餐，今天咱们吃洋餐吧。”她倒是早想好了怎么敲健这一顿。

“行啊。这儿的美国餐大概就是牛排和汉堡。法国餐没吃过，不知道哪里有好的餐馆。但意大利餐常吃，好的馆子知道几家。意大利餐怎么样？”健冒充见过世面的样子，硬着头皮吹牛说。

静瑶一听来劲了：“好啊，好啊，有会吃的带路，不怕不会点菜了！”

健看看静静的安妍，安妍点点头：“你们去哪儿我就去哪儿。”唉，这个静瑶喧宾夺主，把安妍都冷落到一边了。

健感觉静瑶是个被从小宠到大的女孩子，一直都很顺，她很自信，但有点儿以自我为中心。不过，第一次见面，她给人很开朗很容易接近的感觉，人还行。

上车后，安妍和静瑶一起坐在后排，唧唧咕咕地说话，健就成了专业司机。

健知道 Palo Alto Downtown 有几家很好的意大利餐馆，就选了上次公司聚餐的那一家。坐下来后，招待问他们要喝点什么。静瑶嬉皮笑脸地问健，能不能点酒。健心想，这小妮子还挺会顺竿爬的，今天明摆着就是来宰我的。

静瑶和安妍各点了一杯五颜六色的鸡尾酒，健自己要了杯红葡萄酒陪着。

安妍担心健喝多了酒身体不舒服，健说，一杯红葡萄酒跟一杯啤酒差不多，过一个小时出门，绝对没事。唉，还是安妍疼人。这个小妮子静瑶，今天纯粹是来蹭饭吃的。

健在桌子下悄悄捏了捏安妍的手，看看她，心里说："下次一定要单独带你来这吃晚餐，找个僻静的座位，点上蜡烛，点上酒，好好浪漫一下。"

该点菜了，静瑶先要了头台，说看了菜名就嘴馋。至于主菜，健建议她们俩试试海鲜 pasta，但要选红色番茄汁的，不要白色的，怕奶酪味道太重，她们不习惯。

等菜的时候，健客套地问静瑶是什么时候来的美国，学什么专业，在这儿生活得怎么样之类的客气话。安妍则借酒谢谢静瑶对自己的照顾。

静瑶半酸半笑地说："安妍啊，你现在是有了金龟婿了，今后不用我再费劲了。"这一说，搞得健跟安妍当场就脸红了。

头台一上，健赶紧劝静瑶快吃，免得她再说出什么让人难堪的话。静瑶一边说好吃，一边还打探健的情况，健不得不小心敷衍着。等快审问完了，静瑶有点儿酸酸地说，学校里的老中们早就传着安妍的事，说安妍一来就搞定一个有身份有工作的，大家一点儿看不出来她这么厉害，还有人猜到正是国庆聚会上的那位，把健的模样猜得有鼻子有眼的。

安妍其实已经告诉健，静瑶也盘问过她关于他们俩的事。在学校里，有些老中同学转弯抹角地向她八卦，安妍总是能含糊则含糊。但是，对于静瑶，她欠她人情，不好隐瞒，只好答应她周末一起吃饭，让她自己了解健。

健也是学校里混出来的，知道传小道消息是老中留学生的一大生活乐趣。健当年也是个热衷于传小道消息的人，所以他一点儿没当回事。当年因为跟老吴的同室之缘，健传起老吴的小道消息还特来劲。

正餐上桌后，健松了口气，指望静瑶能埋头跟刀叉奋战，饶了自己跟安妍。静瑶果然夸菜的味道不错，还评论说这里与国内的意大利餐味道有很大区别。健附和道，那当然，国内把口味改良了，不然中国人哪能吃得消奶酪的味道啊！

大概酒的后劲上来了，静瑶又跟安妍八卦起她们学校的小道消息。八卦里的人，健一个都不认识，就只好默默地把自己的盘中餐干掉。

终于酒足饭饱，结束了这顿费劲的午餐。静瑶说，明年要毕业找工作了，有很多问题想向已经工作的人请教，能不能请健告诉她手机号码和电邮地址。健就在餐巾纸上写了下来，抬起头，看到安妍正看着自己，她眼里似乎有份不自在。但当时，健没太在意。

健付完账，送两位大小姐出门。静瑶终于说了句让健金箍松开的话：“谢谢啦，我不当电灯泡了，送我回家吧。”

等把静瑶送回她的住处，健请静瑶对他们吃饭的事还有自己和安妍的事保密。虽然健不在学校这圈子里，那些小道消息跟他无关，可健看得出，安妍很在乎。健知道安妍不好意思跟静瑶说这些，就替她向静瑶求情。

静瑶很爽快地说：“这没问题。谢谢啦，两位甜蜜去吧。拜了。”说完，飘然而去。

回去的路上，健问了安妍一个天下俗人都会问的问题：“静瑶有男朋友吗？”

安妍的眉头不经意地皱了一下，把头转向窗外，幽幽地说：“有很多男生在她身边转。我问她有没有正式的男朋友，她说没有。这个女孩主意挺多的，把一把男孩攥在手里，把每个都摆得平平的。一边等她的白马王子，一边把这些男孩当备胎。那天晚上，她就是跟几个男生偷偷跑出去疯了，把我一个人扔在那儿。像你这样傻傻的男生，顶多只能是她的若干备胎之一。”

安妍的最后这句话突然把健扯进去，让健心里咯噔一下。健知道安妍的醋坛子翻了，赶紧申明道：“我对她才没兴趣呢！”他有点儿无语，安妍也不说话。两人就这么沉默着。

健知道自己得想个办法把气氛调节一下。他突然有了主意：“想不想去海边看落日？”安妍也一下子来了精神，问去哪儿看。

“卡梅尔（Carmel）。”

“那么远，晚上连夜回来？”

健眨眨眼，带点神秘地笑着说：“你别担心，跟我走就是了。”

健立刻转上 101 公路的南向，向卡梅尔驶去。

24

卡梅尔

还不到旅游季节，卡梅尔人很少。健找了个寂静的沙滩，停下车。

空旷的沙滩上，只有稀稀拉拉的几个当地人在慢跑遛狗。此时的夕阳已变成一个橘红色的火球，离海平面不远。落日下的海浪，一波高过一波，争先恐后地往陆地上冲。

车里没有席子或塑料布，健只好拿车子的遮阳罩当席子，铺在沙滩上，和安妍坐下来，互相依偎着，静静地看落日。

落日往下沉，浪越来越高，海风也越来越大，越来越凉。

安妍蜷起腿，两臂抱住膝盖。健知道她有点儿冷，把夹克脱下来给她裹上，然后把她抱在怀里。

安妍依偎在健怀里，突然幽幽地问:“想听我的故事吗？”

健点点头，心里说，想听很久了。

安妍慢慢地开始说起她的故事。

安妍一直是个乖乖女，家里只让她读书，不让早恋。直到大学三年级的时候，她才有了第一段真正的恋爱。可惜那时两人都小，不懂爱情。

健不太明白她说的“不懂爱情”是指什么，但不想打断她。

等到大学毕业，安妍考上了现在工作的大学读研究生，那个男孩回老家去发展。远距离恋爱不成，就分了手。当时，安妍伤心了很长一段时间，毕竟那是她的初恋。

后来，安妍交了个新男朋友。这个男生当初也在安妍的大学读研究生，追了安妍很久。刚开始安妍对他没太多的感觉，但考虑到他是本地人，各方面条件都和自己般配，而且家庭背景很好，所以最后就同意了。

安妍自己一个人在那个城市里读书，无依无靠，很辛苦。那男孩是本地人，还是有一点优势的。后来两人毕业，安妍留校当了老师。她男朋友的家里有门路，把他弄到政府里一个很有油水的部门当公务员。

慢慢地，那个男孩就学坏了，对安妍越来越不上心，还时常跟别的女人眉来眼去的，一点儿也不在乎安妍的感受。

健低头看安妍，她已泪流满面。

安妍继续说下去，已经有点儿哽咽：

“开始我还蒙在鼓里，后来很快就发现了。我跟他大吵一架，他竟然说，现在就这风气，他要是不收那些女人，还怕被人背后捅刀子。况且都是逢场作戏，对我才是有真感情的。我大概太落伍，接受不了这个，一定要分手，可他死活不肯分。我也知道，他那些野女人是娶不回家的，他的父母帮他劝我。我一个人在那个城市，不敢惹太多麻烦，就只好僵着。老天帮我，有了这个出国的机会，让我远离那个是非之地。出国前，我跟他一直在冷战。我自己打点出国行装，他一点儿忙也没帮。来了两个月，他一封电邮、一个电话都没有，一点儿也不关心我过得怎么样。我也不跟他联系，就这么僵持着。”

健忍不住问了个问题：“你们以前相处得还好吗？”

安妍轻轻摇摇头：“他是个独生子，从小被宠到大，什么事情都以自我为中心，想要怎样就怎样，从来不管我的感受。我当时觉得迟早都要嫁给他，就只好都顺着他。”

健听安妍说她男友，突然一阵嫉妒在心中烧了起来。这嫉妒像汽油，一下子把健的欲望燃了起来：“我现在也要想要你的时候就要你。”

安妍大概还沉浸在她自己的思绪里，听了一惊：“你要？在这儿？来人怎么办？”

此时，落日已完全被大海吞没，海滩上一片昏暗。除了他们，视力能及之处，早已没有闲人。健说：“我不管，我现在就要你。”他把安妍按倒在沙滩上，狠狠地吻了上去。

安妍急得要挣扎，但两手被健死死按住，不能动弹。看着健那双被欲火烧红了的眼睛，安妍不得不把自己完完全全地交给了健，让身体随着健的欲望，一浪接着一浪地冲向云霄。

25
唇印

健跟安妍的生活平淡照旧。唯一的小变化就是那个女孩子静瑶开始频频地给健发电邮，向他咨询找工作的事。健尽自己所能地帮她。电邮里说不清的，静瑶就直接打电话问健，顺便聊聊天。

因为安妍对静瑶有点儿吃醋，健也很犹豫该不该跟安妍说。转念一想，都是些小事，何必向安妍汇报，然后再吵一架呢？

但是，怕发生的事终究还是发生了。

静瑶不知是不是故意的，总在安妍面前说健如何帮她，还添油加醋地说，健跟她聊得怎么怎么开心。安妍听了憋气，健没跟自己说过这些，她就怀疑健心里是不是有扇小窗户向静瑶开着。

周末健去接安妍的时候，她半阴半阳地问健："你最近是不是总跟静瑶聊天？"

健只好老老实实地说："嗯，只是通过几次电邮，打过两次电话，都是她找工作的事。"

"哦，只是找工作的事？好像你们聊得挺投机的哦。"

健心里一沉，知道静瑶这个小妮子在背后胡说八道了，心里暗骂。

安妍看健没回音，心里的酸气变成了火气，不依不饶地说："我以为你只跟我有说不完的话。原来，你挺有女人缘的！"

健忍住，不回嘴。这事瞒着安妍，是个败招。但健想，这时候如果再回嘴争辩，肯定就是一场大吵，还是息事宁人吧。

安妍看健还是不说话，以为健自知理亏，无话可说，算是默认，火气一下子上来了。她气哼哼地追问道："不说话了？你不是很能说吗？默认了？你喜欢上她了是不是？喜欢上她，就别来找我！”

这下健火了：“你胡说什么！静瑶这个小妮子胡说八道，你就信她？我是帮了她，没和你说，这是我不好。但我跟她什么都没有。她是你朋友，我看在你的面子上才帮她。你不要鸡蛋里挑骨头，好不好？”

“你发那么大火干吗？你心里没事，有必要这么大声吗？我是你什么人？你是自由人，你要想找她就去找好了！”

安妍也急了，这个女孩此时已被嫉妒烧昏了头。这时候，她要是降一下温，可能就没事了。结果，她这么一激健，健的火气也上来了：“我告诉你，安妍，你不要逼人太甚！你要我走，我不会留，但我告诉你，我跟静瑶之间什么事都没有！”

健甩门而去，留下安妍一个人在屋子里放声大哭。

回到公寓后，健气得在床上翻烧饼。这些女人真是不可理喻。那个静瑶，胡说八道想干吗？这个安妍，吃这没来由的醋，想什么呢？健后来想，安妍可能是受到国内男朋友的事的刺激，再遇疑似事件，一下子无法接受。不然，她的反应不会这么大，不给自己台阶下。健决定冷处理两天，让彼此冷静下来，再给安妍道歉，和好。

第二天，健没给安妍打电话，安妍也不打来。没有安妍的日子，健度日如年。想想真不可思议，才跟安妍好了没多久，已经离不开她了。可这事是她不对，是她无缘无故地瞎猜疑，起事端，难道不该她先给自己打电话和解吗？

其间，静瑶竟然还跟健联系过。健有个冲动，想接起电话质问她一顿，再骂她个狗血喷头。可一想，自己一个大男人跟一小姑娘急，不妥。她也许心里喜欢自己，有点嫉妒安妍，所以在安妍面前不自觉地说了那些话。她也许根本没想到安妍会因为她的话跟健吵架。毕竟，那是闺密之间的话，健如果因此骂她，不是让她跟安妍公开翻脸吗？

安妍在学校就这么一个亲近的朋友，闹翻了对安妍有什么好处？况且，健如果对静瑶急了，健跟安妍之间的矛盾就会公开化，反而成了静瑶的笑柄。

想是这么想，可他还是对静瑶很恼火，又不能骂她，干脆不接她电话。

终于又到周五了，健的心理妥协期限到顶。中午，他给安妍打了个电话，她没接。健想，和解的话在留言里不好说，不如直接说效果好。

下午，快下班时，再给安妍打过去，她终于接起了电话。

健一肚子的话变成了一句话："安妍，我们和好吧，我想你。"

安妍在电话那头一下子哭了出来，是憋了几天的郁闷一下子发泄出来的哭声。

"好安妍，别哭了，说说话吧。"

"你心好硬，一连几天都不打电话来。"

健连忙解释说："中午我给你打过了啊！"

安妍哭着说："我错过了。想等你再打过来，等了你一下午，你怎么就是不打来啊？"

健的眼睛有点儿湿润了："安妍，都是我的错，那你干吗不打给我呢？"

"唉，你们男人都少根筋。"

健郁闷，你不打回来给我，怎么是我"少根筋"？

"等着我，我这就过来。"

"你总不打电话来，昨天我跟一帮同学约好了今晚去看电影。"

"能不能不去看？"

"人家一群人现在都在门口等我了，最后一分钟回绝人家不好。这样，我一看完电影就回来，你等我。"

健长叹一口气："好吧，我等你。几天都等了，就再等几个小时吧。"

健没有安妍房门的钥匙。这屋主只给了安妍一把钥匙，而且明言不得私配。最近很长一段时间，房东老太太去东岸子女那儿过圣诞节和新年，整个房子就安妍一个人在住。但安妍很有原则，绝不肯再去配一把钥匙给健，还说老太太信任自己，把屋子交给自己照看，就一定要对得起这份信任，听得健好感动。但现在安妍不在，他想去安妍屋子等，都没戏。健只好随便吃了一点儿东西，然后在附近的星巴克上网打发时间。

事情就坏在这等安妍的几个小时里。

大概八点，手机响了，健以为是安妍，一看竟然是静瑶！

健按掉手机，她又打来。健按掉，她又打。最后，健没办法，只好接起电话。

"喂，你故意挂我电话啊？我什么事得罪你了，你不接我电话？"静瑶兴师问罪的声音从电话那头传过来。

健按住气，说："没认出是你的号码，以为是骚扰电话。有什么事？"

静瑶冷冷一笑："哼，骚扰电话？安妍去看电影了，你一个人无聊吗？"

健一愣："怎么安妍的事，你什么都知道？"

她得意地说："安妍的事，我可比你知道的多得多。"

她话中有话，可健不想跟她多纠缠，赶紧问她："你有事要找我吗？"

"当然。不然不停地给你打电话干吗？骚扰你啊？"小妮子嘴很厉害，"我现在在一个酒吧，来的人都喝多了，没法开车，你能不能来接我？"

健知道这位是黏上自己了，躲也躲不掉，只好说："好啊，告诉我地址，我来接你。"

上车前，健给安妍打了个电话，她关机了，估计还在看电影。健留了个言，说："我去酒吧接静瑶，接完她马上回来。"然后，健就按静瑶给的地址往酒吧开去。

健找到静瑶所在的酒吧，是在 Palo Alto Downtown 的一条小街上。

酒吧里传来震耳欲聋的音乐，门口站着很多人，都喝多了的样子，大声地喧嚷着。

健把车贴边开，一边睁大了眼睛找静瑶，心里暗暗骂静瑶竟让自己来这种地方接她，一边给她打电话。

突然，一个女孩敲敲健的车窗，大声说："健，谢谢你来啊！"

健一愣，仔细一看，是静瑶。

静瑶的一身打扮和白天判若两人。她化了很浓的妆，眼影乌黑，口红艳红，原来的披肩发被高高地盘上去，露出长长的性感的脖子。身上是一件极短极短的紧身晚礼服，从左上肩，低低地裁到右腋下，让乳沟毫无保留地露出来，整个就是一个 night club party animal 的打扮。

健看了，倒吸一口气。哪个白天认识她的男人，看到现在这个小妖精，都会倒吸一口气。

健打开门，静瑶一步跨进来。她的黑色高跟鞋比她白天穿的那双要高很多，把她的小腿绷得很直。坐在健边上，静瑶短裙的下摆只遮到大腿根部，两条大腿白晃晃地在健的余光里闪动。健一踩油门，逃也似的逃开这欲望之地。

静瑶知道健的余光逃不出她的大腿，得意地斜眼看着健。

健只好没话找话地说："大小姐，你这样是要让男人学坏的。"

静瑶挑逗地回答："你想学坏吗？"说完，把一只手放在了健的大腿上。

健一惊，方向盘一闪，差点开歪道，下身一下子支起了帐篷。幸亏是在小街上，健干脆把车在路边停下：“静瑶，你疯了，不怕出车祸？”

静瑶笑嘻嘻地回答：“我只是碰了你一下，是你心思不正。”然后，挑衅地看着健下面的“小帐篷”。

健一下子红了脸，算是在这小妖精面前彻底认输了。

静瑶直率地说：“健，我喜欢你。从你的身体反应来看，你绝对不讨厌我。”

面对静瑶突如其来的表白，健一时不知道如何回应。

健问自己：“我喜欢她吗？”不错，健喜欢她性感的身体，可那只是男人的本性。但作为一个整体的人，健不喜欢她。她太直接，太以自我为中心，太……

唉，她不是健想要的女孩。

静瑶看健发愣，摇了摇头：“你们这些男人啊，想要却不敢说出来，猥琐不猥琐？”

她一下子斜过身子，抱住健的脖子，吻了上来。

健真的好想抱住这性感的身子，真的好想。健承认自己猥琐，可这是男人的本性啊。但健也知道，安妍在等自己，自己不能没有安妍。自己现在只要跨出这一步，就会被这个小妖精控制住。她一定会让安妍离开自己，而自己是不是成为她的又一个备胎，也未可知。

健狠下心，用力推开静瑶：“静瑶，我真的不能这样，我不能对不起安妍。谢谢你的情，可我不能接受。”

静瑶恨恨地看着健，半天没说出话来，健大概是天下第一个推开她的男人。

健赶紧把车开上正路，慌张地找面巾纸，把唇上、颊上静瑶的吻痕擦掉。她今晚可是涂了艳红的口红啊！

好半天，静瑶才恨恨地开口：“你当你是情圣啊？你当你爱的那个安妍是圣女啊？”

健怕她说出可怕的事来，赶紧抢着说：“安妍告诉我了，她有个男朋友在国内。可是，那个男人做了很多对不起她的事，她正在跟那个男人闹分手。”

静瑶打断健：“哦？她男朋友‘做了很多对不起她的事’？这是她告诉你的？”

健心里一惊，他突然觉得很多静瑶知道的事，自己恐怕永远不会知道。健想起来了，静瑶是安妍同事的同学的妹妹。说起来拗口，其实这关系并不远，静瑶可以通过她哥哥从老同学那里打听来安妍的一切。

静瑶看健没反应，知道击中了健的要害，继续攻击：“你知道你的安妍，是怎么留校的吗？一个硕士毕业生，没背景，怎么留在这样的名校？全是因为她的男朋友。她男朋友的外公是他们学校的前任校长，学校里上上下下全买她男朋友家的面子。你的安妍因为是人家的准儿媳，才留的校。你的安妍把这些也跟你说了？”

健心想，难怪安妍的男友能有那么好的工作，那么多人巴结他，原来是个地头蛇。

静瑶不解恨，继续说：“她和她男朋友闹矛盾，想出国。她在的系里哪里知道他们吵架的事，自然找个由头让她出国。什么她自己说的英语好？骗人。你以为国内是谁英语好谁就能先出国的？她除了蒙你这个傻子，还能蒙谁？她这种女人就是表面淑女，一肚子心眼。当年为了留校，跟她男朋友上床，最后利用了她男朋友。今天，为了留在美国，又利用了你这有身份有工作的傻瓜，还想甩掉原来的男朋友。什么人！”

健听她这么恶狠狠地骂安妍，想打断她，但她的每一句话都打击到健心里的痛处。健无力反击，在脑海里不停地问自己：“我被利用了吗？我被利用了吗？”

终于，开到静瑶的住处，静瑶最后恨恨地问健：“我哪点比不上安妍？哪点？你这个笨蛋猥琐男！”说完，摔门而去。

健无力地追问静瑶：“你是不是算计好了今晚安妍看电影，才特地让我去接你？”

静瑶回头鄙视地看健一眼说：“她跟人看电影，全世界都知道，要算计吗？你以为我今晚真的是去那个酒吧喝酒？我连那个酒吧的门都没进过。我从来都没进过美国的任何酒吧或者夜总会，你这个白痴！”

静瑶说完转身走远，把健呆呆地留在夜幕里。

“你以为我今晚真的是去那个酒吧喝酒？我连那个酒吧的门都没进过。我从来都没进过美国的任何酒吧或者夜总会，你这个白痴！”静瑶的话一遍又一遍地在健脑子里回响，这女孩子竟然这么花心思地“勾引”自己？她就这么喜欢自己？健被震撼到了。

可另一边还有安妍。如果静瑶说的都是真的，那安妍就一无是处了吗？安妍说当年是那个男生追她的。看安妍的个性，健相信是真的。那男人帮女朋友一个大忙，不是天经地义的吗？再想想自己跟安妍，也是自己主动追她的啊，也心甘情愿地帮了她很多，她有什么错？

一看表，10点了，安妍早在家等急了吧？健恨不得立刻开回安妍的屋子。

终于开到安妍的门口，屋子里亮着灯，健心里一股暖流冲上来，眼睛都有点儿湿了。他冲上去急切地敲门，大叫着："安妍，快开门！是我。"

安妍一下子打开门："你怎么这么晚？"

话没说完，健从背后踢上门，嘴唇就紧紧贴上了安妍的唇。安妍被健抱得快喘不过气来了。两个人此刻好像要把彼此都融化在一起，再也不分离。

但当安妍满脸泪水地离开健的脸的时候，突然脸色大变："你是接人去了，还是接吻去了？"

这句话犹如晴空霹雳一般，把健一下子扔进了冰窟中，健整个人都呆住了。健的思维，健的世界，在这一刻都凝固了。

他怔怔地愣了好久才想起来，静瑶留在自己脸上的鲜红的唇印，仓促间根本没擦干净。他急着冲进来见安妍，竟然没把这该死的唇印擦干净！

健结结巴巴地解释："是静瑶故意吻的，我跟她之间什么也没有。"

安妍整个人都快崩溃了："你不要解释了。难道天下所有男人都这样？一个女人不够，同时要占有几个女人才行？"

健急得简直想撞墙，越急就越说不清楚。

这时候，要找静瑶对质，这个小妖精肯定会把健置于死地而后快，可脸上这鲜红的唇印也已经让健百口莫辩。

安妍指指门口，无力地说："你走吧，今晚我要静一静。我要好好想想你们男人。"

健还想再解释，安妍硬硬地说："走啊！让我一个人静一静。走啊！"

一股绝望充满了健的全身。健知道，再说什么，都只能越描越糟，只有让时间来冲淡一切了。健拖着疲惫不堪的身子，一步一步地向自己的车子走。

健一夜无眠。好不容易熬到天亮，给安妍打电话，她不接。健这一天什么地方都不想去，每隔一个小时给安妍打一次电话，她始终不接，留言也不回。

健知道，昨天和静瑶的事情，给了安妍最后的一击。连续两次遭到男友不忠的打击，安妍的心已全碎了，再难复原。但是，健还想当面再试一次。或许，她能再给健一次机会。

健不顾一切地开到安妍的住处，他敲了好久的门，没人应声。要么她故意避开健，要么她故意躲在屋里不开门。

上星期，这个屋子还是健温馨的家，今天竟然成了毫无生气的黑屋。

健突然有点儿担心起来，安妍不会做什么傻事吧？健决心黄昏时，再来找安妍。她再不应，健就报警。路上，健越想越担心，再次给安妍留言，警告说，自己非常担心她，不管她原谅不原谅自己，她必须在两个小时内回音。否则，自己就报警，说她失踪了。

10分钟后，手机响了。一看是安妍，健松了口气，抓起手机就叫："安妍，你还好吗？你让我担心死了。"

电话里传来安妍冷冷的声音："不用担心，我没那么脆弱。过去12小时发生了很多事，回去查电邮。"电话挂断。健刚热起来的心又掉进了冰窟里。

健冲回家，安妍的信等在那儿，很长的信。

安妍说，有人把她和健的事传到了国内学校里。健想，没别人，就是静瑶干的好事。

昨天半夜，先是系领导打电话来，希望她专心读书，不要有别的想法。还警告说，如果不能专心读书，学校一定会取消资助，而且会在她回国后给予处分。也不要试图逾期不归，她的签证是由中美协定制约的，等等。

她的男朋友竟然也破天荒地打电话给她，说听到谣言，但相信她。只要安妍能原谅他的过去，他也不计较安妍的一时冲动。

健跟静瑶的事情，让她绝望。没有了爱情，美国对她没有意义。她一个弱女子，最安全的还是她的家乡。安妍请健不要再打扰她，她想安安静静地完成学业，回国。至少，她希望和健分开一段时间，冷静一下，双方暂时不要联络。

最后，她很感激健为她所做的一切。财物上的事，她会写张支票还给健。

看到最后，健已是透心凉，知道事情已到无法挽回的地步。如果不是因为她那个很有背景的男朋友，学校是不会打越洋电话管这闲事的。健可以想象，安妍现在正承受着各方面的巨大压力。至于钱，谁要她还钱了？

可能分开一段时间，对大家都好。如果再去找安妍，静瑶那个间谍不知道又会搞出什么事端来。

一想到静瑶，健一股怒气就冲了上来。健一定要问问这个妖精，为什么就不能放过安妍和自己?

健冲到静瑶的房间，她的室友说，静瑶大概要过一会儿才能回来。健就在她门前，坐在车里等她。健从来没有觉得时间这么难熬。

终于看到静瑶穿着便服往回走。健冲向她，一把抓住她的胳膊，厉声问她:“为什么要这么害安妍? ”

她用力甩开健的手，一边用英语喊:“放开我! 你弄疼我了! ”

周围的行人都停下来，往这儿看。

健突然意识到事态的严重性，如果有人报警，健刚才的举动都被目击，自己怕是要吃官司了。健只好松开手，退后很多步，和静瑶保持着距离，免得再生是非。

附近的两个白人壮汉走过来，问静瑶需不需要帮助。

静瑶松了口气，对那两个白人说:“我没事。我们只是在争论点儿私事，他刚刚情绪有些激动，现在没事了。”

那两个白人敌视地看着健，摆出一副随时准备打架的架势站在一边。

健不甘心地问静瑶:“你做这一切都是为什么? ”

静瑶冷冷地回答:“女人的嫉妒。凭什么安妍什么都能靠身体得到，而别人却要辛辛苦苦地挣? 这是女人的嫉妒，你永远不会懂的。我劝你还是走吧，别再惹麻烦了。”

静瑶的最后一句话是用英语说的。两个白人一听到这最后一句，立即威胁道:“你听到没有? 这位女士让你走开! 走开，别再回来惹事。”

健恨恨地看着静瑶，气得不知道说什么好。他手指着静瑶，愣了半天，只憋出一句话:“你好卑鄙啊! ”然后，转身往自己车子走去。

这时，身后的静瑶突然带着哭腔，绝望地喊道:“健，你听着，我就是喜欢你，这有错吗? ”

健一下子怔住，呆呆地回过头向静瑶看去。这时的静瑶，已经大哭着向自己的房间跑去。那两个想打抱不平的白人被弄糊涂了，但还是警惕地看着健。

静瑶最后这一句发自内心的话，让健对她积攒这么久的所有怨恨的怒火，全都化为一缕青烟。看着跑远了的静瑶的背影，健木木地回到车上，发动了车。

静瑶原本是因为赌气，说了很多骂安妍的话故意气健。但最后听到健竟然骂自己卑鄙，就知道自己对健不会再有任何幻想了，所以喊出了那句真心话。正是这莫名其妙的“女人的嫉妒”和随之而来的“喜欢”，让静瑶做了这么一件荒唐事。

其实，如果在一个普通场合，静瑶见到健，是不会对这么一个“离婚二手男”感兴趣的。可是，偏偏有个很亲近的朋友——沉浸在幸福里的安妍，情不自禁地把健的优点放大，这样健的形象在静瑶的眼里一下子就高大起来。一开始，静瑶只是因为对安妍的这位男友好奇，才向安妍打听。

沉浸在幸福中的安妍也不考虑一下静瑶的感受，还直说健是个表面木讷内心浪漫的主儿，这不就把静瑶心里的醋坛子给打翻了吗？照安妍这么一说，这个貌不惊人的健，不就是自己心中的“白马王子”吗？硬件条件不错，有工作，有绿卡，为人又好，不仅老实还浪漫，去哪儿找啊？

嫉妒得发烧的静瑶开始气不过，凭什么安妍一个只能在美国待一年的访问学者，来美国没两天就遇到这么好的男生？而自己条件这么好，就不能找到这么好的男朋友？况且，安妍在国内不是还有个家庭背景厉害的男朋友吗？凭什么她在美国又有这样一个男朋友，一不用辛苦忙出国，二不用艰苦读学位，就能留在美国了？相比之下，自己在这个萧条的市场里，还不知道是不是一定能找到工作呢。不行，既然这个男生这么好，就要争取过来！静瑶对自己一向是有绝对自信的。

由于心里不知不觉地有了要抢健的念头，静瑶在安妍面前就带出了醋意。所以，就有意无意地说，健跟自己聊得多好，相处得多好，等等。她这醋意一露，安妍就紧张起来，安妍在静瑶面前显得有点弱势，一看这个“强劲对手”要争自己的健，也一下子急了。可她没法跟静瑶急，结果，就跟健闹起来。

这一闹，静瑶看在眼里，喜在心里。可静瑶知道健一心一意地喜欢安妍，所以，决定用点“身体优势”，以最快的方式把健搞定。想来想去，就想到酒吧接人的计策。结果，那个“木瓜”竟然那么死心眼，不懂风情，让静瑶又气又羞。现在，静瑶跟自己说，要狠狠地把健从自己的心里给踢出去，“哼，一个离过婚的猥琐男，你去死吧。”

健一离开静瑶那儿，就冲到安妍的房子前，想最后努力一次。他不停地敲安妍的门，觉得她就在里面。健大声地喊着：“安妍，安妍，开门，听我说一句，开门啊！”

健越敲越响，可是里面毫无声息。

慢慢地，邻居们都警惕地伸出头来看。突然，隔壁屋子伸出个大汉的头，向健大喊一声：“你给我住手。没人开门就是没人在家。你要是再敲，我就叫警察了。”

看他怒目圆睁的样儿，健知道，再敲下去，警察没来，怕是这家伙的枪大概就先到了。

健只好摆出息事宁人的手势，一边后退，一边说：“没事了，我这就走。”

他回到车里，刚发动车开出去，就从后视镜里看见安妍的屋子里亮起了灯。健感觉心里一阵刀绞般的痛。

健不想回到自己的小巢，那里有太多和安妍在一起的回忆，现在这些回忆让健太心痛。他漫无目的地开上高速公路，不知不觉中向南开出了湾区，就这么一直往南开，一直开到了卡梅尔。

健一个人站在卡梅尔那片曾经和安妍一起走过的沙滩上，站在那块曾经和安妍一起疯狂过的沙地上，看着落日依旧，海浪依旧，健泪流满面。

26 追爱

这次健的心被伤得很厉害，他甚至觉得自己这辈子就这命了——没爱情的命。健意识到，这是自己这辈子第一次真正的恋爱，和以前那次婚姻的感觉一点儿都不一样。健甚至怀疑，自己跟前妻都没有真正恋爱过，自己只是回国娶了个老婆回来，在一起过日子而已。自己好像爱过前妻，但那种“爱”、跟这次的不一样。怎么不一样？健也说不出来。

前妻背叛自己，自己只有愤怒。离婚后，自己怎么都不想和她复合。自己都意识到，跟前妻并不合适。可这次失去安妍，健的心像被挖了似的痛。健知道，自己这次是真的失恋了。

健不想让自己太闲着，免得想起来就伤心。而现在自己有的，也只有这份工作了，其他真是一无所有。没有家，没有爱情，也没多少钱。这几年公司的股价掉得实在不像样，自己干脆就不看它了，眼不见心不烦。

现在健把所有的精力全放在工作上，可心里痛，思想难集中。越是不想让自己想那伤心事，集中精力写程序，就越是胡思乱想，结果，以前精力集中时，半天就干完的活，现在要干一天。不过，好在健一无家二无口，有的是时间，每天在公司一待就是十几个小时。

这天，都快晚上七点了，健还在干活。同组的台湾人戴维王走过来，拍拍健的肩问:“你最近老是垂头丧气的，是不是中国家里有事了？”

健抬起头，毫无生气地摇摇头。这个戴维王一下子起劲了:“噢，那肯定是最近失恋了？”

健没回答，算是默认。戴维王一看，健是真失恋了，就更来劲了。戴维王五十多岁，是一个典型的硅谷老工程师，前两年刚从 manager 的位子上自己辞职下来。俗话说，人往高处走，水才往低处流呢，这老兄自己辞了这官位干什么？唉，他是遇上对头了，真的没法干了。自己跟了多年的老上司被赶走，换了个印度人当上司，上下级关系一下子就紧张起来。

后来组里招人，戴维王在新上司的授意下，不得不招了个印度女人。谁知这印度女人一来上班就说自己怀孕了，不能接太多活。戴维王不好说什么，谁让自己面试时没看出来呢，再加上上司示意要招这女的，他也没办法。

在美国招人面试，是不能问面试者怀没怀孕的，而面试者也没义务跟公司说，所以，是真没办法。本来这也没什么，招人就是为了长远打算，不能因为怀孕就歧视人家。可是，现在这印度上司新官上任三把火，逼着戴维王赶进度。半年的活要在三个月内做完，三个月的活逼着一个月做完，把戴维王逼得没办法，只好让手下人一起加紧干活。

这印度女人一看，不乐意了，跟戴维王干了起来。戴维王在气头上说了两句不中听的话，这女人就直接跑到印度上司那里告状了，大概是得了印度上司授意，这女人又去人事部告状。一到人事部，事情就搞大了，人事部就走程序，找到了那个印度上司了解情况。这印度上司自然说全是戴维王的错。等找到戴维王谈话时，下有印度女人的恶状在先，上有老印上司的打压在后，戴维王就是有一百张嘴也说不清了，结果得了一个严重警告。

戴维王这气得啊，唉，你们这不是联手挖火坑逼我跳吗？这 manager 我怎么干得下去啊？这两年硅谷不像当年 dot-com 泡沫时候的年景了，找份工作，特别是找份 manager 的工作不容易。戴维王想通了，干不干 manager 都是给人打工，受那份穷罪干吗？不就是混份工资吗！两个儿女都上大学了，自己也已经考虑退休了。过去这么多年积累的资产，也足够让自己退休后过上舒服日子，在 Cupertino 的房子贷款也都还清了，现在在这儿不就是混份医疗保险吗？想通以后，他就辞去了这 manager 的职位。

那个老印一听，当然乐坏了，顺水推舟地把戴维王的职位给抹了，一转脸又把自己的印度小兄弟提了上来。其实，明摆着是这印度人设了个套，逼戴维王离开这个位子，然后让自己的人占位。

戴维王当回"硅工"后，比以前开心得多，没事总是跟人说："这一线

manager 真不是人干的。”人家是正儿八经地从 manager 的位子上自己辞下来的，所以听者都发自内心地感慨。

今天，戴维王要赶一个项目，在公司多待了一会儿。忙完以后，不急着回家，就找健聊天。看健因为失恋搞得失魂落魄的，就禁不住以过来人的身份劝健：“唉，小兄弟，你失个恋就成这样，没必要啊。你看我，都离婚了还没像你这样呢。”

健一听，惊得嘴都合不上：“戴维王，我们中国同事去年去你家烧烤，你跟你太太不是挺好的吗？大家都说你们是模范夫妻，而且你们的小女儿今年都上大学了吧？怎么突然就离婚了？”

戴维王自己大概也想为离婚的事跟人倾诉，既然健问了，也就打开了话匣子：“不瞒你说，我跟我老婆，对了，现在该叫前妻了，其实十几年来老是吵架，而且吵得很凶。她这个人个性很强势，那时家里孩子又小，她觉得过日子什么都得听她的。你知道不知道，连我买什么牌子的酱油这种小事，都能挑起一场争吵。别人都说，夫妻没有不吵架的，吵一场，好一下。其实不对，如果是偶尔吵一下，当然没事。可要是吵得频率高了，一个星期吵个三四次，那真的很伤人心。吵到最后我有点儿绝望了，心里实在太累，决定忍，不再吵了。孩子不能没爸没妈，为了孩子，我就忍。平时跟她说话，我总是小心地选话题，凡是以前让她不爽的话题，我坚决不提。她要是提这些话题，我尽量少回答。我在家比上班还紧张。她慢慢地觉得我脾气变好了，不跟她吵了，凡事顺着她，她就真以为是自己有本事，硬是把我给改变成她想要的那种男人了。哼，真是一厢情愿。这十几年，为了孩子，我特别小心，尽量少吵架，事无大小，她说了算好了，我就忍着吧。结果你们大家就有了个假印象，以为我们是模范夫妻。”

戴维王说到这里，健简直不敢相信他在家里是这么个窝囊丈夫。戴维王当 manager 的时候，可不是个谨小慎微的人，跟别的部门干起仗来毫不含糊，根本不是个凡事“忍”字当头的人。要不然，他不会这么快就跟印度女人和上司直接干起来。想不到这么个牛人在家竟然是那样！

戴维王猜到健的想法，笑了笑，解释说：“这人啊，在外在家是不一样的。在外，不能软。这在家嘛，忍忍就好了。吵多了，对自己、对孩子都不好。谁让我娶了个这么强势的女人呢？要么在没孩子的时候早点儿分手，像你那样。要么就像我这样，耗费十几年，就这么熬着、忍着，浪费自己的人生。现在，小女儿也上大学了，我人生中最大的项目做完了，我突然就想，以后的人生要怎么过？我不想再跟我前妻熬下去了，就把大部分家产都给她，自己走人。反正，有工资，还有自己存的退休金，够啦。”

戴维王把自己的事说完，话题一转，开始劝健：“其实，你失恋未必是坏事，可能那个女生真的不适合你。你看我，当年跟我前妻谈恋爱那会儿，就觉得她性格比较厉害，但当时没当回事，因为她当时凡事都顺着我。你看，后来过了几十年还是分手。所以，失恋，就是给你一个机会去找更适合你的人。你年纪轻轻的，振作起来啦，没什么大不了的啦！记住老哥一句话，这找老婆就等于找个做生意的合伙人，你不能让你合伙人 180 度地转变成你喜欢的样子。你只能妥协调整，再期望对方能改变一点点。你老婆对你，也应该是一样。所以，找老婆的时候就要看，对方要是有性格方面的问题让你受不了，你坚决不要指望能用爱什么的去改变她。该放弃的就放弃，除非，你觉得像我这样熬一辈子，还挺幸福的，那就另当别论。”

说了这么多，戴维王也说累了，自己拍拍屁股走人了，但健心里确实觉得好受了一些。人就这样，朋友在自己面前把伤疤揭开，给你看看血淋淋的伤口，你就会突然觉得自己的痛没那么痛了。

不过，健想想，自己跟安妍分手，并不是因为安妍的性格不好。安妍是个性格很温和的女孩子，只是自己做了伤了人家的事，才闹到今天这个地步。想到这儿，健心里又觉得沉甸甸的。

健就这么用工作给自己疗伤。平时，等把自己负责的部分做完了，还替忙不过来的同事分担很多工作。周末，如果没有同学聚会什么的，自己甚至也去公司干活，不然待在家里，想到安妍就心痛。这样一来，健最近在领导和同事的眼里都特受欢迎。几个月的时间，这么一晃就过去了。

健是个书呆子，不知道女孩是要哄的，是要有耐心的。他虽然结过婚，却也没增长多少恋爱的知识。跟丽丽的那段“电话恋爱”实在没让健学到如何追女孩，如何跟女孩相处。健觉得，安妍对自己那么坚决，就意味着自己跟她一点儿希望都没有了。这个“呆头鹅”除了让自己伤心外，竟然一直没有再试一试去找安妍。

这段时间，安妍也是把自己埋在学业里。同时，她做了一个很重大的决定。

安妍给在国内的前男友写了一封信，明明白白地告诉对方他们之间已经绝对不可能，请对方忘了自己，去追求自己的幸福。安妍知道，自己一旦和这个家里那么有背景的男朋友分手，就意味着她在国内学校里的前程没有了。但安妍想通了，自己只想要简简单单的生活，那种依靠别人的前途，自己要不起，也不想要。如果学校给自己穿小鞋，自己再想办法，可以换个单位或者离开那个城市去读博士，等等，总是有出路的。

安妍想明白后，像卸下了一个压了很多年的重负，一下子轻松了许多。安妍只想抓住现在这个难得的机会，多学一点是一点。人忙起来，日子过得飞快。美国学校的假期多，暑假又长，很快就到学年结束了。

安妍该回家了。

国内的大学领导竟然也发来 e-mail，敦促安妍不要久留美国，尽快回国，说系里教学任务繁重，很多课等着她回去承担，请她务必学期一结束就回国。安妍知道这封信是什么意思，有人已经去系里打了招呼。安妍只是冷冷地笑笑，马上就到暑假，怎么会“教学任务繁重”？她猜小鞋大概已经做好，等着自己赶快回去穿呢。但毕竟不能让领导担心啊，安妍立即写回信，报告了自己回校的大概日期。

安妍开始准备归程，先订好了机票，然后跟房东老太太打了招呼。老太太长吁短叹，觉得这么好的房客要走了，太可惜。安妍又在校园里贴广告，要把家具什么的慢慢卖掉。

安妍总是忘不了健，总是梦到跟健在一起，有时在一起好开心，有时又在吵架。但不管是开心的梦还是吵架的梦，醒过来总是看到被泪水沾湿了的枕头。安妍时不时恨健不肯主动来找自己，但又怪自己当时做得太狠，把健伤得太深。

安妍有时在校园里看到背影和健相像的人，心竟一下子狂跳起来，以为是健来找自己。走近一看，根本不是健，安妍的心又沉到谷底。慢慢地，安妍对健都有点儿绝望了。后来，安妍去商店里买回国的礼品，竟也想象是不是会不期而遇地碰上健。如果真碰上了，自己会怎么说？再想下去就更害怕了，万一他身边有另外一个女孩，譬如是静瑶，那怎么办？自己大概就会不顾一切地落荒而逃了。

但这世界虽然很小，有时也太大。尽管两人都在湾区，安妍却一次都没碰到过健。其实，怎么碰得上呢？健是不逛商店的人，当他需要什么的时候，都是冲进商店里拿了就走，绝不多待一分钟的。

终于到了安妍在美国的最后一个晚上，老太太拉着安妍去吃了离别晚餐。晚上回到徒有四壁的卧室，只有两个大旅行箱靠在墙边，安妍突然有一种强烈的不舍，不舍得离开这儿的一切，但最不舍的是心里那个让自己牵肠挂肚的“书呆子”。

安妍已经想了很久，她要给健写一封离别信，但一直下不了笔。一想要写，眼泪就止不住地往下流，没法写下去。但今晚是最后的机会了，安妍只能边写边哭，实在没法把信写长，她只是告诉健，真的很谢谢健在她最困难的时候，给她的所有帮助。没有健，她很难想象如何把这一年的学业撑下来。最后，她忍不住，写下了健对她的感情她会永远留在心底，永远不会忘记。

安妍已经泣不成声。她把写好的一张支票放在信里，把信封上。然后，慢慢地等着在美国的这最后一个长夜过去。

清晨，同学过来接她去机场。开出没两步，安妍请他在路边的信箱边停一下，小心地把那封信投进去。车上的同学还奇怪，什么信啊，这么特别，不能发 e-mail 吗？安妍什么也没说，心里长长地嘘了一口气，轻轻地说：“走吧，我们去机场。”

到了第二天黄昏，健下班回来，拖着疲惫的步伐走到公寓前的信箱取信。除了一大堆垃圾广告，还有几封信用卡账单。等健翻到最下面，一封信让他几乎窒息。

信封上的字迹是如此熟悉。再一看发信人，健几乎无法呼吸了，心不可抑制地狂跳起来，是安妍！

健三步并作两步往家跑，急不可耐地撕开信。信里夹了一张支票。信不长，但安妍那最后一句话，说自己对安妍的感情，安妍会永远留在心底，永远不会忘记。这不就是说，安妍还爱着自己吗？

健觉得自己从一个黑暗得伸手不见五指的隧道里一下子冲出来，阳光要把自己刺得睁不开眼了。他转身冲出门，跳上车，向安妍的住处冲过去。健等不及了，一边开车，一边给安妍拨打电话。电话里响了两声，一个留言让健从阳光里又退回到了黑暗的隧道。那个机械的留言说这个号码已经没有了服务。健急得恨不得用头撞方向盘，直骂自己糊涂、浑蛋。安妍一直爱着自己，自己怎么愚蠢到没有去找她？现在她还在不在美国都说不准了。

好不容易到了安妍的房前，健按捺住自己的焦急，尽量慢慢地按门铃。时间像停止了一样，好像过了一个世纪，房东老太太终于开了门。健忙问，能不能见安妍。老太太奇怪地看着健："你不知道？她昨天早上就上了去中国的飞机。"

健听了，头"嗡"的一下，知道自己来得太迟了。

健谢过老太太，失魂落魄地往回开。突然，健给了自己一巴掌：是不是糊涂了，还有什么想的？回中国找安妍啊！

这个想法一占据健的脑海，他一下子又像从黑暗的隧洞里钻了出来，世界又亮堂起来。健回到家就给一个认识的机票经纪人打电话。这个机票经纪人在家办公做生意，没有租商业场地，所以，每次给出的机票价总是比别的大旅行社要低。而且，只要晚上不是太晚，或早上不是太早，你总能找到她，不像一般大旅行社，一过下午 5 点就没人了。

健要 24 小时后飞往武汉的票。她提醒说，那可贵啊。这时候的健急着回去追回自己的幸福，是不在乎钱的。订好票，健激动得一夜没睡好。第二天，他一早到公司请假，说有急事要回国一趟。项目头儿一听有点儿急，说他一走这么久，他手里的活怎么办？好在健的人缘好，同事都说没问题，可以把他的活拿过去一部分。戴维王还帮着敲边鼓，健又保证回去抓紧时间办完自己的事后尽快回来，保证不影响进度。项目头儿一看这架势，松了口气，祝健回国一切好运。

下午健冲到一个珠宝店，买了个大大的钻戒。他决心这次一定要把安妍娶回来，娶不到就不回来了。健不知道安妍已经跟她前男友彻底分手了，健还想呢，哪怕跟那家伙决斗，也要把安妍给娶回来。

书呆子痴情起来，那也是要天崩地裂的。

除了那钻戒，其他的，健装了个随身小旅行箱就够了。飞机飞到上海，再转去武汉的班机，到武汉已经快半夜了。健搭车到安妍所在的大学边上的一个宾馆住下来，冲了个澡，就静静地等天明。一是因为时差，二是因为激动，健睡不着。从窗口望出去，安妍的校园就在不远处，只是现在安妍会在哪儿呢？

健除了知道安妍所在的学校和院系外，对她的家庭地址和电话一无所知。

健只希望天一亮，赶到安妍的学校，安妍就会出现在那儿。可这见鬼的时间过得好慢。健打开电视看着半夜放的无聊电视剧，看着看着竟不知不觉地睡了过去。

等健醒过来，都快十点了。健冲出宾馆就向安妍的学校赶去。从进校门口起，健就一路向学生打听安妍所在的系教学楼。走进大楼，健的心跳一阵阵地加快。看到一个教师模样的人走近，健赶紧问他安妍的办公室在哪里。教师吃惊地反问:“她不是出国进修了吗？已经回来了吗？我怎么没看见她啊？”

健心说，你别问我啊，我在问你呢。那人看健脸上掩盖不住的焦急，同情地告诉他安妍办公室的方位，让他去看一看。健简直是一路小跑地找到安妍在三楼的办公室。当他终于看到门牌上安妍的名字时，气喘加上太激动，人都有点儿颤抖了。拼命地让自己平静了几秒钟后，健敲响了门。

一声，两声，屋里没有回音。三声，四声，屋里仍没有动静。健有点儿急了，手上又更重地敲，五声，六声……

旁边办公室伸出一个女老师的头，问:“你找安妍吗？她还没有回来上班。你要是有急事，不妨到二楼系主任办公室问一下。”

健听了心里一沉，糟糕，安妍真的不在学校。健谢过那个女老师，下到二楼，一眼就看到挂着系主任李教授牌子的办公室。安妍在她的段子里，无数次提到过这位系主任的大名。健虽然没见过他，但好像已经认识他好几年似的。

办公室门打开着，一位头发花白的老者坐在那儿，在轻松地看一本学术杂志。健小心地敲敲门，问:“您是不是李教授？”

老者抬起头，从老花镜的上方看看健，回答:“是。有什么事？”

健一听，乐了，这老者说的是自己家乡口音的普通话。健故意把家乡口音说得重重地自我介绍说，自己是安妍在美国时候的好朋友，安妍托他回国带一样挺重要的东西，所以，他特地到学校来找安妍。老者一听健是自己的老乡，又是从美国回来的，一下子客气起来，把健请进办公室坐下。

健急着问安妍在不在学校。老者摇摇头说，前两天，安妍一下飞机就给他打过电话，说要先回老家看看父母，下周才回来上班。所以，她现在大概还在家里。

健急了，问安妍的老家远不远，系里有没有地址和电话。李教授看健急得汗都出来了，忍不住微微笑起来，安慰健说：“不要急，她老家离武汉不远，坐长途汽车两个小时就到。你要是没空，可以寄过去或者留在系里，等下周她一来上班，我会亲手交给她。”

健一听，那哪成啊，只好再求老者把安妍老家的地址和电话给他。李教授看健这么急着找安妍，心里猜出一二，连忙站起来说，这就到系秘书那儿查地址和电话。过了一会儿，他返回来，递给健一张纸条，上面写着安妍父母家的地址和电话。健激动得抓住李教授的手千恩万谢，然后转身就往外跑。

老者看到健为了一个地址，像抓住根救命稻草似的样子，心里想，安妍大概就是因为这个小伙子跟老校长的外孙子吹掉的。看着冲出去的健的背影，他摇摇头，轻轻叹道：“现在的年轻人啊！”

健确实是把这张纸条当救命稻草了。他现在终于知道安妍的确切所在了。可是，健又怕自己赶过去时，安妍又去了别处，自己又白跑，所以要先确认安妍是不是在家。他拨通安妍家的号码，心扑通扑通直跳。不一会儿，一个老人的声音问找哪位，健估计这是安妍的父亲。

健灵机一动，把声音压低了装老声，用家乡音的普通话学着李教授的声音说：“我是系里的李教授，安妍的系主任，请问安妍在不在家？”

老人一听是系主任，一下子热情起来：“哎哟，安妍现在不在家，出去会同学去了。您有什么要我转告的吗？要不我让她回来立即给您打电话？”

健一听，赶忙说：“不用了，我一会儿要去开会，今天都不在办公室。只是系里有两份表格要她填一下，我让系秘书给她寄去。我就是想确认一下，安妍这几天是不是都在家。”

健心里给未来的老丈人赔了100个不是，这只是个“白色的谎言”（White Lie），不算大罪过的。

老人一听，保证这几天安妍哪儿都不去，下星期一定回校上班。健一听放心了，谢了老人，挂了电话就往宾馆赶。在出租车上，健问司机去安妍家那个地方怎么走。司机说的和李教授一样，那是个离武汉不远的小城市，长途车两个小时准到。

黄昏时，健坐着长途汽车，去往安妍所在的城市。他拿出地址交给出租车司机，这老兄竟然把健一直送到安妍家的楼下。司机得意地说，他闭着眼睛都能从这个小区进出。健想，小城市也有小城市的方便啊，如果是在自己家所在的大城市，大概自己要反过来给司机指路了。

健抬头向四楼看上去，呼吸一下子屏住了。那四楼阳台上的身影，不是安妍是谁？健想向安妍大喊一声，可猛烈的心跳，让此刻的健什么也喊不出来，一股泪水止不住地要涌出眼眶。健跟自己说，别没出息，不能流泪，不能。

他狠狠把眼泪逼了回去，然后向四楼冲去。等到了安妍的家门前，健的心都快要从胸口跳出来了，有种喘不过气的感觉。健在门外足足等了几十秒，让自己稍稍平静一点儿，才敢敲门。

来开门的是安妍的妈妈。没等老人问，健已脱口而出：“我是安妍的好朋友，想见安妍。”

老人温和地点点头，把健让进屋，把他带到安妍的房间门口，对里面大声说：“安妍，你有朋友来。”

安妍的门半开着，健一眼就看见正在阳台上晾衣服、背对着自己的安妍。她还是留着和健初次相见时候一样的齐肩长发，穿着一样风格的浅蓝色连衣裙。健慢慢地向安妍走过去，泪水再也止不住地流了下来，梦里千百次拥在怀里的爱人，此刻就在自己的眼前，咫尺之遥。

健轻轻地叫了声：“安妍，是我。”

这一声呼唤，让安妍的世界一下子凝固住了。这个让安妍一辈子也忘不了的声音，这个在安妍的梦里呼唤过千百次的声音，竟然从自己的身后传来。安妍强迫自己转过身来，眼前站着的竟是梦里想了千百次的那个男生。他不是在美国吗？怎么会在自己中国的家里？自己是在做梦吗？

看着痴痴的安妍，健把自己想要说的千句话万句话，化为一句：“安妍，嫁给我吧！”

安妍不顾一切地扑到健的怀里，紧紧地搂住健，不想让他再从自己的世界里消失。安妍把这么长时间以来的委屈和伤心，全都哭了出来，她捶着健的背哭着说：“你怎么这么狠心，你为什么现在才来啊？”

健紧紧地抱住安妍，只有一句话：“安妍，我永远都不会再让你离开我。”

27
竞价大战

安妍来到湾区，和健建起了温馨的小家。就像所有硅谷工程师的家庭一样，他们的生活也平静而又忙碌地缓缓向前流动着。不久后，安妍有了一份工作，再不久两人就有了一个宝贝女儿。

像所有硅谷双职工家庭一样，有了孩子后，安妍和健就决定买房子。买在哪儿，夫妻俩基本已经敲定，基本锁定在老中推崇的那三大“名校区”：Palo Alto、Cupertino，还有 Saratoga。

至于圣何塞的常青谷（Evergreen），健也考虑过。健当年跟锋抢房子的时候去过那儿，后来又去了锋以前的房子好几次，所以知道那地方。那是新区，环境很好，房价也相对便宜，但对自己和安妍来说，交通还是太不方便。Evergreen 住的很多是做半导体的工程师。这半导体公司，像英特尔、AMD、应用材料（Applied Material）、SanDisk 之类的，都在离 Evergreen 不远的地方，这些公司的人住在那里还比较方便。可自己两口子住那儿，上班就够呛了。当然，更远的好学区，像什么费利蒙（Fremont）的 Mission San Jose 学区，好是很好，可离两人上班地点就更远了，想都不敢想。所以，算来算去，就敲定了前面提过的那三大“名校区”。

地点有了谱，两口子就开始算钱。算了半天，两人工资加上健的那点 Yahoo 的股票，觉得最多也就买个八九十万的房子。现在这房地产又热起来了，健想想当年跟锋一起露营日晒雨淋地抢房子的惨状就后怕。要赶紧买，再迟了，就得像当年锋那样在房价顶峰上抢房子，那不是要当傻子了？这天底下没有看了别人做傻子，自己也跟着做的道理。

有了地点，有了预算，那自然就找白萱当经纪人找房了。白萱一听，可给两位交了底。在他们想要的地方，这价位很难找到新房。安妍和健想，老房子就老房子吧，学区要紧。有好学区的地方，将来孩子有个好学校上，而且因为老中、老印拼命地抢，这房价将来肯定涨得凶。

在硅谷这地界，买房的生力军是老中和老印“硅工”“硅婆”，所以好学区里也是满大街的老中和老印。如果又想住好学区又不想跟老中和老印做邻居，可有点儿难。

健选房子的心理跟安妍不一样。健以前是有过房子的，虽然是个Townhouse，也就是国内所谓的“连体别墅”，但那毕竟是新房啊！设计是没话说的，窗大屋亮，特别是浴室及更衣间的设计，都是老房子不能比的。就说那新房的浴室吧，淋浴间、大浴缸、两个洗脸台，还有带门的马桶间，样样俱全。

可别小看这带门的马桶间，那可是提高生活质量的核心啊。如果马桶间没门，甚至就在洗脸台的边上，您一大清早或者晚上临睡前，突然要蹲在上面“大解”，一浴室的臭气，您那口子是进还是不进呢?

也有人会问，那房子总得有两个卧室、两个浴室吧，另外一口子用另一个浴室不得了嘛！那要是您有个十几岁的孩子，孩子独占另一个浴室，您怎么办呢？得，咱啊，不抬杠了。反正啊，马桶有个自己带门的小间，那生活的质量是大不相同啊。不是说生活就在于细节吗？要过好日子，细节是不能忽视的。

再说更衣间。新房的更衣间，都至少大到可以让一个人半躺着打个盹，太太们当然喜欢了，买了新衣服可以不停地往里挂嘛。而老房子的更衣间，一般就只能让人站在里面转个圈而已。当然，这样一来，无形中约束了太太买衣服的欲望，省了很多钱，也鼓励人不停地把旧衣服捐出去腾地方，支持了慈善事业。

健的第一栋房子就是具备以上条件的。现在，看这些又老又旧的房子，浴室巴掌大，更衣间小到人都转不了身，健越看越泄气。

而安妍看房的兴致却极高。安妍在美国没住过像样的房子，心里没那么高的标准，看什么房子都觉得挺好。本来嘛，自己也不是大富大贵人家出来的，没必要较劲，手里有多少钱就买多少钱的房子吧。

健也知道，男人买房子都是为老婆买的。上次买在圣何塞市中心，全是因为前妻。现在买房子，也还是要以让安妍高兴为第一要务。几个老房子看下来，健已经把自己心中的标准降到最低了。

可是健的标准降得再低，也还有一条底线：健不买老印住过的房子。为什么呢？这不能怪健歧视，只能怪他的鼻子有个毛病，对一些浓重的气味过于敏感。别人吃菜，色香味全了就好了，而健必须色香味气俱全。这“气”字指的就是气味。菜还没进口，健鼻子这么一嗅，发觉那气味要是有一丁点儿让鼻子不舒服，食欲就立刻大减。所以，老婆大人常常骂健有个“狗鼻子”。

在很多闻不惯的气味里，老印的咖喱味健最吃不消，一闻就倒胃口，吃不下饭。其实，很多老中都受不了印度咖喱味。当然了，不能因为人家受不了咖喱味，就说人家歧视老印。同样，很多老中吃不了奶酪，也不能说人家歧视西方文化。嗅觉与味觉乃天生所得，跟脑神经、胃神经连在一起，不能跟思想意识里的歧视掺和到一块。

这年月，硅谷的老印越来越多，健所在的大组里，老印拉帮结派地发展，现在人数都快超过全组人数的一半了。一有机会出去吃饭，这帮老印就嚷着去吃印度餐。健为了维护同事关系，曾经不得不跟他们一起去过印度的自助餐餐厅。结果一进餐厅，还没等坐下，那强烈的咖喱味就让健反胃得立即要吐。健强忍着坐下，可胃口是一点都没有了。整顿饭健简直如坐针毡，只吃了一点白饭和一丁点的菜，吃完了还饿得前胸贴后背，可餐费却要大家平摊，健没吃两口也不得不掏了将近 20 美元。20 美元不算什么，可自己饿着进来，还饿着出去，不是找罪受吗?

所以，后来公司里聚餐，只要听说是去印度餐馆，健就找借口逃过。那些老印看出健不爱吃印度饭菜，心里竟然不舒服起来。一次要去印度餐馆时，健找借口想溜，一个老印挑衅地问他：“你是不是认为世界上最好的菜是中国菜啊？”

健一听，火上来了，立刻回答道：“是的，我就是这么认为的。”

旁边同事一听火药味比较足，连忙劝道：“我们好久没去泰国餐馆了，今天去泰国餐馆怎么样？”

泰餐中国味、印度味兼具，老中、老印能各取所好，所以，众人皆拍手称好。近几年来，泰国餐馆在硅谷大行其道，就是因为它中印口味兼具的优势。现在的硅谷高科技公司里，基本是老中和老印工程师瓜分天下。老中吃不消印度咖喱，老印又多属“素食动物”，没法接受中餐“天上飞的、地下跑的、水里游的都能吃”的霸气，所以，大家就折中选了泰国餐。这泰国餐就成了鹬蚌相争里的渔翁。

在公司里为了吃的事这么一闹，搞得健从此就跟印度咖喱有了不共戴天之仇。所以，健跟白萱说了，凡是老印住过的房子，再好咱也不看。安妍也不喜欢印度咖喱味，自然欣然同意。可这好学区，住的老印不少，如果不买他们的房子，选择就少了不少。白萱就劝健，味道大的主要是厨房，如果房子看好了，把厨房重新做一下，味道不就除掉了？安妍和健半信半疑。

很快，白萱就有一处房子给健和安妍看。这个房子有五六十年的房龄了，可是所在的地点，从小学到高中都挺不错的。白萱推荐健趁中午吃饭的时候就赶紧来看看，说这么好的地点，要不快看看早点儿做决定，怕到周末就没了。健和安妍自然不敢怠慢。

从房子的外观看，两口子没看出什么。这五六十年的小木屋，不能有太多指望，只要不是杂草丛生就行了。可一进屋就坏了，健一踏进屋子就被一股强烈的怪味给憋过气去，一转身逃到室外，像是从水里憋了五分钟才出水面似的，长长地吸了一口新鲜空气。他转过身问白萱:“这是不是老印的房子？”

白萱吞吞吐吐地说:“不太清楚……好像是。”

健心里一哼，什么不太清楚，我这鼻子一闻，就知道是老印的房子。白萱赶紧解释说，只要把厨房重新做一下，把灶和橱柜都换了就不会有气味了。

健将信将疑，抽了张面巾纸，掩住鼻子，深吸一口气，再入这“重味穴”。这次他不敢进厨房了，直接进了卧室。卧室稍微好点，可还是有气味。健感觉这气味不仅弥漫在空气里，好像更是从墙里渗出来的，开窗都散不去。最坏的是，这气味好像不是纯咖喱的味，还掺杂着吃这咖喱的人身上的气味，让健不仅反胃而且还莫名其妙地头疼。

健心想，我即使把厨房换个底朝天，除去了那气味，可卧室怎么办？把墙重新再刷层漆就能除味了吗？这气味好像都渗进墙缝里了，谁能保证日子久了它不会又跑出来？别的气味还都能忍，可这种怪味怎么忍？住在这卧室里，闻着这气味，别说连做“爱做的事”的心情都没有，怕是连做梦都要做吃咖喱的梦吧？健这么一想，头皮都有点儿发麻，如果做梦吃龙虾大餐，可不能让里面掺和上印度咖喱粉什么的。

健下定决心，还是做一次“活雷锋”，把这房子让给那些不怕咖喱味的人吧，至少他们少一个出价的竞争对手。白萱这下领教了健是如何怕老印的咖喱味了，再也不敢带健看跟印度人沾边的房子了。不过，白萱也提醒这两位，现在是2006年，抢房的形势已经很严峻了，竞价大战（Bidding War）已在他们看好的学区天天上演。安妍和健知道这情形，也不敢懈怠。

又过了一周，白萱又给安妍和健发过去一处新空出来的房子的资料。从各方面看，这个房子都不错。房龄有40多年了，但学区很好，白萱已经去看过，房子维护得还不错。最重要的是，保证不是老印住过的。

安妍和健赶过去，还没进门，就觉得外面维护得不错，心里有了好感。跨进门来，健那敏感的鼻子不自觉地嗅了嗅。白萱注意到健这个小动作，心里寻思，别又有什么气味让这位有个“狗鼻子”的朋友说“不”了。

健的“狗鼻子”一嗅，果然觉得有股说不出的怪味，像是油烟味加上一点儿老房的霉味。好在没印度咖喱味，健心里轻松了一些。白萱一看，这回健没捂着鼻子逃出去，是个好开端。他们直接往厨房走去。

经过前厅时，安妍和健看到墙边靠着一排书架，上面放了好多韩文书。安妍拉了一下健的袖子，小声说：“是韩国人的房子，这油烟味应该不会太重吧？”

健点点头，心里踏实了一点儿。可一进厨房，那怪味就又重起来，而且带上了一点点咖喱味。“狗鼻子”不自觉地又嗅了嗅，轻轻对安妍说：“我怎么闻到了印度咖喱味？”

安妍奇怪了：“你真是‘狗鼻子’啊，我怎么闻不出来？”

健不说话，拉开一橱柜抽屉，低下身一闻，差点没又憋过气去。我的天，又闻到克星了，是印度咖喱味！健拉过安妍，让安妍也伏下身来闻闻，得意地说：“怎么样，我这鼻子灵吧？”

安妍也奇怪：“怎么韩国人也喜欢这印度咖喱啊？”

一旁的白萱赶紧解释：“可能他们的前一户主人是印度人，而这韩国人没重新换橱柜，所以，有这点儿遗留气味。”

白萱心里暗想：你这个健，跟印度咖喱杠上了。这么一丁点味道，你竟然也能闻出来。

健也有点儿不好意思，不过好在这点味道自己还撑得住。如果买下来，咬咬牙，出点血，把这厨房、橱柜整个都换了不就得了？只要卧室别有这种气味就好。想到这儿，健一转身就往卧室走。

进了卧室，还好还好，健没闻出印度咖喱味。这气味一过关，健的排斥心理就没有了。安妍把房子里里外外看了个遍，也觉得还行。对于快 50 年的房子，不能要求太多。其实，还不都是为了孩子能上个好学校吗？忍忍吧。

健看看安妍，安妍好像没什么大意见。安妍看看健，看他那“狗鼻子”好像也能接受。两个人对视着点点头，跟白萱说，愿意出价。白萱松了口气，说下午就把房子的所有文件弄齐，晚上来健那儿准备出价。

晚上，白萱耐心地给安妍和健解释房子的状况。健虽然以前买过房子，但那是新房，没什么要注意的，这次非同小可，价格可是当年的四倍啊，是那种一失足就能成千古恨的交易，安妍和健都不敢掉以轻心。这老房子确实问题多多，首先房顶要换，其次有白蚁问题，但检测报告上说不严重，还好房基没有问题。

安妍小心翼翼地提出了一个问题：“这房子里没死过人吧？”健还真没往这方面想。安妍这么一提，健心里顿时有一种毛骨悚然的感觉。

白萱把报告翻到最后，指给他们看，房主有申明这屋子在三年以内没死过人。安妍不甘心地追问：“这房子都快 50 年了，那以前有没有死过人啊？”

白萱只好说：“法律只要求房主申明三年内的情况。我们不能要求，房主也没法知道这房子里以前是否有人过世。但据我所知，现在的房主是一对韩国的中年夫妇，他们的前房主可能是印度工程师，我想在过去十年里，有人在房子里过世的可能性很小。至于再往前，你想，都住过这么多人了，有点那什么的话，也早就干净了吧？”

您瞧瞧，白萱把鬼魂比作印度咖喱味了，认为只要住一段时间，这鬼魂就会跟气味一样散光了。

白萱又劝道：“这个区的房子大多是 40 年以上的，大家抢的跟什么似的。我觉得最重要的是房子的结构，只要结构没问题，就算不错了。你们看呢？”

健轻轻捏捏安妍的手，点头道：“我觉得这房子还行。安妍，你看呢？”

安妍也有点儿为自己提的这个荒谬问题不好意思，看老公说行，连忙也点头。白萱一看两人都点了头，松了口气，就问他们的出价。这房子开价 84 万，白萱知道已有不少人准备出价，就问安妍和健愿不愿意出得比要价高一点。

下午，安妍和健在网上研究过这房子的要价，觉得还算合理，是参照了邻居一幢类似的房子不久前的成交价。健觉得最多多出 4 万，凑个 88 万的吉利数顶天了。他跟安妍小声商量了一下，就对白萱说，出 88 万。白萱想想，84 万加 4 万，应该不错了，就在已经准备好的出价文件上填好数字，让安妍和健签完字就起身告辞，这时都快 10 点半了。

夜深了，安妍和健兴奋得好久没睡着。特别是安妍，这可是她第一次在美国当地主啊。安妍忍不住地唠叨怎么改厨房，怎么摆客厅，怎么添置家具。可是健比较保守，他知道锋 1999 年那会儿跟人打竞价战，打得很惨烈。硅谷人有打竞价战的传统和经验，所以，自己现在是否能赢真不敢太乐观。健劝安妍期望值不要太高，不然失望得也厉害。

安妍说："实在拿不到也没办法，这命里不是我的就不是我的，我认这命。我只是想象一下，让自己满足一下而已。女人嘛，对于房子比男人心重，房子就代表着一个家嘛！"

健笑起来："那我们现在住的公寓就不是家了？怎么我觉得女人有了老公就算有家了？"

安妍赶紧自圆其说："那我更正，是有了自己的房子，就代表有个更好的家。你说对不对，老公？"

健一转身把安妍压在身下，小声笑着说："那我现在给你一个改正错误的机会……"

第二天下午，白萱给健打电话，说 88 万没拿到，最后成交的价格是 92 万。健倒吸一口冷气，小心翼翼地把结果告诉安妍，不料安妍根本没他想的那么失望，只是说："看来这房子跟我们无缘。找房子跟找老公一样，不能强求。命里该是你的，就是你的，不该是你的，强求来了，未必有好结果。我信命。如果真让我花 92 万买一个开价 84 万的房子，我即便买到了心里也不踏实。"

健以前觉得老婆有点儿太迷信，现在听老婆用关于"命"的大道理解释买房这件事，突然觉得很有道理。看来，人信点"命"真不坏，至少处世要大度很多。得，这个房子既然跟自己"命理"不合，就忘了它吧，咱继续找。

28

百万买个小板屋

抢房的风气越来越重。很多人竞价失败一两次，心情就浮躁起来，出价出得越来越离谱。安妍和健也越来越担心，房价不到一个月就涨了10%，这样下去还怎么买房啊？

健还有个“狗鼻子”的毛病，对咖喱味特别敏感，这又增加了买房的难度。可这也没办法，这么贵的房子，不求住得舒心，但至少要能住吧？可买得起又能住的房子越来越难找。而且，再老再臭的房子，也有人抢。健就奇了怪了，难道自己的鼻子真跟别人不一样？那些把自己熏出来的房子，别人就不在乎？就能在里面吃饭睡觉？

皇天不负有心人，经过两个月的辛苦，看过无数的房子，经过若干次竞价失败后，安妍和健终于看到一间让两人都很满意的50多年的老屋。这屋子让健称奇的是，自己一跨进去，进入鼻腔的竟然是一股清新的香味。

各位读者可能会想，这是空气清新剂的香味，哪个卖房的不用空气清新剂除臭啊？可别忘了，健乃“狗鼻子”也，只要空气里有一点儿不对的气味，再怎么用空气清新剂喷香，健都能把那个气味嗅出来，害得白萱现在看房子，也不自觉地不仅用眼看，也用鼻子嗅，自己不狠狠地嗅几下，确保没怪味，都不敢让安妍和健来看。

可这屋子奇了，竟然没有一点儿油烟味。这在这个到处是亚洲人的好学区，是非常少见的。一问，原来房主是一对美国老夫妻。孩子大了，出去工作了，老两口就准备卖了这房子，到内华达去享受退休生活。健不明白了，这老美一辈子不炒菜的？这样的好房子，健可不能放过，过了这个村可就没这个店了。

安妍也好喜欢这房子。这对老夫妻很会拾掇房子，里里外外，大处小处都保养得挺好。健跟安妍小声商量了一下，就坚决地跟白萱说，这房子他们无论如何都要买下来。

白萱也觉得没怪味的房子在湾区太稀罕了，错过实在可惜。

三人晚上就在健那儿讨论出价。白萱说，房子检验报告指出两个主要问题：第一，地基有块基石有点儿问题，需要进一步证实这块基石不影响房子的整体结构；第二，这是个老房子，白蚁特别严重，一般杀白蚁的办法都不行，得用“熏蒸法”。

两口子一听这“熏蒸法”吓了一跳，忙问白萱什么是熏蒸法。白萱介绍说，加州的房子都是木制的，主要是为了防地震。木头房子招白蚁，这白蚁会一直钻到墙壁和柱子里做窝，所以，只从外面杀杀白蚁而不除掉蚁窝是不行的。熏蒸法就是把房子里里外外都包得严严实实的，然后向房子里面填充杀白蚁的蒸气，让蒸气渗进墙壁和柱子里，把白蚁清除干净，这是一种很彻底的办法。

健问，这得要多少钱啊？白萱说她可以介绍专业公司，看白蚁严重的程度定价，一般需要四五千美元。健稍稍放了心，这价格自己还承受得起。

安妍也小心地问：“杀白蚁的蒸气就是毒药吧？将来对人体有没有害？”白萱说：“一般开窗几天，药就挥发完了，不会有残留的。这种做法在加州这儿很普遍，应该没事。”

健夫妻俩对望一下，心里沉甸甸的，这是什么房子嘛！又老又旧不说，又闹白蚁，房基还不知道稳不稳。可转念又一想，过去看了这么多房子，有哪个房子没问题？大家还不是疯抢？相比而言，这个就算是不错的了，最重要的是它没怪味。既然把房子包起来用蒸气狠狠消一次毒，就能把白蚁解决了，那就算没有白蚁的问题吧。至于那地基，这明摆着不是个新问题，等找个专家瞧瞧再说吧。两个人思虑了一番，实在舍不得错过这房子，最后还是决定出价。

白萱知道，这房子价要是出少了，绝对没戏。可健和安妍是自己的朋友，不敢让他们加太多，不然太亏了，还是让这两口子自己做决定吧。

安妍和健这次下了狠心，一定要把这房子拿到手。两人估计，加个小几万还会和前几次一样白忙活一场，便一咬牙，一跺脚，一狠心，要加 10 万，加到 101 万。说出这个价以后，他们自己都有点儿哆嗦。当初两个人的预算可是只有

80 多万啊，还说到 90 万顶天了。这下可好，一下子超过 100 万了。可是没这数，趋势摆在这儿呢，根本拿不下这房子。就这数，能不能拿到，还不一定呢。用安妍的理论来说，就看这房子和自己的“命”合不合了。

看了这么久房子，健只对这个房子真有感情。健问白萱地基的问题有没有办法解决。白萱说，地基到底有没有问题，还需要请专业人士确认一下，没准没问题呢。退一步讲，就算是有点儿问题，根据她的经验判断，也不是什么大问题，花几千美元加固一下就行。健一听，放心了，只要有办法修，而且花钱不太多，那自己就没什么担心的了。健跟白萱说，既然这样，就不要在出价上加任何条件了。

等白萱走了，健说，自己这“狗鼻子”跟这房有缘，说不定啊，这房真能得到。可再一想，100 多万就买这么个又老又旧的小板屋？花 100 多万都能买个新屋大房了，那住着多舒坦，咱这是图什么呀？唉，不就是为了娃能上个好学校嘛！有了娃，两口子才体会到了，这从此以后做人就不是为自己了，一切都是为了娃啊！就指望将来这好学区的房子涨得快，也在资产方面给自己带来一点儿回报。

出了价，安妍和健就开始焦急地等结果。等到第三天，白萱给安妍和健发电邮，恭喜两位，他们的出价被卖主接受了。过了一会儿，白萱又忍不住给健打了个电话，要告诉健其中的一个小插曲。其实，还有另外一个人出价跟健一样，幸亏健在讨论出价的那晚说无条件出价。另一个出价人提了个条件，要求等确认地基没问题后，出价才有效。结果，卖主毫不犹豫地选了无条件出价的健。如果健也有个条件的话，现在花落谁家就不好说了。

健长吁一口气，看房看了这么久，自己被折磨得吃不好，睡不香，这下总算有了个结果，他们总算要有个家了。

29

风水大师

中国人挺有意思，一定要对房子拥有了所有权，才觉得这是“家”。在公寓里面都结婚生子了，还觉得那不是真正的“家”。

可有了“家”不代表就能立即住进去。申请贷款、买保险、签约都不是难事，难的是不仅要杀白蚁，还要给这老房子“整整容”，然后才能搬进去。毕竟已经有小孩了，等搬进去再拆墙整瓦的不合适。

安妍和健请了专业公司的人包房子，“熏”房子，自己则忙着打包。如果没小孩，夫妻俩装几个箱子就完事了。一有了小家伙，那就得有几十个箱子了。夫妻俩白天上班，晚上回来一边照顾小家伙，一边打包，忙了整整两天，累得够呛。如果不是这房子得“熏”两天，然后，还得门窗大开地散两三天“毒气”才能搬进去，他俩还真忙不过来。

谁知道第三天一大早，一阵门铃响，把夫妻俩从睡梦中惊醒。健气不打一处来，什么事，这么早就吵人家的清梦？可一开门，吓得他立刻彻底清醒了，门外站着的，是两个警察！

警察先核实了健的姓名，又拿出了一个写着地址的纸条，让健核实是不是他新买的房子。健的心紧张得咚咚直跳，忙问这房子怎么了。警察说在健的新房子里发现一具尸体。健一听，吓得汗毛倒竖——别还没搬家呢，头上先戴个“谋杀嫌疑犯”的帽子，那可就惨了。

警察问，能不能进屋问几个问题。健都蒙了，稀里糊涂地把警察让进屋，什么请坐喝水的客套全忘到九霄云外。警察看健几近崩溃的样子，也不想为难他，简明扼要地说了一下事情经过。原来，今天清晨，专业公司去拆房子的包时，发现屋里有一具尸体。死者是一个二十岁左右的白人，警方正在确定死者身份，初步鉴定死者是在充满毒蒸气的房子里，吸入过量剧毒蒸气，中毒而亡，但最后结论要等法医解剖后再定。

警察拿出死者照片，问健认识不认识、见没见过死者。健发誓，从来没见过，连梦里都没见过，又不放心地追问一句:“我不是嫌疑犯吧？”

警察回答:“现在还不是。”

健一听急了:“什么叫现在还不是？是不是以后就可能是了？”

警察一看健那急得要跳墙的样子，赶紧解释:“这不是我们俩能保证的。但从目前的情况看，跟你不会有多大关系，你不用担心。”

健心想，你说不用担心，我就不担心了？警察问健:“能不能问你太太几个问题？”

健只好推门进里屋找安妍。此刻的安妍脸色煞白，满脸是泪，目光呆滞地坐在床边。隔着门，健和警察的对话，安妍一字不漏地都听到了。安妍是个迷信的人，惹上个杀人的官司，早就吓得六神无主了，腿一软，一屁股坐在床沿上，越想越害怕，眼泪就止不住地往下掉，心里哀叹自己命怎么这么苦。

安妍听说警察要向自己问话，吓得头脑一片空白，直摇头说:“我不去，我不去。”健管不了安妍的耍赖了，用力扶她起来，轻声安慰说，只是问几个简单的问题而已，自己会陪着她。安妍没辙，被健半推半扶地带到外屋。

警察很客气地跟安妍打了个招呼，等安妍和健坐下，再次拿出照片，问安妍有没有见过这个人。安妍只是一个劲地摇头。然后，警察就详细问，他们最后一次到那个屋子是什么时候，当时情形怎样，以及二人过去 24 小时的活动。所有问题都是健在作答，安妍只是附和地在一边点头。

两个警察终于例行公事地问完问题后，拿出一份法律文件，解释说那房子暂时还不能搬进去，警方已经把它封起来了，正在现场取证，请安妍和健在文件上签个字，随即起身告辞。安妍和健呆呆地坐在旧沙发上发闷，直到听到小宝贝醒来的哭声，才去照顾小孩。

出了这么大的事，安妍和健没心情上班了。两个人都请了假，待在家里，脑子里一片混乱，除了照顾小孩，就是机械地打包。白萱一听说这事，急着赶过来安慰他们俩。安妍哭着抱怨道，不想再要这房子了。可是，现在这房子的房产权已在安妍和健的名下，贷款还款也开始计时，安妍不想要也不行，这房子已经是她的了，哪怕一天都没住过。如果真的不想要了，只能重新挂牌卖房。

安妍和健觉得好冤，辛苦这么久，好不容易买到房子，结果遇到这么倒霉的事，自己一天都没住过，还得费时、费力、费钱地卖房。白萱则劝他们先不要做任何决定，等警方给出最终结论再说。白萱心想，房子被警察封起来了，就算现在想卖，也没办法啊。

安妍和健也知道，现在说什么都没用，就盼着警方快点有个结论。等了一个多星期，警察终于结了案。死者是个白人小伙子，是前房主老夫妻的儿子的同学。这小伙子有吸毒的毛病，手上总是缺钱。他偶然从同学那儿听说人家老爹老妈卖房子，就想趁机摸进去，瞧瞧能偷点什么拿去换钱。白天“踩点”时，他看房子被包起来“熏”，知道晚上一定没人，就决定在晚上下手。

他也知道那熏白蚁的蒸气有毒，还特地戴了个口罩，可没料到那蒸气比他预想的毒多了。这位仁兄半夜一进这屋子，就发现东西都搬空了，什么也没有。可他不甘心白来一趟，就一个屋子一个屋子地“找宝”，结果待的时间过长，被熏晕了过去。等第二天一大早，拆包装的人发现他时，已经太迟了。

案子就这么结了，房子又原封不动地还给了安妍和健。安妍觉得这房子里死过人，晦气，不肯搬。健不迷信，不在乎这个，可老婆大人不爽，也是没法搬家的。

健也不想再折腾了。卖这房子，再满世界地找房子，那房子还得没怪味，不知道要花多长时间，太不容易了。而且这一买一卖再一买，要赔多少钱还不知道呢。健不在乎死没死过人，心想，这么老的房子你能担保从没死过人？人家不说，你不去想不就得了？健觉得老婆有点儿过分迷信了。

白萱好不容易为这两口子找到这个满意的房子，也觉得如果就这么放弃了挺可惜。白萱跟健是好朋友，也不想健这么折腾，赚那个手续费，自己都觉得不地道。可人家老婆心里有障碍啊，总得想法解决吧？

白萱干这行也久了，路子广，就给安妍出主意说：“要不请个风水大师给瞧瞧？要是有大碍，咱就不要这房子了。要是没大碍，那就搬进去，反正邪不压正，怕什么？你看怎样？”

安妍一听，觉得有理。从小就在家乡听人说，凡是有鬼魂什么的，请有法术之人做场法事，就解决了。如果能请个懂法术的风水师看看，想办法化解一下，自己心里会好受得多。健却不以为然，可他一句话也不敢说。他想，这当口，只要让安妍心里的坎过去，干什么都行。白萱一听，立即请自己认识的一位台湾的风水大师过来看一下。

这天中午，安妍、健和白萱在房子门口等这位台湾风水大师。三个人不约而同地不提进屋的事，谁也不愿意先跨进这房子一步。不一会儿，一辆银灰色的大奔驰在房前停下，一位 50 岁上下的中年人，手里捧着一个扁扁的丝绒盒子，缓缓下了车。白萱一边称呼着“张大师”，一边热情地迎了上去。

安妍和健远远一看这位张大师，就觉得有股仙风道骨的感觉。张大师保养得很好，一看就是一位知道如何调理自己、生活优越的人士。张大师的头发梳得一丝不乱，鼻梁上架副无边框眼镜，一身西装便服，既不显隆重，又不显随意，全身弥漫着一股儒雅之气。健登时不敢再小瞧这位风水大师，无形中对自己的不修边幅又多了一分自卑。

白萱把张大师介绍给安妍和健，自然少不了一大段恭维，说大师在台湾、加州都声名远扬。张大师淡淡地笑纳，轻轻补充说，自己在大陆也有一大帮客户，现在的大陆人也很信风水。健感觉张大师对这种恭维已经听了千万遍，现在连客气都已经省去了。

闲话少说，张大师开始工作。他先打开丝绒盒子，露出一个极精致的罗盘，对着房子的各个方位开始测试。安妍忍不住伸过头去，想仔细看看这个罗盘。张大师用手轻轻一挡，客气地对安妍说：“对不起，这位女士，我们风水师的罗盘是不宜近女士的，请原谅。”

安妍闹了个大红脸。白萱赶忙把安妍拉开，打圆场说：“我们女生还是在一边聊天吧，别打扰了张大师工作。”

张大师不急着进屋，而是绕着房子踱了一圈，回来又问了安妍和健的生辰八字，然后，略作沉思，轻轻点点头，好像已经胸有成竹。张大师说：“让我们移步入屋吧。”

健开了门把张大师请进屋里，自己跟在张大师的身后作陪。安妍不想进屋，白萱就在屋外陪着她聊天。张大师在屋子的各个角落都对着罗盘进行了观察，然后便跟健说：“这屋子里有点‘气息’，估计你太太不愿意进来。”

健以为张大师指的是“气味”，连忙说，这房子气味小，所以当时自己和太太才决心买下来。张大师笑着摇摇头说：“不是气味，是气息。用你们工程师的说法，叫信息。每个人在房子里住过，都会留下一点儿信息，包括过世的人。如果人是非正常过世，他的魂就不愿轻易离去，所以，显示的信息就特别强。”

听到这最后一句，健惊得一身冷汗：“我的妈呀，难道还真有这种事？”看着健煞白的脸，张大师就问：“是不是真有人在这房子里意外过世？”健一个劲地点头，心想，估计自己不说，白萱也会说，不如和盘端出吧，就一五一十地把整个事件从头到尾跟张大师说了个透。一口气讲完，健急着问：“这房子还能住吗？”

张大师若有所思：“做一场法事就应该没问题了。毕竟这死者是个洋人，跟你们非亲非故，除了有点怨气外没什么大不了的。至于一些其他风水问题，我们出去和你太太一起细谈，你看如何？”

张大师和健出门来，安妍和白萱急忙迎了上去。张大师知道，今天请他来，全是为了那死人的事，其余都不重要。他也不绕圈子，直截了当地说：“这个房子的内外结构，确实有一点儿风水上的缺陷，但都是小节，都有办法解决。我觉得急迫需要解决的，是那个过世的人残存的一些信息。其实也好解决，只要做一场法事就行了。”

安妍一听，急了：“什么叫过世的人残存的一些信息？”

张大师想了一下，大事化小地解释说：“这个残存的信息就是指那个过世的人的魂魄。因为走得不情不愿，所以会有一些魂魄留下来，只要做一场法事就全解决了。”

安妍一听“魂魄”二字，吓得脸色苍白，两腿发软，差点儿一屁股坐到地上去。健眼疾手快，暗暗地一把从背后把安妍扶住。张大师一看，自己的话差点没把这位女客户吓晕过去，连忙保证说，法事一定能把“信息”全部除尽。而且，这个房子大结构上没有“犯冲”的地方，还是很适合居住的。

为了安慰安妍，张大师又讲了很多风水“犯冲”的常识，什么大门正对大路啦，前门后门直线相通啦，开门上楼梯啦，卧室窗口对着两高楼间的夹缝犯“夹墙煞”啦，等等。他还安慰安妍说：“你看，你这房子都没有这些大问题，算是不多见的了。如果我看到有大犯冲的地方，一定会建议你们卖房搬家。但是这个房子没这些问题，你们要是卖房，就太可惜了。至于残留信息，做场法事就好了，以后不会再有大碍。”

安妍听了这一番话，才稍稍定心了点。健是不大信这风水、鬼魂的说法的，但新买的房子，如果被别人说风水不好，心里总是不爽，也怕将来卖房会有麻烦。所以，听张大师说房子没大问题，心里还是挺高兴的。

而安妍是个信神、信鬼、信风水的人，早把张大师的话句句放在心上，一句顶一万句。半天听下来，尽管心里还是有点儿起毛，但底气算回来了一点，腿也没那么软了，脸色也恢复了正常。

张大师看状况已经控制住，觉得该是收尾的时候了，缓声道：“今天我只是被请来大概看一下房子的，至于你们房子里在风水上的各个需要改进之处，要另约时间。如果你们想做法事，请给我打个电话预约一下。”说完，张大师给安妍和健分别递上了自己的名片。

健拿着印刷精美的名片，怯怯地问：“做一次法事要多少钱？”大师说，这种法事费事费神，费用在五千美元左右。健倒吸一口凉气，不禁轻轻地“哦”了一小声。张大师估计对这种表情大概已经习惯了，不以为意，只是微微一笑，静静地站着。

还是一边的白萱有经验，一下子悟出来，急忙暗暗地拉一下也在为价格发呆的安妍，悄悄说：“该给张大师礼金了。”安妍一下子醒过来，赶紧拿出钱包，把准备好的几百美元呈给张大师，连声说谢谢张大师。

张大师却没有伸手接钱，只是说：“唉，你们年轻人是不懂这些规矩啦！我们的行规是不能直接收钱的。客人把礼金放进红包里，我们才能收。”

安妍一听，脸一红，手悬在半空，尴尬地进也不是，退也不是，嗫嚅道：“张大师，真不好意思，我们不懂这规矩，身上也没带红包。”

张大师笑着摇摇手说：“没关系的，我理解。我这备了一些红包，能不能请你把礼金放进这红包里？”说着，从裤子口袋里拿出一个红包递给安妍。安妍松了口气，赶忙接过红包，偏转身把钱塞进去，才恭恭敬敬地用双手呈给张大师。

张大师笑纳后，便告辞飘然而去了。

回去的路上，安妍一个劲地问健还要不要这房子了。健已经被看房、出价、买房、贷款、杀白蚁、死人搞得烦死，不想再受二茬罪了。而且，健一不信神二不怕鬼的，才不在乎呢。既然老婆盯着问，就回答说：“这房子买得不容易，而且人家张大师也说了，结构上一点儿不犯冲，将来要是卖也好卖。你再去换一栋房子，怎么就能保证一定会像这栋这样，让我们这么满意的？何况，要是风水上犯冲呢？你看，这个张大师不是说了嘛，从屋子的朝向，到屋内结构，都可能在风水上犯冲。”

安妍听健尽绕着她想谈的那个话题说，急了，只好直接把自己最揪心的想法提出来：“我是担心这死人的事。那个张大师一口一个残留信息，一口一个魂魄的，把我吓得半死。我真不敢搬进去住。”

健知道躲不过这话题了。他心里说，什么残留信息，不就是人家想做你的法事生意吗？可他知道安妍信这个，这心里话要是说出来，没准又得吵架。健是有过惨痛经验的人，对夫妻吵架的事，保持能少吵就少吵的原则。

于是健尽量委婉地说：“张大师不是保证了嘛，只要做过法事，什么信息啊，魂魄啊，都能清除掉。你不放心，我们就请他在我们搬进去之前做场法事嘛。话说回来了，这一大片房子，哪栋不是六七十年、八九十年的？要说死人，那恐怕是不止死过一两个了。如果都有魂魄什么的不肯走，死活赖在那房子里，那早死的还不和新死的为抢卧室打起来？”

这最后一句话，把安妍一下子给逗乐了，“扑哧”一声笑了出来，接着健的玩笑说：“那鬼是不是还像你一样，对印度咖喱味怕得要死？那我们不用做法事了，就用印度咖喱熏吧。”

健也乐了：“就怕是鬼没事，我自己倒被印度咖喱熏死，成鬼了。”

安妍捶了健一下：“瞎说。不许说这不吉利的话。呸，呸，呸，打嘴。”

健只好假装打一下自己的嘴，以示认错：“那就请张大师尽快做一下法事吧。做完了，你可给我乖乖搬家，听见没有？”

健嘴上这么轻松，心里其实在为那要飞掉的五千美元心疼呢。

这房子买下来，首付已经快把银行存款掏空了，又有杀白蚁的额外花费。健还打算花点钱把厨房、墙和地毯什么的都拾掇一下，这些都要钱。另外，安妍早就说了，想添几件新家具，让这个老房子有点儿新家的样子，健也同意。这家具也不便宜，也是一笔花费。现在好了，一下子又多出这五千美元花费，这不是“飞来横祸”吗？五千美元一丢，家具和房子装修什么的，就都得从简了，健想起来就觉得窝心。想到这儿，健忍不住赌气说："我看啊，我得到文学城和MITBBS的网站上，写个帖子，说买旧房子，不仅要查地基、修地基，查白蚁、杀白蚁，还得加一条——查魂魄、做法事。"

安妍听了，知道老公为这做法事的一大笔钱不甘心。她心里一柔，轻轻握住健的手，细声说："唉，可谁让我们这么倒霉呢？碰上个蠢贼，还死在自己新买的房子里，我们这次算是跌进煤（霉）堆里了。可是现在这处境，如果不做法事，我是不敢搬家的。老公，我们就当花钱消灾吧。"

健无话可说。老婆说得对，还是认倒霉吧，就当花钱消灾了。

30
石棉，石棉

张大师做完法事后，健和安妍终于搬进了新家。健想把墙、天花板及地板刷上一层新油漆，这样，一进屋就会给人一种新房子的感觉，毕竟花了这么多钱买的房子，得住很长时间呢。刷漆这件事，健想自己干。刚出了五千美元的血，健很心痛，现在能省就省吧。等自己弄不动了，再到 Home Depot 门口拉个老墨来干。

安妍要照顾小家伙，修整房子的事就都归了健。老房子的天花板上都是像爆米花一样的东西，健也不知道那是什么，干什么用的。他用车钥匙试着刮了一下，很容易就刮了下来。健觉得把这些“爆米花”刮下来再刷漆，小事一桩。

说干就干。一到周六，健就去 Home Depot 买了梯子、油漆、刷子、刮子等一大堆东西，回来卷起袖子干开了。健从餐厅开始干起，他把塑料布往地上一铺，搭起梯子，就开始铲天花板上的“爆米花”。铲下的涂料粉尘，飞得满屋子都是，呛得健又是擦眼睛又是打喷嚏。健一想，除了搞餐厅，还得弄卧室，这么硬来可不行。他跑到 Home Depot 买了口罩和防护眼镜戴上，再继续铲天花板。

这活儿看似简单，其实挺累人的。手举着工具用力铲，调动的都是平时很少用到的肌肉，没干多久，健的胳膊就酸得举不起来了。健只怪自己这两年有了小宝贝，忽略了锻炼，身子骨不行了。

健不得不认输，心想等把这“爆米花”铲完后，还是请个有经验的老墨来刷漆吧。健干干歇歇，从早上一直干到黄昏，总算把一屋子的“爆米花”全铲完了，自己也成了个白粉人。健一屁股瘫坐在地上，地上堆了厚厚的一层粉絮，像下了场鹅毛大雪似的。

健已经累得没力气了，想还是等明天再来吧，顺便找个老墨帮忙把地上的粉尘打扫干净，再跟他一起把几个房间的漆给刷了。健用尽最后的力气从地上坐起来，有气没力地出了门，掸着身上的白粉。这时，口袋里的电话响了。听到安妍急促的声音，健心里一紧：我的天啊，可不能再出事了。倒了这么多霉，健可禁不起再遇见倒霉的事了，至少，搬完家前不能再有了。

安妍在电话里着急地问健："你是不是已经把那'爆米花'天花板涂料都除了？"

"是啊，刚弄完，怎么了？"

安妍急了，带着哭腔说："唉，我带着小宝在 Home Depot 看地毯和窗帘涂料，顺便请教了这儿的工作人员。人家讲，这老房子的爆米花似的天花板涂料都是石棉材料，吸入会致癌的啊！"

健听了心一沉，暗暗骂了一句："这霉倒得没完没了了！"但他表面上还是摆出一副没事的样子，对安妍说："没事的，我戴了口罩跟防尘眼镜，不会有事的。"

安妍听了，直喊"阿弥陀佛"，催健快回家。健被老婆这一说，登时觉得自己满身都是毒素，赶紧脱掉脏兮兮的上衣，往垃圾箱里一扔，然后钻进车里，一溜烟地开回家。一进家门，健把裤子也脱了，塞在垃圾袋里，然后提着垃圾袋就钻进浴室。他关上门，再把内衣内裤脱下来塞进垃圾袋里，打开水龙头，整整冲了半个多小时，香波浴液上了不下三次，从头到脚洗得发白，皮搓得发红才停止。

洗完出了浴室，看到安妍正担心地看着自己，健大喊一声："这下我算是洗得干干净净了。"这是说给安妍听的，更是说给自己听的，不然不会说得像喊似的。

晚上，等小宝贝睡了，健和安妍在网上搜有关石棉的知识，看得两人心惊肉跳。Home Depot 的人说得没错，这石棉材料吸入人体，确实伤害很大。当年，因为石棉具有良好的防火性能，被广泛应用在房子的墙壁、地板和天花板涂料上。但后来经科学研究确认，石棉被吸入人体内，对人体有极大危害。加州在 20 世纪 70 年代初即立法禁止在建造房屋时再使用石棉材料，同时还禁止使用含铅的油漆。但 70 年代以前的房子，含石棉涂料和含铅漆的是少不了的，所以，很多人都会请专业公司对房子做个测试。安妍和健像千千万万的移民一样，对此一无所知，也就无从对此做任何防范了。

安妍边看边着急地问健："你有没有吸入这石棉啊？吸了多少？要不要去医生那儿看看啊？"

健心里很烦，可又说不出口。老婆都已经这样了，自己要是再跟着瞎吵吵，没主心骨的样子，那这日子就没法过下去了。他只好装作没事的样子安慰安妍："我戴着口罩和眼镜呢，什么都没吸进去，你看我有先见之明吧？你就别再瞎操这份心了，你再操这心，我没癌症都被你整出癌症来了。"

安妍一听，一连几个"呸呸呸"，骂健说这不吉利的词。可健这么一说，安妍倒也不敢再说什么了。安妍也觉得近来够倒霉的，不想再提那些不祥的话，只好把担心咽到肚子里。

夜里，健躺在床上，觉得体内的癌细胞像杂草一般腾腾地长，隐隐感到五脏六腑都有点儿痛。他悄悄地摸摸肚子，其实也没有什么异样。健自己也知道，这纯粹是心理作用，但还是忍不住瞎想，折腾到后半夜才不知不觉地沉沉睡去。

第二天，快到中午，健才昏昏沉沉地爬起来，他实在不想再去弄那个小破屋了，可是，不弄完还不行，毕竟这屋子已在自己名下，喜欢不喜欢，都是自己的房产啊。健硬着头皮上了车往那儿赶。安妍大声地提醒他，让他叫几个老墨帮忙，别再自己干了。

健在 Home Depot 门口一转，就看到远远一群老墨聚在那儿。这年月经济形势不好，很多建筑生意都停了，老墨也没饭吃，只好都跑到 Home Depot 门口来挣份体力钱。见健开着车子过来，老墨们呼啦一下子就围过来，把健的车子围得水泄不通。健刚摇下车窗，车前就挤满了老墨的脸。健这辈子从没和这么多老墨的脸靠得这么近。每一个人都焦急地低声嚷着："我能来，让我来。"

健心里叹口气，这是穷极了，一不问价，二不问干什么，就急着要"让我来"。健说："我需要两个人帮我打扫建筑垃圾，还要刷墙。"老墨一听就这点儿事，更加激动地喊着："让我来，让我来！"

健出了个低价，但那些老墨的热情一点儿不减。一个上了年纪的老墨拼命挤到窗前，后面拉着个小伙子，用几乎恳求的语气对健说："请用我们两个吧！"那个"请"字不仅用了重音，还用了好几次。这位老者这么恳请自己，尊老爱幼的本能在健的心里起了作用。

健再一看这位老墨同志，虽然看起来五六十岁，但一身腱子肉，体格比健结实多了。健二话没说："好吧，就你们俩了。"然后把后车门一开，让老者和小伙子上车。两个老墨以胜利者的姿态挤上车来，一边对健说了一连串的谢谢，一边得意地看着窗外失望的弟兄们。

健让两个老墨在 Home Depot 大门口等着，自己冲进店里，买了护目镜、手套和口罩，把这些东西交给两个老墨。那老者一个劲地说，我们不要这些，心里还想，有这钱还不如直接给他们呢。健一边开车一边解释说，那是个老房子，刮下来的天花板和墙灰不安全，所以要他们俩都戴上护具。那些都是买给他们的，用完了可以留着，以后都用得上。

旁边的年轻人，上车后还没开过口，一听健提到"不安全"，张口就说："既然不太安全，是不是可以加工钱？"那老者暗暗地给这小伙子的腿一拳，大概是怪他多嘴。健一听，本来就有点儿内疚，就顺着说，好吧，每小时再加五美元。小伙子得意地向老者一笑。老者翻翻眼睛，无奈地轻轻摇摇头。健从后视镜里都看了个一清二楚。

到了屋前，健问两个老墨有没有听说过石棉，说这老房子可能用了这种材料。两个老墨一副满不在乎的样子，心里说："就你们中国人叽叽歪歪。"那老者还吹牛，说他们是专给人拆老房子建新房子的，从来不在乎石棉什么的。别说今天是帮健打扫刷漆，就是帮他把这房子给拆了，也是"一块蛋糕"（A piece of cake）。

健听他这么说，只好再次叮嘱他们做好防护，让他们先把垃圾打扫了。健不敢再进屋了，老墨一进去干活，他就在外面接应。忙了两个小时，总算把里面打扫干净，垃圾装了两大包。

再一看那两个老墨，从头发到脚底，全都是灰。两人还硬是不戴口罩，说干活喘不过气来，只是戴上护目镜，防止灰迷了眼睛。健于心不忍，带两人去吃午饭。走之前把那屋子窗户大开，好通风透气。

等吃完饭回来，健往屋里伸伸头，觉得没什么粉尘了，这才又是戴护目镜又是戴口罩，全副武装地准备刷漆。两个老墨在背后挤眉弄眼的，觉得老中全是手无缚鸡之力的料。

老墨刷漆可真不含糊，很专业。他们先是用塑料布把地上铺得严严实实，边角上再贴上胶带，然后，拿起卷筒呼啦呼啦地就开刷。没多久一个卧室就刷完了，看得健心里非常高兴，打电话跟老婆大人一商量，就让老墨把客厅、厨房、三个卧室全刷了。

里面一刷漆，这老房就旧貌换新颜了，走到哪儿，感觉都是一个“新”字。不仅健看了“龙颜”大悦，连老婆大人来看了，都“凤颜”大悦。既然，“龙凤”都大悦了，给老墨发钱就痛快了。不仅按小老墨要的给足，还加了一大笔小费。

这小费是健对这两位同是来自第三世界的老墨同志表现出来的一不怕苦，二不怕累，三不怕死的无产阶级的大无畏的革命精神表达的敬意。为什么说是“不怕死”的革命精神呢？你看人家明知有石棉，却一点儿也不害怕，这不是“不怕死”的革命精神是什么？

健虽然刚刚从“无产阶级”变为“有产阶级”，但从小受到的教育里所灌输的对全世界无产阶级的革命感情，是融到血液里的。这时候，这些革命感情都带着几分羞愧喷发出来了。两个老墨同志拿着带着“革命感情”的小费，无比开心，特地留下电话号码，叮嘱健，下次再有活，千万得叫上他们。

送走老墨，健差不多要瘫倒在地了。经过这么多折腾，终于可以搬家了。健这辈子从中国搬到美国，从中部大农村搬到硅谷，再从公寓搬进房子，从房子搬进公寓……不停地折腾，从没像这次这样受罪。现在如果再出点什么事，健连卧轨自杀的心都有了。

好在家里大大小小的包早都打好了，健和安妍请了个搬家公司，择周末吉日，终于顺利搬家。

31

走出得克萨斯

孩子有了，房子也有了，健突然觉得生活有点儿没劲，有点儿混吃等死的味道。不过，看看周围，谁的日子不是这么过的？别人这么过，自己也就这么过吧。健从小就不是一个爱折腾的人，现在更是白天上班努力工作，晚上回家相妻教子。

这天，健漫不经心地查看他那老得掉牙的Hotmail电邮账号，突然，一封从一个似曾相识的地址来的邮件，引起了他的好奇。打开一看，哇，是“吴大郎”发来的！

“吴大郎”在邮件里说，他要从得克萨斯的达拉斯到硅谷来。在达拉斯熬了这么多年，终于熬到绿卡，憋都被憋坏了。一有了绿卡，他就急着在加州找工作，可这世道不好，找了大半年，经过一连串的电话面试加现场面试，最后终于被一家初创小公司录取。这不，他近日就搬来硅谷，还望健多帮忙。

说穿了，除了健，老吴在湾区还真找不着别的熟人。他的同学、朋友不是在东部就是待在得克萨斯安居乐业，在湾区能找的只有健一个。当然，还有一个可以找，但是不能找，连见都不想见，那就是老吴的前妻——白萱。

当年，老吴和白萱的离婚战，搞得老吴在老中圈子里灰头土脸的，成了众人的一大笑柄。有不懂事的或者缺点儿德的，还故意拿这事跟老吴说，把老吴给说急了，老吴就回嘴说：“赶明儿我再娶一个。这辈子，我至少会有两个老婆。你敢说，你这辈子能有两个老婆？”

这话反问得好，一般堵得对方回不了嘴。这儿很多老中连第一个老婆都还没法解决呢，谁敢夸口说这辈子能有两个老婆？老吴虽然嘴上占了便宜，可心里却像被揪了一下，要难受好久。幸好后来白萱跟新老公搬去加州，大家见不到人，慢慢也就不再提了，老吴才舒了口气。

老吴的博士学位读了很多很多年。最后，老吴在学校里都成了前辈中的前辈，古董中的古董。

谁让老吴命不好呢？刚开始读博士的时候，出成果慢，进度也就慢下来。后来，科研终于上手了，可是市场又变得不好，不容易找工作了，他也就不急着毕业。不然，毕业就是失业，怕是连读博士后的机会都难找。好在教授也不想让这个好不容易才培养出来的苦力早早地离开自己，还想多使唤使唤他，就用科研基金养着他，把他留在身边干活。

日子久了，老吴急疯了，教授也不好意思总留着他。这手下的博士生就像自家的闺女，留来留去还是不中留的。教授就利用自己在工业界的一点关系，帮老吴找了一份吃不饱也饿不死的差事。对老吴来说，这可是天上掉馅饼的事，自然对恩师千恩万谢。教授也觉得自己功德圆满，胜造七级浮屠，皆大欢喜。

可到了达拉斯，上班的新鲜劲儿过去，老吴就又觉得难熬了。老吴是属于英语永远说不好的那类人。平时工作上的事，慢慢说还好，要是急了，跟人争论起来，就结巴得说不出话来，所以常常吃嘴巴上的亏。这嘴巴上一吃亏，在升职上就吃亏了。不过，老吴心里自有底线。第一，他把一切都归结为“种族歧视”，这样自身就不需要负太多的责任了。第二，他跟自己说，不就是混张绿卡吗？等绿卡一到手，海阔凭鱼跃，天高任鸟飞，老子走人了，谁怕谁啊？心里有了这个底，工作、生活也就不紧不慢地进行着，时间也过得挺快。

这期间，老吴还回国搬了个老婆过来。不过这次老吴不再搬系花、校花了，省得给别人当搬运工。这回搬的是个从长相到个性都比较低调的，所以，搬来后两人的小日子也过得和和美美。

达拉斯中国人的圈子毕竟相对较小，中国超市里那几样千年不变的菜，早把老吴给吃厌了。那几个中国馆子的味道也不是老吴喜欢的，再加上老吴又打死不碰洋餐，这达拉斯对老吴来说是越来越无味了。周围有些朋友往加州搬，搬完了就回来吹加州的好，老吴听了难受得不行，只恨这绿卡办得太慢。老吴总恨自己命不好，博士读得比别人慢，绿卡好像也办得比别人慢，真是太倒霉了。

就这么熬啊熬，终于有一天，绿卡到手了，老吴感动得都快要跪下来感谢上苍了。事不宜迟，他立马就去加州找工作。可这年月不是 dot-com 泡沫的那会儿，工作追着人跑，他这工作找得辛苦得很，找了大半年才在硅谷找到一份工作。尽管工资不高，福利不好，但是给股票。老吴想，这不是跟当年那个健博士不读跑去硅谷的动力一样吗？过几年，公司上市，我不就发了吗？所以，老吴牙一咬脚一跺，携家带口直奔硅谷。

到了硅谷，当然是健给他接风洗尘了。收到老吴的电邮，健就把老吴跟白萱当年的故事对老婆说了，害得安妍大骂老吴太猥琐，竟然打老婆。可健说了，他毕竟跟老吴同屋过，而且是他在美国的第一个同屋，这情分得记着，这忙不能不帮。安妍当然无话可说，老吴在硅谷就认识健这一个人，他不帮忙谁帮忙？

在老吴一家来之前，健反复提醒安妍，千万别在老吴面前提白萱。安妍说："行了，别再提醒了，我耳朵里都生茧子了。"

老吴的公寓，健早就帮他找好了。老吴说了，来了加州就要住在中国人多、中国菜多、离上班地点不太远的地方。健一寻思，那就是库比蒂诺了。等老吴一家到湾区安顿下来，健就请老吴两口子到自己家来 BBQ（烧烤），因为老吴一听说健自己买房子了，就一直嚷着要看看健的房子。

周末，老吴一家到了健的家门口，老吴就拼命打量起健的房子。老吴在达拉斯虽然没买房，但各式房子真看了不少。师兄师弟在达拉斯的一大堆，各人按经济状况都买了大小不一的房子，都请老吴过去玩过，所以，咱们老吴对达拉斯的房子也是很有见识的。

老吴先问了健房子的面积，也就一千多平方英尺，在达拉斯人的眼里，真是个小屋子。再一看，这房子整个就是个纯木屋，没几块真砖，老吴心里就有点儿不屑。达拉斯买过房子的兄弟们说过，砖房可比全木屋值钱多了，买房就得买砖房。而这一千多平方英尺的小木屋，听健说好像已经有 50 多年的房龄了，如果在达拉斯，最多也就十万美元吧。都说硅谷的房子贵，可这硅谷工程师的工资也不比达拉斯的高多少，所以老吴估计，健这小木屋也就 30 万美元顶天了。

健领着老吴跟吴太太在那三间小卧室里转了一圈。因为有客人来参观，健早已经把窗户全都打开，通风透气。可尽管外面阳光很刺眼，屋里却还是暗暗的。老屋子的设计就是窗子小、屋顶低，所以加州的老中有时对自己老房子里没阳光的现实，半自嘲半掩饰地说："加州只嫌阳光多，不嫌阳光少。"

但细究起来，这个说法也不精确。现在新建的房子，全都是屋高窗大，生怕阳光进屋进得不够。难道加州人从过去的抗拒阳光，一下子变得爱阳光了？非也。这些又矮又暗的老房子，当年就是廉价屋。想不到物换星移，这些廉价房今天都成了百万“豪宅”了。

老吴见识过达拉斯的大房子，健这小木屋还真不入他的法眼，他又暗暗地把健这房子的价码打下 5 万。老吴心里越算这个账，就越想知道这房子的真实价格。就像猜谜语，猜得越久，越想知道答案。等到开饭的时候，老吴实在忍不住了，问健介不介意说说这房子的买价。健没辙，只好实话实说：“花了 101 万。”

老吴跟吴太太惊得下巴差点掉下来。妈妈咪呀，101 万啊！这 101 万要在达拉斯，可以买个庄园式的豪宅了。啥叫“庄园式的豪宅”？就是房间多得一不小心就能在里面迷路的那种大宅子，或者汽车从院子大门口开到房子门前要开好长时间的那种。老吴忍不住脱口说：“你这 101 万，在达拉斯能买十栋这样的，你买得太贵了吧？”从外地来硅谷的人，都喜欢拿硅谷的事跟自己出来的地方比，就像从国内来的，喜欢把价格统统换算成人民币一样。

安妍听了有点儿不顺耳，说：“你别看这价格贵，那还是我们跟人家抢来的呢。虽然贵，可涨得也凶啊。我们刚买了半年，最近做房地产经纪人的朋友就说，这房子已经涨了 10 万了。”

健急得直给安妍使眼色。客人来之前，健就提醒安妍，说话低调点儿，别让人家外地刚来的心里不舒服。可这老吴的话也太不好听了，安妍忍不住才脱口而出。话一出口，果然就把老吴跟他太太心里的油盐酱醋瓶子给打翻了。一时间，心里酸甜苦辣咸五味俱全，哪种味道都不是滋味。老吴只好讪讪地应酬道：“还是硅谷厉害啊。领教了，领教了。”

健赶紧端起酒杯打圆场，转换话题：“唉，这都是往死里借钱的结果啊。借这么多钱，都不知道这辈子还得完还不完呢。住这地方只好受这地方的罪啊！咱不提这些了，吃菜，喝酒。”

这顿饭吃得有点儿闷，健不停地找话题。好在两人好久不见，话题还真不少。健好奇自己离开大学后，那些老中同学后来都怎么样了。老吴每被健问到一个，就一五一十地细细道来，渐渐说得起劲起来，健也听得兴致勃勃。只是苦了两位太太，那段经历是一点都没参与，一直插不上话，而且两人对那些见都没见过的人也不感兴趣，两人就默默地待在一边。好在，过了一会儿，吴太太开始打听湾区的生活琐事，两位太太也找到了话题。

等酒足饭饱，老吴夫妻告辞。因为喝了不少酒，老吴让太太开车，自己躺在边上醒酒。两人一路无话。老吴一直想问问前妻白萱的状况，可打死也不敢开口。后来想想，人家都跟自己没关系了，问了干吗？难道还想找人家去？被现在的老婆知道了，那还不闹翻天？

32

冤家路窄

当年老吴确实是非常恨白萱，背后咒了她无数次。日子久了，拼命让自己不去想她，也就不那么恨她了。特别是后来又“搬运”了现在这个老婆，日子又重新过了起来，就更加不想她了。新老婆打听过几次这位前妻的事，老吴非常不爽地应付了几次，新老婆也就知趣地不再问了。这新老婆比白萱听话，比较温顺。所以，离婚也有离婚的好处，娶个适合自己的老婆，老吴心里也就慢慢地释然了。

来硅谷以后，有一天老吴突然想起白萱也可能在这儿，就特别想知道她的状况。他能问的人只有健，可健绝口不提这个女人。老吴估计，健也没遇到过白萱。毕竟硅谷的中国人这么多，哪能这么容易就碰上呢？况且，人家现在在不在硅谷都不一定，美国这地方人口流动性强，包一打，车一开，想去哪儿就去哪儿。老吴咽了口口水，硬是把这个问题咽了下去。

吴太太一路也是沉默的。以前总觉得自己老公很牛，是大博士，前途无量，不是小硕士能比的。至少，老公一直是跟自己这么说的，国内的人也都是这么看的。那些上电视的海归，不都是博士吗？可到美国后一看，人家健一个小硕士，日子过得真不赖啊，光买个房就花了100多万。别问人家借了多少，能借这么多，就说明人家挣得够多。

再看老吴，年纪比人家大，学位比人家高，可不知哪年哪月才能买上100多万的房子呢。想着想着，吴太太心里就有点儿提不上劲来。可她又不敢说出来，怕让老公埋怨。说到底，自己有些心虚，谁让自己没本事也在美国读个学位，像安妍一样，有份工作，有份挺好的收入，这样就可以跟老公一起也买100多万的房子了。越想，吴太太的心情越沉重。

老吴也不自觉地把自己跟健做比较，越比就越不爽。靠现在这么个活法，除非自己那小公司哪天上市（IPO），在股票上发一笔，不然，要赶上健两口子还真没戏。想想健当年刚下飞机，搬来跟自己住时，那两眼一抹黑，整天一副小跟班的傻样，再想想当时自己处处摆出个前辈大哥样子的时候，真是今非昔比。可有什么办法呢？谁让人家来硅谷早呢？全是命啊。这越想，就越没好气，所以老吴也只好一直沉默着。

第二天是星期天，老吴夫妻俩睡到快中午才起来。两人懒得做饭，老吴便提议去附近的广东馆子吃 Dim Sum（早茶）。刚从中部搬来加州的人，大多对吃有强烈的爱好。这儿遍地是中餐馆，而且口味很“中国”。不像在中部，大多中餐馆都是做洋人生意的，菜基本只有甜酸鸡、甜酸虾、甜酸猪……弄得好像中国菜除了甜酸就没别的味道了。而且这甜酸不是咱老中的甜酸味，不是糖醋做的，而是用番茄酱做的红红的那种，搞得老吴一见就倒胃口。

有一次，老吴跟太太在达拉斯的一家中餐馆吃饭，竟然听到隔壁桌上的老外是这样教育他的小儿子的：“记住了，中国一共有三个省，它们是四川、湖南、蒙古。”听得老吴差点儿没把嘴里的饭给喷出来。我的妈呀，这概念是哪儿来的啊？后来一寻思，估计是因为这儿的中餐馆名字里全都有“四川”“湖南”字样。谁要是把带“四川”“湖南”的餐馆名给注册专用了，估计美国一大半中餐馆都得改名。那“蒙古”的典故是从哪儿来的呢？哦，估计是中餐馆里最近新流行的蒙古烤肉的缘故。

来了加州倒好，不仅不用吃那番茄酱做的甜酸中国饭，餐馆招牌和菜单都是全中文的，很有点“外国人与狗不得入内”的架势。听说，库比蒂诺的老外曾经抗议过，要求立法规定，餐馆招牌和菜单必须以英语为主，但结果不了了之。这些老外败下阵后，纷纷撤出库比蒂诺，把大片的阵地留给了老中。若干年后，在库比蒂诺，老外真成了“老外”，成少数族裔了。

加州除了中餐馆遍地，味道正宗外，还是世界各地美食的集结地。除了美国菜、意大利菜、法国菜外，还可以吃到正宗的日本菜、韩国菜、印度菜、越南菜、墨西哥菜、伊朗菜、希腊菜、马来西亚菜、新加坡菜，等等，数不胜数。当然，如果有人非要辩说，加州的中餐远不如国内的馆子，您那不是哪壶不开提哪壶吗？在美国的中国菜要是做得比中国都好，那全中国的厨子不都要歇菜了嘛！还有，您要是连加州的中餐都吃不惯的话，您真不该待在海外。

老吴跟太太决定去一家场地超大的广东餐馆。这家广东餐馆设在库比蒂诺一个大 Shopping Mall 里，跟梅西百货（Macy’s）门靠门。因为场面大，所以，客人也超多。不知道大家是冲着它的场面大去的呢，还是那里的菜味道好，或是因为人多大家喜欢去凑热闹？反正到了周末中午，这儿总是人山人海。像老吴夫妻俩这样快 12 点才到的，至少得等 45 分钟。

因为客人太多，而且时间等得太长，餐馆就干脆搬了几十张椅子，一排排地放在餐馆门前。这一坐满了人，远远一看，还以为大家在看露天电影呢。这坐得满满的好几排人，就像坐在梅西百货店的大门口似的。不过，梅西百货店好像也不太在意自己门前这一奇异景观，因为这些来吃饭的客人也是梅西百货的忠实客户。所以，都搞不清到底是这广东餐馆沾了梅西百货店的光，还是梅西百货店沾了这广东餐馆的光，大概是互相沾光。

老吴两口子就这么坐在餐馆前的椅子上等着叫自己的号。等到饿得前胸贴后背时，才轮到他们。老吴已经饿得两腿发虚，跟在带位小姐后面往里走。他心想，这好嘛，待会儿点起一碟碟的点心时，那还不是要把桌面全铺满啊。可不，这家餐馆的特点就是，坐下时你是前肚皮贴后肚皮，等吃完了，你的肚皮又撑得跟气球一样，手指一戳就要爆。

果然，等他们一坐定，老太太和大妈们就推着点心车过来。老吴像饿红了眼的狼，恨不得把所有碟子全端到自己桌上。旁边太太暗暗叫停，提醒他留点肚子吃别的点心。对了，为啥推点心车的都是老太太和大妈呢？我也不知道，反正餐馆就是这么干的，大概是想为提高中老年妇女的就业率做点贡献吧。

几盘点心下肚，下咽的速度就慢了下来，老吴也就有了闲情看看周围的人。他身后坐着三位女士，好像在谈买房子的事。老吴因为昨晚在健家里受了刺激，对买房的话题比较敏感。这三位女士说话也没什么需要掩饰的，大部分内容都断断续续地钻进老吴的耳朵里。其中一位女士好像是房地产经纪人，正在耐心地给另两位解释买房手续。老吴很感兴趣，不禁凝神细听，却又不敢回头。为什么呢？唉，老婆在身边，回头看其他女人是要挨白眼的。

这一听不要紧，老吴突然觉得，这声音怎么有点儿耳熟？再仔细一听，那声音顿时让老吴的心跳加剧。他再也忍不住了，回头顺着声音就看过去。这一看，惊得下巴都要掉下来了。

那位说话的女士，眼角注意到旁边桌上的男人突然转过头来盯住自己看，心想，是不是遇到熟人了，就抬起头。等视线和那男人一对焦，这位女士也惊住了。

这位女士不是旁人，正是白萱，老吴当年“搬运”的前妻。

老吴看着白萱，惊得目瞪口呆，一句话也说不出来。白萱却禁不住叫道：“怎么是你！”

这一刹那，两个人的世界都在惊诧中停滞了。

白萱的两位女客人吃惊地看着她和边上这个陌生男人。吴太太愣了一刻后，似乎猜到几分，压低了声音狠狠地问老吴：“怎么回事，你们认识？这个女人是谁？”

被老婆这么一逼问，老吴的脸一下子变得通红，支吾着不知如何解释。倒是白萱一下子回过神来。毕竟是生意场上的人，知道自己如果不主动处理好这场面，指望老吴，只会越搞越糟。

白萱站起来，强作镇定地向吴太太伸出手，说：“这位是吴太太吧？第一次见面，幸会。我是白萱。你好。”

吴太太一听，立刻意识到这位就是老公的前妻，人家这么大方地跟自己打招呼，一时间倒不知道怎么应付好了。吴太太呆呆地伸出手，弱弱地回道：“你好。”

白萱看摆平了吴妻，转过身面对老吴，极力让自己镇定下来，对老吴说：“你好，什么时候搬来湾区的？一切都还好吧？”

面对老吴，白萱的手实在伸不出去，能假装镇定地问这两句话就已经尽了全力了。

还有点儿发愣的老吴，木木地回道：“我还好。我们刚搬来湾区不久。”然后就说不出话来了。

白萱一心想尽快离开这个尴尬的地方，老吴是她这辈子最不想见到的人，今天不幸碰到了，只好应付过去，希望今后不要再近距离地遇到，就谢天谢地了。白萱忙从包里拿出一张名片递给老吴，然后，转身对两位女友说自己有事，要先走一步。那两位女士早看出这里面有故事，一听白萱要走，立马说一起走。

白萱松了口气，回头对老吴夫妻俩客气地打了个招呼，便跟两位女友逃也似的离开了。一边走，白萱一边庆幸自己这件事处理得干净利落，可以这么快地全身而退，但她有点儿后悔自己递出了名片。可那完全是下意识的，当时人都蒙了，习惯性地递出了名片，根本没细想。再一想，给了名片又怎样？上面不过是自己的商业联系电话而已。老吴如果来找自己，不理他便是。如果是找自己做生意，就让给同事做。反正，白萱是不想再跟老吴有什么瓜葛了。

老吴接过白萱的名片，就呆呆地站在那儿。等白萱和同伴离开，他才泄了气似的一屁股坐下。旁边的老婆没好气地说："喂，你的魂跟她跑了？后悔当年离婚了？要想她就去追她啊！"

听了这话，气得老吴差点儿想抽自己的老婆。他瞪圆了眼睛，压低声音咬牙切齿地回道："想什么想？我跟她没关系！永远也不会有关系！她害得我还不够惨啊？"

老婆看老吴像个要爆炸的汽油弹，便不敢再顶嘴了，沉着脸吃了一大口菜，一眼看到被老吴扔在一边的白萱的名片，就拿起来研究。老吴急了，要过来抢，嘴里骂道："有什么好看的，扔掉。"

老婆拿着名片的手一躲，躲过老吴的手，赌气地说："扔什么扔？我就是要看看。为什么不能给我看？你心里有鬼，想自己留着？"

老吴听老婆这么一说，不好再抢了，就任由老婆研究那名片，自己低头吃东西。吃了两口，突然觉得口中无味，如同嚼蜡，把碟子一推，气狠狠地说："扫兴，不吃了，结账，回家。"

回家的路上，老吴跟老婆都不说话，老吴只是默默地开车。其实老吴觉得突然出现的白萱有点儿惊艳。他跟白萱一起生活了一年左右，现在分开这么多年了，再见到白萱，白萱已经从当年那个涉世未深的女孩子成长为一个举手投足都很有气质的职业女性，另有一番吸引人之处。看她刚才处理这突发事件的手法，真是让人佩服。

再想想自己的表现，老吴实在觉得懊丧。一个大男人，竟然从头到尾手足无措，真是丢人。现在想想，真想找个地洞钻进去。这心里一懊恼起来，嘴里就禁不住轻轻骂了句娘。

这时的吴太太早已经把醋坛子给打翻了。不对，不是醋坛子，简直就是100加仑的大醋缸子打破了，那酸气差点儿没把她熏死。刚才跟老公的前妻站在一起，自己分明被比了下去。看看人家那气势，不卑不亢，打招呼说话，体体面面，滴水不漏，还有人家那穿着，两厢一比，自己简直就像个乡下丫头。

一想到穿衣打扮，吴太太的火一下子就蹿了上来。都怪这个小气老公，衣服首饰，这也舍不得花，那也舍不得买，还总用她不出去工作，只在家里待着，穿得讲究了也没用为理由，不肯让她花钱打扮。现在好了吧，在前妻面前一站，现任老婆被人家给硬生生地压了下去，这个面子可丢大了。

可巧这时听老公嘴里骂人，知道他在想前妻，一下子也忍不住地骂道："你就别想她了。你也不瞧瞧自己那癞蛤蟆的样，你现在配不上人家了。白日做梦吧你。"吴太太这话没经过大脑酝酿，纯粹是自卑加嫉妒心理的自然流露，一出口连自己都后悔了。

可这一句话算是戳到老吴的痛处了。老吴正觉得懊丧到了极点，老婆突然说自己不配，把老吴气得七窍生烟，压抑了好久的愤怒像火山爆发般涌了出来。这时的老吴，给老婆一大耳光的心思都有了。可是，他不敢。当年打了白萱，结果被那对"奸夫淫妇"狠狠地威胁了一下，自己差点儿没去坐牢。现在在大马路上，再借老吴十个胆，他也不敢动手了。老吴转过头，瞪着血红的眼睛，对老婆大吼道："你浑蛋！你给我闭嘴。她那种破鞋白送给我我都不要！"

老吴还想再骂几句泄愤，突然老婆发出一声尖叫。老吴转过头，看到前面已是红灯，车子差点就撞上前面停的车。老吴吓得狠踩刹车，猛地在离前面车屁股不到两寸的地方停住，车胎在地上擦出极度刺耳的声音。老吴，他老婆，还有前面车里的人都吓得呆住了。

这个意外把老吴对老婆的愤怒暂时压了下来。其实，男人跟女人不同，男人比较容易上火，很多时候，一上火，男人就会在刹那间失去理智。一失去理智，有时"家庭暴力"就意外地发生了。夫妻两人过日子，都应该知道彼此心里的"软肋"，尽量不要去碰。夫妻吵架是免不了的，但只要不碰那根"软肋"，一般冲突不会发展到不可收拾的地步，很多"家庭暴力"就可以避免。当然，男人要知道，任何时候对女人都不能动手，在家在外都是如此。

老吴被吓醒后，回过神来专心开车，好在离家没几分钟的路了。老婆一句话也不敢说，再说就真得撞车了。这样，两人平平安安地回到了家。进了家门，老吴气得冲进卧室，一头栽上床。老婆不敢跟进去，就坐在客厅的沙发上生闷气。凭良心讲，老吴的这位太太不是个很厉害的主儿，不然老吴不会把她“搬运”过来。可她这次是真的被老吴的那位前妻气着了。其实，换成谁，突然间遇到老公的前妻，还被人家占了上风，心里都会不爽。

吴太太越想就越咽不下这口气，忍不住拿出白萱的名片来仔细研究。看着看着，突然醍醐灌顶。这个白萱看着这么牛，其实不就是个房地产经纪人吗？整个湾区，老中是买房生力军，做个房地产经纪人，根本不需要英语好，只要专门做中国人的生意，就能赚不少钱。如果不是凭借英语，她白萱能做，我为什么不能做？自己在国内还是个本科毕业生，为什么就不能当好房地产经纪人？

想清楚以后，吴太太收好白萱的名片，跳起来，冲进卧室向老公宣布这个重大决定：“我决定了，我要去做房地产经纪人。你不能反对，只能支持我。”

老吴吃惊地从床上坐起来，看着面前气吞山河的老婆，像看着一个陌生人。他若有所思地点点头，说：“好，我支持你。”

老吴当年在得克萨斯的时候，把这个老婆“搬运”过来，就没有积极地鼓励她去读书。一来，老吴心疼钱。老婆上学得奖学金是不大可能了，自费读书可是一笔不小的费用。当时老吴刚工作不久，存款少，真有点儿舍不得。二来，老吴心理上有“创伤”，生怕这老婆一出去读书，翅膀一硬，也跟白萱似的，跟别人跑了。所以，在老婆读书这件事上，老吴有些犹豫。好在这个老婆不像白萱那么积极上进，对在美国读书有畏难情绪。得州不像加州，在加州，移民居多，英语说得多烂的人都有，是个移民都觉得自己的英语一等一的好。而在得州，是美国人主宰的环境，对英语水平要求高。老吴老婆心里这个坎儿过不去，再加上TOFEL、GMAT成绩不理想，就越发没有读书的自信心了。既然老公也不催，那就得过且过吧。

这样一拖好几年，直到跟老吴来了加州。到了加州，老吴老婆心理上受了不少冲击。这儿的房价高得不可思议，夫妻俩只靠一份收入，很难买到像样的房子。特别是昨晚去健家做客，更是受了刺激。人家小夫妻一下子就买了100多万美元的房子，自己什么时候才能赶上啊？

攀比心害人啊。其实，人跟人的命运不一样，机遇也不一样，比不来的。可是，到了加州，看到当年跟自己在同一起跑线上的人，甚至在自己后面的人，现在都有了自己没有的东西，心里难免难受。

昨晚，老吴还后悔没催促老婆在他们在得州的那几年把学位给读了。要不然，现在自己有了绿卡，正好让老婆去找份收入不错的工作，用不了几年，他们不就也可以买100多万美元的房子了？

现在看老婆突然信誓旦旦地要做房地产经纪人，老吴想，这真是不错的出路。考个房地产经纪人的执照，跟读学位比起来，又省时间又省钱，而且做好了，钱挣得一点儿也不少。这湾区像样的房子动辄七八十万甚至上百万美元，卖一栋房子的佣金那得有多少啊！这跟在得州真不能比。在得州，一栋房子也就二三十万美元，四五十万美元就很了不起了。同样卖一栋房子，挣的佣金可是大相径庭。而且，加州中文报纸、电视上充满了中国人用中文上课帮助考执照的广告，要当房地产经纪人，真是太容易了。

这夫妻俩一旦下了决心，生活一下子有了目标，跟白萱邂逅引起的不愉快，全都烟消云散。没过多久，吴太太就考取了执照，在一家房地产公司从基层开始做起。而老吴则在小公司里兢兢业业地上班，时间过得平静而飞快。

但是，平静的生活背后仍有一丝丝的心理不平衡。在硅谷，周围全是老中，都是出身相似的劳动人民，可比性就大大增强了。因个人的经历不同，来硅谷早晚不一，各人的生活境遇自然不一样。看到同自己一样出身，出发在同一起跑线上的战友，生活状况比自己好得多，换成谁心里都会觉得有点儿“堵”。当然了，凡事都有两面。好的一面是，这让人有了更多的“上进心”。

老吴夫妻的“上进心”就是这么来的。当年在得州，老吴上班和生活的周围都是老美，没有可比性。对方比自己过得好很自然，人家是土生土长的嘛。如果老美过得没自己好，自己还有点成就感：你看，我一个来美国时身无分文的老外，奋斗到今天比你老美过得还好，我是不是很牛？

可到了湾区就不同了。对老吴来说，健给了他很大的压力。老吴还记得当年健刚下飞机时，两眼一抹黑，搬进老吴的屋子做老吴的室友。他手把手地教了健这个傻小子很多事，俨然是大哥加前辈。现在这小子一下子买了个100多万的房子，不管别人叫这房子是“小板屋”“小破屋”，还是“防震棚”，它毕竟值100多万。除非公司股票大涨，自己这个大哥、前辈恐怕一辈子都买不上。或者等自己买上了，人家的房子也快涨到200万了。一想到这些，老吴就觉得憋气，活得不舒坦。

而老吴的老婆本来是个与世无争、日子得过且过的人，可这次撞上白萱，也被气着了。后来她进了房地产界，时不时地听同事在人背后扯东家长西家短，有时就有人提到白萱的事，自己听了就气短。可她又不敢说什么，怕白萱跟自己的怪异关系扯出来，反而成了别人的笑料。

白萱毕竟在房地产界做了好几年，又比较会来事，不时上硅谷中文电台做个房地产相关的节目什么的，也跟几个人合伙倒腾房子，所以，背后传闻不少。房地产界女同胞们在背后闲扯这些倒腾房子的事的时候，有时也会添油加醋，猜白萱挣了多少钱。说者无意，听者有心。吴太太听了，心中又生气又嫉妒，每次都愤愤不平好久。

33
玩的就是心跳

这时已是 2006 年年末，美国的每一个角落都充满了房地产的泡沫，全仗当时联邦储备委员会主席格林斯潘连续数年的低利率。提到这老头儿格林斯潘，就不能不多说两句野史。

格林斯潘当联邦储备委员会主席有些年头了，追溯起来要从里根当总统那会儿算起了。后来到了老布什的任内期满，又被老布什任命连任，所以老布什自觉对格林斯潘是有恩的。到了 1991 年，老布什要竞选连任，希望格林斯潘能降低利率，刺激经济发展。这样，等经济形势一好起来，再加上打赢了伊拉克战争的盛誉，就可以一举击败那个不知从哪儿冒出来的乡巴佬克林顿，连选连任。

可是，这位格老头儿死倔，总是担心通货膨胀，硬是不肯降低利率。这也难怪格林斯潘，凡是从尼克松到里根时代过来的人，都被通货膨胀害惨了，谈之即色变。尽管老布什竞选时经济处于萧条期，但格老头儿就认死理，觉得经济形势已经在好转了，绝对不能再降低利率引发通货膨胀。由于没有降低利率促进经济发展，1991 年年底大选投票时，老布什因经济萧条而被赶出了白宫。最让老布什觉得受了奇耻大辱的是，自己作为一个政治大佬，竟然输给了个名不见经传的乡巴佬，而且还是个后生，这面子可丢大了。

老布什后来就把气全撒在格林斯潘的头上，怪他不肯降利率促进经济发展，害得自己输掉大选。有一次，他在电视访谈节目中提到格林斯潘，竟然恨恨地说：“我给了他任命，他却让我失望。”这是中文翻译，我这水平是翻不好，可那英语原话才叫押韵：“I appointed him and he disappointed me.”

从此，格林斯潘就跟布什家结下了梁子。很多人以为，因为他们不属于一个党，所以格老头儿故意给布老头儿釜底抽薪暗助小克。非也，非也。老格跟老布都是共和党的人，按老格的个性，说他帮助民主党的克林顿，那是借他十个胆他都不敢。这老爷子当时就是死倔而已，结果不幸害了老布同志。

老布什是总统，他能任命格老头儿，为啥就不能下令让格老头儿降息？原来，这个联邦会员会主席的职位虽然是由总统任命，却是对国会负责，向国会汇报，不受总统辖制，主席跟总统的关系也就是定期去白宫做个通报而已，有时忙起来，跟白宫打个招呼，去都不用去。所以，老布什的话这格老头儿才敢当耳边风。

当然了，在江湖上混，得罪江湖大佬那是不行的。所以啊，老布什败选这事，特别是布什老头儿骂他的那番话，对格老头儿的打击还是非常大，从此格老头儿就对布什家深怀歉意。谁知道等到 8 年后，老天竟然给他机会把欠老布什的情都还给了小布什。

8 年后，小布什击败戈尔，进入白宫，格林斯潘还是联邦储备委员会主席。这下格老头儿可不好意思再为难小布什了。为了振兴经济，他把利率一降再降，在低水平上维持了很长时间。

当然，这是野史，当故事听听就行了，不必较真。格老头儿后来在回忆录里提到老布什骂他的事，充满了歉意，连纸里都渗着格老头儿悔恨的泪水。唉，应了那句话，“常在河边走，哪有不湿鞋”。常跟总统打交道，时间久了，难免要得罪人，认了吧。

买房贷款利率一低，不是变相鼓励人们借钱买房吗？所以，这格老头儿的低利率政策，不知是有意还是无意地，造就了 dot-com 泡沫后的地产大泡沫。而且这次大泡沫好像比 dot-com 泡沫还要大，竟然发生在美国的每个角落。当然了，不到破的时候，是没有人知道它是泡沫的。在这大泡沫里，很多炒房子的人真的挣到了钱。

人一挣到钱就忍不住满世界地吹。这吹当然是只吹结果，不吹过程的。有人一吹，再被听者一传，传着传着，就离奇得没谱了。20 世纪 90 年代末大家炒股的时候，也曾发生过这种情况。可人的天性就是好赌，不长教训。这回把股票换成房子，大家还是跟着信，跟着起哄。

炒房传奇满天飞，教你如何空手套白“房”的讲座培训班满大街都是。吴太太在这个行业里，耳朵里简直塞满了这些噪声，头也忍不住晕了起来，再加上她心底深处气不过白萱比她强，就也想干点儿什么，狠赚一笔。这不，吴太太回来就跟老公商量，说要致富得炒房。老吴问：“咱自己还没钱在硅谷买房子呢，哪儿有钱去炒房啊？”

吴太太毕竟是做房地产的，这方面比老吴明白得多。她耐心地开导老吴说：“咱得用杠杆法，以小钱挣大钱。这湾区的房子贵，咱可以先到外地去买房啊。过去一年，外地的房子涨得可比湾区的房子狠多了，炒湾区的房子不如炒外地的房子。”

老吴一听，觉得有理，但还是忍不住疑惑地问：“咱们对外地的房市两眼一抹黑，怎么炒啊？”

“嘿，你不知道，我知道啊！你忘了我是干啥的了？我们有很多研讨会，专门介绍各地房地产市场的情况。我有很多同行都已经在外地买房了，可以问他们啊。对了，最近几年，那赌城拉斯韦加斯的房价涨得可凶了，还有新墨西哥州、亚利桑那州的很多地方的房子也都涨得凶啊。”

老吴一听，估摸着说：“这赌城吧还可以理解，赌徒多，都去那儿买了房子，以后去赌钱就不用住旅馆了。”

吴太太扑哧一下笑了：“你瞎猜吧你。那赌城房价涨啊，全是因为好多公司都往那儿搬，工作市场这几年特别兴旺。”

老吴又奇怪了：“这赌城你又不是没去过，在沙漠中央，哪个公司想往那儿搬啊？”

吴太太得意了，教训老公道：“你这不是少见多怪吗？前两年，硅谷的公司生意都不好，一个个都把很多分支机构建到赌城去了。你就瞧湾区的公司，一个接一个地裁人，而在拉斯韦加斯，一个接一个地招人。谁让那儿的工资比硅谷低呢，把公司搬去那儿多省钱啊！所以，很多人都是跑到那儿才找到工作的。有了工作，再加上现在贷款利息低，条件又简单，这不都买房了？对了，听说在赌场里发牌的，一年都能挣六万美元呢。你想想，这跟赌场沾边不沾边的人，都有钱买房子，那儿的房市能不好吗？前两年十几万美元的房子，现在都20万出头了。估计照这个趋势，还得涨好几年呢。”

老吴一听，这么便宜的房子加上涨这么快的速度，真是有点儿动心了。他又问："那新墨西哥州和亚利桑那州呢？那儿给我的印象整个就是一片沙漠，怎么也涨得那么厉害呢？"

吴太太得意得很。以前，老公打心底里瞧不上自己，什么大事都不太征求她的意见。他总觉得自己是博士，了不起。现在，看他对自己言听计从的，看来，这做房地产经纪人真是做对了。这次房地产大潮，自己也算赶上了。既然老公这么虚心求教，自己也只能言无不尽了："你有所不知啊。美国婴儿潮的那一代人，现在都到快退休的年纪了，都在寻找退休后住的地方。这新墨西哥州和亚利桑那州阳光充沛，气候又温和，再加上到处都是高尔夫球场，对这些要退休的人吸引力可大了。好多老头儿老太太都抢着去那儿买房，所以房价也跟着拼命涨。"

老吴还是有点儿犹豫："这买了房子就负了债。万一买完了房价就跌，我们这么多年积攒下的一点点积蓄就完了。"

吴太太看着老公这前怕狼后怕虎的德行，又气又急，心想，就你这点儿魄力，我们什么时候才能发财啊？可她又不能太让老公下不来台，只好慢慢把自己的计划说出来："我看现在的涨势，还得涨一阵子。我们先从便宜的小房子着手。万一跌了，我们就把房子租出去，也不会有太大负担。反正房子小，贷款少，绝对撑得住。人人都说，从长远看，房价总是要涨的。等房价涨了，咱再把它卖了，赚的钱就能当首付，在湾区买房了。"

老吴不禁对老婆的买房大计佩服得五体投地。说干就干，他把房地产投资大任全权委托给了老婆。

当时，很多赌城拉斯韦加斯的地产经纪人都跑到湾区来推销房子，因为全世界的人都知道，加州人，特别是加州的中国人，对买房有特殊的嗜好。吴太太因工作关系，认识了一个拉斯韦加斯的老中经纪人。不久，老吴两口子就从她手里，在拉斯韦加斯买了第一栋出租房。这位经纪人不但赚了一笔佣金，还负责给他们找房客，管理房子，每月再收一笔辛苦费。

这第一栋房子也没投多少钱。那年头，要么零首付，要么不查收入就给贷款的广告满天飞。吴太太在这行里工作，知道很多诀窍。这幢房子，老吴夫妻俩就付了不到 5% 的房款当首付，也就一万美元左右。

当然，这么少的首付，甚至那些零首付或不查收入的贷款都不是免费的午餐——人家在手续费和利息上会狠狠宰你一刀。可是，对于很多根本买不起房子的人来说，这为他们实现自己的美国梦提供了一条以前想都不敢想的捷径。尽管自己根本还不起贷款，可是房价不停地涨，过段时间把房子卖了，不就狠赚一笔了吗？这年月，连街上擦皮鞋的都能炒房子赚钱了。

可是，既然这些擦皮鞋的连贷款利息都付不起，贷给他款有什么用？为了让这些擦皮鞋的都能贷上款买上房子，银行又出了一个“绝招”：你不是嫌利息高付不起吗？没事，我给你第一年超低利息，让你这擦皮鞋的都付得起，等一年后，利息就会自动调到原来的高利息。而这第一年的超低利息叫“入门利息”。

这不是蒙人嘛！过一年，利息一涨，还是付不起啊！这些推销贷款的经纪人就又出一招——这房子不停地涨，您在一年期满之前，就把房子卖了，赚一笔走人啊。如果您喜欢这房子，不卖也成，快到一年期限的时候，我给您重新做一次贷款，这新的贷款就给您再来一个“入门利息”，这样，每一年重新做一次贷款，您的利息就一直这么被“入门”下去，您不就付着超低利息，住着大房子，实现您的“美国梦”了？咱做贷款的经纪人，也就年年从您这儿赚佣金，这不皆大欢喜吗？

老吴夫妻用的正是这个“绝招”。他们只付一点点首付，搞个“入门利息”，就把房子搞定了。因为利息超低，每月月供少，所以房子租出去后，除掉杂七杂八的费用，竟然收支平衡。老吴对老婆佩服得五体投地，花这么一点点钱就搞定这么个独立房，太牛了。这么大的房子，如果是在硅谷的好学区，那得价值百万啊。一不做，二不休，就这么干下去，离百万富翁不远了。

第一栋房子搞定，一下子成为美国的“地主”，给老吴夫妻俩增添了无穷的信心。他们打算接下来用同样的手法，在硅谷也搞一栋房子，实现自己的“美国梦”。吴太太当房地产经纪人有段时间了，对该在哪儿买自己的房子，心里清楚得跟明镜似的，就等老公拍板。现在，老公一来劲儿，立刻就趁热打铁带着他看房。这夫妻俩胃口绝对不小，一看房就往价值一百万美元以上的看，心里面暗暗较劲，不能比健夫妻俩买得差。

不久，老吴夫妻俩就在健的同一个学区里，看中了一个比健家还略大的房子。好家伙，这房子也得一百多万美元啊。两人这些年辛辛苦苦才存了不到十万美元，除去刚在赌城买房用了一万多美元外，其余全部用来付了首付，还得贷将近一百万美元的款。吴太太找了个做贷款经纪人的朋友一合计，凭老吴跟她的收入，硬借贷一百万，即使搞“入门利息”，也实在没法玩。

可这个经纪人朋友实在想做成这笔生意，就想了个缺德的主意。他暗示吴太太说：“你看，我们是这么好的朋友，对不对？”

其实，他跟吴太太不过是因为一两笔生意而认识的再普通不过的朋友而已。可为了做成这笔生意，这位仁兄舌头一转，就跟吴太太成了“这么好的朋友”。看来，生意人的关系有时是非常有弹性的。

吴太太听了，傻傻地点点头。这位仁兄一看有戏，继续套近乎：“我看着你这犯愁的样，自己都觉得不忍心。你跟你先生是不是真的很想要这房子？如果真的很想要，我可以想想办法。”

吴太太眼睛瞪得大大地问：“你说，有什么办法，我们一定配合。”

这位贷款经纪人一听，吴太太竟然说“配合”，知道遇上一条船上的人了，立马就顺着杆子往上爬：“你知道有种贷款，是由你自己自报收入，而银行是不查的。这种贷款的利息虽然比要求查收入的贷款高点，但也高不了多少。你也知道的，你可以做那种第一年以‘入门利息’的超低息贷款借钱，以后，年年重新贷这种款嘛。至于在贷款申请上报收入，你们就往要求的数目上靠吧。都是聪明人，你老公是位大博士，怎么做就不用我多说了吧？放心，我保证能帮你把这贷款做下来。找我做这种自报收入的贷款的人多了去了，我全给做下来了，不信你去打听打听。”

吴太太对这位贷款经纪人的“能力”早有耳闻。此人尽干这种给人家的收入做点手脚的勾当，做成了好多笔生意，赚了一大笔。可奇怪的是，放贷款的银行也从来不查，这看起来不合法的事，很多人都当合法的事在做。既然“法不责众”，人家能做，我怎么就不能做？我又不是第一个，也不是最后一个，要抓也不能抓我啊！

吴太太想定了，就决定这么干。可是，她不能跟老公说实话。那经纪人说自己老公是博士，所以就会干这事，那是瞎掰。其实，他自己不是博士，不知道博士的个性。越是博士，越认死理，吴太太这么多年算是领教了，她可不能让老公这个博士插手这件事。

回家后，吴太太跟老吴说，自己已经找到做贷款的经纪人朋友，能把贷款办下来买那房子。老吴一听，乐得不行。他这两天正担心自己的收入不够，没法把贷款办下来呢。老婆竟然说能搞定，这不是喜从天降嘛。老吴心想，唉，还是老婆专业啊，办事就是不一样。

吴太太说："你工作忙，申请贷款的事我来办就行了，你只要签个字就行。"

老吴一听，更乐了，老吴最头疼这贷款买房的表格和法律文件，看着都像天书似的。上次买房时，老吴还有点儿紧张，自己曾试着读读那些法律文件，可读完后，觉得比没读时更糊涂，那一句句话好像自己都认识，可读完了，又好像全都不懂。现在老婆要自己不用管填表之类的活，只管签字，老吴登时觉得自己像当老板一样，老婆就是秘书，把文件拿来让自己一签就得了。现在，老吴更加怀疑，那些大老板，是不是跟自己一样糊涂，只要花钱找个会办事的，最后自己签个字就成。

吴太太开始在申请表的收入上玩起数字游戏，弄了大半夜，终于把收入"凑"了上去，自己看着都有点儿心惊肉跳的，这也太没谱了吧！第二天，她诚惶诚恐地把申请表拿给那贷款经纪人过目。谁知那个经纪人一看，竟然连声说好。吴太太还不放心地问："这真能成？"

那经纪人继续打包票："没问题。比这更困难的，我都办下来了。这叫什么？经验啊。你回去让你老公签完字就给我，咱得加紧了。"他这话可得注意了，他说的"更困难的"其实是指"更离谱的"。

吴太太把表格拿回来让老吴签字，老吴好奇地看了看收入一栏。这不看不要紧，一看吓一跳。老婆也太能瞎掰了吧，这哪儿跟哪儿啊，什么有跟没有的所谓"收入"全都给填上去了，这不是蒙人吗？而且还是蒙银行！

吴太太赶紧解释说，现在大家都这么干，而且银行也默许。不然干吗有不查收入的贷款这一项啊，是不是？只要银行给咱贷这款，而咱们只要能每月还上利息，不就行了，管那么多干吗？

老吴一听觉得有理。这年月，饿死胆小的，撑死胆大的。胆子不大一点儿，步子不快一点儿，怎么赶得上健这小子？况且，健这小子是不是也这么干了，也未可知。老吴一想到健，胃里的酸水就往外冒。这心里一酸，老吴也就不多想了，提笔就签了字。

贷款申请提交后，夫妻俩就提心吊胆地等着，怕被银行揪出来吃官司。谁知没过几天，那位经纪人说，贷款批下来了！

既然贷款办下来了，房子也就拿下了。老吴夫妻没小孩，搬家也快。搬完家的第一件事就是请健一家过来烧烤。表面上看，这是还上次健请客的礼，其实，主要目的是要在心理上跟健他们持平。健两口子看了老吴这比自己的房子还要大些的房子，自然要恭维两句。这些恭维话让老吴心里舒坦了许多，嘴上自然就吹了起来，让人觉得他这房子简直就是空手套白狼般地“套”来的。

健两口子听了老吴的“套”法，心里都觉得悬悬的。可又一想，人家太太是干房地产的，比咱知道深浅，何必替人瞎操心呢？只是问问自己，敢不敢这么干。答案是，还真不敢。

老吴夫妻俩自从拿下赌城和硅谷的房子后，信心大增，觉得自己简直就是炒房的天才。这和当年锋觉得自己是炒股的天才是一码事。既然自己这么厉害，这天分可不能就这么浪费掉。不仅要再接再厉，还得发扬光大，更上一层楼。怎么“更上一层楼”呢？那得来赚钱快的。

当时有一种很流行的炒房的做法叫“Flip”，就是所谓的“翻”。怎么个“翻”法呢？如果当时房子不停地涨，想办法买个卖价特低的房子，在猛涨的市场里，肯卖低价的房子肯定是有点儿原因的，比如卖相太差，房主不知为什么懒得去收拾，就想赶紧卖了完事，而你拿下了就赚了。可如果这房子的产权还有问题，买主又没做好调查研究就买下来的话，那就给自己买了个大麻烦，说不定要缠上官司。不过这种事就是投机，跟赌博差不太多，要玩，你既要有“玩的就是心跳”的热情，还得有“愿赌服输”的心态。

假如你运气不错，买了个产权没问题、只是卖相差的房子，就得花钱花精力把房子的卖相拾掇拾掇。拾掇得好看了，拿到市场上标个高价卖了，钱就这么快地赚到了。因为从买进到卖出转手转得快，人们就给这事起了个很形象的名字，“Flip”。把这房子一“翻”，钱就赚到了。

其实这钱也没那么好赚。如果买房子和拾掇房子的成本太高了，到时候卖不出那么高的价，就得认栽。但当时房子到处都在涨，很多人还是赚了不少的。

34
翻房炒房

老吴夫妻现在也想“翻”。可是翻硅谷的房子，两人有点儿不敢，毕竟太贵，万一有个闪失，赔得就多了。吴太太提议去一些房价低但涨得快的地方“翻”。哪儿呢？吴太太说去亚利桑那州吧。

最近亚利桑那州的几个老中房地产经纪人来硅谷，要组织一个旅游考察团去他们州考察。吴太太跟这几个人聊过，打听了他们那儿的房地产市场情况。一聊才知道，这位领头的经纪人以前是做技术的，当年也是国内顶尖理工大学毕业的。以前在一家通信公司写程序，2001 年公司大裁员时被裁，在当地找了好久都找不到工作，就下决心改行做房地产经纪人，兼做贷款。人家现在做得可得意了，赶上这场房地产大潮，直说“塞翁失马，焉知非福”呢。要不是那家通信公司裁他，他一辈子都不会做房地产经纪人。他还说要感谢那家公司把他裁了。

吴太太说起这人时，心中很得意，言下之意——你看我们做房地产的，卧虎藏龙吧，别小瞧了咱们这行业。看看，人家还不乐意干你们那什么高科技劳什子呢。说完，吴太太鼓动老公:“要不咱俩也报名加入，顺便去那儿玩玩？”

老吴一听，来劲儿了。这亚利桑那州，咱还没去过呢，去了哪怕不买房，就当旅游一次也不错哦。这样，两口子就加入那房地产考察团去亚利桑那州了。这种考察团被外界称作“加州炒房团”，跟国内的“温州炒房团”是一回事。

但你以为这“炒房团”是真的到那地方旅游的啊？才不是呢，人家是真的出手买房。不然，那“加州炒房团”的名头怎么会那么大呢？这“炒房团”跟前面故事里提到的“周末看房团”有异曲同工之妙。一伙人一起看房子，比较容易起哄跟风。一看别人买了，也觉得自己该买点什么，不然不是白来一趟吗?所以，这“炒房团”的人买起房来，就像今天咱大陆旅游团跑到海外，进了名牌店，买 Coach 包、LV 包一样，你买了两个，我也得买几个，不能空手回去啊，不然心里总觉得不踏实，觉得白出来旅游了一趟。这老吴两口子也不例外，见别人出手买房了，自己心里也有点儿痒痒的。

再看组织这活动的房地产经纪人，给人的第一印象就是头特大，他的头占身体比例绝对超过平均数，一看就是一脑门都是智慧的那种。再看他说起话来口若悬河，天生就是个做生意的人，当年写程序简直就是屈才。当年在通信公司里，他那能说会道的天分被一口烂英语遮得严严实实。现在出来做房地产，跟自己同胞做生意，这才华显露无遗。当然了，人家毕竟是国内名牌理工大学毕业的，不是光说不练的主，做起生意来可不是吃干饭的。每到一处房子那儿，这房地产经纪人不仅把房子的情况介绍得清清楚楚，而且还给大家出主意，把买这房怎么才能赚钱的小道道也摆出来。最后，贷款之类的一条龙服务也都准备着，看房人只要同意掏钱就行了。

这一行人就这么被带到一处卖相很差的房子前。房子才 20 年的房龄，可那摇摇欲坠的样，说 50 年都有人信。前院的草坪简直像大旱过后的枯草荒原。后院更不像样子，杂草竟有半人高，晚上草里躲个贼都不知道。进了屋就更让人吃不消了，墙皮东掉一块，西掉一块，地毯上黑的霉的也是东一块西一块的，人都不敢走上前去。看了这房子人人都皱眉，掉头就走。看到前面的人苦着脸逃出来，后面的人都懒得进去。

活动组织者连忙解释说，这房子是最适合“翻”的了。带大家看这烂房，就是给大家一个“翻”的机会。大多数人都对“翻”没概念，只是想买个好好的房子，租出去，等将来房价涨了再卖了赚钱，实在不懂怎么个翻法。少数知道“翻”的人，因为是在外州，自己人生地不熟的，也不敢轻易拿下来。

老吴夫妻俩不一样，来之前就有要“翻”房的想法，所以，听了介绍后反而有了兴趣。他们悄悄地跟组织者说，对这房子感兴趣，只是在这儿人生地不熟，不知拿下后怎么操作。组织者自然已经有一整套服务等着了，他说:“我们都是当地的经纪人，有现成的老墨合同工来弄前后院，整修屋里屋外。只要通过我们买卖房子，这整修房子的事我们全替您包了。您放心，我们有渠道，这人工、材料都是最便宜的。”

老吴夫妻俩一听，放心了。心说，我的妈呀，生意做到这份儿上，真是牛啊！他们问房地产经纪人：“这从买下来，到整修以后再卖出去要多久？能赚多少？”

经纪人说：“最多两月上下吧。您看啊，因为这房子烂，比周边同样大小的要少卖两万美元。过去几个月，这儿的房子平均每月涨一万美元。您想想，等过两月整修好了，咱按市场价卖出去，那还不得赚四万美元啊！除去买卖手续费装修费什么的，纯赚两万美元没问题。”

老吴夫妻被这位房地产经纪人的三寸不烂之舌说得动了心思。两人心想，这买卖和装修人家都给你包了，你就等着两个月后收钱吧。这等好事，如果让同行的人知道了，也来抢房抬房价，咱就没有赚的了。两人一合计，当即就决定把这小破屋拿下。

同行的人还奇怪呢，这对夫妻怎么看房看了半天，好房子不买，反而对这要倒的破屋子感兴趣啊？老吴夫妻俩得意地一言不发。

这房子买得轻松，可买下来以后，就不轻松了。有时候，这投资的事，看得太好太简单了，反而不妙。

按老吴夫妻俩的计划，这房子买下来后，就得找人修整前后院，里外刷漆，还要换地毯，最好再把厨房的灶和橱柜换了。因为自己远在外州，只好全权委托那位当时拍胸脯打包票的房地产经纪人。这“翻”的诀窍之一就是“快”，老吴急着找这位拍胸脯的主儿安排买材料、找人工。可是，现在那房地产经纪人忙着做别的生意去了，没时间管他们这摊了，被老吴逼急了，就说业主得亲自来，他不是合伙人，不能替老吴做决定。人家这话说得有理，挤对得老吴无话可说，老吴和太太只好轮流往亚利桑那州跑。

那位大头经纪人介绍的一伙儿老墨，人工一点儿都不便宜，人还特别懒。可老吴夫妻俩人生地不熟，也没办法，只好将就地用着。被介绍了几处地方买材料，自己也跑去看。他们对这些东西不熟，只好货比三家，找到相对便宜的就赶紧订货。老吴要上班，老婆也不宜长住，两口子只好隔三岔五地飞过来监督一下老墨干活，然后就走人。平时，他们拜托那位大头经纪人来监督一下。那位大头经纪人嘴里说着没问题，可压根就没工夫去监督。

那儿的老墨一看他们夫妻两个不在本地，大多时间都不在现场，乐得想干就干，不想干就歇着，干的时候能怎么省事就怎么省事，质量就更不用提了。更可气的是，如果他们在别的地方接了活，就把这摊子撂下，去别处干。

有一次，老吴突然到场，结果房子里一个人也没有。他给老墨小队长打电话，对方却说现在过不来，等明天再来吧。气得老吴挂了电话直骂娘。想换人，可做了一半，换人也是麻烦事。自己不在当地，谁都不把他的工程当回事，所以，换人也未必有用。现在那个大头经纪人也是指望不上了。

老吴两口子心里直后悔，这种事怎么能随便听听别人拍拍胸脯就干呢？老吴把责任都推到老婆头上，时不时地臭骂她一通，怪她介绍的是这样的人！吴太太气得没法，回嘴辩道："你自己也不想想，还不是都怪你自己耳朵根子软，听信人家吹牛？不然，你不点头，我一个女人家敢买吗？"

两口子吵归吵，还得硬着头皮把这事办下去。拖了两个多月，总算把工程做完了。质量是不要提了，好在是要把房子卖了，不是自己住，所以，只要乍看一眼看不出问题，就将就过去了。有个别地方实在看不过去，就逼着老墨给重做。老墨不干，老吴就威胁说，他不干，尾款就不付。老墨没法，为了最后那点钱只好把做得太烂太不像话的地方改拨改拨。

等房子可以重新上市了，老吴夫妻算了算成本，一算吓一跳。材料、人工、来回的飞机票钱……成本真是不低，比当时那大头经纪人帮着估算的要高出一大截。老吴心想，唉，认倒霉吧，现在卖出去只要不赔就谢天谢地了。

卖房子的时候，老吴坚决不找那个大头经纪人了，老婆就帮着找了个女经纪人。那大头经纪人知道后，气得直跳，骂老吴出尔反尔，当时说好的卖房也找他，才又是帮老吴介绍人工，又是介绍买材料的地方，还帮老吴监工（他自己都记不得是去了一次还是两次），现在倒好，老吴把他甩了！

老中有时做事图省事，一拍胸脯就成，也不签合同，结果往往就成了这样。老吴对大头经纪人期望值太高，对这生意的心理准备不足。他又没签合同要求大头经纪人全程参与他的工程，所以，大头经纪人给他介绍人工和材料，算对得起他了，也不能指望太多，毕竟人家不是他的合伙人。

大头经纪人也是，真不应该为了多做成两笔生意，给老吴夫妻俩打那么多的口头包票，这不是糊弄人吗？当时又没签合同约定卖房一定找这大头经济人，他让老吴夫妻俩不爽了，老吴夫妻俩自然不找他卖房了。

这点儿纠纷还是小事。真正严重的，是等老吴夫妇把房子拿出去一卖，才知道，房价在过去两个月里根本没涨多少。房地产市场也是分淡季旺季的，例如夏天会好些，因为很多人要买好学区的房子，赶在开学前换房，进入秋末初冬后，市场就不那么热络了。现在正是秋末初冬的时候，老吴这房子自然标不出好价格。房价按买房成本加上后来修房的成本标价，这房子根本卖不掉。

拖了两个月，进入年底，市场越来越冷淡。老吴夫妻俩只好想办法把房子租出去，自己做房东。老吴无可奈何地自嘲说："唉，人家炒股票炒成股东，咱是炒房子炒成房东了。"

所幸，这房子租的时候倒租得挺顺利。老吴贷的都是那种第一年利息特别低、一年后利息浮动的贷款。刚开始每月月供不多，房租要得也不高，所以过了一个多月，也就顺利租了出去。

老吴夫妇的这一出亚利桑那州炒房记，最后就以买房、租房收尾了。

可没过多久，老吴夫妇就好了伤疤忘了痛，又想炒房子了。这夫妻俩没事时算自己的资产，发现都快达到150万美元了，这可相当于1000多万元人民币啊。两人兴奋得不行，觉得自己简直就是致富天才。可他俩就不想想，这150万美元里面，借银行的有多少？真正属于自己的净资产有多少？

所谓资产指的都是净资产，没有算总资产的。老吴夫妻俩借了一大笔钱，充数算所谓"总资产"糊弄自己开心，就跟吸毒让自己爽一下差不多。他们这一觉得爽，就又琢磨着要再买房、炒房。

当时房地产泡沫越吹越大，房子价格不停地往上涨，贷款的条件也一降再降，连清洁工都能贷款买房了。房价涨了，人们就时兴用房子的净值，也就是当前房价减去贷款后的值，拿去做抵押再次贷款，这贷来的款就是所谓的"房屋净值贷款"。当时人们都觉得房价会一直涨下去，所以，这通过"房屋净值贷款"贷出来的钱尽管花。房子就像是提款机，贷出来的钱可以买高档车，买首饰珠宝，买任何以前想买而没钱买的东西。

老吴在硅谷的房子当然也涨了，所以，他也去贷了"房屋净值贷款"。可老吴没用这贷出来的钱给自己买奔驰、宝马、雷克萨斯之类的好车，也没给老婆买鸽子蛋大钻石。

老吴说，这车啊、珠宝啊都是赔钱的货，再牛的车，买了还没开，想退，人家车行立马就倒收你两千美元；要是等开了几天，这车就成了二手车，再想按原价卖出去，除非你命好遇到个弱智，不然谁买啊？还有珠宝，你看哪家店肯以原价回收的？老吴现在觉得自己是投资天才，不会买那些转身就贬值的东西。

老吴用贷来的钱付首付，不停地买房子。他越买胃口越大，没一年，竟然在全美国各地，从南到北，“收集”了二十几处地产，不仅有居住屋，还有公寓，甚至有土地。他贷的都是那种第一年只付很低的“入门利息”的浮动贷款。而一些早期买的房子，例如在赌城买的房子，一年低息的期限快到时，老吴总能有惊无险地重新贷到另一笔同样的“入门利息”款。

按老吴“总资产”的算法，他现在已经是身价好几千万美元的地产投资小亨了。等这些房产大涨，老吴就可以升级到亿万富翁了。

35 破产

世事就是物极必反，阳极转阴，泡沫太大就离破不远了。进入 2008 年，次级贷款的问题就开始在各金融媒体上出现了，各地暴涨的房价也开始降温。2008 年 3 月，华尔街大投资银行贝尔斯登公司（Bear Stearns）倒闭，正式宣告次贷危机的开始。2008 年下半年李曼兄弟投资银行的破产，最终在这次“经济大衰退”的棺材上钉上了最后一根钉。

银行贷款连擦鞋的清洁工都给贷，收入都不问，难道就不怕放出去的款像泼出去的水那样收不回来？

都是华尔街惹的祸。几年前，华尔街的人搞出一种叫“金融衍生物”的产品。有了这玩意儿，银行就能把一大把贷款拼成一个大包裹卖了。把贷款一卖掉，贷出去的钱不就都回来了？再加上做贷款时还收了一大笔手续费，那是多赚钱的事啊？这又赚钱又没风险的事，世上少有，所以，各家银行都抢着做贷款。贷款越多，赚的手续费就越多，所以，贷款是多多益善。只要贷款人在书面上做得好看，银行也懒得去查——反正是把贷款给卖出去，谁买这贷款算谁倒霉。

可是，这贷款连清洁工都给贷，谁敢买啊？没关系，别忘了，是好多贷款塞在一大包里面，这里面不是还有不少好的贷款嘛，买主哪能一个一个地查啊！再让那个叫 Moody 的评级公司给这个贷款包打上五星或四星的评级，这不就卖出去了？

Moody 就不查这包里有没有烂货，闭着眼睛就给评级？银行不是要给它钱才让它评级吗？它要是老给评级评得低，查这查那的，下次让全银行的生意都不给它做，看它心痛不心痛？所以，Moody 也就睁一只眼闭一只眼地给了评级。

大家一起挣钱嘛，不能太认真的。

华尔街、银行和评级公司合伙骗人还可以理解，有财大家发嘛。难道政府也不管？只要不出事，政府也懒得管，因为摊子实在太大，搞不好把华尔街和银行一起得罪了，自己还下不了台，吃不了兜着走。只是，一旦出了事，政府还是会狠狠地收拾它们。这不，等次贷危机一闹大，整个经济进入大衰退，政府就出来调查、抓人了。据说，后来抓起来的弄虚作假的贷款经纪人有好几百位。

老吴这回是真惨了，他跟老婆万万没料到这次市场会坏得这么快、这么厉害。他们当年投资买房的地方，像赌城拉斯韦加斯，以及亚利桑那州，房价都率先下跌，没多久就跌了百分之十几。老吴挺不住啊！

为啥？全拜他贷的第一年超低利息的款所赐。这种贷款的关键是得每年重新贷款，不然，一过一年期限，利息就大幅度上涨。可是，老吴每间房子的首付连 5% 都不到，贷款占房价的 96%~97%。这房子即使后来又往上涨了些，可这一跌百分之十几，很容易就一下子跌破贷款额。房价一旦跌得比原来贷款的钱都少，怎么重新贷款啊？于是，一年期限一到，利息立马跳高，月供也立马就多出许多。

老吴如果只有一两栋房子，大概还能撑得住。可他有 20 多处房产，而这次房地产衰退是全国性的，很快，老吴的很多房产都陷入了这种困境。随着自己一间接一间房产的贷款都到了一年期限，而房子的大幅跌价都跌破了贷款额，根本没法重新贷款，这样，月供陡然大幅度提高，老吴一下子就进入了入不敷出的“负资金流”状态。

老吴急着跟老婆商量怎么办。现在这些房子都在“水下”，正常卖是没戏了，如果要卖，只能短售，如果连短售都不行，那房子就只好被银行拿去拍卖了，俗称“法拍”（foreclose）。法拍就等于信用破产，对信用分数影响太大，以后如果想重新贷款，怕是就没戏了。老吴两口子想破了头，觉得只能指望这次是个季节性调整，毕竟现在已是秋末，正是售房淡季。他们希望等开了春，房价能涨回来，好再有机会重新贷款，让整个地产投资组合重回正轨。

既然决定坚守阵地，就只好每月往这些房产里输血了。过去两年里，老吴夫妻俩太冒进，有两个钱都投进了房地产，自己存的钱很少。年景好的时候，人们一般不愿把最坏的情况想得太糟，这不是给自己堵心吗？整天想点儿愉快的事有什么不好，干吗老是杞人忧天啊？于是，存的钱自然就能少则少，谁让生活里要花钱的地方太多呢？

到用钱的时候，老吴的存款就撑不住了。没几个月，他们的银行存款就归了零。后来老吴只好用每月工资去填那些房产的窟窿，平时能从自己嘴里抠多少就抠多少，生活水平一下子回到当年做学生的时候了。

可惜，坏事往往成双。如今，吴太太的房地产生意也是越来越难做。经济形势一天天地坏下去，想买房的人越来越少，人人都死死地揪住自己的钱看情形行事，吴太太也拿不了多少钱回家了。这填窟窿的压力基本上都落到了老吴的工资上。老吴每月领两次工资，每次工资进账，以前是高兴，现在反而一想到大多数钱都要送去银行就上火。这上来的火，自己灭不了，就只好对老婆发了。老婆忍了再忍，被骂急了，实在忍不住了，就要回两句嘴。这一回嘴，油锅就炸了。

老吴一看老婆不是灭火机，反而成了火焰喷射器，火便也一下子从炉膛里的火烧成了炼钢炉里的火。现在，吴太太已经是职业人士了，自信心也跟两年前不一样了，自然对老公的忍让程度也比两年前小了很多。这夫妻俩一吵起架来，就像两条互相喷火的龙，结果两败俱伤，两个人都被烧得皮焦肉绽。

还好，老吴现在不敢动手打老婆了，气不过时就把拳头打向沙发背或枕头之类的软物件泄气。吴太太被惹急了，也会很小心地选择一些不贵重也不容易砸坏的物件做砸地的样子。万一老公不让步，自己不得不砸向地上时，后果也不会太严重。

夫妻俩就在这压抑憋气、不断吵架的日子里，一天天地熬下去。等过了年，房地产市场不仅没变好，房价反而加速下跌。全美国的人都意识到自己真的是在“大衰退”里了，现在指望经济复苏是不可能的事了，大家都议论说，最后会不会变成20年代末的“大萧条”？

老吴的房产全都下跌得厉害，而且现在几乎所有的房产都过了一年大限而无法重新贷款。老吴的工资再也支撑不住了。再撑，夫妻俩就要喝西北风了。摆在老吴夫妻俩面前的选择只有一个，那就是把这些房产全都扔掉——最好的出路是把它们都短售了。可是，这次次贷危机里，因为房价下跌得太狠太快，人们不管撑得起撑不起房子，全都要求短售。大量的短售申请把银行都快压趴下了，别说很难得到银行批准，即使批准了，也得好等几个月。

老吴干脆停了所有投资房的贷款月供。要么申请短售，不成就干脆把房子foreclosed，让银行把房子没收。但老吴心中有个底线，自己住的这幢房子不能玩完。可是，他的运气就像从山上往下滚的石头，越往下滚，滚得越快，滚得越深。

老吴自己住的房子贷的也是那种第一年利息超低的贷款，去年已经重新贷过一次，现在又快满一年期限。老吴急着要重新贷款，可是，这次没有哪家银行肯给老吴贷款了。一来，现在的银行自身难保，一个个都在狠命地缩紧银根，死活不轻易放款。二来，老吴有些房产已被银行收去，信用分数一塌糊涂，银行审查根本不过关。三来，老吴贷得太多，超过了现在房子估价的95%，以如今银行的标准，这样是不能放贷的。

老吴绝望了。

看着自己这个区，一批又一批的房子挂出来卖，房价一天天地往下掉，老吴知道自己的气数尽了。老吴的房子首付付得很少，贷了近100万美元的款，等今年的低息期限一到，他那点儿工资是无论如何也负担不起这笔贷款了。老吴和老婆商量，趁着现在房价还没跌破贷款额，在利息到期之前，赶紧卖房，说不定还能全身而退。

可头天晚上刚商量定，第二天一早，老吴夫妻俩就赫然看到，斜对面那卖了好久都卖不掉的房子前，挂上了售出的牌子。老吴赶紧让老婆利用当房地产经纪人的便利查查成交价。他为什么对斜对面的房子如此紧张呢？因为斜对面那房子和自己的房子是同期建的，同样的房型，同样的面积，它的价格基本就是自己房子的价格。

吴太太一查，心一下子掉进了冰窟窿。那房主撑不住了，以90万美元的价格卖出了房子。这可比老吴那房子的贷款价低很多啊！现在这房价降到90万美元，自己是百分之百在“水底下”了。老婆带着哭腔把这价格告诉他时，老吴脑子里“轰”的一下，心里暗暗叫苦：“这下，老天爷也救不了我了！”

愣了半晌的老吴，从嘴里挤出一句话：“去，找个专做房地产的律师，我要跟他谈。”

在律师办公室里，律师听完老吴的情况，轻轻摇了摇头，说："恐怕我要给你一个你不愿意听到的建议。我建议你们申请破产。"

老吴和太太怔住了。"这是唯一的出路？"老吴不甘心地问。

律师实话实说："现在的状况是，你的所有房产，包括你现在的自住房，都保不住了。你唯一需要考虑的是今后怎么办。你如果不申请破产，那些收了你房子的银行很可能追着你要债。"

老吴急了："房子都收走了，他们还要向我讨债？"

"我理解你的想法。但从银行的角度，要尽量收回贷款，减少损失。如果收了你的房子，拿去拍卖，卖的钱与当初贷给你的款差异比较大，银行很可能不愿自己承担这个损失，它自然会向你讨这笔钱。你们有这么多房产被收去，可能找你们要债的银行不只一两家。你如果不宣布破产，今后的日子怕是不太好过。银行从你这搞不到钱，可能会把这事便宜委托收债公司去处理。我听到过很多收债公司干的丑陋事。他们会一直用各种方法骚扰你，让你没有宁日，你真的不值得跟他们斗。当然，作为律师，我不能替你决定要不要申请破产，只能提出建议，你们还是慎重地考虑一下吧。"

老吴和老婆对望着。其实，破产之外的路，两个人都找无数人打听过讨论过了。如果律师也说除了破产没其他路好走了，那还有什么好说的？老吴对律师说："那我们委托你帮我们申请破产。"

进了家门，吴太太一屁股坐在沙发里哭起来。一路无语的老吴，其实一直在想："生活到底是什么？"这一踏进家门，老吴突然觉得一道闪电闪进自己脑海，有种大彻大悟的感觉。就好像佛门弟子看到佛祖拈花一笑，顿悟了一般。

老吴坐到老婆身边，把老婆一揽，说："其实破产了也没什么，只是我们不能过得太奢侈，不能再借钱买这买那了。看看我们的日子，我们什么时候奢侈过？不就是不能再买好车和大房子了吗？这有什么？况且，这些限制只有 7 年。7 年一晃就过去了。我们以前怎么过，以后还怎么过。而且，我觉得我现在比当年做学生时强多了，至少我现在还有工作啊。生活到底是什么？难道生活就是好车和大房子？"

吴太太听老公突然变得这么豁达，说得这么潇洒，顿时觉得压在自己心上的大石头落了地，破涕为笑，顺势往老公怀里一钻，撒娇说："生活到底是什么？

生活就是要和你，和现在这样的你，在一起。”

老吴把老婆一把搂在怀里说：“那就对了！生活到底是什么？就是我们还要再生几个娃。”

36
居家好男

锋自从和夏岚结了婚，很长一段时间里，都一直觉得自己没准备好，没想好要不要孩子。结果，安妍倒先怀上了。安妍激动地把怀孕的事在电话里告诉夏岚的时候，还埋怨夏岚说："我说你们俩太自私了吧，只想着自己吃好玩好，你们就不希望自己的孩子早点来到人世？"

夏岚觉得这个好朋友埋怨得比较没由头，这没准备好要孩子，跟自私怎么扯得上关系？不过，安妍说这话是一片好心，早点要孩子，道理也没错。

安妍还不依不饶地吓唬她说："我在网上看到有文章说，做爸爸的过了35岁，生唐氏儿的概率也会大大增加。你跟锋都不小了，可要抓紧了。"

夏岚听到这儿，心里咯噔了一下。放下电话就跟锋商量，是不是也该要孩子了。锋一想，健都当爸爸了，也突然有了紧迫感，觉得自己是应该开始这个人生必经的阶段了。

锋这两年做技术咨询合同工，满世界地跑，心都有点儿跑野了。锋很喜欢这种自由度高的工作，他在行业里的经验越来越丰富，合同都排着队等着，不担心没工作，而且收入还很好。虽然也有缺点，很多工作都不在硅谷，所以，常常一周四天在外，周五到周日才在家，但好在夏岚已经习惯了，老公拿回来的钱又不少，所以也没太多怨言。

做合同工不需要卷进公司里人斗人的办公室政治，心态比较平和。锋每次和一帮同事出去吃饭，那些正式员工都忍不住不停地说公司里的人和事，越说越来气。其实，说来说去也就那么几个人几件事，但不说他们不痛快，非得说出来心里才舒服一点儿。锋在一旁不说话，心里暗笑他们想不开。不开心就换份工作嘛，何必搞得跟祥林嫂似的，颠来倒去地说呢？不知道退一步海阔天空的道理？

当然，有时也会碰到“吃苍蝇”的事。譬如，有时会有刚进公司不知道天高地厚的主儿，不屑地对锋说，合同工都是没本事找到正式工作的人。锋听了大度地笑笑，心想，弱智，这世界你才懂多少？

但现在他们想要孩子了，夏岚说：“你不能再这样经常不在家了。你在湾区找一份稳定的工作，以后回家帮我带孩子吧。”锋得令，不久就在南湾找了家大中型公司，安安心心地当起了正式员工。这一当正式员工了，那人斗人的办公室政治也就随之而来。锋也认了，入乡随俗吧。

不久，锋和夏岚买了房子，还是买在锋当年抢房子、卖房子的那一个区。锋心底深处有个“从哪里跌倒就从哪里爬起来”的想法，所以，一说买房就说常青谷。锋对那地界熟悉得可以闭着眼睛进出。夏岚实地一看，这常青谷是几千栋整齐规划的大片新房社区，满眼之间全是一个“新”字，也怦然心动。夏岚想，反正我们都不会修房子，买个新房不仅住得舒适，还不用修这修那的，那多好？所以，两个人就在常青谷买了房。

锋现在工作也安稳了，房子也有了，可以说是万事俱备了。可这夏岚就是怀不上，搞得锋跟夏岚心里七上八下的。夏岚和锋都是做事喜欢有计划的人，以前不想要孩子的时候，总是小心翼翼的，怕不小心怀上，就不得不把孩子生下来。可现在真想要孩子了，却不知怎么回事，一直怀不上。

两人书看了不少，医生也见了，该做的检查也做了，两人都挺好，一点儿没问题。这也怪了，那些不想怀孕的人，动不动就不小心“中标”，这一心想要娃的，就是怀不上。见了医生回来，夏岚每天的生活就像回到了当年的实验室一样，天天拿着温度计测体温、做记录。锋也得随时准备着做夫妻“爱做的事”。可这“爱做的事”要像做实验一样，搞得锋也有点头大。

最后急了，夏岚和锋连风水书都看了。有一天，夏岚看到风水书上说，屋前有乱砖、乱石不利于怀孕，她立即想起房前有堆乱砖石，是邻居修完前院后丢在那儿没处理掉的垃圾。平时虽然觉得堆在那儿不美观，可不好意思说。现在夏岚一看这风水书上的说法，再想到前院的乱石堆，就火大了。于是锋一进家门，夏岚就跟锋说，去让邻居把那堆乱石弄走。

锋心想，这门前的乱砖、乱石跟怀孩子还能挂上钩？真够扯的。但老婆大人下了谕旨，不得不从啊。他只好硬着头皮跟邻居说，这乱石堆在这儿有段时间了，有碍观瞻，自己可不可以帮忙移走。邻居一听，不好意思起来，连忙道歉，并保证，明天傍晚之前一定处理掉。果然，第二天锋跟夏岚下班回来一看，那堆乱砖瓦不见了，那地方还被扫得干干净净。

巧的是，过了一个月，夏岚觉得自己怀孕了。锋赶紧买来试纸一测，还真怀上了。锋跟夏岚庆幸，太不容易了。锋也大大舒了口气，这为了生娃而做“爱做的事”，也太辛苦了。

夫妻两个激动地赶紧约医生见面。等得到医生的确认，从医生办公室出来的那一刻，夏岚和锋既兴奋又紧张。锋感慨，自己竟然要当爸爸了。夏岚则为接下来要面对的生孩子和养孩子的事情而紧张。

他们突然觉得自己的世界不一样了，不再是为自己而活了。

后来，孩子出生，是个男孩。从此锋上有老婆管着，下要对孩子负责，倒也安安分分地上班下班，平平淡淡地过日子。

但平淡的日子没过多久，事情就又找上门来。

37

胖子发迹

有一天，健打电话给锋，告诉他胖子要来旧金山湾区出差，要跟老同学聚聚。胖子是谁？就是当年给健介绍学妹的那位。

前面说到，胖子结婚后，在老丈人面前跑前跑后的，老丈人观察了许久，觉得这个“一个半儿子”是块做生意的料，又对自己毕恭毕敬，看着很可靠，就建议他从大学里辞职，下海经商，翁婿联手，在商界打下一片天地来。

胖子等这天等了好久了，既然老丈人授意，立马就把工作辞了，连爹妈都没通知。等老爹老妈从学校里的同事那里听到自己儿子把这么好的一个铁饭碗给砸了，急得立即给心里已经不向着自己的儿子打了个电话，兴师问罪。胖子知道，爹妈是老老实实的读书人，跟他们说多了反而要坏事，就敷衍了一番，向爸妈保证，自己将来吃喝一定不用他们愁。老两口一听，还有什么可说的？只好提心吊胆地看儿子打天下，为儿子捏把汗。

既然亲家这么有权势，为什么胖子的爹妈还这么担心呢？唉，当年有人给胖子介绍这门亲事的时候，老夫妻俩就私下里打听了这未来亲家的底细，越打听就越害怕，这位未来的亲家，书没读多少，可官做得莫名其妙的牛。坊间有各种传说，传得有鼻子有眼的，吓得这两位读书人觉得，总有一天这位未来亲家得出事。

他们跟儿子说了，结果被奚落了一番。老两口没办法，只好由着他去。再说了，儿子同意这门亲事，当父母的还能说什么？再加上亲家把什么都包了，自己还敢说什么？只好暗暗祈祷自己这宝贝儿子万事如意了。现在听说儿子擅自把工作辞了，去下海，当然就更担心了。可担心又有什么用呢？女大不中留，儿大不中管啊。

有老丈人在后面撑腰，胖子的生意真是超级好做，开了公司以后钱就滚滚而来。没几年，胖子就成了市里有名的大款了。先是做进出口的生意狠赚了几笔。后来，国家开放了进出口的限制，连乡镇企业都能自主进出口了，这进出口生意难做了，胖子就用第一桶金去炒房地产，很快就发了。

掘了第一桶、第二桶、第 N 桶金后，胖子自己都有点儿害怕了。树大招风，自己现在这么发达，盯着的人太多，晚上真是睡不着觉了。胖子想，得找个更稳妥的方式赚钱了。

胖子把自己的想法跟老丈人说了："我有几个要好的同学在美国硅谷，可以考虑跟他们合作，把钱投向高科技行业。最近，高科技行业的利润太高了，我一直手痒。我想我得立即着手干。"

老爷子若有所思地点点头，慢慢地说："你抓紧时间到海外去转转，该办的事赶紧办了，别拖，有些事拖不得啊！"

胖子说，其实在美国的几家有生意往来的公司多次邀请他去考察，只是自己眼前的生意忙不过来，一直没理会。现在时机到了，就跟他们联系联系，看能不能尽快出去看看。

老爷子听了，点点头，说了声"好"，然后长叹一口气："唉，只可惜你们的小孩还太小。我叫你们早点生，你们贪玩，不肯生。不然，现在可以把孩子送出去读书，顺便把钱都带出去。这钱现在放在身边，太让我担心了。唉……"

这不，正好在拉斯韦加斯有个产品交易展示会，美国客户就发了邀请函请胖子过来。可惜，离报名截止日期没两天了，急得胖子抓耳挠腮的。这出国一趟要办的事太多，要去美国大使馆办签证，要让美国这边安排行程，自己的生意也要安排一下，都要在这短短的时间里安排好，急得胖子像热锅上的蚂蚁。胖子的英语早就全还给学校了，所以，这来美国的行程安排全交给秘书杨茉莉卡去办。

这秘书的名字怎么四个字啊？是复姓？不是，大小姐姓杨，这"茉莉卡"是英文名 Monica 的音译。这年月在国内，如果没有英文名，是很落伍的。茉莉卡小姐当年在学校里可是校花级别的人物，又是英语系毕业，可惜她毕业的学校是个外地的小学校。毕业后，她一个人到大城市里"漂"，结果找到个给胖子当秘书的工作。

当年，雇这个茉莉卡可费了点周折。胖子原来的秘书英语不好，后来跟外国人做生意，要用英语写信，胖子一看，这个秘书写的英语比自己写的都烂，那怎么行？所以，立马就决定要找个懂英语的秘书。可这胖子选秘书跟选美似的，要求应聘者简历上有照片。先不看背景怎样，只要照片看不过眼就把人家的简历扔进垃圾箱，然后让长得顺眼的来面试。面试前，胖子竟然根据照片给应征者的长相打分。几个打分高的，胖子亲自面试。打分不够高的，等面试的时候，自己再悄悄地出去晃一圈，以免把真美女给埋没了。能进入第二轮面试的，都是胖子看了认为漂亮的。到第二轮面试时，胖子从自己以前的大学的英语系请了个老外来帮忙考英语。结果，英语勉强过关的只有茉莉卡。

世上没有不透风的墙，这雇秘书像选美的事，有人给老板娘——胖子的老婆透了风。在胖子公司里做久了的人都明白，这胖子表面上是大老板，可实际上是“三把手”，真正在背后“垂帘听政”的是胖子的岳丈大人。如果没有岳丈大人，胖子怎么做生意啊？好在这太上皇是从来不来公司，也从不直接过问公司的事的。于是对公司及胖子的监管任务就落在老板娘的身上。你别看胖子在外边牛得不得了的样子，回到家就是一个“妻管严”，怕老婆怕得要死。其实也不是真怕老婆，怕的是老婆后面的岳丈大人罢了。岳丈大人在官场纵横几十年，对管人很有一手。控制胖子这种家里毫无背景的人，也是很有手腕的，刚柔并济，软硬兼施，前有胡萝卜，后有大棒，把胖子辖制得服服帖帖。

胖子自己也知道，如果被岳丈大人一脚踢出家门，自己在这个城市里就不用混了，不仅钱挣不到了，更可怕的是，四肢能不能健全都难说。为什么呢？岳丈大人在官场上自然是有很多对手的，而自己做生意，仗着岳丈大人的关系，从人家口里抢了不少饭吃，被人恨着呢。一旦没了岳丈大人的庇护，没准出门就被别人捅了。所以，胖子对岳丈大人以及岳丈大人派到自己身边的“钦差大臣”——自己的老婆，那是百依百顺。

胖子的老婆原来在政府里有一份很轻松、拿钱又多的工作，可自从老公下海经商，从早到晚地应酬，整天见的都是各种各样的女人，她心里实在不舒服。在单位里，同事还经常拿这种事半真半假地跟她开玩笑，她心里就越发地发毛。后来，胖子赚得越来越多，她觉得可以一辈子吃穿不愁了，就干脆辞了职，在家当全职富太太，这样就更有时间、有精力监控老公了。

闲下来以后，她隔三岔五地去公司转一转，发发“雌威”。这么做有两个目的：第一，老爸提醒自己了，要经常看看公司的账，只要管住了账，胖子就很难要幺蛾子了；第二，这胖子有色心，公司里常招些有点姿色的小姑娘，而且这年月的小姑娘胆子大得很，才不管男人有没有老婆，只要自己觉得有用就上。所以，要常去公司转转，无形中给这些小姑娘们一点儿警告，让她们知道谁才是公司的老大。

胖子的老婆每次来公司都是连个招呼也不打的，进了公司门就径直进老公办公室，对此胖子敢怒不敢言。然后，她才在公司里转一圈，跟员工打打招呼，以示自己的存在，最后拐进财务部。这么一来便让人人都知道自己的地位和厉害。胖子也没办法，干脆给老婆送个“公司主管财务的副总裁”的头衔，让老婆安心。结果，全公司员工都在背后偷笑。

胖子的老婆心里暗暗感激老爸的高瞻远瞩。当年念大专时，老爸非要她念财会这个让她头痛死的专业。她跟老爸闹了好久，老爸不让步，坚持说学这个专业有用。她没辙，只好硬着头皮把这倒霉的专业给念下来，算给老爸一个交代。毕业后，她怎么也不肯干跟财会相关的工作，老爸这时倒不强迫她了，只是给她在政府里找了份闲差。现在回想起来，原来老爸早就计划招个女婿开公司，让她管账了。好在老公的公司有专业会计，她只要不时地大概看看就行，如果有什么不对的地方就让主管会计说清楚，这样无形中给胖子和会计都戴上了金箍。因为他们都不知道自己的深浅，反而都对自己小心翼翼的，不敢造次。

大家都看出了老板娘的地位，拍老板娘马屁的人就多了，特别是那些搞财会的，简直处处把老板娘捧成女皇，胖子又气又恨，可没辙。胖子招个秘书像选美，那还不有人第一时间向老板娘汇报？老板娘知道了，当然要向胖子兴师问罪。胖子发誓说，纯粹是凭本事招人，长相是次要的。但没长相也不行，不然带出去丢公司面子。最后，找了本科毕业的茉莉卡，总算堵上了老婆的嘴。不过老婆还是严重警告在先，搞得胖子即使对茉莉卡有想法，也不敢实施。但胖子心里还是有扇小窗户留了条缝，给了这茉莉卡一份比一般大学毕业生高得多的薪水。可惜平时需要她发挥英语水平的事情并不多，大多数时间就是当作花瓶摆在那儿，干干杂活，给胖子欣赏欣赏，晚上带出去应酬挣挣面子之类的。

茉莉卡刚上班的时候，胖子的老婆还特地跑去公司，没事找事地把茉莉卡教训了一通。这是给这个小妮子一个下马威，就像古代牢里对刚来的犯人打的一百“杀威棒”，给这个小妮子，当然还有胖子，一点儿颜色看看，免得将来闹得不可收拾。这一来，刚上班的茉莉卡委屈得直哭，好在有老员工悄悄给茉莉卡上了一堂公司背景介绍课，警告她老板娘的厉害，让她小心跟老板干活，别太近乎。这公司里，宁可得罪老板，也不能得罪老板娘，切记，切记。茉莉卡从此小心翼翼，不敢在胖子面前装媚撒娇，生怕有人往老板娘那儿打小报告，自己吃不了兜着走。尽管干得不开心，茉莉卡还是认了，到别处不容易有这么高的薪水，看在钱的份儿上，忍着吧。

这次，胖子老板突然急着去美国开会，茉莉卡一下子忙得四脚朝天。又要给老板填申请表、寄申请表，又要给老板处理美国那边的回复，还要结结巴巴地给美国方面打电话催结果，索要邀请函之类的文件。等把老板的签证文件准备好，老板又扔给自己一大堆在美国的联系地址，让自己代他跟人家约见面时间，这里面就有锋和健的联系电邮。

健收到茉莉卡发来的电邮，说老板几月几日到硅谷，问健的时间安排。健看了暗骂一句：“这胖子现在发了，竟然让秘书跟老同学联系见面的事。这秘书也有意思，还起个英文名字。我自己还没起英文名呢，这国内的小姑娘倒是赶时髦赶得快。还叫茉莉卡，干脆把姓也改成卢温斯基得了。”

健这么一骂，自己倒乐了。所以，骂完也就骂完了，没往心里去。可是，锋也收到这封电邮，一看不爽了。这个当年的小跟班，今天发了，竟敢让秘书给自己来信，立马回了封电邮，还抄送给胖子。电邮上写道：“亲爱的茉莉卡美女，遗憾你本人不能来美国。否则，我一定到机场去接你，再为你接风洗尘。至于其他什么人要来见我，让他自己来找我。”

茉莉卡一看，乐了，这不是挤对老板嘛。得，反正老板也收到了，让他自己给老朋友回信吧。胖子一看锋的回信，知道这位哥们不爽了，急忙问茉莉卡美国那边几点了。知道时间还不太晚，立马抓起电话就给锋打了过去。电话是打到锋家里的，夏岚接了电话，笑呵呵地跟胖子问起好来，跟胖子聊了一会儿，知道胖子要找老公，就把电话给了锋。

锋接过电话刚“喂”了一声，胖子就忙不迭地给锋道歉，反复说这次是突然有机会去美国开会，忙得有点儿措手不及，不小心把锋和健的联系电邮跟其他客户的一起给了秘书，是自己的不对。锋一听，哪儿还有气啊，笑呵呵地回答说：“我是跟你胖子开个玩笑，你别当真。”胖子也知道这位哥们的脾气，一向大大咧咧的，听到锋笑起来，知道没事了，就趁机问：“我会在湾区待几天，你跟健有没有空？”锋说：“老朋友来，没空也得有空啊，我跟健轮流陪你在这儿玩两天吧。”

38

回国试水

两周后，胖子到了硅谷。锋跟健商量是不是要带胖子去吃洋餐，不然胖子这种在国内把嘴吃刁了的主儿，在硅谷吃中国饭菜大概吃得不爽。谁知道一跟胖子提出来吃洋餐，胖子就喊饶命。过去几天在拉斯韦加斯，连续几个晚上跟客户吃饭，天天吃洋餐，把他给吃怕了，现在一闻到奶酪的味道就头痛。好不容易挨到来加州，准备好好吃几顿中餐补补神，再让他吃洋餐，这不是要他命吗?

锋和健一听，乐了，吃中餐啊，那容易啊。说完就领着胖子去了一家他们两个都认为不错的中餐馆，吃得胖子连声说爽。锋和健相视一笑，心想，这小子要不是憋坏了，还不知道怎么骂这菜呢。很多人来美国，下了飞机就在加州吃了这儿的中餐，吃完就叽叽歪歪的，搞得湾区人都觉得请这些国内来的同胞吃饭让人头痛。

吃饱喝足，话进正题。胖子说自己的生意想转型，想投资高科技行业。最近，国内股市高涨，投资高科技行业的回报率很高，自己心痒痒的。锋和健都说，你这外行投资高科技行业风险可高。胖子说知道有风险，所以，不是特地来请两位帮忙嘛，又问两位有没有过“海归”的想法。这一问，把锋和健都问沉默了。

在海外的老中，谁没想过“海归”啊?可并不是人人都有个好机会，毕竟要放弃的东西太多。有点儿本事的，都有一份好工作，有房有地有家有口的。如果没有好机会，把这一切都放弃了，心里都会犹豫。所以，除了被迫海归的，大多数人都在等待“机会”。

胖子说:“这个可以理解。资金方面，我可以先出。如果不够，我们可以去向政府申请，政府现在有一大笔钱计划投资高科技行业。最好再搞点风险投资基金的钱，有他们入伙，成功的系数也要大得多。现在第一步是要找对人，有本事还要信得过。你们两位老同学是最好的人选，我就是想请两位出山，回去大家合作干一番事业。至于做什么项目，如果两位有想法，我们可以慢慢商量。”

胖子这一番话让锋跟健陷入沉思。对两人来说，老同学的资金支持确实是个机遇。有了老同学的钱做起始资金，再去跟政府和风险投资基金要钱就容易得多。天下想创业的，大多数都是在一开始死在钱上。有了钱就能做事，就能出产品，就有机会活下去。

锋拍拍胖子的肩说：“想法当然是有。让我和健先回去做个商业计划书出来，你先看看，然后，我们再商量。具体怎么海归，我们还得跟老婆大人商量。不过，兄弟你的提议真的很让咱哥们动心啊！”

健也说：“谢谢哥们信任我们，我们一定把这事当头等大事考虑。”

胖子看自己的提议被这两个老同学接受得这么好，开心地拿起茶杯当酒杯说：“有两位上心，这就先有了人和了。你俩如果能回国创业，加上我在那儿的事业基础，以及现成的人脉关系，这算是地利了。咱的产品在这个大市场上做好了，那就连天时都有了。让咱哥仨以茶代酒干一杯。”

请胖子吃饭，锋和健的太太都自觉地没来，有心让这哥仨好好聊聊。两家的太太都说好了，准备第二天在健家里，两家一起跟胖子再聚一聚。没有太太在身边当司机，锋和健都说不能陪胖子喝酒，自己得开车回家，明天在健家里聚，再痛饮一番。胖子说，早听说美国这儿的良民生活了，不麻烦了。今天咱以茶代酒，说事聊天为主。所以，这顿饭什么酒都没叫，哥仨就着茶聊了一晚。

锋和健回家都跟老婆说了胖子的提议。两位老婆不约而同地觉得，机会难得，不支持老公说不过去。可想想老公要放弃好好的工作，家里还有小家伙要照顾，自己还要上班，心里就不痛快。看太太不太兴奋的样子，锋跟健都说胖子就是这么一说，八字还没一撇呢，没必要那么紧张。胖子需要帮忙咱就帮忙，至于自己是不是回国，现在先不考虑。

第二天，锋见了胖子，打招呼说，这海归的事现在还没谱，见到老婆的时候就暂时没提。他跟健马上给胖子做商业规划书倒是正道。胖子到底是生意人，听锋这么一说，全明白这里面的道理，向锋保证说：“你放心，我绝不会在嫂子面前胡说八道的。”

在健家里的聚会很热闹，大家都很开心。胖子本来就能说，现在在商场上更是把舌头锻炼得跟弹簧似的，国内的各种段子让在座的人笑得前仰后合。海归的事一句没提，两位太太也一句没问。

胖子回国后，锋跟健就开始很严肃地交流各种设想。其实，锋跟健都是有想法的人，很多想法其实早就在心里想了很久，还彼此商量过，所以挺成熟的。现在再次认真地拿出来分析一下，看是不是能拿到国内开发，再在海外和国内推销，两个人很快就达成了共识，锋熬了几个晚上把商业规划书用英语先写出来。为什么用英语呢？出来这么多年，锋用起中文打字法来都生疏了，而且很多商业及专业词汇都不知道怎么翻译成中文，所以，用英语打草稿要比用中文顺畅得多。

健就做市场调查，看看在国内运转各类成本大概是多少，销售到海外的话，大概收入是多少，等等，再把这些数据交给锋。当然，这些数据都是估算的，写商业计划书需要写明这些数据，而且不能太离谱。等锋的初稿出来，电邮给健，让健修改。等定了稿，两个人又分工把计划书翻译成中文。

两人把中英文两份计划书都给胖子寄去。胖子一看，自己刚回国不久，时差还没倒过来呢，这两个老同学就把计划书给做出来了，看来这两位心里是早想海归了。胖子心里暗自得意。可他看了半天没看懂，专业词汇一大堆，看得云里雾里的。没办法，他只好跟锋和健说，计划书要更加通俗才行。胖子是生意人，好歹也是大学毕业，如果他都看不懂，就别指望其他投资人看得懂。胖子反复说，要让外行、小学毕业的人都能看得懂。这年月，有钱的和有权的，虽然都有文凭，但实际文化水平都不高。

锋跟健也知道这个理，没办法，只好绞尽脑汁重新写。健开玩笑说：“现在胖子真成咱老板了，我们成给他打工的了。”

这话说得锋心里一个激灵，心想，可不是吗？今天的胖子已经不是当年那个小跟班了，人家是投资人。这年月，谁给你出钱谁就是你的老板，如果跟胖子干，胖子还真是自己的老板。所以，锋回道：“这真不是开玩笑，胖子真的是咱们的老板。”

健一听锋说得这么严肃，心里也暗暗一愣。

两个人又忙了一个多星期，终于把科普入门版的商业计划书拿了出来。这次，给胖子寄去之前，先各自拿给自己老婆，看看老婆是不是读得明白。夏岚也在这行里，读起来没问题，安妍倒是外行，提了很多不错的建议。

等胖子拿到新的计划书，心里可真得意啊，真是有钱能使鬼推磨。当年锋是自己的带头大哥，而自己就是一个跟屁的马仔。那个健闷头读书，整天一副清高的样。可现在，两个人都被自己使唤得团团转。胖子觉得自己的钱真是没白赚。

这回胖子基本看懂了计划书，又问了几个问题，就基本搞清楚了市场、产品是怎么回事。胖子把计划书交给手下人去做成本调查，让他们尽快做个预算出来。然后，又请软件业的熟人，还有自己以前大学计算机系和商学院的教授，给这个产品的市场做个认证，反响竟然都不错。大家都说，这个产品国内还没出现，在国外也有一定的竞争力，如果能在国内开发，同时在国内、国外销售，市场应该很好。有了这些“高参”的话，胖子心里有了底气，回头跟锋和健说，可以考虑投资上马，但锋和健需要负责向中国政府和海外的风险投资争取投资。

胖子想拉政府的钱进来，有多方面的考虑。一来，有了政府的投资，挂着政府的牌子，很多事都好办。二来，将来产品出来，就可以名正言顺地向政府企业推销。三来，胖子知道自己的岳父大人心底里对自己不放心，自己不能总是活在他的阴影里。现在，通过这项目跟政府方面的人通上关系，慢慢建立自己的政府关系网，将来高科技这块就可以摆脱老丈人的手掌心了。

而海外风险投资呢，一来，是要为将来产品向海外推销做铺垫，这向海外推销，靠锋和健这样的书呆子是玩不转的。二来，有了海外投资，这项目在国内的档次一下子就不一样了，那可是正儿八经的中外合资项目啊。三来，自己的“高参”们和锋都说，尽量多要投资，一下子就做大。如果一味地省钱，很容易出问题，要么产品长时间出不来，要么出来了没有竞争力，被国内同行一下子压过去。钱多了，人强马壮，在短时间内做出比较厉害的产品，国内对手一时赶不上，在海外还可以跟类似产品一争高下。所以，要做大，只有胖子的钱是不够的。况且，这是胖子的第一个高科技项目，他也不敢投太多的钱。胖子更愿意跟有实力的人一起投资，带自己上路，风险也小一些。当然，胖子也知道，海外投资进来，自己的股份就被稀释了，但只要外面的投资不太多，自己从这里面得到的好处还是很大的。

健一听要去跟国内和硅谷的风险投资人耍嘴皮，头皮就发麻。他跟锋说，自己宁可埋头做产品设计，这在外面耍嘴皮的事，真不想干。锋的态度则完全不同，一听要自己去拉投资，一下子热血沸腾起来，这可是他多年的梦想啊。二话不说，他就跟胖子和健讲，这上台演讲、做演示的活儿，自己绝对没问题。健一听，如释重负。胖子也乐了，他就怕这些搞技术的老同学上不了台面。这下可好，这个锋简直就是个现成的人才，打着灯笼也难找啊。

胖子立马通过自己的人脉，跟市里高科技开发区的领导搭上线。正好市里正在搞旨在吸引海外留学人员回国创业的大会，胖子立即让锋回国做演讲要投资。胖子交底了，市里拨了一大笔钱给高科技创业者，但是说穿了，这个钱给谁不给谁，不是技术问题，是个人的问题。若是那些经手的人都有好处，这钱给得就有动力，不然，说了给你钱，你傻等到下世纪都见不到一毛钱。很多海归只闻钱声却摸不到钱是咋回事？没人脉啊。

锋被胖子说得一愣一愣的，那这怎么玩啊？胖子说："所以你得跟我玩啊！你有技术，我有人脉，这不就成了吗？"

锋一听，这下可真服了胖子了，这胖子不是自己的老板也得是自己的老板了。没胖子的钱和人脉，自己回去创业那就等于石子进大海。胖子让锋放心，锋只要把台面上的事做漂亮了，这台下的事，自己都包了。胖子让锋放心地请一个星期假回国开会，路费、住宿费什么的，他都报销了。

锋得令，这就风风火火地回国。锋这台面上的活还真不赖。锋是个神气人，到了台上，刚开始还有点儿紧张，没多大会儿就口若悬河了。这个大会挺有意思，还组织了个全英语的研讨会，把很多"海归"都放在台面上，真枪真刀地比了。对很多人来说，这是个要露拙的时刻，能混就混，心里祈祷台下听众的英语比自己还烂。而对锋来说，这是个显摆的时刻。锋在台上洋洋洒洒说英语的神气，除了给全场的人留下了深刻印象，也给一个人留下了深刻印象，这个人就是胖子的秘书茉莉卡。

锋和健做的计划书，凡是碰到英语的部分，胖子都扔给这个茉莉卡，所以，茉莉卡一直知道这个项目的情况。锋回国，胖子带着茉莉卡一起给锋接风洗尘。锋刚见到茉莉卡时，意识到当初那封挤对胖子的电邮就是寄给这位大小姐的，很不好意思。不过茉莉卡跟老板见过不少世面，还拿这事说笑："我如果哪天去美国，您可一定到机场接我。不然，说明您认为我不是美女。”害得锋一阵脸红，赶紧说：“茉莉卡去美国，我一定保驾。就怕你太漂亮，想保驾的太多，我被挤出去。”

说笑过了，大家就一下子熟络起来。茉莉卡觉得老板这位美国来的老同学挺随和的，松了口气，觉得以后好合作了。锋则暗骂胖子腐败，有钱了就招个美女秘书带在身边。不知道这个美女跟胖子有没有特殊关系，自己最好小心点儿，免得一不小心踩了胖子的地雷。

这场全英语的研讨会，胖子特地让茉莉卡去听听，看看这个锋英语到底咋样。他自己干吗不去呢？胖子早把英语全还给老师了，自己去了怕被人用英语问到了，下不了台。刚开始茉莉卡心里真有点儿瞧不起这些从美国回来的人，那英语说得那个烂，真不知道这些年在美国怎么混的。等轮到锋上台，不仅说得溜，还时不时地说两句幽默的话逗得全场一乐，把茉莉卡给镇住了。不比不知道，一比吓一跳，这个锋看着其貌不扬的，那英语的口才比别的美国来的所谓“精英”们强多了。锋在茉莉卡心里的得分就一下子翻了倍。

晚上胖子请锋吃饭，茉莉卡在酒桌上，狠狠地把锋的英语演讲给捧到天上去了。这两杯酒一下肚，被美女再一捧，说自己比其他从美国来的人强得多，锋就有点儿飘飘然，头发晕，找不着北了。吃完饭，胖子让茉莉卡和一个手下姓胡的经理陪锋去卡拉OK。那个小经理是胖子指派专门负责锋的项目的。所以，锋回来的行程都是他安排的，现在还得陪同娱乐。

这卡拉OK的包间，就是茉莉卡大展才艺的舞台。茉莉卡人靓歌好，看得锋心跳有点加快。茉莉卡拉着锋要一起合唱，锋急了，说自己在美国待十年了，国内的歌一概不会唱。其实，何止是这十年的歌不会唱，当年没出国的时候，他整天就忙着准备托福和GRE考试了，十年前的歌他也不会唱。但是前面有茉莉卡拉，旁边有小胡经理推，锋只好硬着头皮跟茉莉卡合唱。茉莉卡选的都是情啊郎啊这样的歌，边唱边妩媚地看着锋。唱着情歌，看着美女的眼睛，锋头有点儿晕，腿有点儿颤。那一晚，锋都不知道自己是怎么回到宾馆的。

接下来几天，胖子给锋安排了密集的行程：跑市里的几个高科技开发区，看办公楼，仔细了解设施后勤等开公司必须了解的情况。晚上，胖子就把自己有头有脸的朋友们都请来吃饭。

锋这下算见识了胖子这些朋友的喝酒本事。葡萄酒、白酒轮番上阵，这年月国内时兴喝外国的葡萄酒，而且不知道为什么，还指定要喝红葡萄酒，不喝白的。锋看看那号称从旧金山来的拿帕谷酒乡的酒，牌子都没听说过，动辄几千元一瓶。锋跟夏岚有点洋派，时不时喝点葡萄酒，所以，对各种酒还是有见识的。看这烂牌子的酒卖这么贵，锋说，下次给各位带点好酒，毕竟自己也是酒乡那儿过来的，这好酒还是能带的。

可等到一开喝，锋就傻了。人家跟这些在美国的人喝酒方式不一样，你叽叽歪歪地要品酒，一次喝一小口，人家可是一大杯红酒一仰头一饮而尽。饮完了还赞道，这外国酒就是比国产酒好啊。锋就奇怪了，您这一仰脖子酒就进了肚子，哪有工夫知道这酒的好坏？那些人看锋才喝一口，立马满上，要跟锋干杯。锋没办法，也只好一杯接一杯地跟各位碰。别看这葡萄酒度数低，但蛮有后劲，不一会儿，像锋这样不常拼酒，没什么酒量的，就有点撑不住了。锋的脸、眼睛和脖子都红得跟新鲜猪肝有一比了。

谁知道喝完了红酒，又开始上白酒，不是茅台就是五粮液。锋有点儿傻了。各位领导一看锋这样，就说着各种酒桌上的顺口溜，逗锋跟他们拼酒。锋两杯白酒下去，胃里开始不舒服了，心里知道自己到量了，不能再喝了。胖子一看锋不行了，立即给茉莉卡使了个眼色。茉莉卡是酒桌上的行家，一看老板冲自己使眼色，立即站起来替锋挡酒。

“嘿，朋友们，这位是美国来的，不懂咱这一套，咱们就饶他一回吧。我陪各位喝怎么样？”

大家一看美女上阵，求之不得，立即围着茉莉卡喝酒，把锋撂在一边。锋松了口气，悄悄地去了趟厕所，往脸上泼点凉水，让自己清醒一点儿。再回酒桌时，茉莉卡已经把那几个人哄得团团转，再也没人注意锋了。锋长吁一口气，心里对茉莉卡暗暗感激。

等酒席散了，锋趁别人不注意的时候，悄悄走到茉莉卡身边，轻轻地对茉莉卡道了声谢。茉莉卡莞尔一笑，很温柔地说：“你呀，好傻。下次在酒桌上，千万别一开始就傻傻地跟在别人后面喝酒，我不是每次都会在你身边的。”

茉莉卡这轻柔的话，轻轻地撞在锋的心上，锋突然有一种回到自己读大学时的感觉，一下子愣在那儿。胖子送完领导，回过身，看锋在那儿发愣，不知道锋在春心荡漾，拍了他一巴掌：“兄弟，今天是不是喝多了？看你这样，好像不行了。”

这一拍，一下子把锋拍回了现实，他赶紧回道：“多亏茉莉卡挡酒，不然，我今天要被抬着出来了。”

这时的茉莉卡一下子换了个语气，大大咧咧地说：“我功劳大吧？老板，发奖金哦！”

胖子打着哈哈说：“好，好，好。要是这项目成功了，大家一起发奖金。”

此时的锋，又像丢了魂似的，呆呆地看着街上的车水马龙。

一个星期一晃就过去了，锋该回美国了。胖子、茉莉卡、小胡经理一起到机场送锋。锋觉得好像昨天才刚从这机场下飞机，自己的身心都没有准备好回美国，好想留下来。是什么让自己这么不舍？他也说不清。是国内的生活方式？是自己做的这个项目？还是……茉莉卡？

回到美国，在很长一段时间里，锋的思绪都沉浸在国内。夏岚问他，这次回国就这么刺激？搞得比哪次回国都兴奋。以前回国看爹妈，一待久了，两人就想回美国的家。这次锋一个人回去，怎么这么怀念啊？夏岚还笑着问锋，是不是遇到红颜知己了，这么魂牵梦绕的？锋笑着堵她的嘴，说哪有艳福遇到什么红颜知己，简直就是被胖子拉着当差，整天瞎忙活。夏岚也不怀疑，锋把这一周干的事都像说故事似的说了一遍，夏岚也感慨，这趟回国比为公司出差还辛苦。当然了，锋总是把茉莉卡淡而化之地一带而过，免得惹麻烦。只是偶尔提到她，自己的心就禁不住一动。

有了锋在台面上作秀做得漂亮，胖子就能在台面下活动得起劲。胖子有钱又有门路，国内的事办得竟然出奇的快。没多久胖子就给锋打电话说，政府已经给他们的项目批了一大笔款子，而且，妙就妙在还不占多少股份。

锋感慨：“还是国内政府厉害啊，出钱纯粹是为支持高科技企业，自己都不要回报。”

胖子一听，在电话那头骂道：“切，兄弟你在美国待久了，也太理想化了吧？兄弟你如果是领导，在台上做报告这么说，我没话说，肯定跟着鼓掌。可现实中哪有这种好事？是，政府是不要好处，但那好处全给了那位同意给你投资的领导了。所以，这钱下来的才这么快。你这下明白了？兄弟啊，你要是没我，你在国内要不了三天就被人给吃了。”

锋倒吸一口凉气，心说，难怪这么快呢。他老是听海归说，什么国内办个事慢啦，政府答应给的钱，一年半载的不见踪影啦，等等。其实，是因为你那边没有路子硬的。只是，锋心里有点儿不踏实，但这不踏实的感觉，一晃就过去了。这年月撑死胆大的，饿死胆小的，有胖子这种人撑腰，怕啥？在国内，谁不是这么干的？你不这么干，别人也会这么干，那政府的钱就痛快地归别人了。没有政府的钱，像胖子这样的人也不会轻易掏自己腰包。没钱，你自己再有本事也没用。

接下来胖子就进入了关键话题：“政府的钱是没问题了，我的钱也没问题。现在的投资额够大了，就等你跟健回来开张大吉了。我这儿正拟一份合同，是关于你跟健的工资和股份的。虽然我们是老同学、好朋友，但这是做事业，咱们就正式一点儿，你不介意吧？”

锋连连点头称是。锋听了太多的故事，说很多海归回国以后，工资什么的都没有一份正式的法律合同明确规定出来，结果有了分歧后，搞得大家都很扫兴。他自己还想过怎么跟胖子提这事，想不到胖子都想好了，不愧是个生意人。

放下电话，锋就给健打过去，让健做好思想准备。不久，锋和健各自收到合同草案。两个方案，让锋和健选。一种方案是工资高，但股份偏低，另一种方案是工资少点，但股份多。

到了这份儿上，锋和健不得不和太太摊牌了。

夏岚虽然对锋的海归有心理准备，但万万没想到这么快。当一切都在眼前了，立即觉得有点儿措手不及。她没想过要回去，可让老公一个人回去，自己在美国留守，这日子怎么过？孩子还小，自己工作又忙，一个人恐怕忙不过来。更让她担心的是，老公一个人回去，怕他移情别恋。她自己回去过，见了老同学，老同学都异口同声地劝她千万别让老公海归，都说现在国内的小姑娘太厉害，何况她老公还是个海归加美国公民。

夏岚也知道，虽然现在大家都在网上说，国内人都不想出国，海归在国内不吃香，但也就是一说而已。真不想出国的，都是少数家境小康、家里有门路的。大多数人，特别是家境一般的，家里没什么门路，都把出国当作一种改变人生的途径。特别是现在的女孩子，如果形象好一点，都会不自觉地运用自己的先天条件，去争取自己想要的东西。至于海归的人，不吃香的是没有水平的。像自己老公这样，被胖子这样的生意人当招牌的，自然是香饽饽。

夏岚真怕让锋一个人回去，过不了多久他就不是自己的老公了。去年回国，同学聚会的时候，老同学就说得很直白：“你让你老公海归，那简直就是‘肉包子打狗’。我要是你，哪怕把自己的‘肉包子’捂馊了，也不能喂狗，便宜了那些‘小母狗’。”说这话的，是夏岚大学时同宿舍的一个姐妹，她正在跟有外遇的老公闹得不可开交呢。

可夏岚也知道，锋是铁了心要海归了。如果不让他回去，这两口子这辈子就有了一个心结。

39
海归

锋为什么铁了心要海归？一方面，他想回去打一片天，另一方面，他现在的工作已经到了很难做的地步。本来锋凭着自己过去为多家公司服务过，见多识广，经验丰富，在自己的部门里独当一面，混得还不错。可是，公司里一下子风云突变。CEO 跟锋所在的产品开发部门的主管——一个高级副总裁（Senior Vice President）不和，把这个高级副总裁逼走了，又从对手公司挖来一个人当他们的部门主管。这个新主管是带着一个打手兼马仔的印度手下一起过来的，走马上任没两天，就把锋他们的 manager 强行挪到一个闲职上挂起来，明目张胆地把自己这个印度手下放在 manager 的位置上。

一夜之间，锋的部门变了天，所有老印都觉得自己成了上等人。一个一直给锋打下手的印度小混混，被调到项目管理（Project Manager）的职位上。锋想，这小子技术上是没前途了，做项目管理也算给他一个不同的职业上升途径吧，所以，没往心里去。

以前这老印跟别的同事不一样。锋的其他同事，不管是老中还是老美，大家都处得不温不火的。请教技术上的问题的时候，都客客气气的，请教完了道声谢。只有这老印对锋特别谦卑，特别巴结。锋有种被人拍马屁的感觉，心里还挺受用的。

谁知道这老印一做上项目管理，尾巴立即翘上天了，对锋指手画脚的，原来一周完成的任务，逼锋两天交活。锋这下受不了了，心说你以为你是谁？你以为你是老板啊？所以，锋就常常跟他吵架。

锋回家后跟夏岚说起这事，总是气哼哼的。夏岚就劝锋，说这小老印抓住机会，想在自己的同胞上司那儿显摆一下，也可以理解。他也是有家有口的，想做好这份工作，多拿点儿钱养家，你就得让人处且让人吧。锋想想也是，现在是印度人的天下，自己就忍忍吧。

锋“得让人处且让人”了，可老印却没有“让人”的意思。他一看锋不跟自己吵架了，以为他把锋给镇住了，就变本加厉地打压锋。不久，这小子竟然因为项目管理有功，被提拔为锋的顶头上司，做他们产品开发组的经理。锋跟同事都傻了，可也没辙。现在从这小子到最上面的CEO，都是一条线上的蚂蚱了，谁敢有意见，谁就第一个受打压。

锋回家就跟夏岚说，说她的“得让人处且让人”的哲学，在如今以印度文化为主导的硅谷行不通了。夏岚说：“你实在不开心，就想办法换一家公司吧。”锋想起来，两年前，健就说过，他们公司已经被印度人从上到下都把持了，锋那儿印度人还没得天下，算是不错的了。印度人就像搞黑帮似的，老大一得势，手下的马仔们都鸡犬升天。没半年，老印就把所有关键岗位全占了，像建金字塔似的，摆出一副大树盘根错节的架势。现在回想起来，健说得果然没错。但锋还是想碰碰运气，不会每家公司都这样吧?

可简历一发出去，面试经历都很不愉快。锋从一堆要面试的公司里挑了两家不错的，还是搞得一肚子气。有一家公司，开发组的人里有60%是老印，有两个老中也不阴不阳的。锋想，这环境比现在的公司还差劲，就算了吧。第二轮面试他就客气地回掉了。

另外一家，面试见到的第一个人是个老中。还好，所谈甚欢。那老中一个劲地说，锋的经验正是他们需要的，英语说得又好，他去了，老中力量就更大了，听得锋心里热乎乎的。可接下来一连见了三个老印，那些老印像串通好了似的，拼命跟锋较劲。一旦锋不小心在哪个技术点上显了点弱，面试的老印就故意在这点上拼命纠缠，让锋下不来台。锋猜想，是前面的同胞说了自己好话，这几个老印就想尽办法打击他，证明他不行，好把他赶走。锋知道，即使最后他们录用自己，自己也不会来。果然，没两天，他们就回信，说找到了“更合适”的人选。锋只能冷冷一笑。

锋对这个行业算是失望透顶，天下乌鸦一般黑，觉得还是待在现在这家公司吃吃老本算了。那个新升职的老印毕竟给自己当了这么久的徒弟，不看僧面看佛面，总得给自己点面子吧。谁知，那个印度小子当年跟孙子似的，这一得势，脸一变，把那个小小的 manager 权杖舞得跟如意金箍棒似的。这小子整天想着折腾人，把锋跟同事折腾得半死，说到底就是为了在上司面前给自己请功。

除了平时折腾人，到了年终，这坏小子还对锋这些“非老印”同事使坏。不管是老中还是老美，只要不是他的同胞，他都能收拾就收拾。年终评估的时候，他开始给老同事穿小鞋。英语不好的，就说跟人交流有问题。同事急了，问干了这么多年，从来没被人说过交流有问题，怎么到了今天就交流有问题了？这印度小子说，以前的管理层管理不当，现在一切要走上“正轨”。

像锋这样英语没问题，技术上又挑不出毛病的，他就说，作为一个资深工程师，他没显示出领导才能（Leadership）。锋反问，带初级工程师（Junior Engineer）做项目，算不算 Leadership？锋说这话的时候心想，你就是那初级工程师中的一个。锋这么一说当然让这印度人急了，老印随即气势汹汹地说：“你做的项目不够大，要管理大项目才算。”说到这，锋明白了。噢，原来我们以前做的，都什么也不算。只有你小子当了两天“项目管理”，那才叫“Leadership”。我们辛辛苦苦把产品开发出来，原来都是不算成绩的。锋现在怀疑，当年这小子摆出那么谦卑的样子，是不是把自己压抑得得了病，今天这病开始发作了？

工作环境变成这样，锋回家心情也不好，家里的气氛一天比一天压抑。看着锋难受的样子，夏岚咬咬牙说：“好吧，既然在美国这儿待得不开心，你就回国吧。但是，要回国我们一起回，一家人要在一起。”

锋也理解夏岚的想法，所以把夏岚的简历给国内的猎头公司寄去。机会倒是不少，却没有夏岚看上眼的，夏岚有点儿绝望了。这些国内的工作，从工作性质到收入，都跟自己现在的工作差得太远。如果自己是个男的，想打天下，这些机会大概会考虑，慢慢往上爬嘛。可夏岚都当妈妈了，不为自己考虑也要为小家伙考虑，老公已经去创业了，自己总不能也去创业吧。有了娃，当妈的都不想冒太大的风险。

夏岚还让锋问了国内的国际学校和双语学校的学费，一听吓一跳。国际学校的学费一年少则一两万美元，多的要三四万美元。双语学校也不便宜，跟地方上的贵族学校似的。看看胖子给锋开的工资，再看看自己能拿到的工资，夏岚想，这点儿钱在国内真不禁花。夏岚是个很实际的人，她把两人回国少拿的工资都算成“机会成本”。这一算，自己都吓一跳，成本太高，损失太大了。

夏岚对锋说：“这一回去，没个三五年，你是干不出什么结果的。我们俩要是都回去，万一你最后没干成大事业，再回美国，这几年相对损失的钱就等于咱家孩子的大学学费啊。还不论几年后回来的风险，到那时我们的职业在这儿是不是还能续上都难说。恐怕，到时候又得回国去了。”

锋听了默默无语。太太的话，没一句不对。自己是有家有口的人，做这么大的决定真的不像单身时那么简单。太太的“机会成本”的算法，不能不考虑进去。何去何从，锋此时只有沉默，他要把所有因素都考虑清楚。

同样的事在健这边就简单得多，健的太太安妍早把这海归的事想得明明白白的。就一句话，老公绝对不能回国。安妍在国内工作过几年，知道国内是什么情况，所以她知道，老公一回国，十有八九就不是自己的老公了。那电影里怎么说来着？“丈夫丈夫，一丈之外就不是夫”啊！

安妍对现在的状态特别满意。跟健结婚来美国，凭着自己在斯坦福进修的经历，很容易地在当地一个挺不错的大学拿了个 MBA 的学位，找到了工作。两个人都工作，买了房，有了娃，老公在家又不偷懒，对自己挺好，作为女人还有什么不满足的？这老公一回国，现在拥有的全都要毁掉，安妍当然坚决不同意了。

跟健吵急了，安妍干脆摊牌：“你一定要回国，也可以。我们先离婚你再走人。离婚也有条件，第一，孩子归我，你不准争。第二，财产全归我们娘俩。你如果还有良心，就在国内给我们的孩子再寄点赡养费。”

健一听这离婚条件，差点儿没笑出来。健离过婚，跟律师打过交道，知道这世上哪有这种离婚条件的。但健不敢笑，离婚这字眼在健和安妍之间是个禁忌词，平时两人都回避谈有关离婚的话题，生怕扯出健以前离婚的那些事，闹得两人不愉快。健一听老婆说到这份儿上，连离婚都提出来了，知道自己海归没戏了。

健觍着笑脸，过来搂住老婆，哄着说：“好了，好了，天下哪有这么离婚的？我赤条条地回国，还要寄钱回来，那我还离什么婚啊？除非我脑子真坏了。脑子坏了，也不用回国了。咱不回国了，就在这里安安心心，陪着老婆孩子吧。”

安妍一听，脸色立马阴转晴，笑嘻嘻地问：“真的？真决定不回国了？你如果真的要回，我也拦不住哦，你可想清楚了？将来别后悔了又埋怨我。你可是自愿不回国，不是我逼的。”

健一听，扑哧一声笑了，心想，你这是什么逻辑？你分明是逼我就范，现在还非要让我自己承认是自愿的。不过，夫妻间都这样，只要能解决分歧，管他什么逻辑不逻辑的。

健哄安妍说：“是，老婆大人，本人对天发誓，吾乃自愿放弃回国，跟老婆无关。”

安妍一听，松了口气：“唉，这就对了嘛！小家伙没有爸爸在身边，性格会有缺陷的。不为自己想，也要为孩子想想嘛！”

这事都上纲上线到孩子的成长大业上了，还有什么好说的，只是，健觉得有点儿为难，怎么跟锋和胖子交代呢？安妍说：“就告诉他们，孩子太小，你老婆又上班又带孩子的，忙不过来。”健心想，先暂时不说什么吧，等锋和胖子催起来，再慢慢找个理由回绝了。

所以，当锋那边正打冷战时，健这边也没声音，日子就这么一天天过去了。胖子一开始还能理解，毕竟这对谁来说都是重大决定，多考虑一阵子也正常。可日子久了，胖子就有点儿急了。自己花了这么多精力、人力、财力，铺路子、拉投资，他们两个万一变卦了，一个都不回来，自己可就被吊在半空中了。于是胖子小心翼翼地给锋和健发了封电子邮件问问状况。

健收到电邮，知道不能再拖了，再拖就耽误胖子的大事了，便回了信，说了一大通，简而言之就是自己现在的状况还不能海归，他做的模型会无偿给老同学使用，今后有什么在美国这边可以帮上忙的，也一定全力以赴，等等。

锋收到电邮可真急了，给夏岚看，看夏岚的意思。夏岚知道该到做决定的时候了。夏岚已经想了很久，看着锋难受，自己也难受。她知道锋表面上一句话不说，其实心早就跑到国内去了，留得住人，留不住心。夏岚想通了，一咬牙，对锋说：“那你先回国一年试试，如果做得好，再做长远打算。做得不好，就打道回府，就当出去做一年的合同工。我在这儿留守，好歹有工资、有保险，万一你回来，我们也有个保障。”

锋一听老婆松口，赶紧把自己想好的策略说出来。锋的策略就是把自己的妈接来，帮夏岚带小孩，而把老爸留在国内。锋知道夏岚跟自己老爸不对头，所以，主动提议这么做。他还说，自己在国内，可以把老爸，还有夏岚的爸妈照应好，一举两得。自己这么多年没回去了，正好在老人身边，帮忙解决点儿找人跑腿的事。

夏岚听锋说回去可以照顾爹妈，心软了许多，只是说："你要是回去找小情人，被我知道了，你就别再回这个家了，这是我同意你回去的底线。"

锋赶紧说："我老婆这么出色，别人哪儿比得上啊？我总不能找个还不如自己老婆的情人吧！"

夏岚哼了一声，冷冷地说："哼，恐怕找小情人不是为了比老婆强吧，是为了比老婆年轻漂亮吧？"

锋吓得没敢接话，知道如果在这话题上扯下去，自己就死定了。

夏岚看锋没接话，暗暗叹口气，知道这么说也只是说给自己听的，男人到那种场合能不能把持得住，谁知道？既然决定让老公回去，除了信任外也没别的办法。

夏岚换了个话题，提醒锋，因为健不回去了，他应该多跟胖子要工资和股份，要得越多，"机会成本"越小。这是关键时刻，不要在乎面子，生意就是生意。夏岚又强调一遍："你回去是做生意的，凡事牵扯到钱，要一是一，二是二，不能太好面子。"

锋听了，连连点头，心里对老婆暗暗竖起了大拇指。

得了老婆的放行令，锋发电邮给胖子，提到想要更多的股份和工资。他还说，虽然健不回去，健忙了半天的模型，做了很多基础工作，也该有一点儿报酬。胖子一看，提着的心总算放下了。胖子原来的开价就不是很高，等着对方还价呢，所以，留了很大的空间。既然健不回来，那给锋多点儿没问题。

胖子到底是生意人，只给锋加了一点儿好处，然后，留了个"大胡萝卜"给将来。胖子说政府投资规定，刚开始不能给员工过高的工资，钱要用在刀刃上。员工的工资和股份，以后根据企业的发展状况再增加。现在，这是自己能给锋最多的了。以后，企业做好了，自己肯定不会亏待老同学的。

夏岚一看这个胖子的邮件就来气，什么政府投资规定，纯粹瞎说。胖子说了，政府的钱不占多少股份，那它的所谓的规定，有多少效用？胖子舍不得掏腰包倒是真的。

锋真的想海归，一看胖子又加钱又加股份的，自己心里就从了。看老婆生气，还帮胖子解释说，这工资跟别的海归比，不算低了。刚开始创业，确实不能把钱都砸在工资上，得控制住成本。他理解胖子的难处，毕竟人家自己掏腰包投了一大笔钱呢。

夏岚一看锋现在是百分之百地被胖子收买了，气得没话说。只是告诉锋，回国后要小心胖子，别他说什么就是什么，自己得好好想想，他为什么这么说这么做。千万不要到时候胖子把锋卖了，他还帮胖子数钱。

锋哄着老婆说："唉，我没那么笨的。"

夏岚听了，只好哼一声，说："谁不知道你？看起来聪明，其实又迂又傻。"

日子过得飞快，很快，锋便辞了职，打点好行装，飞向祖国的怀抱。

40

开张大吉

到了国内，胖子暂时在自己的公司里腾出个办公室给锋用，还给了锋一个“科技开发副总经理”的头衔。这下，锋的称呼就成了“王总”（对了，锋姓王）。胖子还把那位姓胡的年轻财务经理拨给锋当助手。

锋这下心里得意了。在美国，别人都直呼自己的大名，现在成海归了，摇身一变成“总”了，这感觉就不一样啦。早上一进公司门，一路走到自己的办公室，一路被人尊尊敬敬地喊着“王总”长“王总”短的，好不神气。

他的助手小胡，级别还是个经理。刚上班时，锋不习惯使唤助手，什么事自己都亲力亲为，搞得小胡经理都急了，直跟他抢活干，嘴里还说：“王总啊，您有事尽管交给我。您就只要做那些我们做不了的大事就成了。牛总把我派过来跟您工作，特地说要我多干多学。您自己把事都做了，我这没事做，牛总准得怪我。”

锋一听这像马屁又不像马屁的话，实在是顺耳，怪不得人都说“千穿万穿，马屁不穿”呢。既然人家都这么说了，不干活要挨大老板的骂，自己也就顺水推舟地把活都给了小胡。

其实，锋上班的头等大事就是把公司建起来。锋忙的也就是研究申请注册公司的文件，然后准备相应的材料。这准备材料还真得人家“地头蛇”来，自己还真不行。所以，锋就把准备材料的工作交给了小胡，自己则仔细研究那一大堆文件。

过了两天，材料都准备妥了，拿去给胖子过目。胖子现在真是锋的大老板了，锋在这公司没几天就融进这环境，真是把胖子当老板看，不敢随便大大咧咧地像以前那样开玩笑了。

胖子大概看了一下，跟锋说：“兄弟，做得不错。”

第二天，锋带着小胡去政府大楼找张处长。与其说是锋带着小胡，不如说是小胡带着锋。这个小胡，进政府大楼熟门熟路，看来是经常替胖子跑政府的。一进大楼，他们径直上三楼张处长的办公室，没到门口呢，就听张处长扬着官腔，在大声地训什么人。一个秘书样的女孩子，拿着一摞文件，低着头，红着脸，咬着嘴唇，从门里快速走出来。看那样子，再慢点儿，眼泪就要出来了。

锋跟小胡无奈地对看一眼，硬着头皮走进张处长的办公室。张处长一看是锋，一下子换了脸，像老熟人般地跟锋打招呼。

锋把材料递过去，张处长大概翻了一下，然后说：“跟我来。”

锋和小胡跟着张处长下到二楼，进了一间有三四张办公桌的办公室。张处长把材料递给一个短发的中年女士，告诉她这就是前两天跟她说过的项目，要她加紧办。这位女士一看张处长亲自带人下来，立即换上一副笑脸，跟锋交换了名片，还热情地说：“王总，有什么事尽管找我。张处，您放心，这件事我加紧办。”

小胡看出锋有点儿担心时间拖得久，就说：“王总，您放心，咱这事，办下来快得很。”

小胡虽然是锋的下属，可自从锋在胖子那儿上班，这小胡就成了锋的“本土化教员”。没过多久，锋就对小胡这个年轻人另眼相看了。难怪胖子把他调来跟自己干呢，这小子人灵活，嘴不仅能说还甜，有时马屁拍得不留痕迹。

果然，还不到两星期，注册申请之事就办妥了。很快，锋的公司就在市里高科技开发区的大楼里租了一个楼层，正式挂牌了。其实这开发区就是占了无数亩的农田，盖了几幢大楼。但进驻的公司没几家，所以，每栋楼都空荡荡的。

锋的公司租了一整层楼面，其实租金极其便宜。政府还免费给一大堆办公桌椅，以及高速网络，现在就等锋招兵买马了。目前，只有锋跟小胡搬过来上班。锋是总经理，小胡是副总经理，主管财务，而胖子是挂名的董事长。

这开发区在市郊，所以，锋在开发区附近租了一间公寓，搬到公司附近住。公司一开张，胖子跟政府的钱就进来了。锋曾经跟小胡要银行账单看，看了半天觉得有点儿不对，就问小胡。小胡说，牛总（胖子）要经过咱这公司走一些账，他怎么吩咐，自己只好怎么办。锋想了想，也没办法，自己只是个高级打工仔，跟小胡一个档次，如果跟胖子较起真来，自己也没什么好处。锋也知道，自己不是天高皇帝远的那种位置，不能够“将在外，君令有所不受”。这个小胡就是胖子安插在自己身边的眼线加卧底。你看他管什么？管财务！在一个公司，一旦管财务，那公司的什么事都了如指掌了。自己以后小心点儿就是，多查查账，别让胖子利用这公司的账号做太出格的事，最后把自己拖下水。

41
茉莉卡

既然公司建立起来了，账上又有了钱，楼面也租下来了，接下来就要招人干活了。锋觉得自己现在有一生从没有过的巨大工作热情。招人、看简历、面试，包括面试、笔试的题目设计，还有定购计算机，定购伺服器（Servers），设计网络，他全都亲力亲为。到了饭点，随便吃点什么，吃完就接着干活，在健开发的模型上，继续搭框架，写关键部分的程序。

老板一玩命，这手下的人就惨了，小胡有点儿吃不消了。一天下午，小胡走进来做关心状，说："王总啊，您要注意身体。这创业是打持久战，千万别把身体搞垮了。您工作时间太长，自己要注意休息。"

小胡顿了一顿又说："您看像我这么年轻的，最近都忙得有点儿吃不消了，王总您更得注意身体啊。"

这话说得特别诚恳，说得锋特别感动。最后这句话锋听出来了，是小伙子在变相叫苦了。锋一想，也对啊，自己这是创业，小胡纯粹是一个打工的，当然没自己这么热情啦。锋赶紧道歉，说公司事太多，忙得忘记关照小胡了。锋让小胡准点上下班，不用跟自己打招呼，自己有事自然会找他。如果需要人手，要雇人，跟锋说就是。小胡这才感激不尽地出去，心想，还是从美国回来的人好啊，懂得体恤人。

锋现在把所有的热情都投入到公司的搭建中了。一天傍晚，锋又照常随便吃了点东西，回办公室继续写程序，建框架（Framework）。突然，手机响了，接起来一听，竟然是茉莉卡。手机那头，茉莉卡娇滴滴的声音传过来："王总，还在办公室里忙？你知道今天是星期几吗？"

锋愣了一下，意识到此时已是星期五晚上了，整幢大楼，甚至整个开发区都静悄悄的，没什么人了。锋老实地说："我知道，是星期五。我一个人，没家没口的，就待在办公室干活喽。"

茉莉卡嗲嗲地说："胡经理过来说，你现在干起活来是一周七天，一天24小时，连轴转啊！牛总让我多关心关心你，别让你累垮了。"

这小胡经常回市中心胖子的公司汇报工作倒是真的。连锋自己都要隔三岔五地回胖子公司，向胖子做个汇报，谁让人家是投资人呢。小胡回去大惊小怪地说，跟锋干活，简直像玩命，其实是在老板那儿表功。但胖子绝对没叫自己的美女秘书多关心关心锋，那是茉莉卡拿胖子当托词呢。

胖子听说锋没日没夜地干，心里暗暗得意。心说，我付给你那么多薪水和股份，你当然得拼命干，把我付给你的钱给我连本带利地赚回来。至于茉莉卡，因为老婆的淫威，胖子自己都不敢沾，怎么会给锋送去呢？可是，胖子不舍得把美女往锋那儿送，不代表女孩子自己不往那儿想啊。老板身边有个"阎婆惜"整天看着，锋这个海归老总身边可没人啊，人家女孩子去"关心关心"，别人管得着吗？

锋听茉莉卡关心他，心里甜滋滋的，谁不想被美女"关心"一下啊？赶紧回答说："别听小胡瞎说，我还是要吃饭睡觉的。"

茉莉卡又带点撒娇的语气说："人除了吃饭睡觉，还要适当娱乐一下的。现在是星期五晚上，就算为我休息一个晚上好不好？今晚新上映一部美国大片，听说有点儿恐怖，我不敢一个人去看，我们一起去看好不好？我请客。"

锋这下抵挡不住了，但还是故作姿态地说："我离你那儿那么远，你不如跟你男朋友去吧。"

茉莉卡立即装作生气地说："我要是没有男朋友，就不能看电影了？"

锋一听，只暗怪自己扯什么"男朋友"的话题，得罪人家。他赶紧解释："我不是那个意思，真的。我这就过来，去哪儿接你？"

锋问男朋友的事，是心里真想知道茉莉卡是不是单身。至于为什么想要知道茉莉卡是不是单身，就是说不出口的潜意识在作怪了。

茉莉卡说就在公司等锋，晚点儿一起去附近的电影院。锋说他半小时就到。

锋的车是胖子公司的。公司在这开发区一开张，胖子就把自己公司里一辆新大众 Passat 车划到锋的新公司名下。除了小胡为公事回胖子公司偶尔开一开外，大多数时间都归锋，这等于是给了锋一辆专用车。

锋开着车在车河里挤了快半个小时才到市区。到了胖子公司所在的大楼，远远就看见茉莉卡穿着一套时下很流行的粉底带花的连衣裙，很醒目地站在楼前的街边等他。远远看去，就像是一朵鲜艳的玫瑰凸显在灰暗的背景里。从旁边经过的人大多忍不住地再次回头一瞥。望着茉莉卡，锋的脸突然有点莫名地发烧，心跳莫名地加快了。锋暗骂自己，怎么这么没出息？不就是跟女孩子看电影嘛，又不是约会。

锋停了车，走到茉莉卡身边，刚刚慢下来的心跳又加快了。锋本想夸茉莉卡打扮得漂亮，可话一出口，就变成了“茉莉卡，谢谢你邀我看电影”。

茉莉卡俏皮地一笑：“我反正一个人嘛。你要谢我，那我就要谢王总，身为领导，体恤下情，花时间关心下属的业余生活。”

锋赶紧说：“陪美女看电影，求之不得。还有，别叫我什么王总不王总的，叫我锋吧。我只跟朋友看电影，不跟同事看电影。”

茉莉卡一听，开心地说：“哇，我升格跟领导做好朋友了。锋领导，咱们去看电影吧。”

看着俏皮的茉莉卡，锋突然觉得又回到了茉莉卡的年龄。难怪人说，要保持心态年轻，得跟小朋友玩。锋和茉莉卡并肩往电影院走，两人之间自觉地保持着一寸的距离。茉莉卡走在街上，是很有回头率的，现在这回头的目光里又多了个锋。在这些或嫉妒或羡慕的目光里，锋有了些许的虚荣。

买了电影票，两人又买了饮料和小吃，舒舒服服地坐在电影厅里聊天，等着电影开场。茉莉卡一个劲地问美国的电影以及在美国怎么看电影。锋就跟她说了一件很多穷留学生都干的窘事：买张电影票，看完一场电影，躲进厕所里，过一会儿出来，大摇大摆地进另一个影厅再免费看场电影。锋说自己第一次跟同学去看电影就是这么干的。不过那时自己是真的要上厕所，上完厕所就自然地跟同学进了另一个影厅又看一场。当时他还感慨，在美国看电影真好，像吃自助餐似的，想看几场就看几场。

直到有一次，去看当年赫赫有名的《泰坦尼克号》，才搞清楚自己这么多年原来都是在蹭电影看。当时这电影刚上映，特热门，去晚点就没票了。为了防止有人买不到票就买张其他片子的电影票，然后混进《泰坦尼克号》的放映厅，这天放映厅门口破天荒地站了服务生，专门查票。锋看完《泰坦尼克号》，出了电影厅，准备大摇大摆地继续看另一部电影，却被服务生拦住，请他随人流离开。锋还解释，说自己还想再看另外一部电影。服务生脸上露出很奇怪的表情说：“一张电影票只能看一场电影，你不知道吗？”锋这才知道自己干了多窘的事。

大概锋说这故事的时候表情挺丰富的，茉莉卡听了笑得前仰后合。如果不是电影快开始了，她还得逼着锋再讲几件他们这些穷留学生做的傻事。

电影刚开始不久，锋的手机振动起来，竟然是夏岚打来的。锋一愣，这会儿，美国那边是清晨吧。他没敢接，急着往放映厅外走。茉莉卡在黑暗中默默地看着锋往外走的背影，思绪已经很难再回到电影里去了。

锋小跑到厅外一处安静一点儿的角落，一看手机，夏岚的电话已经挂了。锋赶紧打回去，夏岚一接电话，锋就急着问：“家里有事吗？”

夏岚反问：“没事就不能给你打电话吗？怎么这么半天不接电话？你那边怎么那么吵，你现在在哪儿？”

锋赶紧解释：“我就是有点儿担心家里，所以，先问家里有没有事。我一个人在一个街边小吃铺吃晚饭，周围太吵，没听见你的电话。等听到拿起来，你都挂了。”锋撒了个谎，脸都有点儿发烧，幸亏那时电话还没不能视频，不然夏岚一眼就能看出来。锋在美国这么多年，别说在家里没跟老婆撒过谎，连在外面工作都没怎么撒过谎，撒谎的水平跟小学生差不多。

夏岚关心地说：“你别在路边的小吃铺吃饭了，你没见网上都说，这些小吃铺太不卫生，别贪嘴吃出病来。要是自己不愿意做饭，你也得去大饭店吃，听到没有？”

听着老婆关心的教训，锋连说是是是，然后赶紧截断老婆的话，问家里怎么样。

夏岚说：“家里都好，你不在家，小家伙倒是听话了许多，常常问爸爸什么时候回来。现在是早上，他刚才又问了，我就忍不住给你打了个电话。”

锋听了，心里酸酸的，说：“等忙完这一段，招来的人能上手了，我立即回来住一段。”每次打电话，锋都这么说，忙完这阵，就回家，可要忙的事一件接一件，永远没完。

夏岚在电话里，啰啰唆唆地说家里的事。锋听着，然后再说自己创建公司的事，两人像往常一样，聊了40多分钟，直到夏岚让锋吃晚饭去，她还得忙事去，才挂断电话。

锋悄悄地回到自己的座位上，电影已经快结束了。想着老婆，看看身边的茉莉卡，锋都不知道这电影看的是什么。终于，电影散场，锋和茉莉卡默默地往外走。锋不说话，茉莉卡也不说话。过了好久，茉莉卡问："是不是你太太打来的电话？"

锋点点头，然后解释般地说："不好意思，有点儿想家，影响你看电影的兴致了。"

茉莉卡摇摇头："这电影不太好看，故事很差劲。不过，跟你出来看电影还是蛮开心的。"

锋勉强笑了笑，然后，换了个话题跟茉莉卡扯开去，他不想再为老婆电话的事，把气氛搞得太僵。他想，茉莉卡就是找个朋友看电影，消磨时间，自己没必要为了家事打搅人家的心情，是不是？

锋把茉莉卡送到她租住的楼下，一个人开车回了城外的开发区。茉莉卡看着消失在黑暗里的尾灯，突然觉得这个男人其实是个很顾家的人，对他一下子又多了一层亲近感。

锋的公司发展得还算不错。一开始他没敢大规模招人，而是先招了几个背景很好的，包括一个在美国只工作了一年的小海归。胖子提醒他，现在就业市场很不好，大学毕业生太多，不要一开始就给新人太好的待遇。先试一年，老实肯干的，转成正职，再给加薪水。

锋听了，知道该试用就得试用，没什么含糊的。经过了一段时间的培训，新招的几个人都慢慢上手，锋挺满意，许诺他们加薪发股票，再给每人配上个小头目的头衔，让他们安心给自己打工。然后，锋让这批人招兵买马，组织培训，开始正式开发产品。

几个月后，锋的公司就初具规模了。从人事到财务，从产品开发到市场推广，从技术支持到质量管理，所有部门的人员全部到位。锋跟手下这支队伍一起摸爬滚打，没日没夜地赶进度，急着把产品的第一版在本行业的年度展示会上一举推出。

锋也不敢太亏待了手下这帮兵，公司里不仅装上了当时新出来的 Nintendo 的 WII，还特地设了健身室和淋浴间（锋没那么多钱，只是在一个房间里放了几台跑步机之类的健身器材）。锋内心深处指望着，这些人都别回家了，公司就是家，干累了打打 WII，想睡了，到健身室跑跑步，然后去洗一把脸，精神好了继续干。锋有时都无奈地骂自己一句，现在自己也成了“吃人的资本家”了，还是一个把身家都搭进去的“吃人的资本家”。

终于，产品第一版开发出来，锋开了个盛大的庆功 party，给全公司也给自己好好地庆祝一番。可这产品出来了，如果没卖出去，收不回一分钱，还是白搭。于是锋亲自当推销员，带着产品，到处做展示、路演、跑推销。

42

送美

锋这几个月从早到晚地忙活，但生活也不是死板一块，灰色一片。生活中的那一点儿异彩，就是每次快到周末时，茉莉卡便打电话约锋出去玩。如今国内都和国际接轨了，国外来开音乐会、办画展之类的，层出不穷。茉莉卡知道锋不喜欢自己和80后们玩的那些花样，所以总是约锋出去听这些国外来的音乐会，看国外来的画展。

锋知道跟一个女孩子走得这么近不太妥，可是又实在忍不住。锋本来就好玩，这些事本来就是他喜欢的，即使茉莉卡不叫上他，他也会想办法搞到票去看。再说，跟年轻漂亮的女孩子一起去做自己喜欢做的事，那种享受的程度简直就是双倍，锋实在抵挡不住这诱惑。况且，茉莉卡从没跟锋表示什么，只是说喜欢跟像锋这样从国外回来的人做朋友，他又何必自作多情呢？当然，锋是打死都不敢跟老婆提这个“年轻小朋友”的，如果说了，这辈子都要说不清了。

现在，如果哪个周五或者周末，茉莉卡有事没给锋打电话，锋就有点儿失魂落魄的。有时等不到电话，便忍不住主动给茉莉卡打电话，主动约她出去。如果茉莉卡整个周末都没时间，锋就会难受很长时间，总是胡思乱想，茉莉卡是不是有男朋友了？过后，自己又骂自己，瞎想什么？自己有家有口的，人家小姑娘可是单身，当然要谈恋爱啦，自己难受个什么劲？

茉莉卡自从第一次约锋晚上出来看电影，结果碰上锋的太太打电话过来后，再约锋都是在周末白天。锋也告诉过茉莉卡，自己和老婆孩子打电话都是在早上和晚上，所以茉莉卡自觉把这段时间避开了。他们像是有了默契，每次出去，茉莉卡从来不带朋友，也不会跟人说，锋也是一样，一丝口风都没对胖子或者手下的小胡透露过。

这两人单独活动，每次出去玩就有点儿像约会了。一次又一次的“约会”让两个人的关系越来越近，但是他们彼此心照不宣，虽然周末总要找机会在一起，但从来都不说任何暧昧的话，就像两个很要好的异性朋友。

锋隐约感觉到茉莉卡大概在计划着什么，所以有点儿害怕，害怕自己一点一点地陷进茉莉卡的陷阱。但这就像吸毒，实在没法戒，只好不停地跟自己说，就吸一点，就一丁点。虽然一点一点地吸，人还是慢慢地在中毒。

事情发生转变是在一个周五的上午。电话里茉莉卡哭着对锋说，她爸爸刚才打电话来说，她妈妈下楼时一不小心摔了下去，造成严重骨折，现在已经在医院里了。茉莉卡在电话里急得不知道如何是好，只是喊着要立即回家。

锋不停地劝她冷静，问她，除了骨折外，还有没有说有其他严重问题。茉莉卡说自己问过，她爸说没有。但她还是不放心，怕老爸不肯说实话，所以，要回家看看。

锋知道，她老家在离本市不远的一个中型城市。坐火车若是赶上特快列车的话，大概要两个小时。坐汽车如果不堵车，要将近四个小时。茉莉卡说，已经跟老板请了假，临走前要跟好朋友说一下，不想这个周末失踪。自己这就去赶火车，看是不是运气好能买得到特快列车的票。

听到这，锋突然悟出来，直骂自己迂腐。她家里出了这么大的事，首先给自己打电话，一来是把自己当最亲近的朋友。二来，一定心里有所求，只是开不了口。锋知道再装傻就浑蛋了，忙说：“别着急。你先打出租车回自己住处拿几件换洗的衣服，我这就去你住处接你。我开车送你回家，你搭火车或长途汽车不知道要耽误多久。”

茉莉卡客气地说：“我怎么好这么麻烦你？”

锋打断她说：“你现在别说客气话了。你把我当朋友，就让我送你。你需要不需要拿换洗衣服？需要的话，我去你住处接你。不需要的话，你打出租车到上次我接你的那个加油站等我，我马上就过来。”锋说的那个加油站，位于市区和开发区的路途中间。有一次，两个人约好了出去郊游，茉莉卡主动提出那个地点，让锋能少跑一段路。

茉莉卡立即说：“锋，真的太谢谢你了，我等不及拿衣服了，我这就去那个加油站等你。”

锋放下电话，立刻有种英雄救美的感觉。锋到隔壁小胡的办公室，对他说自己岳父母家里有点急事，要立即回去一趟，下午的安排请他帮忙推到下周。小胡一听，暗暗高兴。今天周五，上司不在，下午就能给自己放假了。不过，表面上他还关切地问要不要紧，需不需要帮忙，有事随时给他打电话。锋一边谢过，一边往外跑。

到了加油站，茉莉卡已经在那儿等着了，一身办公室套装，一脸的泪痕。锋给油箱加足了油，一踩油门，冲上了去茉莉卡家乡的高速公路。

茉莉卡泪汪汪地对锋说：“锋，真的谢谢你。你公司的事放下没关系吗？”

锋很大丈夫地回道：“别再谢了，朋友的事比公司的事大。你赶紧给家里再打个电话吧。”

“在来的出租车上已经打过了。爸爸说，照X光的结果出来了，妈妈是盆骨粉碎性骨折，没有其他问题。可能要开刀，但还没决定。”茉莉卡一边说，眼泪一边往外流，最后像安慰自己似的说，“唉，如果只是骨折，没有其他问题，那是不幸中的万幸了，只是以后妈妈的行动可能要不方便了。”

锋默默地把纸巾给她递过去，尽量说一些安慰她的话。等把安慰的话说完了，就跟她闲扯她家里的事，来分散她的注意力。这一招奏效了，茉莉卡止住了泪，开始说她跟爸妈的事。锋就默默地听着，尽量当个好听众。茉莉卡就这么说啊，说啊，不知说了多久，突然破涕为笑说：“糟糕，我把我家的事全告诉你了，这下我在你面前没秘密了。我从来没跟别人说过这么多我家里的事，你是唯一的一个。以后，你可不准不当我是好朋友啊！”

锋忍不住把手伸过去，握住茉莉卡软软的手，说：“你放心啦，你的秘密就到我这儿为止，就烂在我肚子里面，你现在心里有没有好过一点儿？”

茉莉卡没把手抽回去，柔柔地看着锋说：“咦，真的啊！我真的觉得好多了。刚才胡思乱想，把自己急坏了，现在觉得好多了。”

锋突然觉得自己这样握住小姑娘的手，太过分了。他赶紧把手缩回来，放回方向盘上，脸不禁红了起来。越不让它红，这见鬼的脸就越发烧。锋跟自己打岔般地说：“要是把我当听筒，你觉得好受的话，就继续向我倾诉吧。我保证这听筒不连电话线，一句话都传不出去。”

茉莉卡看锋害羞得抽回手，脸还发红，心里憋住笑，转过视线看着前方的路，心想，这位简直就是个大男生，一点儿情场经验都没有，很可爱。锋用余光偷看茉莉卡，看她虽然眼望前方，嘴角却透出一丝忍不住露出来的微笑，自己这脸越发烧得不可收拾。

下午，终于到了茉莉卡的家乡，茉莉卡的心又悬起来了，眼睛里的泪水又在打转。茉莉卡指路，锋直接开到医院。一到医院门口，锋把心急火燎的茉莉卡放下，说："你先去看你妈妈，我去停车。然后，我在楼底下等你。"

茉莉卡急着说："你也一起上来吧。"

锋说："你先别管我，看你妈妈要紧。"

茉莉卡听了，点点头，转身就往医院楼里跑。锋停了车，就在医院一楼的长凳上安静地等着。大概是开长途车有点儿疲劳，锋不自觉地打起盹来。不知等了多久，突然觉得有人在轻轻地拍自己。锋猛然醒过来，抬起头，茉莉卡和一位近六十岁的老人正站在自己面前。

茉莉卡介绍说："王总，这是我爸。爸，这就是送我回来的同事。"

茉莉卡的父亲握住锋的手，连声道谢，弄得锋都有点儿不好意思了："叔叔，您太客气了。我是小杨的朋友，她家里出这么大的事，我送她回来是应该的。对了，阿姨怎么样了？"

茉莉卡回答道："医生建议说，情况还没到非动手术不可的地步，卧床静养也可以，只是将来好了之后走路会有点儿一瘸一拐的。我们商量了一下，觉得我妈年纪也大了，不想挨那一刀。至于以后走路的样子，不好就不好吧，无所谓的。我妈挂的水里有止痛镇静的药，现在她睡了，我爸就要下来，当面谢谢你。"

锋赶紧附和说："是啊，能不手术就不手术的好。这样吧，我就不在这儿碍事了，我在附近找家旅馆先住下，明天再来看阿姨。"

茉莉卡说："出了医院门，斜对面就有一家还不错的旅馆，我送你过去。"谁知，茉莉卡的父亲也执意一定要送锋去旅馆，还要为锋住店付账。锋赶紧说不用了。茉莉卡也说，自己送锋就行了。可老爷子不知为什么，一定要送，搞得锋有点儿尴尬，最后坚决地说，让他们俩都别送，自己一个人过去就成。这样，客气了半天，锋终于把茉莉卡和她爸劝了回去。茉莉卡对锋做了个苦脸，又对她爸的背狠瞪一眼，无奈地跟锋告别。茉莉卡是想趁送锋去旅馆的时候，跟锋说说话多待一会儿，却被她爸的热情搞砸了。

一晚上，茉莉卡只是来了个电话，简单地问了问锋住得好不好，就没再多说什么。锋估计这一晚，她跟她爸照顾她妈也够忙的。第二天一早，锋给茉莉卡打了个电话，问能不能过来看看她妈。茉莉卡说，你随时可以过来。锋在医院门口的店里买了一大堆水果和营养品，就去了茉莉卡的妈妈所在的病房。

见了茉莉卡的妈妈，彼此客气了一番。锋看得出，茉莉卡的妈妈快人快语，她爸有点儿憨厚，这个家肯定是茉莉卡的妈妈主事，茉莉卡的很多个性大概都是遗传她妈妈的。茉莉卡的妈妈问了锋很多私人问题，譬如他在美国住哪儿，他太太是做什么的，他有几个小孩，等等，锋都耐心地一一作答。边上的茉莉卡受不了了，叫起来："妈，你这简直像派出所查户口的了。"

茉莉卡的妈妈一听，只好自我解嘲说："哎哟，你看我这上了年纪了，聊起天来就家长里短地问了你这么多家事。王总，不好意思哦！"

锋一听对方止住刨根问底，赶紧就势站起来说："没事的阿姨，聊天嘛，不都谈这些嘛。对了，阿姨，我得往回赶了。昨天出来的时候，公司还有点儿急事没处理，我得赶紧回去把那些事处理掉。您慢慢养伤，我过段时间再来看您。"

茉莉卡的妈妈一看锋急着要走，回头吩咐老公说："你快送送王总，请王总吃顿饭再走，好好谢谢人家。"说完，不知为什么，还对她老公使了个眼色。锋看在眼里，心里奇怪这眼色是什么意思，但也不想多费神，只是趁机告辞出了病房。

茉莉卡的老爸一定要请锋在附近的饭店吃饭，锋不肯，说现在是早上，刚吃完早点，还没胃口，自己开到半路，饿了再随便找家饭店吃了就行了，这开回去要好几个小时，得赶紧走了。茉莉卡的老爸一听也对，不好再留锋，就和茉莉卡一起把锋送到车上。其间锋客气了几次让他们回去，茉莉卡的老爸就是不肯。茉莉卡想跟锋说两句悄悄话，也让老爸回去，可老爷子就是不肯，一定要把锋送到底。等锋发动车，茉莉卡冲过来，扶着车窗对锋说："我过几天就回来。回来我再跟你说，等着我。"然后，退后两步，跟锋挥手道别。

锋开出去，一路上回想刚才茉莉卡最后说的话，特别是说话的神情，表面上看是两个老朋友在话别，其实她的眼神更像两个情人在道别。一想到"情人"，锋暗笑着骂自己，多大的人了，还像学生似的，女生跟自己亲近点儿，自己就自作多情。不过这想法让锋觉得自己现在的生活里多了点味道，而且是微甜的味道，有了这么一点暧昧的想法，锋这一路开得也不那么寂寞了。

锋回来不久，就接到胖子的电话，让他尽快去一趟美国，探一探美国的市场，顺便看看夏岚和孩子。机票订的是下周的。锋回国这么久还真没回过家呢，这一要回美国，锋突然有点儿归心似箭。锋在走之前，给茉莉卡打了个电话，告诉她自己要回美国两星期，又问她妈妈的伤怎么样了。茉莉卡说，自己请了三个星期的假，在家照顾妈妈，等锋从美国回来再见。

锋回到美国，在家只待了不到一个星期，另外一个多星期就是从东岸飞到西岸，马不停蹄地约见潜在客户。可是，现在的市场情况很不好。这时候已经是2008年，华尔街的"金融风暴"把整个美国，甚至整个世界都拉进了经济衰退的泥潭。去年公司刚起步时，锋联系过这些潜在客户，当时他们都对锋的产品感兴趣。可是，这次锋本人都到场了，他们却很抱歉地说，现在公司经营困难，没有预算购买新的软件。锋见了十多家客户，回答竟是清一色的"No"。锋的心情沉到了谷底，没有这海外市场，自己公司的发展计划要打很大的折扣了。

锋回到国内，决定不惜一切代价开拓国内市场。国内的情况还没有美国那么糟，产品还能销售得出去。可是，锋和胖子都担心，这美国的经济衰退会不会把中国也拖下水，还未可知。锋现在不仅在销售上投下大钱，自己也使出浑身解数做市场开发，整天向全国的各个角落跑，拼了老命地陪客户吃饭、喝酒、娱乐。锋是豁出去了，以前不能喝酒的他，现在一杯一杯的白酒往肚子里灌。管他茅台还是五粮液，也搞不清是真酒还是假酒，只要上了桌子，只要客户说要喝，锋就舍了命地陪他们喝。喝完了，客户想怎么"娱乐"，自己都掏钱让他们去乐。总之，要钱给钱，要女人给女人。以前讲原则不干的事，现在管不了那么多了。只要客户肯掏钱买自己的产品，管他这钱是哪儿来的，自己就想法让他爽。锋现在是背水一战，有点拼了的意思。

有时候喝狠了，回到旅馆吐得把胃液都快吐出来了，可锋也没当回事。国内有句话，说不狠狠吐几次，就学不会喝酒。锋这个原本酒量不大的人，在用身体当赌本，逼着自己学喝酒。你别说，还真有用，狠吐了几次后，酒量还真慢慢见长了。只是锋的胃大概是被酒精刺激的，经常不舒服。回家后，有时就煮点稀饭，就着咸菜吃，感觉比酒桌上的大鱼大肉都香。

锋再忙，给夏岚和孩子打电话还是雷打不动。隔天一个电话，一说就是40分钟到一个小时。锋心里还有另一块小小的自耕地，留给了茉莉卡。时不时地，茉莉卡的影子就在锋的脑海里闪出来，实在忍不住就给她打个电话，借着问她妈妈的情况和茉莉卡说说话。

43

入“瓮”

锋出差走了一个多星期，这天总算回来了，瘫在床上都不想动了。这次出差去的是东北，遇到的人要回扣要得狠，逼酒也逼得狠，可就是事拖着不办。两天的事搞了一个星期才有点眉目。遇到这样的客户，锋有时真想一走了之，那回扣要得太多，公司连一点盈利都没了。可公司初创，又需要客户撑门面，支持现金流，这样才有基础向市场推广，也为将来上市或出售公司打基础。想想这些，锋就只好忍着，只要肯成为锋的客户，那人就是大爷！

突然，锋的电话响起来，一看竟然是茉莉卡。锋不知怎么的，一下子就精神了。茉莉卡开心地说：“我回来上班有几天了。家里请了保姆帮着照顾我妈，我爸妈都催我上班，所以，我就赶紧回来上班啦。我这工作，我爸妈比我还紧张呢。刚回来我就想找你来着，听说你出差了就没打扰。今天才听胡经理说，你出差刚回来，我就想请你今晚过来吃饭，肯不肯赏脸啊？”

锋赶紧说：“能尝尝茉莉卡大小姐的手艺真的很难得，你请，我就一定来！”

“我手艺没那么好，你得有思想准备哦！不过，你在外面整天酒啊肉啊的，估计都快吃腻了。我做点儿清淡的家常菜，让你换换口味吧。”

锋的兴致更高了：“这外面的菜太油腻了，我真的想吃点儿家里做的菜。唉，我现在口水都要流出来了。对了，你别急着做菜，我来跟你一起做，我打下手，你主厨，怎么样？”

茉莉卡说：“请客哪有让客人动手的？”

锋说：“什么客人啊？就是朋友吃饭嘛，我乐意啊。”锋这真不是客气话。自己一个人住，有时懒得下厨做饭，现在有机会和美女一起做菜，当然乐意了。

不过，锋还是忍不住问了一句：“今天你请几个客人啊？”

茉莉卡突然声音低下来，轻轻地说：“就请你一个，不行吗？”

锋的心狠狠地跳了一下，沉默了几秒钟，然后也轻轻地说：“谢了。我这就过来。”

可是，这会儿进城的路堵得可怕。锋心里越急，这路况就越跟他过不去。锋看堵得实在不行了，打开交通台听新闻，果然，在城郊接合处，他所在的高速公路上有一起连环撞车事故。锋听了，只能骂娘。他现在在这条高速公路上，又没法转到其他的高速公路上，也没有下去的小路可以进城，只好在这一望无尽的车河里耗着。

锋告诉茉莉卡自己不知道几点才能到，让她先吃。茉莉卡却说不着急，自己慢慢做着菜等他。锋就这么无奈地在这车河里慢慢地一点一点地向前游，等游到茉莉卡家，按响门铃时，都快 9 点了。

锋不是第一次来茉莉卡住的这栋楼，却是第一次进她的房子。茉莉卡住的房子在三楼，是一个两室一厅套房其中的一间卧室，和租另一间卧室的女孩共用厨房。茉莉卡打开门，锋的心跳一下子加快了。眼前的茉莉卡穿着一件粉红色低胸薄便裙，脸上化了淡妆，在昏暗的背景衬托下，显得异常妩媚。对锋来说，这简直是致命的诱惑。

看锋傻站在那儿，茉莉卡一把把他拉进屋，娇嗔地说：“都迟到这么久了，还傻站在那儿干吗？”

锋的脑子有点晕，手被茉莉卡温温软软的手牵着，呆呆地被拉进屋子。茉莉卡的屋子不大，中心放着一张小饭桌，桌上摆着整整齐齐的几样菜，还点了一支蜡烛。茉莉卡特意只点了一盏台灯，整个屋子暗暗的，这蜡烛就成了屋子的中心亮点，闪着暧昧的烛光。

锋被茉莉卡牵着坐下，看到桌上放着一瓶葡萄酒，突然想起自己带来的礼物，连忙从手提包里拿出从加州带回来的一瓶红酒，递给茉莉卡说：“抱歉，没能赶上跟你一起做饭。这瓶从北加州纳帕酒乡来的酒算给你赔罪了。”

茉莉卡接过酒瓶，开心得大呼小叫，说今晚要开洋荤喝洋酒了，随手把自己的那瓶酒放到一边，把锋带来的酒放在桌上，拿起开瓶器就打算开酒瓶塞。锋接过开瓶器，说这事还是让男人来吧。

锋一边开酒，一边偷偷地打量茉莉卡的房间。毕竟是女孩子的房间，收拾得井井有条，空气里除了菜香外，还有一丝香水的气味，以及一点点女孩子特有的淡淡体香。锋有点儿春心荡漾了。

开了酒，往茉莉卡早准备好的高脚酒杯里倒上酒，两人就一边喝，一边扯品酒经。锋还特地拿那些饭局上的人的牛饮开玩笑，说这一仰脖子就一杯酒下肚，要是闭上眼，怕是连红酒白酒都分不清。说完闲话，突然安静下来。茉莉卡拿起酒杯，认真地说："锋，这杯酒谢谢你上次帮我那么大的忙。"

锋赶紧回答说："你要再说谢字，我就不高兴了。你有事，我是不能不帮的。"

茉莉卡把酒杯一举，说："好，我们把这杯酒干了，我就不再说谢了。"说完，一仰脖子自己先把酒干了，锋只好跟着干了自己的酒。锋说："我恐怕不能再喝了。"

茉莉卡笑起来："王总，这半瓶红酒算什么！你在外面应酬的时候，喝得可比这多。这酒开了，如果不喝完，明天味道就不好了，我们把它喝完吧。你要是不放心，就在这儿歇一会儿，等酒劲过了再走，不就行了？"

两个人慢慢地吃菜，说话，喝酒，夜色不知不觉地深了。锋和茉莉卡都不想这顿晚餐结束，恨不得时间永远停住。

茉莉卡问锋："你知不知道我爸妈为什么那么对你？我妈要查你户口，我爸要陪着咱俩一步不离？"

锋傻傻地摇摇头。

茉莉卡接着说："我常在他们面前提起你。这次又是你送我回家，我妈就怀疑咱们两个有关系。第一天晚上就盘问我半天，她还说你有家有口的，不准我跟你好。我说我们俩只是好朋友，她不信。所以，那天她非要叫我爸一步不离地跟着咱们俩。哼，我喜欢谁，关他们什么事？我都成年了，我自己有权选择我喜欢谁。"

茉莉卡这一席话，听得锋心跳加快，特别是听到最后那两句，锋的脸一下子就红了。锋还指望借酒劲加上灯光暗能遮住，其实，茉莉卡全看在眼里。锋觉得茉莉卡说这话的时候，已经假定自己跟她好了。自己想辩解一下，都无从开口。锋只好敷衍道："父母都是为你好嘛。"

可茉莉卡还在说，说得锋心里一颤一颤的，不停地问自己："我能跟她好吗？

我跟她好了会怎么样？”这明明是有答案的问题，可这时的锋偏偏给不了自己答案，他是不情愿给自己答案。

直到最后，锋觉得夜太深了，不能再在茉莉卡家待下去了，才下了决心说：“茉莉卡，谢谢你的晚餐，我真得走了。我帮你收拾一下碗筷吧。”

茉莉卡轻轻对锋说：“不用收拾，明天一早，我一会儿就收拾好了。锋，你要不要去沙发上坐一会儿，醒醒酒？”

锋还在犹豫该不该继续待下去。茉莉卡过来，牵住锋的手走到沙发边。锋心甘情愿地被茉莉卡这么温柔地牵着。茉莉卡撒娇说：“陪我看一部电影吧。看介绍说有点儿恐怖，没人陪我，恐怕我自己永远都不敢一个人看。你就算好心，陪陪我嘛！”

锋已经陷在这温柔乡里，拔都拔不出来了。茉莉卡这么嗲嗲地说话，现在就算用把枪逼着锋走，锋都不会走了。

茉莉卡打开电视，然后像个情人一样，紧紧地贴着锋坐下来。这哪是恐怖电影，简直就是一部情欲电影。锋知道，这电影是茉莉卡特地选好的。今晚，茉莉卡所说的话，所做的一切，都是想好了的，自己是心甘情愿地进了这个柔情的“瓮”。

随着片子里情欲场面的展开，锋和茉莉卡的呼吸都慢慢地急促起来。茉莉卡悄悄地伸出手把锋的腰搂住。锋转头看着茉莉卡被情欲烧红的脸，以及那低领里显出来的深深的乳沟，锋知道自己要把持不住了。

茉莉卡感到锋在看自己，抬起头，目光与锋的目光正好相遇。茉莉卡慢慢地把唇凑上锋的唇，当两唇相触的一刹那，锋完全地失去了自己。一瞬间，压抑了很久的情欲，像火山一样喷发出来，锋已经管不了许多了，管不了明天，管不了这个世界了，再不喷发出来，自己就要被这情欲活活烧死了。

从这一刻起，锋不知道是自己俘虏了茉莉卡，还是自己被茉莉卡俘虏了。反正，两个人都拥有了对方，成了彼此生命的一部分。

44

暗探

世上没有不透风的墙，即使锋跟茉莉卡极力掩饰，两人的事还是传了出去，把另外两个人气了个半死，一个是胖子，另一个是小胡。

小胡从偏僻农村考进这所城市的大学，毕业后就进了胖子的公司，在这个城市留了下来。一来，小胡毕业的大学，也是胖子和锋毕业的大学，所以，这个小胡就是胖子的学弟，胖子对这个年轻人就有了一些好感。

二来，小胡在城里无亲无靠的，全靠自己，所以，做人特别小心，没有一些城里孩子大大咧咧的德行。而且他很会做人，知道察言观色，在财务部很会拍老板娘的马屁，所以，胖子跟老婆都喜欢他。

三来，胖子和老婆喜欢小胡还有另外一个原因，而这点小胡可能永远都不知道。小胡所在的是财务部门，胖子公司的账簿，有时是要动动“小手术”的。胖子和老婆喜欢小胡的家庭背景，家在偏僻农村，单纯干净，跟这个城市没一点儿关系。即使他知道点事，也不大可能会通过亲戚朋友传到不该知道的人的耳朵里。所以，小胡就无形中得到了更多的信任。这不，小胡是同时进公司的年轻人里升职最快的，没几年就升为财务部经理了。

小胡快三十岁了，一直没有满意的对象。不是自己不满意别人，就是别人嫌弃自己。真正让小胡动心的，只有茉莉卡。这个茉莉卡一进公司，就让所有男青年眼睛一亮。小胡因为自己的办公室与茉莉卡的办公桌靠得近，天天见面，日久生情。刚开始他很自卑，可日子久了，对茉莉卡日思夜想，实在熬不住了。想想自己，好歹也是公司年轻人里的骨干，老板跟前的红人，条件也不算太差吧。况且，茉莉卡不也是从小地方来的吗？所以，他鼓足了勇气，展开了对茉莉卡的追求攻势。

可惜，茉莉卡眼光高，对这位胡经理实在看不上。在茉莉卡眼里，胡经理家境太糟糕了，老家在偏远的农村，将来怎么跟他家里打交道啊？胡经理的确年轻上进，可他在这个城市一无亲二无靠的，什么都没有。所以，茉莉卡就很委婉地回绝了。

这一回绝，胡经理那颗脆弱的心受伤了，很长时间都没恢复过来。每天在公司见到茉莉卡，都像老鼠见了猫似的绕着走，觉得自己的面子丢尽了。幸亏后来有哥们给了他一席醍醐灌顶的开导：“你小子敢动茉莉卡？你找死啊？你没看出那个牛总招这个茉莉卡进公司，就是想当二奶的？要不是老板娘厉害，这小妮子早就被收房了。你再看茉莉卡那样，人家就是傍大款当二奶的料。你即使追上了，也养不起。你小子想碰茉莉卡，小心被牛总知道，他能把你的头给拧下来！”

小胡这下算认栽了，自己是癞蛤蟆想吃天鹅肉，而且，还是老板的天鹅，自己去吃，岂不是找死？想通了，那颗受伤的心才慢慢恢复正常。可后来，这海归的锋来了，很快茉莉卡和锋的八卦就在公司里传得沸沸扬扬的。小胡听了，心里有点难受。可想想，这个海归，好像挺爱老婆孩子的，老婆孩子的照片摆在办公室桌上挂在墙上，到处都是。他想，这从美国回来的人就是不一样啊，挺浪漫，挺爱家的，估计不会出轨吧？锋是小胡接触的第一个海归，所以，小胡对锋还有点带“光环”的看法。

后来，让小胡意识到不对的时候，是茉莉卡妈妈摔伤那天，锋突然说家里有事先离开公司。当时小胡没注意，到了下周一，小胡照例回胖子公司汇报工作，突然发现茉莉卡上周五家里也有急事赶回家，自己心里就咯噔一下，猜是不是上周五，锋是急着送茉莉卡回家？如果真是这样，茉莉卡不找身边的人送她回家，而找远在郊区开发区的锋送，那两人关系一定不一般。

想到这儿，小胡就一阵心绞痛。自己追不上茉莉卡，而茉莉卡最终被大老板收了房，或者在外面找了个比自己更优秀的小伙子，自己也认了。可锋是有家有口的，再加上跟他一起工作这么长时间，锋身上的“光环”慢慢褪掉，所以，想到茉莉卡跟了锋，小胡剩下的只有嫉妒。小胡心想：海归有什么了不起的？没大老板的钱，没我们帮你撑着，你能干什么？就因为你从美国回来，就做老板，就拿那么多钱，就可以泡美女？小胡是专门做财务的，所以，他不把那些搞技术的太当回事，而且他知道锋的工资是多少。现在，意识到自己心中的玫瑰被这个海归摘了去，再加上其他因素，小胡心里的醋坛子彻底被打翻了。

在跟胖子汇报工作的时候，小胡故意着重说，锋上星期五说家里有急事早早离开公司了。胖子心想，是不是他爸妈或者岳父母家里有事？要不要见到锋时，关心一下？过一会儿，等正事说完，小胡又假装不经意地说，听说茉莉卡上周五家里也有急事，怎么这么巧，上周五这么多同事家里都有事？

小胡这么一说，把胖子心里的醋坛子也戳了个洞。胖子当年招女秘书的确没安好心，后来被老婆识破，碍着老婆的“雌威”，没敢对茉莉卡怎么样。可越是天天看着这朵自己得不到的鲜花，胖子内心深处就越想得到。最近这一两年特别忙，胖子总想离开岳父的手掌心，打出自己的天下。到时候，想要什么就有什么，这个茉莉卡也会是自己的。现在嘛，她反正在自己手掌心里，跑不掉的，也不用那么着急，别小不忍乱了大谋。

公司里员工在传锋跟茉莉卡的小道消息，有人也往胖子耳朵里传，他都没太在意。胖子知道，锋看起来很牛，可在家里是很怕老婆的，对夏岚百依百顺，言听计从，估计不敢太出格。他也有意无意地在茉莉卡面前提醒，说锋跟他老婆都是自己的老同学，自己得对锋在中国的生活负责任。言下之意，你别让锋出事，出了事，我绝不袖手旁观。茉莉卡听的时候，一副事不关己高高挂起的样子，胖子也没看出什么破绽。后来忙起来，这事就没再放在心上。

如今，“卧底”小胡一提，胖子心里面那放在角落里的酸醋就又流了出来。当然，胖子不知道小胡追求过茉莉卡这档子事，所以，没意识到这是小胡在故意引自己入瓮。胖子不动声色地跟小胡说了些别的事，就结束了谈话。可等小胡快要出办公室的门时，胖子一下子没忍住，叫住了他。

胖子向小胡勾勾手指。小胡一看，知道老板有秘事要交代，把头凑近了胖子。胖子低声说：“王总是我的老同学，他太太也是我的老同学。我把王总请回来，是要对王总和他太太负责的。你跟着王总，要多关心多注意王总的生活，有什么情况要及时让我知道。王总生活上有差错，我也是要拿你是问的。”

小胡听了心领神会，向胖子保证：“牛总，您放心，我会对王总全方位地关心。”得了胖子的“密旨”，小胡心花怒放，觉得自己现在是大老板最亲近的人。

还没出门，胖子又加了句："哦，对了，最近拨给你们公司的那部新车，你拿去开吧。"小胡这个得意啊，有了圣旨，还配了车，自己现在就可以"合法"地跟踪王总和茉莉卡了。哼，走着瞧吧，你们俩可别让我抓住把柄。

从此，锋身边的这个"卧底"，不仅对公司里的事侦查得仔仔细细，而且对锋的私生活也侦查得详详细细，这是锋万万没想到的。小胡有时假借关心，问锋下班后和周末的去向，锋也没防范地说了大概的去处。小胡仗着自己有了公司的车，肆无忌惮地悄悄跟在锋的后面，观察锋的一举一动。锋自从跟茉莉卡好上以后，他进城，除了偶尔去看看父母和岳父母，帮他们办点事，其他时间全跟茉莉卡在一起。

没多久，小胡就看到了他俩在一起的证据。茉莉卡娇滴滴地挽着锋的胳膊，两人像情侣一样，大大方方地在街上走。开始，锋还有点儿不好意思，可慢慢习惯了，也不以为意。毕竟，自己大学一毕业就出了国，除了父母和岳父母，在这个大城市里，认识自己的人没几个。自己跟茉莉卡去的地方，父母和岳父母是绝对不会去的。生意上认识的人，谁没个小蜜、二奶的，即使看着自己挎了个小姑娘，谁会介意啊？

可这一勾肩搭背的，就成了小胡那儿的"确凿证据"。小胡一边拍照，一边咬牙切齿地说："茉莉卡啊茉莉卡，好你个狐狸精，你看不起我，却去勾搭这个有家有口的，仅仅因为他是从美国回来的？哼，不要脸。我得不到你，那个姓王的也别想得到你。看我怎么收拾你们这对狗男女。"

跟了一段时间，掌握了茉莉卡和锋的行动规律，小胡就拿着一大沓照片去找胖子。胖子一看，又气又急，脸都变了色。小胡怕自己做得太过分，反而得罪老板，小声解释："牛总，我发现了王总跟茉莉卡的事，想跟您说，可怕您不相信，所以就大胆地拍了这些照片。您看完了，我这就把它们烧了。"

胖子毕竟老于世故，知道自己在手下人面前露了心迹太愚蠢，回过头一想，不能为这事得罪了锋。当时，一时嫉妒，让小胡去"关心"锋，后来，自己就没太上心。想不到这个手下把自己的话当成"圣旨"，真的去跟踪锋，这要是让锋知道了，自己面子上可就挂不住了。想想生意，胖子心里再嫉妒，也不得不压制住。胖子面无表情地对小胡说："小胡，此事到此为止，我有机会会跟王总谈谈。唉，男人嘛，见了小姑娘总是会把持不住的。你还是王总的手下，不要再跟踪他了。万一被他发现了，要炒你，我可不好出面说什么，懂吗？”

这番话说得小胡心里一阵热一阵凉。听到老板让他别再跟踪锋，心里暗暗松了口气。他也是冒了很大风险，要是被锋发现，这位老板再不保自己，自己就完了。可听老板的意思，好像老板不想对这个王总和茉莉卡做什么，不禁失望至极。可没办法，自己一个小喽啰，除了跟踪拍照，还能干什么？小胡得了令，垂头丧气地回去了。

胖子打发走了小胡，心里的醋坛子算是彻底打翻了。他一直想得到茉莉卡，这没得到的东西都是好东西。现在，这个老同学轻而易举地得到了自己想要的东西，胖子心里这个气啊。可为了投资，胖子又不能对茉莉卡和锋做什么，只好把这妒火硬生生地压下去。

但不久，胖子收拾锋的机会就来了。

45

越洋捉奸

健和安妍带着孩子回国探亲。胖子那天亲自去健的爸妈家接健和安妍出来吃饭，锋则从开发区往市区赶。胖子在餐馆的包间里，和健和安妍一边聊天，一边等锋。健问的都是锋在这儿创业的事，而安妍问的，都是是不是有好多小姑娘围着锋，锋是不是能抵得住诱惑之类的。

安妍问这些问题本是无心的。女人嘛，问起海归的事，十有八九都会问这事。可这一下子触到胖子心里的醋坛子，酸气一下子就冒了出来，一出口竟是："国内就这风气，都这样。锋一个人在这儿不容易，唉，谁都不是柳下惠。"胖子这话一出口，自己都有点后悔。

安妍一下子抓住这句话，继续往下深挖。胖子赶紧为锋圆场，一个劲儿地为锋说好话。可是，他对锋跟茉莉卡好上的事耿耿于怀，所以，为锋圆的场也不那么圆，说的好话也没那么诚恳。安妍心里面给锋定了罪，健只想制止老婆，警告安妍不要揪住这事不放，这会闹得锋和夏岚鸡犬不宁。安妍一下子跳起来，说自己抓住这事不放，就是为自己的朋友夏岚负责。场面一下子紧张起来，胖子只好打圆场，怪自己说话不妥。这时，胖子的手机响起来，锋说，自己在楼下停车，马上就上来。

这一来，胖子、安妍和健才安静下来。不一会儿，锋进包间，大家又为老友相见热闹起来。健不停地问锋创业的事，锋得意地张开大嘴，滔滔不绝。胖子心里为刚才的话发虚，所以，一个劲儿地吹捧锋，说锋为了开发产品和打开产品销路，如何如何的辛苦，等等。锋说，再辛苦也乐意，自己创业，再辛苦也是为自己，跟在美国不一样。在美国，辛苦是为别人打工，所以，会觉得特别累。自己创业，身体辛苦，但心里畅快。没夏岚在身边提醒，锋吹起牛来有点儿没考虑健的处境。总之，锋的话说得健心里又是羡慕，又是惭愧，百感交集的。

安妍看锋在吹牛，心里老大的不痛快，但看在胖子和老公的份儿上，没煞锋的风景。但酒过几巡，三个男人都有点儿喝高了，安妍冷不丁地突然出击，问锋是不是因为有美人在侧，所以再忙也不累。这问话里已经设了假定，“锋有美人在侧”。锋因为是跟老同学喝酒，思想没有戒备，在毫无防备的状态下，一下子尴尬起来，然后，迅速回过神来，否认和任何美人有染。可安妍是有备出击的，锋这掩饰的神态全被安妍看在眼里。现在在安妍的心里，锋都已经是被“复审定罪”了，再想翻案都没戏。

安妍要回美国的时候，又见到了胖子。她拉住胖子追问，锋的女人到底是谁。胖子咬住说不知道锋的私人生活，更不知道那女人是谁。但现在，胖子说的是“不知道那女人是谁”，而不是说“锋没有女人”。胖子内心深处希望安妍能把锋跟茉莉卡的好事给搅了。

一路上，健警告安妍，没有证据，不准到夏岚那儿提这事。但安妍早想好了，自己的亲身经历让安妍恨透了这种男人在外搞女人的事。安妍不想毁了夏岚的家庭，但看到夏岚一个人辛苦地上班带小孩，心里为夏岚打抱不平，替夏岚不值。安妍知道锋非常在乎夏岚，所以，她更希望夏岚知道这件事，能出面制止锋，安妍压根没想拆散这个家。不幸的是，安妍把事情估计得太理想也太简单了。安妍是夏岚的好朋友，但安妍不了解夏岚的个性。

晚上，趁健和孩子玩的当口，安妍悄悄地拿起电话给夏岚拨了过去。夏岚一听是安妍，一下子兴奋起来，对国内的事问这问那的，安妍心不在焉地应付着。直到夏岚说，锋打电话跟自己说了，见到你和健，好高兴。还问安妍，见到锋，觉得锋怎么样。安妍说，锋瘦了，但人精神特别好，这一回国好像返老还童了似的。

夏岚说，自己知道，锋一直梦想有自己的公司。现在，有了这么个机会，实在不忍心绊住他，哪怕自己苦点，也得放他走。

安妍突然没好气地说，他知道你辛苦就好了。哼，自己回国，像老虎归山。你不知道，国内的小姑娘可厉害了，见到像锋这样的海归，就像蜜蜂叮鲜花似的。

安妍本来要用个更恶心的比喻，可这是说人家老公，所以，话到舌尖，只好把锋比喻成鲜花。

安妍提到这国内的女孩子“叮”锋的话茬，正说到夏岚心里的痛处。夏岚克制着自己，装作没事的样子问安妍，是不是发现锋在国内拈花惹草了。

安妍这时恨不得把自己在国内看到的全告诉夏岚，可转念一想，自己又没真凭实据，说多了，人家不是要恨死自己？再加上老公严厉警告她很多次了，如果自己直说了，传到健那儿，那健还会饶了自己？所以，安妍死命把到嘴边的话给咽下去，只是说：“锋有没有事我不知道，不过，你一定要把锋给盯紧了。锋又是海归，又是老总的，可是个香饽饽。你怎么就那么放心？”

这话说到了夏岚心里的痛处，夏岚急了，反驳道：“我怎么就这么放心？我不放心又能怎么样？我现在只好骗自己放心。安妍，我们是好朋友，你不能瞒我。我知道你不一定看到了什么，但你到底感觉到了什么？我感觉到你有话要说，你跟我说实话！”

安妍一听急了，觉得说也不是，不说也不是。自己偷偷地打这个电话不就是要给夏岚提个醒吗？现在人家逼着自己说，安妍心想，豁出去了。“夏岚，具体锋到底有没有外遇，我不知道，但我感觉不对劲。不管有没有，作为好朋友，我建议你给锋提个醒，他周围的诱惑实在太多。”

夏岚听到这，心都快沉到冰湖的底部去了，自己最担心的事还是发生了。安妍一定是察觉出什么，才会给自己警告。夏岚的脑子里一片混乱，尽管平时不时地想到这个危险，可总是安慰自己要相信锋，不敢往最坏的方面去想。等真的需要面对这最坏的情况时，自己心里仍然一片混乱。夏岚拼命地稳住自己，谢了安妍，跟安妍再闲聊几句就挂了电话。

放下电话，夏岚整个人像被掏空了一样，机械地把孩子哄睡，自己一夜无眠。

等天明，夏岚做出了决定。夏岚拨响了机票经纪人的电话，订了下周的机票回国。

夏岚带着孩子到了锋所在的城市，和谁也没说，包括自己的父母。她悄悄地住进胖子公司附近的一家宾馆。放好了行李，夏岚就给胖子打电话。胖子一看来的电话号码不认识，就把电话挂断了。夏岚只好给胖子公司打电话，接电话的女孩还想挡夏岚的驾，夏岚报了自己的大名，冷冷地对她说：“告诉你们牛总是我，他不会不接。”女孩一听这位女士话里的气势，知道是位人物，赶紧把电话转到了胖子这里。

胖子一听是夏岚的大名，赶紧接了电话大呼小叫地问夏岚：“怎么不打一声招呼，就突然回国，见到锋了没？”夏岚说：“我回国，目前只有你一个人知道，请你保密，连锋都不要让他知道。你什么时候有空，能不能跟你见个面？”

胖子一听，突然觉得事情严重了，赶紧说：“我现在就可以过来。”

胖子在宾馆见到夏岚，吃惊地看着她，连声问：“出了什么事？你怎么突然回国了？”夏岚盯着胖子，一字一顿地问他：“我们是老同学，你不能瞒我。告诉我，锋是不是有情人了？”

胖子心说，果然猜得不错，来的路上就猜是不是健的那位大嘴巴太太回去给夏岚吹风了，果然如此。可这时候，他觉得事情闹大了，又想撇清干系。“夏岚，锋的事我真的不知道。你也知道，他的公司在郊外开发区，我一个星期都见不到他几次。”

夏岚打断他：“胖子，我和锋本来在美国有好好的平静生活。两人都有工作，有孩子，有房子，什么都不缺。是你来拉锋回国开公司的，现在有事，你难道没有责任吗？请你说实话。”说完，夏岚紧紧盯住胖子的眼睛。

胖子在夏岚的直视下，心里直发毛，头上开始冒汗，眼睛禁不住往下看，想躲开夏岚像刀子一样的目光。胖子从大学时就知道，夏岚是个智商和情商都很高的女生，自己再在她面前装疯卖傻，就是自取其辱了。况且，尽管胖子在商场上坑蒙拐骗的事都干，但在内心深处，还留了块纯净的自留地给老同学、好朋友。这是胖子做人的底线，坑谁也不能坑自己的老同学、好朋友。所以，胖子要投资高科技产业，信赖的还是自己的老同学，他不能再骗夏岚。

胖子心里想定了，抬起头，对夏岚说：“夏岚，你回国，不能住在宾馆。你要想保密，我一定帮你保密，但你得答应我，带着孩子住到我家里去。至于锋的事，你想怎么样，我尽全力帮忙。”

夏岚感激地点点头说：“那谢谢你了。”说完，简单收拾了一下行李，就去退了房，然后跟胖子一起回家。胖子也跟老婆打了招呼，把家里的客房准备一下，接待夏岚跟她的孩子。

在路上，夏岚问胖子：“你知不知道那个女人是谁？请帮我在他们两个在一起的时候抓住他们俩。”

胖子真的不敢当着夏岚的面告诉她“那个女人”就是自己的秘书。胖子只好说：“夏岚，我只感觉到锋有事，公司也有谣言，但没有真凭实据。我也跟锋说过，希望他不要做对不起你的事。都怪我，是我不好，没好好追究这事，制止他胡来。唉，你也知道，都是大男人，没凭没据的，不好跟他谈得太直接。搞不好，当面打起来都有可能。不过，你放心，我一定想办法搞清楚。”

胖子这番话，水分很大，自己实际上有从小胡那儿拿到的证据，只是自己从没跟锋谈过而已。但这不能让夏岚知道啊，不然，夏岚不得给自己一个大嘴巴子啊。胖子看夏岚只是点点头，没说话，心想，自己当时嫉妒心切，没管住嘴，在健的面前多嘴，这下事惹大了，还是能灭火就灭火吧。想到这，胖子又小心翼翼地补充了一句：“夏岚，要不你直接跟锋好好谈谈？这么多年的夫妻了，如果能谈好了，让锋收了心，那就好了嘛。”

夏岚的眼睛里冒着火，语气一下子强硬起来：“他要是还在乎我们夫妻一场，还会背着我做对不起我跟孩子的事？都到这份儿上了，你以为跟他说说就行了？如果没证据，他是无论如何也不会承认的。不行，我一定要在他跟那个女人在一起的时候捉住他们。你说，你到底帮不帮这个忙？”

胖子一听，赶紧申明：“帮，一定帮。你先别急，给我两天时间。”说完这话，胖子心里对锋说，兄弟啊，不是我要对不起你，我也是被你老婆逼的。何况，哥们你也太不够意思，惹谁不行，你非要惹茉莉卡？这真怪不得兄弟我了。

到了家，胖子的老婆热情地招呼夏岚跟孩子。胖子那边给小胡打电话，要小胡注意王总跟茉莉卡的动态。一发现他俩在一起，就立即给自己打电话，但事要做得保密。

小胡一听，乐得差点没翻个跟头。上次，辛辛苦苦地跟踪拍照，结果老板什么动静也没有，搞得自己特泄气。谁知道现在大老板又要自己跟踪王总和茉莉卡，那说明有戏了，大老板要动手了。况且，大老板把这事交代给自己一个人，那是何等的器重啊！

小胡想了想，就有了办法。整个下午，他埋头把手上的事全办完，又特地到锋那儿把一些事都揽过来办好。到了快下班的时候，小胡到锋的办公室，假装关心地对锋说：“王总，您看今天比较急的事都处理了，您就先回去休息吧。”

锋一看，今天这位胡经理特勤快，手上的事真都处理好了。锋谢过这位胡经理，让他先回家，自己过一会儿就走。小胡得了令，转身出了大楼，把自己的车开到隐蔽的角落，停在那儿等锋出来。

锋一看今天的事处理得挺顺利，心里一阵轻松，想立即去找茉莉卡。自从跟茉莉卡捅破窗户纸正式好上以后，锋就一直处在“热恋期”，又像回到了初恋的时候。每天，除了工作和向老婆定期隔海汇报思想外，其余的时间，满脑子都是茉莉卡。锋拨通了茉莉卡的电话，说自己今晚过来。然后，锋就像旋风似的离开办公室，冲向自己的汽车，往城里赶。

锋一门心思全在去见茉莉卡上，哪里会想到，自己后面有个小尾巴在跟踪。锋开着车一个劲地在下班进城的车河里挤，后面的小胡只能勉强跟上。后来，小胡干脆放弃，反正自己已经猜到锋要去哪里，跟那么紧干吗？万一遇上车祸，跟人碰了车，那才叫倒霉呢。想定了，小胡就气定神闲地慢慢开起来。

等小胡赶到茉莉卡所在的那栋楼前时，天已偏黑，但锋的那辆车明明白白地停在楼前。小胡松口气，冷冷一笑，心说，我就知道你只会来这里。小胡抬头看茉莉卡的窗子还开着灯，猜两个人大概要温存一番。一想到锋跟自己心中的“女神”温存，小胡心中一阵绞痛，禁不住狠狠骂了一句，暗说，我看大老板怎么收拾你们两个。

小胡在远处停了车，给胖子打了个电话，告诉胖子锋现在正在茉莉卡家。胖子说知道了，让他继续盯住。小胡走回来，在离大楼出口不远处的一个书报亭前，假装看杂志，斜眼紧紧盯住大楼出口。不一会儿，就见茉莉卡裹着锋的臂，两个人亲亲热热地走出来。小胡放下杂志，远远地跟着他俩。

胖子接到小胡的电话，把夏岚拉到一边，说自己手下人找到锋跟那个女人了。夏岚一听，立即要去。胖子只好叫老婆照看夏岚的孩子，然后，带着夏岚就向茉莉卡的家开过去。

快到时，胖子给小胡打电话问情形。小胡说，两人正在附近巷子里的一家小吃店吃晚饭。胖子要到地址后，直接把车停在那个小吃店的附近，和夏岚一起向小吃店里张望。好在这时天已经完全黑了，胖子和夏岚完全隐在黑暗里，而锋和茉莉卡在店里的灯光下，就像两个演员在舞台的聚光灯下一样。

胖子不敢乱动，悄悄地看夏岚。夏岚看着自己的老公跟那个女人，像一对情人一样，头靠着头，一边互相喂对方菜，一边说着什么可乐的情话，在窃窃地笑。夏岚气得浑身一阵阵颤抖，眼泪不争气地吧嗒吧嗒往下掉。胖子不知如何是好，只能在一旁待命。

不一会儿，锋和茉莉卡吃完饭，付完钱，一边说着情话，一边依偎着往回走。夏岚竭尽全力地稳住自己，擦干泪，死死咬住自己的嘴唇，不让自己颤抖，一步一步地跟着前面这两个人。

小胡这时也看到了胖子老板和夏岚，赶紧过来跟老板打招呼。胖子向他做了个别出声的手势，然后拉着他，跟在夏岚后面走。小胡惊异地看着这个陌生的女人，一下子醒悟过来：我的妈呀，这大概就是那个王总在美国的“大奶”吧？从美国飞回来“捉奸”了，这回这位王总真要栽了。小胡以为是胖子大老板把锋的太太从美国接来的，心里暗暗佩服胖子，手段实在是高明。毕竟是当老板的，高，实在是高！

等锋跟茉莉卡进了楼，夏岚在楼门口呆呆地站住。到了这一刻，夏岚突然没有勇气去面对自己出轨的老公和那个“狐狸精”。自己一直规规矩矩地读书、工作，从没想到会面对这种事。她一直以为这种事只是电影和电视剧里才有的，没想到自己的生活中也会遇上。

胖子和小胡大气都不敢喘地站在她身边，小心地看着呆住了的夏岚。夏岚站了一会儿，突然意识到自己不能再这样站下去，自己愤然回国，不就是要当场抓住锋，不给他抵赖的机会，让他自己说清楚吗？现在都到这儿了，自己怎么能不再向前走一步？夏岚回头对胖子跟小胡说：“请你们带路吧。”

胖子从前来过茉莉卡的住处几回，接她晚上出去应酬，所以，硬着头皮在前面上了三楼，到了茉莉卡家的门前，回过身，对夏岚努努嘴，意思是，到地方了。夏岚深吸一口气，鼓足了勇气，上前敲门。

里面传出一声女人的问话：“谁啊？”紧接着门开了。茉莉卡此时已经换上了睡衣，吃惊地看着门口这个陌生的女人，刚问出口“你找谁”，一眼看到夏岚背后的胖子，惊得眼睛瞪得溜圆，一下子竟然说不出话来。

夏岚已经从茉莉卡的肩上看进去，那熟悉的身影正坐在沙发上看电视呢。夏岚这时气血冲脑，眼泪一下子涌了出来，气汹汹地用手一指锋，大喊一句：“我找他！”

锋一听身后这一声熟悉得不能再熟悉的声音，惊得回过头，定睛一看是夏岚，吓得一下子从沙发上跳起来。夏岚狠劲地把茉莉卡推到一边，冲到锋面前，哭着骂道：“这就是你要海归的原因？你说，你就这样对我跟孩子？”

这时的锋，刚换上短衣短裤，极其尴尬地站在夏岚面前。听着夏岚劈头盖脸的骂，结结巴巴地问：“夏岚，你怎么回来了？”

看着身穿短衣短裤的锋，夏岚就像看到自己老公跟那个女人刚在床上干完那事，气得实在忍不住，一个耳光打在锋的脸上。锋话没说完，突然挨了这一个耳光，人都有点儿晕，脑子一下子就蒙了。

夏岚抽完锋，回过头看着站在一边、惊得目瞪口呆的茉莉卡。茉莉卡已经意识到出什么事了，这是老板带着锋的老婆来“捉奸”了，吓得站在一边，一句话都说不出来。茉莉卡一看夏岚打完锋，转头看自己，生怕夏岚冲过来打自己或抓自己的脸，吓得直往墙角里缩。

夏岚心里真的很想给这个女人一耳光，可到了这一刻，面对这个女人时，自己的这一巴掌竟然不知道为什么挥不出去。她只是气得说不出话来，用颤抖的手指着茉莉卡，好半天才恨恨地骂道：“你这个不要脸的，你不会有好下场的！”

说完，夏岚冲了出去，胖子赶紧跟在夏岚后面追了出去。回过神来的锋，也急得追了出去。茉莉卡一屁股坐到了床上。

在楼外，躲在黑影里的小胡，看着夏岚、胖子、锋，一个跟一个地冲出来，吓得没敢从黑影里出来。小胡之前看夏岚跟老板冲进楼里，没敢跟着进去。那里面的可是自己的顶头上司啊，如果被看见了，他不敢拿自己的老婆怎么样，但第二天回公司，他完全可以收拾自己。所以，小胡就躲在楼外的黑影里，战战兢兢地旁观事态发展。小胡还想呢，这“捉奸”是不是要叮叮当当地打一场啊？谁知道，三楼茉莉卡的房里，自己只隐约听到夏岚大声斥责的声音，别的没听到什么。过了一会儿，就看这三个人一个跟一个地冲出来。

锋一把抓住夏岚的胳膊，求夏岚听他解释。夏岚用力一甩锋的手，指着他低声骂道：“你给我滚得远远的，我现在不想看见你！”锋只好连退好几步。夏岚转身进了胖子的车，对胖子叫道：“我们走！”

胖子按住锋的肩，急急地低声说：“兄弟，你过会儿来我家，有什么话我们等一下再说。”说完，回身钻进车，开了车就走。

锋回过身，跑回茱莉卡的房间，急急忙忙地穿上衣服。茱莉卡哭着拉住锋，要锋留下。锋狠狠心，推开茱莉卡，只是说：“你等我的消息。”然后就冲出了房间。

夏岚一路上一句话都不说，只是不停地流泪。胖子不知道怎么劝她，只是默默地开车。

回到胖子家，夏岚抱起儿子进了自己的房间。儿子看着妈妈哭红了眼，吓得也跟着哭了起来，问妈妈有没有找到爸爸。夏岚抱着儿子，哭着说，你爸爸不要我们了。然后，这娘儿俩关上门就悄悄地对着哭开了。

胖子在外面，小声跟老婆讲了事情的大概经过，气得老婆大骂锋和茱莉卡，还要去把茱莉卡开除。胖子一把拉住老婆，警告她：“这事你不准插手，我来处理。”

过了一会儿，锋来敲门。胖子开了门，先给锋打预防针：“兄弟，你别怪我这事不帮你遮着。我没办法，你老婆突然回国，逼着我去找你跟茱莉卡。你是我的老同学，你老婆也是我的老同学，我实在没办法。她现在在房间里哭呢，你有话好好说，诚恳地道个歉。”

锋点点头，现在的锋急得心里一团乱麻，才不管胖子是怎么找到自己和茱莉卡的。这大概得到以后冷静下来才会想到。现在，锋满脑子都是夏岚。锋走到夏岚的卧室前，小心地敲敲门，说：“夏岚，是我。”

就听到里面儿子的声音问：“是不是爸爸？”锋听到儿子的声音，心一酸，眼泪止不住地流下来。门突然打开，夏岚抱着孩子站在锋的面前。锋刚要开口，夏岚就打断他，斩钉截铁地说：“我问你，你还记不记得你在回国前是怎么跟我保证的？我还能再相信你吗？我们之间完了。现在我不想见到你，请你走。”

锋急着说：“夏岚，听我说，原谅我这一次。我求你了，让我抱抱孩子吧。”

夏岚恨恨地说：“原谅？这么轻巧？还想抱孩子？你干那好事的时候有没有想到我跟孩子？你不要做梦了。我最后再说一次，请你走！”说完，抱着孩子，“砰”的一声把门关上，孩子吓得哇哇大哭。

锋再怎么敲门，求原谅，里面都没有回音。胖子在一旁等了很久，自己都觉得有点儿绝望了，过来拍了拍锋的肩，劝道：“这么晚了，我不方便留你，你还是在附近的旅馆住一晚，等明天她气消了，你再来吧。现在她在气头上，你这样是没用的。”说完，拉着锋就走，把锋送到一个离家不远的旅馆安顿下来。

夏岚连夜给航空公司打电话，问有没有明天回美国的机票。大概是老天都不帮锋，航空公司说，明天正好有两张余票，要夏岚去机场取票。

第二天清晨，胖子的住家保姆一开门，吓了一跳，一个大男人正坐在门前打盹。那人一听开门声，睁开迷糊的双眼，回过头来，保姆一看，是王总，赶紧请锋进来。胖子的老婆为了给客人准备早餐，也起得早。保姆赶紧跑过去，悄悄地跟胖子的老婆说，那个王总一大清早就坐在家门口。胖子的老婆一听，赶忙回卧室叫醒胖子。胖子一听，直摇头，暗骂锋这小子还让不让人睡觉。

到了客厅，看锋垂头丧气地在那儿坐着，胖子赶紧吩咐保姆给锋倒杯牛奶。锋直着眼睛看着胖子说："我想见夏岚跟儿子。"

胖子问："你是不是压根没在旅馆里睡，就在我门外耗了一个晚上？"

锋点点头。胖子看了直摇头，只好跟锋说："你再耐心等会儿，我去看看她娘儿俩醒了没有。"

过了好一会儿，夏岚的房门才打开来，锋一下子站起来。夏岚一看锋，气又不打一处来，厉声对锋说："你怎么还在这儿？我说过，不想见你。你听好了，我再说一遍，我——不——想——见——你！你不走，我就不出这房间。"说完，回身进屋，把屋门反锁上了。

锋和胖子都愣了半天。胖子劝锋说："夏岚气还没消，你待在这儿只能让事情更糟。夏岚昨天说至少要待一周，你就先回去吧。我跟我老婆今天好好劝劝她，等她气消了，我再通知你，怎么样？"

锋想想，也只有这样了。他点点头，回自己在开发区的宿舍去了。

等锋走了，夏岚出来，对胖子说："我赶今天的飞机带孩子回美国，请你在我飞机起飞前，不要通知你的那位王总。等我们走了，请转告他，让他尽快回美国办离婚手续。我不耽误他的事业，估计就是签个字什么的就可以回来，继续陪他的小情人。"

胖子和老婆这一大清早的，突然听夏岚说要立即回美国，惊得目瞪口呆，半晌没说出话来。好半天，胖子才结结巴巴地挽留夏岚："你别这么急嘛，再待两天吧，事情也许没那么糟……"

可看着夏岚心意已决，胖子知道再说也没用了。胖子知道夏岚是什么样的人，读书、工作、生活，事事拿主意，件件有想法。今天她既然决定了，自己多说也白搭，所以，胖子把说到一半的话打住，点点头说：“好吧，既然你已经决定了，我就送你去机场。”

夏岚客气了一下：“不用了。你也忙，我自己叫出租车就行了。”

胖子一摆手：“老同学回美国，我不能不送。你不用担心我，我的工作不点卯。”

夏岚谢过胖子，跟小家伙吃过早饭，就跟胖子去了机场。

胖子陪夏岚取了机票，又陪夏岚候机，等到把夏岚送上飞机，都已经下午了。从机场回来的路上，胖子给锋打电话，告诉他夏岚已经带着小孩上飞机回美国了。锋一听就急了，对着电话大喊：“你不是说她要待一个星期的吗？怎么一下子人就走了？孩子也不让我看一眼？你怎么都不跟我说一声？”

胖子知道锋肯定是这反应，很沉得住气地对锋说：“兄弟，不能怪我。你老婆一大早就突然说要回美国，我也没心理准备。你老婆命令我说，第一，她飞机起飞前，不准给你报信。第二，让我转告你，要你回美国办离婚手续。我只是奉命执行，现在要带的话也带到了，你别怪我。我看，你还是跟夏岚好好沟通沟通，让她消消气再说。”

锋真的无话可说了，只得对胖子说：“那我得回美国两个星期，这边的事得耽搁一下了。”

“你是该赶紧回去，给老婆负荆请罪了。这边的事，如果只是一两个星期的话，我处理得了。但是，你不能不回来，把这摊子扔下不管，否则，我就死定了，赔大了。兄弟，你可不能害我！”胖子算是把话撂下了。

锋说：“你绝对放心，我除非出意外死了，不然，做事不会有头无尾的。我自己也是决心一定要把这公司做成的。不管我离不离婚，我都一定回来。”

胖子一听锋把话说得这么绝，放心了，赶紧打圆场说：“兄弟，你说话不要这么不吉利，好不好？什么死不死的！你尽管回去，好好哄哄老婆，我等你回来。”

锋放下电话，就急着去订回美国的机票。

等胖子打完电话，赶回公司，才知道今天上午，老婆已经来公司大闹了一场。

上午，胖子去送夏岚，胖子的老婆就在家生闷气，生锋和茱莉卡这对“奸夫淫妇”的气。对锋，胖子的老婆没辙，但对茱莉卡，她还是有办法的。这小妖精，今天敢勾引老公的同学，那明天还不得勾引老公啊？这个狐狸精怎么能留在公司？想到这，胖子的老婆直奔胖子的公司。

胖子的老婆一进公司，直接进了胖子的办公室，就嚷着要找茉莉卡。可是，茉莉卡没来上班。胖子的老婆气得对手下人叫道：“躲得过初一躲不过十五。给她打电话，只要她还能走路，就让她过来。走不动，叫出租车，车费我出。”

手下人看老板娘震怒，不敢怠慢，连忙给茉莉卡打电话。

昨晚，茉莉卡看老板突然带着锋的太太直接到自己的屋子里来捉人，震惊了很久，一夜未眠。一直到天亮，茉莉卡都不知道怎么去面对胖子老板。茉莉卡只好给公司打电话，说自己病了，今天不能来上班。可是，自己的头绪还没理清呢，电话就来了，说老板娘一定要自己去公司。茉莉卡知道，这个女人要见自己，不是好事，自己在这家公司的日子恐怕到头了。

茉莉卡草草地写了封辞职信，就往公司赶。一进公司就感到气氛不对，所有人都无语地看着自己，有的人眼神里充满了同情，有的人则是一脸的幸灾乐祸。茉莉卡对自己说，反正是来辞职的，怕什么，不管遇到什么，一定要镇定。

茉莉卡一踏进胖子的办公室，就看到他老婆坐在老板桌后面，气势汹汹地看着自己。胖子的老婆憋了好久的怒气一下子迸发出来，故意大声训斥茉莉卡，好让全公司的人都听到：“你还好意思来上班？你真够不要脸的，你连老板的老同学都敢勾引，你还知不知道羞耻？兔子还不吃窝边草呢！”

茉莉卡做好了要跟老板娘起冲突的心理准备，但万万没想到这个女人一开口就骂人，茉莉卡气得血往上冲，说话的声音都有点儿打战：“请你说话放尊重一点！我是来工作的，不是卖身卖到这家公司的，你管不了我下班后的私人生活。你这样我没法跟你说话，等你冷静下来，我们再谈。”说完，立即转身往外走。此时茉莉卡的眼泪已经忍不住要夺眶而出了，急着转身，就是不能让老板娘看到自己流泪。

胖子的老婆被茉莉卡这一顿抢白，气得暴跳如雷，对着茉莉卡的背影大骂：“什么？你还敢跟我说什么你的私人生活？你这种女人，这么不要脸，勾引人家老公，你就是卖身的娼妓！”

茉莉卡听胖子的老婆竟然对自己骂得这么难听，顾不得自己已经泪流满面，愤然回过身来，大声说：“请你不要在公共场合骂脏话。像你这种没有文化，没受过高等教育的人的脏话，我是不会回应的。和你吵，脏了我的嘴，降了我的人格。”

茉莉卡说完，把那封辞职信往桌上一放，接着说：“请把这封辞职信转交给牛总。你们有雇用我的权利，我有我辞职的自由。”说完，狠狠地看了一眼面前这个被自己噎得无话可说、满脸通红的老板娘，昂首走出胖子的办公室。

胖子的老婆原来以为，自己可以站在道德和公司地位的双重制高点上，狠狠地当众羞辱这个小妖精一下，然后公开把她炒鱿鱼，自己就可以大获全胜，既可以把这个老公身边的小妖精名正言顺地赶走，又可以在全公司员工面前，再次树立一下自己的威信。谁知道，这个小妖精竟然抓住自己文凭低这个弱点，狠狠地打压自己，当着全公司员工的面骂自己没文化。胖子的老婆心底里最自卑的就是自己的文凭低，突然被对方击中这个“软肋”，一时竟气得说不出话来，结果，让对方大大方方地把辞职信扔到面前。原来准备好的“炒鱿鱼”，变成了对方主动辞职。

胖子的老婆愣了好久才回过神来，对着茉莉卡的背影叫道：“你给我滚！”

茉莉卡一时气急说出来的反击的话，没想到竟然一下子把对方的气焰给压了下去，心里涌起一阵胜利感。她转过身，用手擦了一下眼泪，像胜利者一样走出胖子的办公室。回到自己的办公桌，茉莉卡捡起边上一个放打印纸的空纸箱，把私人物品往里面一装，返身回到胖子的办公室，把纸箱往胖子的老婆面前一放，挑战似的问：“这是我的私人物品，要不要检查一下？”

胖子的老婆气得简直没辙，一边摆手，一边不停地说：“你快滚出去，滚！”

这时候的茉莉卡像个胜利者般地说：“你这儿，我一分钟都不想多待。只是对不起，我只会走，不会滚。对了，过两天我回来拿你们欠我的工资。今天我身体不舒服，就先走了。”说完，抱起纸箱，在胖子的老婆恶狠狠的眼神里，在全公司员工的注视下，昂首走了出去。

胖子的老婆气得在那儿坐了好久，觉得虽然把茉莉卡赶走了，可自己好像才是个失败者。茉莉卡走得跟英雄似的，而自己刚才的失态，让自己在员工面前丢了脸。越这么想，越觉得脸上无光。自己还待在这儿干吗？想到这儿，胖子的老婆也气哼哼地回家了。

到了下午，胖子回公司，手下人才一五一十地跟胖子汇报了上午发生的事，只是把两人对骂的内容一带而过了。胖子听了，一屁股坐在椅子上，精疲力竭地垂下了头，暗骂自己这事办得蠢。你看这事闹的，忍不住透个口风给健，结果把那个夏岚给招来了，自己还得跟着穷折腾。最后，还把茉莉卡给赶跑了，自己是竹篮子打水一场空，这算是怎么回事啊！

46
金融危机

那边，锋已买到最近回美国的机票。

锋见到夏岚，向夏岚请罪。可是，性格倔强的夏岚就是无法原谅出轨的老公，只是说："你还记得你回国之前的许诺吗？你的所作所为毁了我对你的所有信任，我是不可能再相信你了，也没有办法再跟你生活在同一个屋檐下。"

说完，夏岚拿出一沓法律文件，说："我已经跟离婚律师谈过了。如果你知道你自己做错了，请你为孩子着想，放弃孩子的抚养权。如果你还有一点良心，请你担负孩子的赡养费。孩子是在这个房子里出生的，他爱这个房子，我不想卖这个房子。还有，孩子要是有出息，能考上好的大学，他的大学学费我们也得为他准备好。我们不能因为自己的错，让孩子受损失。我觉得我提出的赡养费数目不仅合理，而且凭你的能力能担负得起。"

看着这一沓离婚文件，锋气得有点儿哆嗦："好，好，好，你跟律师都算计好了，是不是？我就不签那个离婚协议，看你怎么办！"

夏岚恨恨地冷笑一声说："律师说了，加州实行的是无过错离婚法，只要一方提出，就可以离婚，你不想离都不行！"

气晕了的锋直骂，这是什么浑蛋法律。看着毫不退让的夏岚，无奈的锋摔门而出。

锋绝望地回到中国，把自己关在屋里睡了一天，第二天才昏昏沉沉地回公司上班。小胡一见锋，装作很无辜的样子关心锋。锋这时实在没精神去追究到底自己和茉莉卡的事是怎么传到夏岚那儿去的。都到这份儿上了，查到了那个人又能怎么样？锋没想到是小胡，但猜是胖子无疑。可胖子说了，锋是他的老同学，夏岚也是，人家也没办法。即使查出来是胖子，自己又能怎么样？

听着这位胡经理的关心，锋只是说很累。小胡犹豫了半天，最后，忍不住还是告诉锋，茉莉卡已经离开公司。提起茉莉卡，锋突然很想见她。现在自己没有了老婆，没有了孩子，只有茉莉卡了。等小胡出去，锋拨了茉莉卡的电话号码，可是电话提示对方已经关机。锋心里一沉：是不是自己连茉莉卡也失去了？

锋一急，出了公司就往茉莉卡的住处赶。等好不容易到了，敲响门，没有回音。锋急得加重了手劲，一边用力再敲，一边喊着茉莉卡的名字，可还是没回音。旁边门里出来一个女士，一见锋，吃惊地问："你不知道茉莉卡回老家了？她那天辞了职就回去了。"

锋失望地点点头，道了谢，一面绝望地往楼下走，一面问自己，要不要去茉莉卡的家乡找她。可自己也不知道她家在哪里，上次开车送她回老家也只是去了医院，并没有去她家。和她在一起的时候，茉莉卡尽量不提她的父母，因为父母反对她和锋在一起。锋再次拨茉莉卡的电话号码，仍然是关机。锋绝望了。

回去的路上，锋的电话突然响起来。低头一看，竟然是茉莉卡。锋激动地赶紧接起来，那头传来茉莉卡带着哭腔的声音："锋，你怎么才回来啊？"

茉莉卡的这一声哭，让锋的心很痛。锋急着问："你现在在哪儿？你怎么样了？"

茉莉卡哭着说："他们把我赶出公司了。我找你，你又不理我，我现在在爸妈这儿。他们死活不让我再跟你来往，还把我的手机收起来，怕我跟你联系。我知道他们把我手机藏在哪儿，不时地悄悄查来电记录。刚才看到你打来两个，我这才把电话偷出来，跑到外面给你打电话，我还以为你再也不理我了。"说到最后，茉莉卡在电话那头放声就哭开了。

锋赶紧说："傻丫头，我怎么会不理你呢？"锋知道自己在说违心的话。这次回美国，如果夏岚不是那么死心地不原谅自己，不肯接受自己，他肯定会跟茉莉卡绝交。现在既然夏岚不肯原谅自己，自己当然要把茉莉卡留住。

锋问茉莉卡："那我明天就来接你好不好？"

茉莉卡一下子开心起来："你要是还肯理我，我明天就坐火车回来。"

"那你爸妈让不让？"

"明天我趁他们不在家时，悄悄给他们留个字条，然后就偷偷地溜回来。嘻嘻。"

锋可以想象，茉莉卡这个小丫头片子，此刻笑的时候，脸上肯定还挂着泪痕。

第二天，锋在火车站接到茉莉卡。茉莉卡也不管周围全是人，一下子扑到锋的怀里。锋把茉莉卡搂得紧紧的，生怕她从自己的生活里跑掉。过去这段时间，太多的亲人从锋的生活中离开，锋现在不能再失去茉莉卡。

锋让茉莉卡把城里的出租屋保留着，万一在城里找到工作，就不用另租了。然后去茉莉卡的出租屋，把该带的都装上车，然后带着茉莉卡，一路飞奔回自己的住处。

没过多久，锋的公司就面临严峻的挑战。美国那个大投资银行雷曼兄弟破产，美国经济进入"大衰退"（Great Recession），但布什政府无论如何也不肯承认是萧条——一旦戴上这顶"大萧条"（Great Depression）的帽子，自己这几年就算白干了，还在历史上留下个污名。

美国这一衰退，中国市场也受到了影响，很多公司原来还想增加对高科技产品的投资，买锋的产品，现在都打了退堂鼓。锋公司的资金流一下子紧了起来，胖子也紧张起来。锋在公司是内外交困，心情坏到了极点。回到自己的小屋，茉莉卡除了说点无关痛痒的安慰话，别的也实在不能帮锋解忧。锋心底深处开始怀念起夏岚来，只是一想到夏岚自己就心痛。

这天上午，胖子打来电话，说中午来开发区找锋，一起吃个午饭。锋估计胖子有重要的事情要跟自己说。果然，中午两人一坐下，胖子就开门见山地说，国内有家对手公司想买下锋的公司。这家对手公司是国内一家很有规模的软件公司，当初看到锋的产品一出来就争取到很多订单，立即意识到这个产品的潜在市场。可是，锋开发的这种企业软件不是说模仿就能模仿的，所以，当他们雷声大雨点小地喊着要进入这个市场时，锋就冷笑着对胖子和自己的员工说，他们没个一两年，别想做出可以跟咱们的产品性能匹配的产品来。至少在一年内，我们还能主导市场，等把市场占有率稳住了，对方再进来，我们也不怕了。况且，等这个产品一旦成熟起来，我们新的产品也出来了，对方又得抓耳挠腮地仿制了，让他们就跟在咱屁股后面追吧。

有客户想用对手公司的宣传来压价，锋很傲气地说，自己公司的产品不是别人一两年能仿制得出来的，有很多是自己这么多年的经验积累的结果，除非对手公司能找到一个有同样背景的海归，否则，他们的产品的性能不可能赶上自己公司的产品。一分价钱一分货，你看着办吧。不过为了推广市场，可以再给一点折扣。这么一说，搞得客户没辙，只好下订单。锋的公司的销售情况确实有几个月一帆风顺。

可人算不如天算，这美国一受风寒，全世界都打喷嚏。现在国内的企业，特别是以出口为主的企业，一下子都紧缩银根，而锋的主要客户都是以出口为主的企业，是为了跟国际接轨，才愿意花钱装锋公司的软件。现在出口都没法做了，再好的软件他们也不要了，况且，谁知道今后几年会怎么样，看起来出口越来越难做了，还是能省一分钱就省一分吧。这市场180度大转弯，让锋一下子穷途末路了。

现在对手公司仗着自己势大有钱，想买下锋的公司，把产品直接拿过去，也合理。锋心里再不舍，可也没法反对。锋问对方的出价，胖子说，现在只有对方的试探价，还有讨价还价的空间。然后，凑近锋的耳朵，小声地说出了价码。

锋一听，一下子炸了："这价格低得也太离谱了吧？胖子，你真想卖？我们没那么贱吧？胖子，再给我两年，熬过这难关，我们一定可以做得很好，你相信我！"

胖子摆摆手，让锋别太激动："兄弟，别激动。我特地跑来，就是给你当面透个风，就怕你在电话里跟我急。这只是个出价，还可以讨价还价嘛！我没说一定要卖。"

锋说，这个价想都别想。胖子说，再跟对方慢慢谈。锋在回公司的路上，算了算这个价意味着什么。明摆着，按这个价卖掉公司，胖子勉强能把本收回去，但锋和一帮打工的，一点儿好处都没有。胖子总是担心他的投资，所以，现在市场一不好，他就急着把本收回去，这可以理解。唯一可以让胖子不卖公司，或者卖个好价钱的方法，就是自己赶紧拿下几个大订单。一旦资金流好转，别的都好说。

想到就行动，锋花了两个星期，跑了几个城市，一家一家地去见当初有心买产品后来反悔的客户。结果是，人瘦了一圈，酒灌了不少，订单却一个都没有。人家最后都说要再"研究研究"，锋知道，那就是没戏。锋绝望地回到公司。

一回公司，胖子的电话就催来了，要锋去城里他的公司一趟。锋叹了口气，知道去了也没什么好说的，自己空手而回，下面的“卧底”怕是早就给胖子通过气了。这趟见胖子，大概胖子要逼迫自己卖公司了。

一到胖子公司，锋就感觉气氛不对，胖子直接把锋带进大会议室。一进门，锋心里一沉，所有董事，包括几个主要投资人代表，都一本正经地坐在那儿。胖子坐下就开了口：“王总，我们就不兜圈子了，董事会已经决定出售公司。”

锋愣愣地听着，一动不动。自己还能说什么呢，人家投资人是真的老板，就是把自己叫来通知一声而已。胖子说了出售价，比上次对方的出价才高了10%。胖子最后告诉锋，锋股份的大部分会转成对方公司的股票，但必须为公司工作两年，才能把这些股票全部兑现。

最后，胖子看着一脸漠然的锋，有点儿不忍心，宽慰道：“王总，对方是上市公司，股票的价格将来有很大的上涨空间。好好干，帮他们把盈利搞上去，我们还有机会赚一笔。只是委屈你再为他们干两年，这是他们同意买我们公司的条件之一。他们不能没有你这样的主心骨啊！我为你争取了，你的权限不变，你的工资还涨了不少，你的手下基本不变，你还是像以前一样工作，只是公司名字换了一个而已。”

锋勉强挤出一点笑，无力地说：“牛总，谢了，有什么要我签字，有什么手续需要我办的，我照办。”

胖子一听，松了口气，他本来以为锋会大怒，他们已经准备好联合给锋灭火了。谁知，他压根就没火，平平静静的。胖子过来，拍拍锋的肩，发自内心地说：“兄弟，真谢谢你啦！”

锋勉强笑笑，突然感到一阵强烈的胃痛。

接下来，律师给了锋一大堆文件，一边解释，一边让锋签字。锋的胃痛得越来越厉害，脸色都变了，签字的手都有点儿微微地颤，锋用另一只手顶住腹部。律师觉得情形很严重，给胖子使了个眼色。胖子一看不对劲，问锋怎么了。锋咬着牙说，自己突然胃痛得厉害，大概是前两周出差，酒喝多了。

胖子过来问：“你这胃痛是第一次发作，还是已经有段时间了？”锋只好老实交代，这胃痛已经有大半年了，去看了开发区附近医院的医生，开了很多助消化药和止痛药。吃了那些药好像有点儿效果，所以自己也没太在意。想不到今天痛得这么厉害。其实，锋没说的是，最近他自己已经意识到一些其他症状，只是一想到市里看专家门诊要排的那个长队就怕，所以，就这么拖下来了。

胖子一听，意识到这恐怕不是一般的胃病，就埋怨说，你怎么不早说？然后等锋签完文件，立即让自己的司机送锋回去。锋还没到家，胖子的电话就来了，说他已经和一位肠胃科专家约好了，让锋明天早上 9 点直接去市中心医院找这位大夫。

锋回了家，茉莉卡看他是被胖子的司机送回来的，急着问锋怎么了。锋的胃痛已经慢慢过去，人也精神了一点，他无力地摸摸茉莉卡的头发，安慰说，只是有点儿胃痛。茉莉卡知道一定不是一般的痛，不然锋不会被胖子的司机给特地送回来，便急着说要带锋去医院，然后翻箱倒柜地给锋拿药。锋安慰她说，胖子已经联系好了专家，明天就去，今天吃点儿药就没事了。茉莉卡说明天要陪锋进城，锋说："免了吧，不然，人家医生要是问起来你是我什么人，我怎么说啊？"

茉莉卡赌气地一拍锋说："我是你什么人？我就说我是你老婆！"

锋一把把茉莉卡抱在怀里，笑着说："好了，你不在乎，我还有点儿不好意思呢。我觉得也不会有什么大事。我自己去吧，有事我随时通知你。"

第二天，锋见了那个肠胃科专家。结果，人家一查就觉得不对，立即把锋留下来做全面检查，各种检查整整做了一天。幸亏有这个专家领着，什么检查都是插队做的，旁边其他病人看着是敢怒不敢言。等到了傍晚，那位专家表情严肃地让锋后天直接来找他看结果。

锋心情沉重地回到家，进了家门就往床上一倒。茉莉卡心里惴惴不安，问锋检查得怎么样。锋只是说进城看病太累了，检查结果要后天才出来，应该没大问题。然后，就昏昏地睡去。

第二天，一进公司就碰上收购公司的人过来，锋就和他们处理公司兼并的事宜。这期间，锋还忙着开员工大会，向大家宣布兼并的消息，又像灭火似的，安慰大家，没有裁人，一切工作照旧。锋忙了整整一天，晚上十点才拖着疲惫的身子回家。

第三天上午，锋还在公司里忙着呢，那位肠胃科专家亲自打电话来，说结果出来了，要锋赶紧过去。锋不敢怠慢，连忙开车往城里的医院赶。那位专家一见到锋就问他有没有家属，锋一听问家属，心里大叫一声"不好"。可他表面上强装镇定，解释说自己是一个人从美国回来的，有什么事可以跟自己直说，哪怕是癌症晚期也无妨。

专家沉重地点点头说：“王先生，难得有像你这样心理素质这么好的病人，不愧是开公司的。既然你没有家属，我就直说了。检查结果确认了我先前的诊断，是晚期胃癌。”

“晚期胃癌”这四个字像一把重锤一样砸在了锋的心口，他突然有种掉进了一个深水潭，喘不过气来的感觉。锋的意识有点儿飘，感觉自己已不像生活在现实里。

专家看着锋一下子呆住的样子，很同情地沉默着。以他的经验，自己需要一点儿耐心，让这第一道冲击波慢慢地从病人的心里退去，再说下面的事情。锋愣了好久，慢慢回过神来，有点儿吃力地问：“还有希望吗？我还能活多久？”

专家慢慢地解释说：“胃癌不是最可怕的癌症，还是有很多治疗手段的，你要有信心，积极配合治疗。”他建议锋立即住院进行治疗，他会尽快为锋安排床位。听着专家的解释，锋慢慢地平静下来，谢过了专家，说自己要回去安排一下公司里的事，会尽快来住院。专家给锋开了药，让锋立即就去取了，今天就开始服用。至于床位，他想办法，一有空床立即通知锋。

锋默默地开车回家。这一路，锋做了最坏的思想准备。现在，到了生命的尽头，锋最想念的人就是儿子、父母，还有不肯原谅自己的夏岚。锋想回家，回美国的家。他希望美国有更好的治疗手段，即使美国的医院也没有回天之术，至少自己可以在生命的最后时刻和自己最爱的人在一起。

“对，我要回美国。”锋想好了，就突然有种归心似箭的感觉。但走之前，要把茉莉卡和公司的事安排好。茉莉卡还年轻，离开自己还会有好的前途。只是，自己一时不知道怎么跟她说，她就是一个没经过风雨、没完全长大的小公主，唐突地跟她说了，她要是崩溃了，恐怕比不说更糟，还是找个合适的机会再说吧。至于公司，正好卖掉了，自己也没什么可牵挂的了。拿着这诊断证明去辞职，他们也不能把自己怎么样。

回到家，茉莉卡急切地问到底是什么病，锋淡淡地说只是胃溃疡，医生已经开了药了。茉莉卡傻傻地连诊断证明都没想起来要看，就赶紧赶锋上床休息，自己给他去熬鸡汤“补胃”。

47
协助调查

第二天清晨，锋来到公司，觉得应该先跟胖子谈一谈。可是无论是家里还是公司，都找不到胖子，电话也打不通，他老婆也找不到。问胖子的秘书，秘书竟然说有两天没看到老板了，说完就挂了电话。锋暗骂一句："话没说完就挂我电话，你见了鬼啊？"

锋想，胖子是不是带老婆孩子去国外度假了？胖子提这件事好久了。可是度假也不跟老朋友打声招呼，太不够意思了吧？没办法，锋到小胡的办公室，想试试这个胖子的"卧底"知不知道他幕后老板的去向。

进了胡经理的办公室，这位胡经理正脸色蜡黄地坐在那儿发呆。锋有点儿奇怪，问："小胡，你是不是不舒服？不舒服就回去休息吧。对了，牛总是不是度假去了？"

小胡一听，一下子跳起来："王总，你是牛总的老同学，你是真不知道还是试探我呢？"

锋大惊："什么试探你？你说什么？出什么事了？"

小胡看锋那一脸无辜又惊奇的样子，估计这位还全蒙在鼓里呢，就说："哎呀，我的王总，出大事了！昨天傍晚，公安局去了牛总的公司，把公司封了。牛总已经有好几天都不见人影了，我也是昨晚接到同事电话才知道。今早，我不敢过去，只是试着打了个电话，先是没人接，后来牛总的秘书接了，说了句'牛总不在'，就挂了电话，估计她身边有警察。唉，我是硬着头皮来公司上班的。万一警察也来查我们公司，我这个管财务的不在场，警察准以为我畏罪潜逃呢。刚才我偷看您，看您脸色不好，拼命打电话，还以为您跟牛总通过电话了呢。"

锋听了，心里一沉，暗叫真是“祸不单行”。这时候，前台小姐紧张地带了几个人过来。前台小姐刚开口叫了声“王总”，身后一个戴着黑框眼镜的中年男子就上前一步，打断她的话，自我介绍说：“我们是公安局经济案件处的。”边说边把证件递给锋。

锋呆呆地把证件接过来，就觉得两眼发花，手紧张得有点发抖，除了看到证件上那公安局的大红印，别的一片模糊。来人自我介绍说是姜处长，并核实了锋和小胡的身份，小胡的冷汗不住地往下流。

姜处长问能不能分别跟王总和胡经理谈谈。这称呼还算客气，但语气完全是命令的语气。锋不能违抗，带着姜处长和他的助手回自己办公室。这位姜处长带的两个人，就在小胡面前坐下来。

锋对自己说，要镇定，不要乱说话，自己并没有把柄抓在他们手里，没什么好怕的。进了办公室，那个助手在身后关上门。锋故作镇定地请两位坐，问要不要喝茶。姜处长摆摆手说，不用麻烦了，就问几个问题。

姜处长开门见山，问锋知道不知道胖子的下落。锋摇摇头，说自己也在找他。锋心里暗惊，胖子这小子竟然敢跟公安局玩“潜逃”，胆子也忒大了吧？姜处长又问锋跟胖子业务上有哪些往来。锋心想，在美国的时候听说过，在警察面前一个字都不能多说，这是自己的权利，在中国自己有没有这权利不敢说，但好歹自己是美国公民，他们总得给点面子吧？所以，锋对姜处长的问话，尽量一问三不知，绝不多说一个字。

锋看到姜处长的脸色明显越来越难看。姜处长干脆告诉锋，胖子已经被正式通缉，他现在是在逃犯。然后警告锋，任何协助在逃犯的行为，哪怕是一个电话，都是严重犯罪。锋听了，觉得自己整个人都在往地心里沉。

最后，姜处长问：“王总，愿不愿意协助公安局调查？”

锋说：“愿意。”

姜处长听了，站起来说：“那就请王总跟我们回去协助调查。”

锋一下子警觉起来，问：“我是不是被逮捕了？我要请律师。”

姜处长一下子笑起来：“王总不愧是从美国回来的，凡事都要请律师。哈哈。谁说我们要逮捕你？你看到逮捕证了？我们只是请王总跟我们回去，协助我们调查一下。你刚才不是还说愿意吗？你放心，等到要请律师的时候，我们自然会帮你请律师。当然了，除非王总真的有什么事，需要律师？”姜处长把话说到这儿，故意打住，看着锋。

锋意识到，中国不是美国，姜处长也不是要逮捕自己，自己实在没必要把事情搞僵了，最后自己倒霉。锋解嘲地说：“我是瞎紧张罢了，谁让你们是警察呢？既然不是逮捕，我就跟两位走一趟吧。”说着，就跟着姜处长和他的助手往外走。

在走廊里，锋看了一眼胡经理的办公室，门大开着，空无一人，大概人早就被带走了。锋知道自己是被上了拴的马，只有乖乖往前走，走一步是一步了。

等到了目的地，竟然不是公安局，而是一个宾馆。锋硬着头皮跟着姜处长走，到了6楼一个房间，姜处长手一摊，请锋进去休息，这明摆着就是请君入瓮啊。锋没辙，只好进房间。房间里倒是打扫得干干净净的，床单也是新换的，只是空气里弥漫着一股浓烈的烟味。

姜处长笑着说：“王总，我们是请你协助调查，不敢请你去局子里坐冷板凳，还是这宾馆舒服些，希望没委屈了你。”

姜处长主动给锋倒了杯茶，请锋坐。然后解释说，请锋来，一是有很多问题要问锋。毕竟锋回国创业，资金是在逃的牛胖子提供的，他们有很多关于资金流的问题。二来，锋是胖子的好友，估计胖子会给锋打电话，所以，请锋过来在这儿住一个晚上，这样比较好监控。明天一定送锋回去，希望锋能配合。

到了这份儿上，锋能说什么？只能认了。姜处长手下人要借锋的手机看一下，保证一会儿就还。锋心说，装窃听器啊？得，装吧。姜处长一看锋现在这么好说话，松了口气，人也轻松了不少。

姜处长也不瞒着锋，给他介绍了一下关于胖子这件案子的背景，说他们和纪律检查委员会一起盯这个案子盯了很久了。胖子的岳父已经被“双规”了，交代了很多胖子的问题。胖子违法的证据也有很多，所以，才对胖子发出逮捕令。但纪委或公安局内部可能有内鬼，竟然给胖子通了气，让胖子跑了。

但胖子也就那么点能耐，估计过不了两天就会落网。他一落网，那个不知道死活的内鬼也就暴露了。所以，抓胖子不是件大事，只是个时间问题。但锋跟胖子关系真的不一般，所以，不得不请锋到这儿来，协助一下。

锋说自己会尽全力协助公安局，但如果自己没事，是不是可以尽早回美国，自己想和家人团聚。姜处长也很直截了当，他们有些有关锋公司跟胖子公司业务往来的事要核实，要确认胖子有没有经过锋的公司洗钱。要核实这些事实，除了要锋协助外，还要等抓住胖子，让胖子交代。所以，特别需要锋配合抓胖子。抓到胖子后，把该核实的都核实清楚了，锋就可以回美国和家人团聚了。最后，姜处长强调说，如果胖子和锋联系，希望锋劝他自首。胖子越早归案，事情就可以越早弄清楚，锋就可以越早回美国。胖子要是肯早日自首，对公安局，对锋，对他本人都有好处。

锋心想，这不是故意把我跟胖子的事绑一块吗？但有什么办法，只好答应，只要胖子跟自己联系，自己一定尽全力劝他自首。姜处长看要说的话都说完了，站起来，很客气地再次感谢锋的帮助，还为给锋带来的诸多不便向锋道歉。出去前，他说，自己的几个助手会和锋一起工作。说完，和锋握了握手，就转身出门了。锋看着出去的姜处长，心里不能不服，这人软的硬的都玩得转。

没两秒钟，一男一女两个年轻警察就进来了。向锋自我介绍后，把靠墙的小写字台拉到屋中央，开始和锋一条一条地过那些他们认为可疑的业务记录。锋小心翼翼，拼命回忆细节，生怕漏掉点什么，给自己带来无穷的麻烦。锋知道，此时此刻，大概在这楼里的另一间房间里，另外两个警察正在跟胡经理，也把同样的一条条记录在过滤。自己的记忆要是有一条跟小胡的有出入，就很难从这楼里走出去。

不知过了多久，外面的天色都暗了下来。这两个小警察终于站起来，说今天到此为止，问锋想吃什么样的晚餐，他们去买盒饭。此时锋整个人极度疲劳，胃又开始隐隐作痛。锋往床上一躺，无力地说：“我胃不舒服，请买点清淡的。对了，我今晚不回去，我要打个电话。”

两个小警察对视一笑。锋知道，他们知道自己要给谁打电话，自己的私生活他们了解得一清二楚。那个男警察说，请锋用房间的电话打。女警察则去买盒饭，急着往外走。锋费力地从床上爬起来，拿起床头柜的电话给茉莉卡拨号。

茉莉卡一接电话，锋就说：“茉莉卡，我今晚要赶项目，不能回去睡了，你不用等我了。”

茉莉卡一听，撒娇地说：“那我带饭带毛毯来公司陪你。”

锋只好承认，自己今晚不在公司。谁知这话一出口，茉莉卡一下子跳起来：

“什么，你在外面开房？你跟哪个野女人过夜？”

锋这个气啊，都什么当口了，这个茉莉卡还吃干醋。锋脱口说：“不要胡说！我现在在公安局配合调查，他们说明天我就可以回去。要是明天我还不能回家，你就要去找律师了。”

茉莉卡一下子急了，大喊：“锋，他们为什么抓你？我要来看你。”

锋只好呵斥她：“不要瞎胡闹。我现在没事，只是配合调查，他们说就一晚。明天你等我消息，不要瞎跑，听见了没？”

茉莉卡一听锋发火，只好小声地嗯了一声。锋说了一声早点休息，就挂了电话。茉莉卡一听锋一下子挂了电话，突然心里一阵难受，觉得自己有千万句话要跟锋说，却没来得及说一样。茉莉卡把号码拨回去，可是，再也拨不通了。

茉莉卡急了，回过头给胡经理打过去，打了好久没人接。茉莉卡只好给锋手下几个自己熟悉的员工一个个打过去，总算确认了，锋和胡经理上午确实被警方带走。只是没人知道发生了什么事，公司里乱成了一团。茉莉卡急得没办法，又给牛胖子公司那边自己熟悉的人打电话，事情就大概清楚了。牛胖子被通缉，公司被查封，牛胖子的老婆也在家被监视居住。

茉莉卡心里又喜又忧。喜的是牛胖子和他老婆这么快就遭报应了，茉莉卡恨胖子带锋的老婆来自己家“捉奸”，更恨牛胖子的老婆当着大家的面羞辱自己。忧的是，不知道锋到底卷入多少，是不是真的没事。

茉莉卡在床上躺到了半夜，突然坐起来，想看看锋放在家里的文件里，有什么要紧的。茉莉卡知道，锋把重要一点儿的文件都放在家里办公桌的抽屉里。她拉开锋办公桌的抽屉，一页一页地翻文件，突然看到锋塞在里面的医院诊断证明。那诊断证明上“晚期胃癌”的字样，像一道闪电击中茉莉卡。茉莉卡瘫软在椅子上，止不住地大哭起来。

茉莉卡哭得浑身抽搐，一直哭到筋疲力尽，再也哭不动为止。茉莉卡突然觉得自己是如此无用，在这个什么都靠关系的社会里，自己什么忙都帮不上锋。在这个城市里，第一自己没钱，第二医院里不认识一个医生，第三不认识一个警察，更不要说当官的了。茉莉卡简直绝望透顶。自己在这个世界上，到了穷途末路时，只有两个人可以想到，那就是自己的爸爸和妈妈。尽管自从偷跑回来跟锋同居，自己跟爸妈都已经吵翻了，可那毕竟是自己的父母，现在只有向父母求救了。

尽管此时已经是半夜，茉莉卡拨响了自己爸妈的电话。等爸妈睡眼惺忪地接起电话，茉莉卡就把一切都哭诉出来。妈妈急得在电话里只怪茉莉卡不听话，还是爸爸沉着，接过电话问了茉莉卡的地址，说立即赶过来，让茉莉卡不要急，不要做什么傻事，等他们来。

茉莉卡像一个没长大的小孩，听到爸妈要飞驰来救，一颗心总算暂时放下了。放下电话，茉莉卡累得沉沉睡去。清晨，一阵敲门声把茉莉卡惊醒，外面是爸妈在喊着自己的乳名。茉莉卡一跳而起，打开门，扑进了老妈的怀里。老爸老妈是连夜赶火车，千里飞驰救女。

妈妈扶茉莉卡坐在床边，用恳求的语气对女儿说："女儿，求你听爸妈一句话：你要是真爱这个姓王的，你让他回美国。第一，美国的医疗水平比国内高，他回去治疗才有希望。第二，人得了这么重的病，最重要的就是和家人，特别是孩子在一起。你把他留在身边，他不能得到应有的最好的治疗，又不能见到自己的孩子，这太不人道了。听爸妈一句话，离开他，让他回美国。"

茉莉卡傻傻地听着，无力反驳，以前一向我行我素的茉莉卡，现在知道了自己的渺小和无能。精疲力竭的自己，所有的思维都只能跟着爸妈转。妈妈说得对，放锋回美国，就是放锋一条生路。自己除了拖延他的病情以外，什么帮助都给不了他。茉莉卡现在能说的只是："锋现在在公安局，我们得先救他出来吧。"

茉莉卡的老爸听了，说："我觉得这位王先生可能没事。你那个前老板都已经被通缉了，如果王先生真干了违法的事，现在怕是已经被逮捕，而不只是配合调查。除非他为了宽慰你，没说实话。可是，他要是被逮捕，不可能昨晚给你打电话说今天回来。而且，他是美国公民，公安局会非常小心地处理，不敢乱来。"

茉莉卡的妈妈赶紧接着说："女儿，你跟我们回去，不要再见这个姓王的了。让他断了和你继续好的念头，安心回美国。你爸有老同学在公安局，我们回去后，让你爸去打听打听，好不好？"

茉莉卡急着说："我就是要走，也总得跟锋道声别吧。"

老爸拿出一封信，给茉莉卡："我们在路上草拟了一封信给王先生，谢谢他照顾你，也劝他尽快回美国。你在后面留几句话，道个别，然后我们就回家。"

茉莉卡还想等锋，老爸老妈软硬兼施地硬是要把她带走。茉莉卡没有办法，在老爸老妈的注视下，在信的最后加了几句劝锋回美国的道别话，连个“爱”字都不好意思写，然后，在爹妈的“监护”下，永远地离开了锋的屋子。

晚上，锋的胃又开始痛。锋让两个警察去附近的药店给买点儿减轻胃痛的药回来，吃了一大把药，才勉强睡着。第二天一早，那两个警察又来敲门，带来了早点。等锋勉强吃了两口，就又开始核对材料。锋心里烦透了，可硬是逼着自己沉下心来耐心应付，这真不是发脾气的时间和场合。

到了下午，锋又开始胃痛，止痛药已经不起什么作用，锋说要回去拿医生开的药。两个小警察看锋难受得脸色发黄，很同情他，就悄悄地去请示姜处长。姜处长已经掌握了锋的诊断报告，问锋配合的情况怎么样。两个警察都说不错，大部分问题都和锋过了一遍。姜处长点点头说:“你们俩送他回去吧。”

锋回到家，一进门就觉得不对劲，屋子被整理得整整齐齐，茉莉卡习惯乱丢的衣服，一件也不见了。锋倒吸一口冷气，突然担心是不是警察也来找过茉莉卡的麻烦。走到写字台前，看到茉莉卡的信和压在下面的诊断报告，锋心里猜到了几分。锋无力地坐下来，慢慢地一个字一个字地读茉莉卡爸爸亲手写的信，等看到信的最后茉莉卡道别的话，锋的眼泪禁不住缓缓地流了下来。

现在在自己的世界里，无人在侧，锋可以让自己的眼泪尽情地流淌。锋不仅是为茉莉卡的离去，更是为自己的生命，为自己的亲人，为自己的命运，要痛痛快快地哭一场。锋哭完，吃了医生开的处方止痛药，昏昏沉沉地睡了过去。

等第二天醒来时，锋想，要不要给茉莉卡打个电话。他自己否决了这个念头。当时拿到诊断报告，自己就想好要离开茉莉卡，回美国，可自己却不知道怎么跟茉莉卡说这一切。既然命运的安排，就是让茉莉卡自己决定跟父母离开，为什么不顺其自然呢？这对茉莉卡来说是最好的结局。不用被自己拖累，她可以去追求属于自己的幸福，自己不应该再去打扰她，让这一段时光，成为两人永远的美好记忆吧。自己如果还能回美国，走之前会给茉莉卡写封信，再把属于自己和她共有的纪念，比如照片之类的，给她寄过去，让她决定如何处理这段回忆，自己就能对这片土地毫无牵挂地说再见了。

48
自首

锋接下来唯一需要处理的，就是公司。尽管这个公司已经不属于自己，但在锋的心里，它永远是自己的 baby。自己要走，该交接的工作还是要交接。这是人生最重要的一段经历，要有始有终。锋一想好，就回公司去了。

公司里没几个人来上班，大家见到锋，都过来打招呼。锋跟大家一一握手，劝大家安心工作，着重说其他公司的事和本公司无关。然后，回到自己的办公室，关上门，坐在这坐了两年的办公桌前，无限感慨。

突然，锋的手机响起来，拿起一看，是一个不认识的号码。锋怕是广告骚扰，按掉了电话。谁知，这号码又打过来。锋按掉，又打过来。锋火大，正要关了手机，突然转念一想，万一是警察的电话，我故意不接，得罪了他们，他们给我穿起小鞋来，我美国都怕是回不去了。没办法，锋接起电话，一听，惊得差点儿没把手机扔掉。

电话是胖子打来的。胖子在电话那头急得直跳："兄弟，你老挂我电话干什么？"

"胖子，你在哪里？"锋压低了声音，着急地问。

胖子根本不回答，按着自己想好的话，爆豆子般地往外倒："你别管我在哪儿，我有急事要见你。我已经想好了，我这样躲是躲不了几天的了，我准备自首，但自首前我有几句要紧话要跟哥们你说。我这一进去，再要跟你说这些话就说不成了。我求你了，来跟我见一面。一小时后，就在你跟茉莉卡常去的那个小餐馆碰头。千万别带尾巴来。切记，切记。"

话一说完，胖子立即关机。锋急得对着电话喊了几声"喂"，对方早挂断了。锋急忙打回去，想问到底是在哪儿见面，可得到的回音是"您拨打的电话已关机”。

锋一屁股坐下来，脑子一片混乱，该不该去见他？见他要不要通知警察？听这小子的话，简直就像是上刑场前的临终“托孤”。自己要是带了警察去见他，他估计得恨自己一辈子，自己大概也要谴责自己一辈子。可不告诉警察，悄悄去，一旦他们发现，自己大概就回不了美国，见不到夏岚和孩子了。

想来想去，只有一个办法：冒个风险，想办法甩掉跟踪的警察，去见胖子。如果甩不掉，被警察逮住了，就说电话里来不及说，自己亲自去劝他自首。被逼狠了，就只好对不起胖子，带警察去找他。这样做，至少自己心里问心无愧，对胖子也没有愧疚。

一旦决定去见胖子，锋突然有种冒险的兴奋。现在唯一的问题是，那见面的地方是在哪儿？他竟然提茉莉卡，说什么自己“跟茉莉卡常去的那个小餐馆”。自己跟茉莉卡去的大大小小的餐馆多了去了，谁知道是哪家？正没头绪呢，突然醒悟过来，他是指茉莉卡租的房子附近那家夫妻店。小店缩在小巷子里，隐蔽得很。胖子怎么知道这家？

当然了，胖子派人跟踪锋和茉莉卡很久了，知道锋经常跟茉莉卡在周末傍晚去这家小馆子，叫两个小菜，吃个晚饭，再回茉莉卡的小屋。胖子知道的，只能是那个小餐馆了。再说了，别的餐馆，锋和茉莉卡也没去过那么多次。

确定了碰头地点，锋就上了车。锋坐在驾驶位上，脑子飞快地转着，想着怎么甩掉监视自己的便衣警察。锋今天总觉得，一出门，好像就有人跟踪自己，可暗暗观察了很久，就是没看出哪个像便衣。想想也是，那便衣要是被自己这种水平的人一眼看出来，他警察的这份工作也不要做了。

锋要想一个完整的计划，包括走哪条路，怎么脱身，等等。想了很久，把计划在脑子里重复了几遍，觉得可行，就决定试一试。锋还考虑到，自己身上有什么会被装上跟踪器的。第一嫌疑是车，锋的计划里已经把车的问题想好了。第二嫌疑是手机，警察要么已经在自己手机里装了高科技的“小虫”，要么会用定位技术跟踪自己的手机。难怪胖子一口气把话说完就立即关机呢，都是电影看多了。想到这，锋就把手机关了，不放心，又把电池抠了出来。第三嫌疑就是自己这身衣服。现在天气热，锋只穿了 T 恤和短裤，很难想象警察能在这 T 恤和短裤上装跟踪器。锋只在美国电影里看到过在西装里装个微型跟踪器，也没见过在T恤和短裤上装的。国内警察的办案设备还没这么先进吧?

想定了，锋发动车开出去，开得不紧不慢，看看后面是不是有车也不紧不慢地跟着。在后视镜里看了半天，只是觉得有两辆车有点儿嫌疑。锋继续往前开，一直开到自己想好的一家大酒楼。胖子和锋在这家高档酒楼请过好几次客，所以，锋对这酒楼的里外前后环境都熟悉。锋考虑过几个地点，地形比较下来，最后觉得在这儿甩“尾巴”比较有把握。

锋开进停车场，停好了车，一步三晃地慢慢走进酒楼大厅。现在是下午3点钟，大厅里一个客人都没有。那前台领班一看是锋，连忙一口一个“王总”地过来招呼，还问是不是要进包厢。锋摆摆手，轻声说，中饭没吃，赶紧叫厨房做个扬州炒饭，自己就在大厅里吃了，吃完还得赶着去开会。说完，找了个靠近出口又面对大门口的位子坐下。

刚坐下，一位穿短袖衬衫的客人就急匆匆地进来了。锋用眼角余光看着他，嘴角忍不住挤出一丝笑来，心说，哥们，你到底熬不住，还是跟进来了。那人看锋在用余光看自己，也不等服务生带位，自己向大厅里走过去，找了个锋背对着的角落，远远地坐下来。锋不回头是不能直接看到他这座位的，而锋的一举一动却全在他视线里。

这时候，旁边的服务生过来给锋倒茶。锋侧过头，看到另外的服务生正缠着那个客人介绍菜单。锋故意大声问洗手间在哪里，边问边站起身往大厅外走。等一出大厅，锋就向洗手间冲过去，用脚一踹门，然后，转身闪进边上通往厨房的门。

一进厨房，厨子都抬起头奇怪地看着锋。锋笑着跟所有看着自己的人打了个招呼，然后径自快步从厨房后门出去。锋估计，那个便衣不会发了疯般地追出来，他只可能会假装去洗手间，等进了洗手间，找不到人才会真着急，这就给了自己一点点时间。

这酒楼的厨房后门外是个小巷子，右手边没两步就是一个小时装店。锋曾经陪茉莉卡在这个小店淘过过期的时装。锋知道，跑出巷口可能来不及，所以，按计划一步跨进时装店。他随手拿起一件短袖衬衫和薄西裤，一边对看店的老板娘说要试试，一边径自走进后面的小试衣间里。一进试衣间，锋心里就怦怦直跳，一边快速地把短袖衬衫往身上一套，再换上薄西裤，一边仔细地听外面的动静。果然，他刚进试衣间，门口就传来脚步声。锋考虑，有两种可能。第一，来人追进来问老板娘，有没有见到自己。那锋就只好硬着头皮走出去面对他，问他要干什么。如果是这样，就见不着胖子了，那就对不起胖子了，这自己也没办法。第二，来人没问什么，朝巷口追出去，自己则按计划脱身。

果然，来人只是往店里大概看了一下，没看到锋，就急匆匆地往巷口跑去。锋立即出了试衣间，对老板娘说，这两件正合身，自己要了。然后，按牌子上的价格，把钱给老板娘一递，快速出门。

出门一看，看到那个跟踪他的人的背影在朝巷口外跑。锋赶紧把随身带的棒球帽戴上，向方向相反的巷口方向走去，但走得不敢太快。快出巷口的时候，听到后面好像有脚步声。锋不敢跑，干脆在巷口的书报亭边站住，拿起本杂志胡乱地翻着。

后面那个“尾巴”追出巷口，没看到锋，真是急了。怕锋跳上辆出租车跑了，所以，东张西望了好久。算锋运气好，这个便衣警察没太多经验，中了锋的调虎离山之计。等他意识到把锋给跟丢了，才急得用暗藏的耳机向在酒店前等着的同事通报。然后，急匆匆沿原路返回。他远远地确实看到另一头巷口的书报亭有几个人，可没一个穿得跟自己记忆中的锋是一样的。他没想到那个穿 T 恤和短裤的锋，现在头戴棒球帽，身穿短袖衬衫，下着长西裤。

这个便衣能想到的就是自己跑过的时装店里可能会藏着锋。他一步跨进时装店，问老板娘有没有见过一个穿 T 恤和短裤的人。老板娘头都不抬地说：“这儿客人多了，我记不得。”那便衣没辙，只好掏出警察证件，再问一遍。这下老板娘不得不老实说，锋是怎么试衣买衣的。那警察一听急了，忙问锋出门时穿的什么样。等老板娘一描述，这警察突然想起来，这个人刚才好像就站在前面书报亭啊。等他急得一跺脚，往外冲时，锋早就利用这空当，叫了一辆出租车走人了。其实，这警察在那小时装店里耽误这么长时间，锋即使叫不上出租车，也可以混进边上的大百货超市，让那小警察找得发晕。

到了离茉莉卡的出租屋不远的地方，锋下了出租车，向四周看看，好像没什么可疑的。离碰头时间还有十几分钟，但锋不敢直接到那小餐馆去等胖子，而是到街对面的书店里，一面假装翻书，一面透过大窗户向外观察。这十几分钟，对锋来说就像十几年那样难熬。

好不容易等到碰头时间，锋快速过街，闪进小餐馆，在一个看得见大门及街面的角落里坐下。在前台忙着收钱的老板，一看到锋，就热情地打招呼问怎么好久没见他了，他女朋友也好久不来了。锋只好截住他的话，绷着脸说："老板，麻烦你下碗牛肉面。请快点。"

那老板一看锋脸色不友善，赶紧一缩头，说："好嘞，您稍等，我这就给您下面去。"说完转身进里屋了。

这时，一个戴遮阳帽、大墨镜的人，一屁股在锋对面坐下。锋定睛一看，这身材，这脸形，再遮也是胖子。胖子小声问："兄弟，你没带尾巴？"

锋低声说："我尽我所能把尾巴甩掉了，希望甩干净了。你自己别带尾巴就好了。"

胖子摘下墨镜，露出一双布满血丝的眼睛和一对黑黑的眼圈，一看就是好几天没睡好觉了。胖子一张嘴，眼泪就跟着要往下掉："兄弟，我这下是彻底完了，这么多年的打拼全泡汤了。我知道我是跑不掉的，这当逃犯的日子真不是人过的。我跟那本·拉登一样，一个地方不敢待太久，合上眼就做噩梦。吃也吃不好，睡也不敢睡，想跑出国可也没路子跑。现在想通了，我这事也不是死罪，只要自己自首，最多坐几年牢。在牢里，至少还有饭吃，还能睡安稳觉。他们从我老婆那儿，把我在国内、国外的钱全摸清了。我老婆被逼得没办法，能挤出来一分钱就往外交一分钱，说钱退得越多，我的刑就会判得越轻。我进去前，想求兄弟你一件事。"

说着，胖子把桌底下一个黑包往锋的脚边一推："我现在最挂念的就是我的儿子。我是全完了，可我希望他将来还能出国留学，像你跟健那样有出息。这里是我这些年来藏的私房钱，我老婆都不知道。只要我打死不说，警察也不会知道。我求你了，帮我把这笔钱，不管用什么方式带出去。将来我儿子出国读书，就靠这笔钱了。"

锋听了，倒吸一口凉气，胖子冒这么大风险就是为了让他带钱出去。锋从皮夹子里把自己的诊断报告拿出来，摊在胖子眼前："胖子，我是晚期胃癌，我不知道我还能活多久。你从牢里出来后，大概就见不到我了。我现在只想回家，回我美国的家，死也要死在自己的亲人身边。你儿子将来要是来美国，他夏岚阿姨和健叔叔一定会照顾他，这你绝对放心。但你这钱我没法带，警察已经死死地盯上我了，我是费了九牛二虎之力才把他们甩掉来见你的。我这一出门，说不定立刻就被他们盯上，我怎么给你带钱？他们要是抓住我手里有你的钱，我就回不了美国，说不定就死在中国的监狱里。兄弟，这事没法办。”

胖子拿着锋的诊断书，惊得目瞪口呆，手不停地在颤抖。锋的每一句话都撞击着他的神经。不知道是因为好友得绝症，还是意识到自己的钱没法转移出去，或者是两者兼有，胖子绝望地低下了头。

锋伸过手，轻轻拍拍胖子的肩说：“兄弟，我带你去自首吧。你这笔钱说不定还能帮你减刑。你要是出门被他们截住，这钱就完完全全要打水漂了。”

始终埋着头的胖子，无奈地点点头。

锋掏出手机，装上电池，开机，给公安局的姜处长拨打电话。刚响一声，对方就接起来，锋一边开口说“姜处长是我”，一边向窗外看去。突然，锋赫然看到几辆车子在街对面的那个书店门口一字排开停下了。锋心想，这些警察要不是搞清楚了这个自己“跟茉莉卡常来的小餐馆”的所在，就是胖子自己把尾巴带来了。

事到如今，没有回头路了。锋没等对方接口，径自说：“我和他在一起，他同意自首。我可不可以带他到你那儿自首？”锋特地把“自首”重复并着重说了两遍。

锋这时看到姜处长从其中一辆车里下来，一边对着手机说话，一边向自己这边看过来：“那很好啊。本来就该这样嘛，他到处躲，能躲到哪一天？你带他出来吧，我们在这儿等着。”

锋拉起胖子说：“兄弟，我们走吧。”然后，一手提着胖子那个装满钱的大提包，另一手托起胖子的胳膊，半推半托着这个因绝望而全身无力的胖子，向外走去。